LA LEONA
DE KENIA

Si tienes un club de lectura o quieres organizar uno, en nuestra web encontrarás guías de lectura de algunos de nuestros libros. **www.maeva.es/guias-lectura**

Lea Kampe

LA LEONA DE KENIA

Karen Blixen y
su pasión por África

Traducción de:
SUSANA DE ANDRÉS

MAEVA

Título original:
DIE LÖWIN VON KENIA

© PIPER VERLAG GMBH, MÚNICH, 2022
© de la traducción: SUSANA DE ANDRÉS, 2023

© MAEVA EDICIONES, 2023
Benito Castro, 6
28028 MADRID
www.maeva.es

ISBN: 978-84-19110-78-7
Depósito legal: M-59-2023

Diseño e imagen de cubierta: © ELSA SUÁREZ sobre imágenes de © MAGDALENA
RUSSOCKA/TREVILLION IMAGES y © JOHN WOLLWERTH/DREAMSTIME.COM
Preimpresión: MCF Textos, S.A.
Impresión y encuadernación: CPI Black Print (Barcelona)
Impreso en España / Printed in Spain

Para Leah y Nüssi.
En recuerdo de nuestras tardes de verano con el sol
brillando en el agua y nosotros nadando de lado a lado.

«Tengo la sensación de que, en el futuro, dondequiera que me encuentre, pensaré si en Ngong está lloviendo.»

Fragmento de una carta de Karen Blixen
a su madre, Ingeborg Dinesen.

Ngong, 26 de febrero de 1919

1

Hargeisa, Somalilandia Británica 1955

ABDULLAHI ADEN ESTABA a punto de cerrar el cajón del escritorio, pero tomó de nuevo el libro azul cuyas cubiertas estaban tan gastadas por el uso que hasta brillaban y empezó a leer:

«Yo tenía una granja en África, al pie de las colinas de Ngong. El ecuador se extendía a unos cuarenta kilómetros al norte por las tierras altas, pero mi granja estaba a dos mil metros por encima del nivel del mar. Durante el día percibías perfectamente esa altitud y la cercanía del sol, pero por las tardes el ambiente era límpido y fresco, y las noches se volvían frías...»

Abdullahi cerró el volumen y después los ojos. No necesitaba nada más para despertar el recuerdo de aquella mañana, mucho tiempo atrás: la mañana en que su vida había empezado de nuevo, hacía más de treinta años. Su hermano Farah y él habían llegado a la granja por la noche, pero él estaba demasiado excitado para dormir. Cuando al cabo de unos pocos minutos amaneció como solo sucede cerca del ecuador, dejó el dormitorio y salió al exterior.

Nunca había visto una casa como la de la *memsahib*. Estaba construida con piedras grises y rodeada por un porche, y en la parte delantera se extendía una superficie amplia de césped. La hierba ya estaba verde, pues acababa de empezar la estación breve de lluvias habitual entre septiembre y noviembre. Una hilera de castaños del Cabo desfilaba a un lado y, cuando corrió hacia allí, una banda de palomas levantó el vuelo. En un momento dado, oyó que Farah lo llamaba, pero estaba demasiado entusiasmado para obedecer. Ahí se encontraban el bosque y las plantaciones de café de un verde oscuro de las que tanto le había hablado su hermano… y un rítmico tamborileo, un punto en la llanura que se acercaba a toda velocidad.

2
Ngong, comienzos de octubre 1922

TANNE SENTÍA DEBAJO de ella el robusto cuerpo del caballo. Los cascos flotaban sobre el suelo, mullido tras las lluvias recientes, y la hierba húmeda ondulaba como un mar plateado e infinito, iluminada por los rayos inclinados del sol de la mañana. Sabía que a sus espaldas estaban las colinas de Ngong, y delante, el bosque. Cerca del molino, parecía haber una persona.

El caballo de Tanne se dirigió a galope tendido hacia la granja sin reducir la velocidad. Cuando se aproximaron a la casa, el caballo pasó a un trote vigoroso sin que se lo ordenara. Tanne lo oyó resoplar, su propia respiración era rápida.

—Brrr...

Ante ella se abrió la puerta de la casa de piedra gris. Un hombre con caftán blanco y turbante rojo salió al porche. Tanne levantó el brazo derecho y lo saludó. ¡Por fin!

—¡Farah! —Subió de un salto los dos escalones que los separaban. Le hubiera gustado abrazarlo, pero eso no se adecuaba a las costumbres somalíes.

—¡Qué bien que ya estés de vuelta! —exclamó ella en suajili.

—*Memsahib*. —Farah, un hombre alto de estatura, entrelazó las manos a la espalda y esbozó una sonrisa. A pesar de que siempre tenía una expresión seria, Tanne reconoció en su mirada que se alegraba del reencuentro. Había estado varias semanas con su familia en la Somalilandia Británica para ir a recoger a uno de sus hermanos y llevarlo a la granja, y, en su ausencia, a Tanne le había quedado claro una vez más que aquel hombre le resultaba imprescindible.

—Debes de haber llegado tarde. —Tanne apartó la vista de Farah y la dirigió al interior de la casa—. Pero has traído al chico, ¿no? ¿Está el hombrecito por aquí?

Farah parecía avergonzado, algo que pocas veces ocurría.

—Debe de haberse alejado hace unos minutos. Un momento... ¡Abdullahi! —gritó por encima del césped, pero nada se movió. Arrugó la frente y volvió a gritar, en esa ocasión más fuerte—: ¡Abdullahi!

Pero Abdullahi seguía sin dar señales de vida.

—Ya vendrá —dijo Tanne despreocupada. Entraron juntos a la casa. Farah estaba consternado, pero Tanne sonreía para sí. Suponía que al perfeccionista Farah le resultaba lamentable la falta del joven.

De repente oyeron unos pasos precipitados en el porche y un niño de diez años de rostro oscuro y mofletudo irrumpió en la habitación. Vestía un caftán beis lleno de manchas de hierba, tenía los pies y las piernas cubiertos de polvo rojizo e iba dejando sus huellas marcadas sobre el inmaculado suelo de madera. Debía de haber corrido mucho, pues tenía la frente sudada y los ojos oscuros se le abrían como platos por la emoción. Cuando vio la figura seria de su hermano y al lado a la mujer con pantalones caquis y unas viejas botas marrones de piel, se quedó paralizado. Farah le habló con aspereza en somalí y, aunque Tanne no entendía el idioma, el pequeño le dio pena. El crío bajó la vista y luego se dirigió vacilante a ella.

—Buenos días, *memsahib*. Soy Abdullahi —susurró en suajili.

—Buenos días, Abdullahi. Bienvenido a la granja. —Le guiñó el ojo—. Levanta la cabeza. Tu hermano es igual de duro conmigo.

—El pequeño la miró reconfortado. Farah movió crítico la cabeza. Despidió al chico con un breve gesto de la mano, que se marchó a la carrera.

—Se cambiará de ropa y se lavará —indicó Farah. Tanne abrió la boca para intervenir, pero él levantó la mano y siguió hablando—. Es un somalí y tiene que aprender a ser disciplinado. Dentro de pocos años será un hombre.

—Y, por lo visto, te propones ser un padre severo más que un hermano mayor indulgente. —Tanne arqueó las cejas sonriente y Farah bajó la cabeza, dándole la razón.

En ese momento se abrió la puertecilla del reloj de cuco y el pájaro de madera dio la hora. Repitió nueve veces su trino y luego se retiró.

—Oh, Dios mío, ¡si ya son las nueve! Casi me olvido de la consulta. —Tanne se llevó las manos a la frente y corrió al botiquín. Hacía años que había empezado a ofrecer atención médica a los nativos en el porche. En sus tierras vivían cientos de familias que pertenecían a la etnia kikuyu. Se habían instalado allí desde hacía muchas generaciones y la mayoría de ellos no sospechaba lo que suponía la llegada de los blancos. Desde hacía poco, el protectorado de Kenia se había convertido en una colonia británica en la que la población indígena no podía poseer ni comprar las tierras en las que vivían. Que las tierras donde vivían no les pertenecieran, sino que fueran propiedad de Tanne y Bror Blixen, era una idea que ella era incapaz de asimilar.

Tanne se precipitó hacia el exterior con la caja de medicamentos. Muchos kikuyus trabajaban en la plantación de café y, aunque miraban con escepticismo la medicina occidental, había corrido la voz de que por las mañanas se abría una consulta médica. Cada día llegaban al porche mujeres, hombres y niños con fiebres, resfriados, heridas abiertas o quemaduras para recibir tratamiento.

Cuando salió, ya la esperaban bajo la sombra de la cubierta del porche una anciana y una joven kikuyu con un bebé. Mientras que la joven bajó la vista, vergonzosa, la anciana le dirigió una amplia sonrisa y ella no pudo evitar admirar su serena alegría. La vida de las mujeres kikuyu era dura. Daban a luz a un número incontable de hijos y, mientras los hombres se ocupaban del ganado, ellas cavaban y araban inagotables sus pequeños campos de maíz, los *shambas*. Además cocinaban, lavaban y se ocupaban de acarrear la madera, que ataban en grandes haces que se sujetaban a la frente con el fin de tener las manos libres para otras tareas. A causa de ese duro trabajo físico solía ser difícil determinar su edad. Y, sin embargo, siempre encontraban una razón para reír.

—Buenos días. ¿En qué puedo ayudarlas? —preguntó Tanne en suajili, aunque sabía que la mujer mayor solo dominaba el kikuyu, el idioma de su grupo étnico. La anciana señaló al bebé, cuya madre seguía con la mirada baja.

—*Toto* —fue lo único que dijo antes de llevarse la mano a la frente.

—*Toto* —repitió en voz baja Tanne. Significaba «niño». Se acercó a la joven y colocó la mano en la frente del pequeño.

—Tiene fiebre —confirmó.

La madre del niño la miró un instante.

—¡Farah! —gritó Tanne. Se volvió hacia la puerta del porche y se asombró de que no fuera él, sino su hermano pequeño, Abdullahi, quien se presentara—. Está bien. Necesitamos una olla con agua templada, un paño suave y una toalla. Y té de menta. ¿Lo has entendido todo?

Abdullahi asintió, giró sobre sus talones y partió a toda prisa hacia el interior. Cuando volvió con el agua, Tanne sumergió el paño, lo estrujó bien y frotó al pequeño, que solo llevaba un taparrabos, de fuera hacia dentro y de abajo hacia arriba, mediante lentos movimientos circulares. El bebé parecía sentirse a gusto. Extendió los brazos e intentó agarrar la nariz de Tanne. Cuando ella la arrugó y puso una mueca divertida, el pequeño borboteó feliz. Abdullahi estaba al lado y los observaba. Tanne envolvió al niño con la toalla.

—Dame el té —pidió a Abdullahi, y luego se volvió a la mujer joven—. Tiene que hacer lo mismo. ¿Comprende el suajili?

La mujer asintió.

—Dos veces cada hora. Y que beba el té. No demasiado caliente y en pequeños sorbos. —Le tendió la botella—. Pero venga esta tarde. En caso de que la fiebre siga subiendo… —No terminó la frase. Era mejor no mencionar el hospital. Los kikuyus lo odiaban, y si ella quería que la madre volviera a traer al bebé aquel mismo día, era mejor no hablar de esa opción.

La joven se levantó, inclinó la cabeza y se marchó.

—*Ierie* —dijo la anciana, y dio unos golpecitos en el hombro a Tanne. Esta no entendió y ya estaba a punto de preguntar, cuando la mujer se dio media vuelta. Tanne se estremeció. En la espalda de la anciana saltaba a la vista una quemadura que debía de tener un par de días y que había empezado a supurar. Se imaginó lo que debía de haber ocurrido. Las quemaduras eran frecuentes entre los kikuyus porque por las noches dormían directamente alrededor de la hoguera. De ahí que a menudo resbalaran ramas o leños encendidos sobre ellos y les provocaran llagas. Aunque las ancianas solo llevaban una especie de taparrabos y no había ninguna tela que hubiese rozado la herida, esta estaba sucia. Tanne la limpió con esmero. Tenía que doler, pero la mujer no contrajo el rostro, sino que sonrió con valentía. Cuando estuvo limpia, mojó un trapo con vinagre y se lo colocó encima. Sabía por experiencia que era astringente, desinfectaba y evitaba las infecciones. Era estupendo para acabar sobre todo con las quemaduras que supuraban.

Cuando Tanne hubo acabado y se hubo despedido de la anciana, se apartó de la frente un mechón castaño de su media melena. La expresión de su rostro delgado y de pómulos marcados era de suma concentración. Observaba los frascos medicinales. ¿Lo había hecho todo bien? ¿Habría podido hacer más? Esa era la cuestión que siempre se planteaba.

—¡Tanne! —La voz masculina la arrancó de súbito de sus pensamientos y levantó la vista de inmediato. Era su hermano, que subía a la casa desde el pequeño bungaló en donde vivía desde su llegada a la granja.

—¡Thomas! —Lo saludó ella con la mano—. Qué bien que estés aquí. Vamos a desayunar juntos.

3

Pocos días después, Tanne se encontraba al borde de la plantación de café y observaba las interminables hileras de cafetos de un color verde fuerte. Había llovido toda la noche y alrededor de las cinco cumbres de las colinas de Ngong, a tan solo unos kilómetros de distancia, se extendían unos blancos jirones de niebla. El cielo todavía estaba encapotado, pero la temperatura aumentaría. Una bandada de aves procedente de la planicie cruzó el cauce del río que separaba la reserva masái de las tierras de la granja y voló hacia el bosque.

Tanne se dio media vuelta al oír unos pasos a sus espaldas. Era Thomas.

—Y yo que pensaba que venía demasiado temprano… —Sonrió—. Buenos días, hermanita.

Tanne lo besó en la mejilla y lo agarró del brazo. Caminaron a lo largo de los cafetos, hundiendo las botas en la tierra reblandecida.

—Las cerezas de los cafetos ya están cogiendo color —dijo alegremente Tanne, que entró en un sendero que conducía a una explanada de hierba. Allí se detuvo.

—Yo había pensado que podría ser aquí. ¿Qué opinas? Parece el lugar ideal para un tostadero de café, ¿no crees?

Thomas miró a su alrededor y asintió.

—En el fondo, sí. Está lo bastante cerca de la plantación y hay mucho espacio libre.

—¿En el fondo?

Thomas hundió las punteras sucias de las botas en la tierra blanda.

—Va a costar dinero, Karen —concluyó—. Y ya sabes lo que nuestra madre, el tío Aage y los demás accionistas de la plantación piensan sobre los gastos adicionales. Tal como han ido las cosas en los últimos años, son bastante escépticos en cuanto a ese tema.

—¿Ese tema?

Tanne sintió que montaba en cólera, como siempre que se criticaba la falta de productividad de la granja. Además, no podía soportar que la llamara Karen siempre que las cosas se ponían difíciles. Desde que de pequeña había decidido que su nombre de pila sería Tanne, sus amigos y la familia siempre la llamaban así.

—«Ese tema» es toda mi vida —contestó indignada—. Esta granja soy yo. Esos cafetos los planté yo con Bror y nuestros trabajadores. Trajimos aquí con nuestras propias manos las cajas con los plantones y cavamos agujeros lo bastante profundos para que las raíces pudieran crecer hacia abajo tiesas como velas, porque si no...

—Ya lo sé —la interrumpió Thomas sin mirarla—. Pero Bror no llevó bien las cuentas, eso es todo. Malgastó una cantidad de dinero que ni siquiera era suyo, sino de los accionistas de nuestra familia. Emprendió un montón de proyectos absurdos y llevó una mala, o mejor dicho inexistente, contabilidad.

—Por eso a estas alturas vivimos separados —aclaró Tanne. Odiaba que su familia se hubiese entrometido en su relación con su marido, Bror, y que llevaran años presionándola para que se divorciara. Ponían en un mismo saco las dificultades financieras de la granja y las de su matrimonio.

—Pero no puedes negarlo —insistió él, pasándose la mano por el cabello moreno y corto. Su rostro bronceado se enrojeció ligeramente y su mirada se tornó insegura. Amaba a su hermana mayor y odiaba tener que discutir sobre dinero en representación del resto de la familia.

—No niego en absoluto que Bror perjudicara la granja —contestó Tanne de repente en un tono conciliador—. Pero mamá, el tío Aage y tú le echáis todas las culpas a él, y eso es injusto. Ya sabes lo difícil que es cultivar café aquí. Nuestra granja está en un lugar demasiado alto, casi dos metros por encima del nivel del mar. Un poquito más abajo hubiera sido ideal, pero eso todavía no lo sabíamos cuando la comprabamos. Además de todos los años en los que no llovió y la preocupación constante por si lloverá o no en otoño o en primavera. No te puedes ni imaginar lo enervante que llega a ser eso, cuánta dedicación…

—¡Claro que lo sé! —Thomas miró a su alrededor, buscando algo en el horizonte—. Y tal vez valdría la pena tener un tostadero propio, sobre todo ahora que Bror se ha ido y tú eres la única responsable de la granja.

—Ya verás, lo conseguiré. ¡Ahora todo será distinto! —exclamó aliviada Tanne, que añadió burlona—: Y por fin harás algo útil como ingeniero cualificado mientras estés aquí de visita. Pongo el proyecto en tus manos.

Thomas no pudo evitar echarse a reír. Le gustaba ver que su hermana volvía a estar contenta. Y quién sabe… A lo mejor sí conseguía volver a sacar a flote aquella granja inestable. Tanne era fuerte, tan fuerte como todas las mujeres de su familia, incluso aunque hasta ese momento ninguna de ellas se hubiera atrevido a alejarse tanto de su hogar, en Rungstedlund.

—Estupendo —dijo—. ¿Cuándo empiezo?

—En cuanto sepas qué materiales necesitas, me voy a Nairobi y lo gestiono todo.

—Bien. —Thomas le tendió la palma de la mano abierta—. Ingeniero Thomas Dinesen a su disposición, *madame*.

Tanne le dio una palmada.

4

EL VIEJO COCHE de Tanne avanzaba dando sacudidas por la Ngong Road rumbo a Nairobi, si bien, de hecho, casi no se podía aplicar la palabra *road*, pues la tierra roja de laterita no estaba pavimentada, y durante la estación de las lluvias a veces ocurría que permanecía intransitable varios días. Las ruedas de los automóviles y los neumáticos habían cavado en el barro profundos surcos en los que se acumulaba el agua, y Tanne respiraba aliviada cuando llegaba a un tramo algo más accesible.

Todavía era temprano, pero el calor matinal llenaba el aire de un mar de aromas y en el paisaje, a ambos lados de la carretera, relucían paulatinamente nuevos matices de verde, como era usual durante las lluvias o poco después de un aguacero. De vez en cuando, Tanne pasaba junto a chozas de barro redondas y cubiertas de hierba. De los orificios de las cubiertas ascendían finos hilos de humo, y en los maizales de alrededor se inclinaban las mujeres con sus azadas mientras los niños cuidaban de las cabras y las vacas. Cuando vieron pasar a Tanne, corrieron a la carretera y la saludaron.

—*Iambo, m'sabu!*

—¡Hola! —Tanne les devolvió el saludo y estuvo a punto de meterse en un profundo charco de agua. Giró con brusquedad el volante. El barro salpicó el cristal del parabrisas.

Por fin una oxidada señal anunció la llegada a la ciudad. Hacía apenas veinticinco años, Nairobi era un montón de chabolas, una especie de depósito de suministros mientras se prolongaron las obras del ferrocarril de Uganda que unía Mombasa con el lago Victoria. Entretanto se había convertido en la capital del protectorado británico de África Oriental o, tal como se llamaba desde hacía un par de años, de la Colonia Kenia. Era una ciudad en la que se comerciaba con todo. El ganado, tierras, café, fruta, tabaco y chozas cambiaban sin descanso de propietario por unos chelines y libras británicos.

En ese momento aparecieron los primeros suburbios de Nairobi con sus cabañas de madera y chapa ondulada. Muchas de ellas parecían aguantar tan solo por su buena voluntad. Audaces, hacían frente al viento incesante de la planicie de Athi, que arrastraba el fino polvo rojo haciéndolo pasar a través de cualquier ranura.

Tanne avanzó con lentitud hasta llegar a una carretera más ancha que conducía al centro urbano. Allí había aceras de madera en las que los eucaliptos proyectaban su sombra. En ellas se apretujaba una colorida mezcla de personas: nativos kikuyus, somalíes, colonos europeos y un buen número de indios que los ingleses habían llevado allí desde su colonia india para construir el ferrocarril. Unos pequeños comercios de artículos variados, los llamados *dhukas*, se alineaban entre talleres y oficinas. Una y otra vez iban surgiendo bonitas casas de piedra con jardines delanteros junto a las cabañas con cubierta de chapa.

Tanne aparcó delante de la Government House británica y se dirigió al viejo bazar. El barrio era pobre y en él habitaban sobre todo indios. En un escaparate, Tanne vio un sombrero verde de alas anchas con una bonita pluma. Se detuvo. Conjuntaba a la perfección con un vestido que se había comprado hacía un par de años en París y que solía llevar en fiestas o en las carreras de caballos en Nairobi, pero movió la cabeza y siguió caminando. Un sombrero era lo último que debía comprar ese día con el dinero que guardaba.

Cuanto más se acercaba al animado bazar, más intensa era la mezcla de olores que la inundaba. Compró anacardos y una piña fresca. Las frutas maceradas eran más baratas, pero quería darle una alegría a su hermano. Al final entró en su comercio habitual y le tendió al empleado la lista de materiales que Thomas había elaborado.

—Disponemos de todo, *madam*. Como siempre —dijo el hombre con un marcado acento mientras hacía una pequeña reverencia.

Con sus delgados dedos teñidos de tabaco, garabateó las cifras en una hoja de papel tan deprisa que casi no podía seguir los trazos y subrayó la suma final. Tanne contuvo un suspiro y asintió.

—No os estáis privando de nada. Ahora de repente es como si el dinero no importara —oyó una voz muy familiar a su espalda. Tenía el tono alegremente sarcástico tan propio de Bror.

—¿Qué haces tú aquí? ¿Has venido a hurtadillas? —Tanne estaba enfadada por no haberse dado cuenta antes de su presencia.

—No me ha hecho falta. Estabas muy enfrascada en tu nuevo proyecto. Que yo ya no pueda vivir en la granja parece haber renovado tus fuerzas. —De nuevo ese tonillo sarcástico. Notaba que las mejillas se le iban encendiendo. Asintió al empleado indio—. Me envía la factura con los materiales, ¿de acuerdo? —El hombre afirmó sonriente e insinuó de nuevo una inclinación. Tanne salió de la tienda y Bror la siguió. En la acera se volvió hacia él.

—¿Qué te pasa? —siseó con una rabia que a duras penas lograba contener—. Eres el último que tiene derecho a quejarse. Sabes bien cuánto he luchado por nuestro matrimonio. Siempre he creído en ti y te he defendido ante mi familia. Y eso que todos en Nairobi hablaban de tus líos de faldas y yo ya no sabía dónde comprar sin tener que saldar tus deudas. Si mi familia ya se ha hartado, y yo también, es solo culpa tuya.

—Nuestra granja también me pertenece. No teníais ningún derecho a ponerme de patitas en la calle y prohibirme la entrada. —La cara redonda y jovial de Bror se endureció de repente. No obstante, su voz sonaba más sosegada cuando añadió—: Nunca fui la elección correcta para tu familia y, si eres sincera, solo te casaste conmigo porque mi hermano gemelo no te quería. —Una sonrisa apareció en su rostro y Tanne no supo cómo interpretar su mirada. ¿Expresaba maldad? ¿Vulnerabilidad? ¿O ambos sentimientos a la vez? No obstante, encontró que la acusación era injusta.

—Yo te quise, Bror, y tú lo sabes. Esa granja era nuestra aventura común. Yo te hubiera seguido hasta el fin del mundo.

Él se encogió de hombros.

—Yo también te quise y pensaba que lo sabías. Pero qué más da. Por cierto, está bien que te haya encontrado. A lo mejor te han llegado rumores de que estoy comprometido con Cockie Birkbeck.

Quería decírtelo en persona, porque es posible que se convierta en algo serio.

—¿Algo serio? ¿Significa eso que quieres el divorcio? —Tanne se reprendió por el tono estridente de su voz, pero Bror no pareció darse cuenta.

Sonrió nostálgico y su rostro adquirió esa expresión llena de humor y bondad que a ella tanto le había gustado. Bror acarició un momento las mejillas de ella con la punta de los dedos.

—Lo que ha sucedido ya no se puede deshacer —afirmó—. Hemos de mirar hacia delante.

Tanne asintió inquieta. No sabía por qué le repugnaba tanto la perspectiva de un divorcio formal.

—Hasta pronto, Tanne. —Bror se dio media vuelta y entró de nuevo en la tienda.

También ella se puso en marcha. Se secó con el dorso de la mano las lágrimas que asomaban a sus ojos. Nairobi era un pueblo y ella no tenía ganas de volver a convertirse en tema de conversación por culpa de su marido. Para pensar en otra cosa, se dirigió a un comercio al final de la calle en el que también se vendían libros, un artículo que, por mucho que a ella le doliese, escaseaba en Nairobi. Para su tranquilidad, el anciano que estaba detrás del mostrador se encontraba atendiendo a otros clientes. Ella pasó junto a estanterías con parafina, carne enlatada, cocinas de gas y cerillas. En la pared del fondo, justo al lado de los chalecos sin mangas de safari y de los pantalones cortos color caqui, había un estante con unos libros baratos debido a su encuadernación. Tanne cogió uno. Era la edición de una novela de Victor Hugo, impresa en papel finísimo. Leyó dispersa las primeras líneas, porque no se le iba de la cabeza el encuentro con Bror.

Hacía casi una década que habían llegado a Kenia cargados de sueños. Un mundo desconocido lleno de colores intensos y de sonidos confusos, gente y costumbres extrañas. Juntos se habían volcado en el trabajo de la granja, habían sido los años más intensos de su vida. ¿Cómo era posible que ese sueño se hubiese desvanecido tan deprisa? Se había evaporado bajo el ardiente sol de Kenia como el rocío que de madrugada todavía cubría el césped de su jardín.

—*Our sweetest songs are those that tell of saddest thought* —dijo alguien a sus espaldas.

Tanne se sobresaltó, pero un instante después se le escapó una sonrisa que acto seguido desapareció, empujada por otro pensamiento. «¿Qué aspecto tengo? ¿Se me nota que he llorado?»

Se esforzó por aparentar tranquilidad cuando se volvió hacia la sonora voz masculina.

—Sospecho —anunció— que en todo Nairobi, quizá en toda Kenia, no hay más que una persona que salude con una cita de Percy Bysshe Shelley. Buenos días, Denys.

En el rostro quemado por el sol del hombre apareció una amplia sonrisa.

—La poesía acude en ayuda de aquellos que carecen de palabras propias.

Tanne se echó a reír. Como ella, Denys Finch Hatton tenía alrededor de unos treinta y cinco años, pero, mientras ella era de origen burgués, él procedía de una familia de aristócratas ingleses y había estudiado en Eton. No era que le faltasen palabras. Sin embargo, no era un charlatán, todo lo contrario. Su inteligencia confería a su lenguaje el encanto sobrio y el ingenio por los que era conocido en toda la colonia.

—Aun así, he dado en el blanco, ¿verdad? —preguntó sin hacer caso de la risa de Tanne—. Estabas pensando en algo triste. ¿Estás bien?

De forma instintiva, Tanne eludió sus ojos azules, cuya mirada cada vez parecía penetrar más en su interior de una forma inquietante. Volvió a colocar con prisa el libro en la estantería. Lo último que haría sería hablar con Denys sobre Bror, y tampoco podía imaginarse que ese tema le interesara mucho a él. Lo conocía desde hacía un par de años, lo bastante bien para saber que en la vida de Denys Finch Hatton no había espacio para los dramas personales. Ni los de los demás ni los suyos propios. Tanne no conocía a ninguna persona que se tomase tan poco en serio y que al mismo tiempo estuviese tan en paz consigo misma. Denys vivía el presente, ajeno a ambiciones personales y sin preocuparse por lo que opinarían los demás de él. Casi todos los veranos pasaba varios meses en Inglaterra en casa de su familia; el resto del año su hogar estaba en África. Unas veces aquí, otras allá, ya fuese viajando o para

controlar si todo iba bien en los numerosos proyectos, de enverga-
dura variable, en los que estaba involucrado profesionalmente.

—¿Cómo está tu familia en Dinamarca? —preguntó él para
romper el silencio.

Una sombra volvió a surgir en el rostro de Tanne.

—Mi hermana Ea murió en verano —respondió.

—Lo siento.

—Pero mi madre y mi hermana Elle están bien. Y mi hermano
Thomas sigue aquí. Espero que se quede un poco más… ¿Y tú qué
tal? No sabía que habías vuelto de Inglaterra. ¿Cómo se encuentra
tu familia? —preguntó para evitar hablar de sí misma.

Denys sonrió.

—Todos resisten de maravilla con un té fuerte y al menos un
chaparrón al día. Pero yo añoraba el calor. —La sonrisa desapareció de su rostro y solo permaneció en sus ojos, dedicada a ella—. El
calor… y a mis amigos.

A Tanne se le aceleró un poco el corazón. Desde que había conocido a Denys, no había habido encuentro en que no sintiera ese
cosquilleo especial en su interior.

—Por supuesto, con esos preciados amigos se refiere a mí. —De
detrás de una estantería salió un hombre, en cuyo cabello corto y
rojizo se dibujaba una raya perfecta. Llevaba el bigotillo recortado
con pulcritud y, como era habitual, se mantenía muy erguido. Le
tendió a Tanne la delgada mano—. Qué alegría. Ha pasado mucho
tiempo desde la última vez que nos vimos —dijo. Y, antes de que
ella reaccionara, ya le había besado la mano.

Tanne rio. Denys y Berkeley eran lo que se llama amigos ínti-
mos. Con su amor a la música, la literatura y las exquisiteces de la
vida, se salían de lo común en Colonia Kenia. Tanne sabía que
Berkeley Cole sufría una grave insuficiencia cardíaca, pero pensó
que tenía buen aspecto.

—¡Berkeley! —exclamó—. Me alegro de volver a verte. —Era
cierto, aunque una vocecilla en su interior se lamentaba de no estar
más tiempo a solas con Denys.

—Estábamos a punto de ir a comer al Muthaiga Club —explicó
Berkeley—. Pero entonces Denys te ha visto entrar en esta tienda y
ha salido corriendo detrás de ti.

Ella miró sorprendida a Denys. Estaba apoyado con el hombro contra la estantería, los brazos cruzados sobre el pecho y no dejaba de mirarla.

—Se hace lo que se puede —dijo, sonriendo al oír las palabras de Berkeley.

—¿Por qué no vienes con nosotros? —oyó que le preguntaba.

—Yo... —Tanne vacilaba. A saber cuándo se repetiría una oportunidad así; pero Thomas y ella habían quedado en la granja—. Por desgracia, hoy no puede ser. ¿En otra ocasión, a lo mejor? —dijo sin pensar.

—Vuelvo a estar instalado en el bungaló de siempre en el Muthaiga Club. —Denys se separó de la estantería—. Pásate algún día por allí. —La saludó inclinando la cabeza mientras se giraba hacia Berkeley, pero entonces volvió a detenerse—. Pero no esperes demasiado tiempo. He invertido en un par de *dhukas* y ya va siendo hora de que vaya a echar un vistazo. Las tiendas están dispersas por todas partes y es posible que tarde dos meses en volver.

«Típico de Denys —pensó Tanne cuando poco después se dirigía hacia su coche—. Nunca está mucho tiempo en el mismo lugar. Un par de meses en Inglaterra y luego de vuelta aquí. Un par de semanas en Nairobi..., dos o tres meses en otro lugar para supervisar sus negocios o de viaje en safari, libre como un pájaro.»

Abrió la portezuela del coche, que chirrió de forma considerable, y colocó la bolsa con las compras en el asiento del acompañante. Luego introdujo la llave en el contacto, pero no la giró. Su mirada atravesó el cristal del parabrisas hacia la lejanía. Qué extraño. Los calambres en el vientre y las ganas de llorar que había sentido tras el encuentro con Bror habían dado paso a una inexplicable ligereza, y la sensación de haber fracasado había desaparecido sin dejar huella.

«A lo mejor Bror tiene razón», pensó. A lo mejor había llegado el momento de pasar página. De abrirse a lo nuevo.

Giró la llave y el motor arrancó con dificultad.

5

EL PEQUEÑO KAMANTE abrió los ojos somnoliento, pero acto seguido ya estaba despierto por completo. Fuera de la cabaña de barro se oían las voces excitadas de sus padres. Prestó atención, pero no entendió nada. En cambio, se percató de que estaba más oscuro que de costumbre; en medio de la choza, la hoguera casi se había apagado. Era evidente que sus padres no habían puesto más leña antes de irse a dormir. Vio que su sitio estaba vacío. Solo dos de sus hermanos dormían profundamente. Las voces del exterior se acercaron y la estera trenzada que había delante de la puerta se movió. Kamante esperó a que entraran sus padres, pero eso no ocurrió.

—Tú no lo entiendes. Nuestro hijo Njuguna ha herido con un cuchillo al hijo de Kinanjui. Muthama tiene cortes en el cuello y en las piernas.

—Pero ya lo has oído —interrumpió al padre la voz suplicante de la madre—. Muthama lo ha provocado.

—¡Silencio! —exclamó él disgustado, pero un instante después volvió a bajar la voz—. Kinanjui es nuestro jefe tribal, a él no le importa en absoluto si su hijo ha sido quien ha empezado la pelea.

—Pero tú también estás en el consejo de ancianos. Kinanjui te valora por encima de todos —respondió la madre de Kamante.

Por unos minutos reinó el silencio. Kamante contuvo el aliento. Sus hermanos se despertaron entretanto. El blanco de sus ojos brillaba en la oscuridad y las ascuas agonizantes del fuego lanzaban en sus mejillas unos reflejos que dejaban intuir el contorno de su rostro.

—Lo único que un jefe valora por encima de todo es que no se discuta su autoridad —sentenció el padre con voz sosegada—. Así son las cosas. Lo haremos tal como yo he dicho. Yo cojo las cabras, las ovejas y a los pequeños, y me voy al *shamba* de Ngarnbaru. Podemos quedarnos allí hasta que se haya olvidado este asunto.

—¿Vas a llevarte a Kamante, Kiguru y Wakaba? ¿Y qué va a pasar con Njuguna y conmigo?

—Njuguna se queda. Tiene que asumir sus responsabilidades. Y tú serás quien lo vigile.

—Por favor, no hagas eso…

Pero su padre dio por concluida la conversación, apartó la estera a un lado y entró en la choza. De pie, los tres niños lo miraban, inmóviles y serios junto a las ascuas apagadas.

KAMANTE VIAJÓ DURANTE varios días con su padre y sus dos hermanos. Una de las cabras murió durante el largo camino hacia su nuevo asentamiento. Pero al final lo consiguieron.

—Ya estamos, ¿lo veis? —El padre de Kamante se detuvo en cuanto dejaron a sus espaldas el bosque. El chico y sus hermanos siguieron la mirada del adulto. A cierta distancia se veía una gran casa de piedra.

—¿Qué es eso? —preguntó el pequeño Kiguru.

—Es una casa que pertenece a una mujer blanca —explicó sonriendo el padre—. Nuestro nuevo *shamba* está muy cerca.

Acto seguido ocurrió algo con lo que Kamante no había contado: su padre echó a correr seguido de sus hermanos y los animales. Sus movimientos eran rápidos y silenciosos, los pies y las pezuñas volaban sin tocar el suelo.

—¡Eh, esperad! —gritó poniéndose en marcha, pero sus piernas eran demasiado pesadas. Se lanzó hacia delante, luchó, tosió, pero en lugar de acercarse más a su familia y a la casa, estos se alejaban de él como si tirase de ellos una cuerda invisible. Kamante corría con desesperación—. ¡Parad, parad! —no dejaba de gritar—. ¡No corráis!

Las siluetas de sus parientes empezaron a disiparse en la lejanía y la casa se desvanecía en un centelleo informe. De pronto, un dolor le atravesó la pierna. No le dio importancia y siguió corriendo, pero este era cada vez más intenso. Sus piernas parecían arder hasta los muslos. Kamante se detuvo y se miró. «¡No! —gritó horrorizado—. ¡Por favor, no!»

—¡KAMANTE! ¡DESPIERTA! —SU hermano Kiguru lo sacudía por el hombro.

Kamante abrió los ojos. Como siempre que despertaba de una pesadilla, estaba desorientado. Contempló la cara de su hermano.

—Estás aquí, pensaba...

Se interrumpió, pues no se debía hablar de los sueños. Sus ojos se deslizaron por las paredes de la choza que compartía con su padre y sus hermanos después de la huida forzada. En el tiempo que llevaban viviendo allí, su madre también los había seguido. El fuego ardía y olía a *ugali*, una papilla de harina de maíz.

—¡Ay! — Kamante gimió y su rostro se contrajo, pero un segundo después ya se había repuesto. Echó un vistazo a sus piernas y comprobó que el sueño, por desgracia, reflejaba parte de su realidad. Varias heridas grandes y purulentas, algunas todavía recientes y otras ya con una costra, le cubrían las piernas hasta los muslos. Hacía meses que estaba enfermo. Las hojas que su madre le ponía por las noches apenas ayudaban. Kamante apretó los dientes y se levantó.

UNA HORA MÁS tarde había conducido las cabras de la familia a un prado extenso. También otros niños de los *shambas* vecinos llevaban las cabras allí. A lo lejos se veía la casa gris de la mujer blanca. Los niños hablaban del interior de la vivienda y de los dulces que les daban, pero Kamante no tenía ganas de juntarse con ellos. Sus juegos lo aburrían y sus gritos lo sacaban de quicio. Le gustaba estar solo, ahí fuera, en ese mar infinito de hierba. Más allá, al otro lado del cauce del río, estaba la reserva masái. La había visitado a menudo y también había entrado a hurtadillas en la casa de la mujer blanca. La mayoría de las veces por la noche, en una ocasión de madrugada, siempre solo. Sabía que tenía un caballo y dos perros grises grandes que le daban miedo, pero ese era precisamente el objetivo de sus salidas. No huía de las pruebas de valor de los otros niños, pues era tan valiente como ellos. No, él era más valiente. Pero para eso no necesitaba compañía.

Kamante oteó en dirección al bosque. ¿Se estaba engañando o había visto salir una sombra? Se protegió los ojos del sol. Por la altura de este podía saber cuánto tiempo llevaba ahí y cuánto permanecería aún. La pequeña mancha se fue acercando. Era la mujer blanca a lomos de su caballo. Kamante se puso tieso como una vela y empuñó con más fuerza el largo bastón.

Tanne puso su caballo al paso cuando se acercó al joven con las cabras. Lo había visto varias veces de lejos, en la planicie, pero no era uno de los niños que iban a su casa casi a diario. Se detuvo a unos metros de distancia. El joven tenía la vista fija al frente y no la miraba.

—*Iambo* —intentó ella presentarse en suajili—. Soy Tanne Blixen, ¿y tú?

El chico frunció el ceño.

—Kamante.

Siguió mirando al frente, como si Tanne fuese invisible. Ella lo observó. Su cuerpo enflaquecido era propio de un niño, pero en su rostro cerrado había una madurez nada infantil. Tanne calculó que tenía once o doce años. Bajó la vista y se sobresaltó. Las piernas del joven, delgadas como las de una cigüeña, estaban llenas de llagas que supuraban.

—Tus piernas —dijo ella—. ¿Cuánto tiempo llevas así?

Kamante apretó los dientes y sintió que las mejillas le ardían. Por supuesto, ella lo había visto. Todos veían sus piernas al instante. Pero a él le daba igual. La opinión de los demás no importaba.

Tanne esperó, pero no hubo respuesta.

—Kamante —dijo, intentando dar a su voz un tono despreocupado—. Me gustaría que vinieras a mi casa mañana temprano, a las nueve. ¿Puedes hacerlo? Vivo allí. —Le indicó la casa. Por un instante, él movió la cabeza y sus miradas se cruzaron, pero el chico apartó la vista enseguida.

—Entonces, hasta mañana a las nueve —repitió Tanne—. ¿Me has entendido? —Ella no había esperado respuesta, pero el joven asintió levemente.

—*Kuaheri.* —Tanne dio media vuelta a su caballo y se marchó.

Kamante la siguió con la mirada. ¿Ir a su casa? Todavía tenía que pensárselo porque, a fin de cuentas, era el responsable de las cabras. Claro que podía pedirles a sus hermanos que se encargasen ellos por una mañana, pero sabía que no se tomaban en serio la tarea con los animales. Pedírselo era imposible... O casi imposible.

6

Ngong, principios de noviembre 1922

Cucú, cucú.

En la sala de estar resonaron los últimos toques del pequeño reloj de cuco. Eran las nueve, pero Tanne permaneció sentada a la mesa. Fuera, en el porche, se oía el murmullo de dos mujeres kikuyus que habían llegado a la consulta de Tanne, pero ese día Farah se ocupaba de ellas. Ella tenía otros planes.

Pasó una vez más las páginas del cuaderno en el que anotaba todos los tratamientos que efectuaba por las mañanas. Las llagas del pequeño Kamante llenaban varias páginas. Hacía unas pocas semanas, cuando lo había descubierto por azar con sus cabras, delgado, introvertido, ausente, no había contado con encontrarlo en el porche a la mañana siguiente. Sin embargo, se había presentado allí a las nueve en punto.

—*Iambo, m'sabu* —había dicho, aunque luego no había vuelto a abrir la boca. Tampoco en las semanas que siguieron, por lo que Tanne dedujo que no hablaba suajili. Hasta que una mañana le había dicho con una pizca de ironía que su agua estaba demasiado caliente.

Tanne revisó de nuevo la lista de medicamentos que había elegido para sanarlo. Movió desanimada la cabeza. Una y otra vez, parecía que las heridas se curaban, pero luego aparecían de nuevo en otro lugar. Cerró el cuaderno. Desconocía qué ocasionaba esas llagas en las flacas piernas del niño, pero era seguro que sus conocimientos no bastaban para darle el tratamiento adecuado.

Tanne consultó el reloj y vio que eran ya las nueve y cuarto. Empezó a ponerse nerviosa. El día anterior por fin había convencido a Kamante para que le permitiera llevarlo al hospital de la misión escocesa, pero tal vez el chico se lo había pensado mejor. Y posiblemente no volvería a verlo.

—Niko hapa, *m'sabu*… Ya estoy aquí.

Tanne se volvió. Kamante había entrado con tanto sigilo en la sala de estar que no lo había oído. Llevaba una especie de taparrabos y una bolsita tejida le colgaba alrededor de los huesudos hombros.

—Yo estoy preparado, tú no —añadió.

Tanne se echó a reír.

Minutos después, Kamante se sentaba a su lado en el coche. Su rostro impávido no desvelaba si le parecía divertido ir en un automóvil.

La misión escocesa se hallaba a unos veinte kilómetros de la granja y Kamante se quedó parado cuando bajó del coche en la plaza ante el edificio. La tierra verde de los kikuyus se extendía por todas partes. Tanne siguió su mirada y se percató de la sonrisa que apareció en su rostro cuando divisó las colinas de Ngong, a cuyos pies estaba su hogar.

—Ven —dijo tendiéndole la mano, si bien la retiró enseguida. Kamante no era un niño que buscase proximidad física. El chico se dio media vuelta. Los edificios de la misión escocesa eran poco acogedores. Grises y apartados, se asentaban en una hermosa elevación. Kamante parpadeó y Tanne notó su rechazo. Todo en él se resistía, pero al final la siguió.

El doctor Arthur, un médico todavía joven, ya los estaba esperando. Examinó a Kamante, moviendo la cabeza mientras el muchacho fijaba con estoicidad la vista al frente.

—El chico tendrá que quedarse un par de semanas con nosotros —dijo en inglés—. Por desgracia no puedo prometer nada. — Tanne lo tradujo. La mirada de Kamante se endureció. Luego, como una flecha, levantó el brazo y señaló por la ventana a dos niños de cabello oscuro vestidos con ropa europea que jugaban a la pelota en la plaza que había delante del edificio. Tanne supo de inmediato a qué se refería.

—¿Es preciso que le pongan aquí pantalón y camisa? —preguntó al médico.

—Eso no le hará ningún daño —se limitó a responder este. Tanne suspiró.

—Las opiniones son distintas. —Se levantó—. Kamante, nos veremos de nuevo pronto, te lo prometo —dijo, pero el joven bajó la vista. Tanne le estrechó la mano al médico y se marchó.

—*M'sabú!* —Se dio media vuelta y vio que Kamante se soltaba del médico, que lo había cogido de la mano. Unos pocos pasos y estaba frente a ella—. No te olvidarás de que estoy aquí, ¿verdad? Volverás, ¿no?

Asustada, Tanne se dio cuenta de que el chico estaba temblando. Tomó su mano con la derecha y se puso la mano izquierda sobre el corazón.

—Claro que sí —respondió seria. El gesto pareció calmar a Kamante.

—Entonces, ya me voy —dijo con tono solemne.

Tanne se lo quedó mirando unos segundos y luego se giró en dirección a la salida.

Cuando más tarde dejó la carretera para ir a la granja, oyó un bramido a lo lejos. La estación de las lluvias todavía no había terminado y al fondo, en el horizonte, parecía estar formándose una tormenta. Habían tenido escasas horas de sol por la mañana. «Es positivo para el café, pero negativo para las carreteras», pensó Tanne. Tomó con brío la última curva, previa al acceso a su casa.

—¿Y eso?

Delante de su casa había un Hudson Touring.

«¿Denys?» Las manos de Tanne temblaron unos segundos sobre el volante. En contra de su voluntad, el corazón empezó a latirle más deprisa. «A ver si te calmas», se reprendió. A saber por qué el honorable *mister* Finch Hatton nos honra con su visita.

La desconfianza de Tanne estaba justificada. En las últimas semanas había pensado en Denys con más frecuencia de lo que le hubiera gustado. Había pasado dos veces por el Muthaiga Club de Nairobi y había preguntado por él. La respuesta siempre había sido la misma: «*Mister* Finch Hatton está en Nairobi, pero en estos momentos se encuentra ausente». En la segunda ocasión había dejado una nota, pero nunca le había llegado respuesta. Aquello no la había sorprendido, pues a Denys le desagradaba comunicarse por escrito. Sin embargo, se había sentido molesta. A fin de cuentas, era él quien le había propuesto que se encontrasen antes de que se marchara de viaje.

Tanne aparcó el coche junto al Hudson Touring y entró en la casa.

—¿Farah? —llamó en voz baja. Las habitaciones parecían desiertas, no se oía nada. Su hermano Thomas se había marchado hacía un par de días para un viaje de exploración con un conocido noruego, Gustav Mohr. Y tampoco parecía que Farah y Denys estuvieran en la casa. Tanne entró en la sala de estar y se detuvo. En la puerta del porche vio a Farah, que miraba al exterior. Tanne comprobó que Denys estaba sentado en una silla de mimbre, concentrado en el tablero de ajedrez, y frente a él se hallaba Berkeley Cole. Así que no había venido solo. Aunque a Tanne le gustaba mucho Berkeley, sintió una pequeña punzada. Se acercó a ellos.

—¡Bienvenidos! Veo que ya os habéis puesto cómodos. —En ese momento descubrió al pequeño Abdullahi, que se levantó asustado, como si lo hubiese pillado haciendo algo prohibido. Estaba detrás de Denys observando el juego. Los dos hombres se pusieron en pie.

—Estuve en Nairobi y quise despedirme de Denys antes de que se marche pasado mañana —explicó alegre Berkeley, un hombre de cabellos cobrizos—. Pero me ha dicho que iba hacia tu casa y yo he tenido la desfachatez de apuntarme… No te preocupes, siendo un *gentleman* sé cómo ganarme la simpatía de los demás. He traído una excelente botella de vino blanco y un pescado. ¡Hasta mi médico me aconseja que coma pescado! Me recomienda menos que beba vino blanco, pero ¿qué le vamos a hacer? —Se dio unas palmaditas en su débil corazón.

—Debo señalar que, en realidad, el pescado y el vino eran para mí. ¡Ahora tengo que repartirlos! —se quejó Denys con fingida indignación, pero no hizo ademán de acercarse. Por un instante ella sostuvo su mirada risueña. A continuación, volvió la vista a Berkeley.

—¿Ya está el vino en la nevera?

—Por supuesto. Íbamos a buscar las copas adecuadas, pero tienes una colección tan maravillosa que no hemos logrado decidirnos. Por eso las hemos… —Señaló la mesa de la sala de estar.

—Berkeley, ¡por todos los cielos!

Tanne no había reparado antes en la pirámide construida con su cristalería más elegante, que ella misma había traído de Dinamarca.

—Una construcción muy sólida. —Berkeley sonrió.

—Estáis locos. Como se rompa una sola copa…

BERKELEY NO HABÍA exagerado. El pescado estaba exquisito y, naturalmente, no se habían conformado con beberse una botella. Entretanto se había puesto el sol. Vino y copas brillaban a la luz de las velas. Los perros de Tanne dormían tendidos sobre las gruesas alfombras. Berkeley apoyó la espalda en el respaldo de la silla.

—Denys tiene razón —opinó—. En Kenia no hay ninguna otra casa como la tuya. Tan acogedora y con tanto estilo. Un auténtico paraíso.

Tanne notó que se ruborizaba.

—Vaya, vaya —dijo con ligereza—. ¿Qué más cuenta Denys cuando yo no estoy?

—No mucho más —intervino Denys—. También me ha preguntado cuándo fue la última vez que estuve aquí. Hace mucho, desde luego. Bror todavía vivía aquí. —La escrutó con la mirada para observar su reacción. Luego siguió hablando—: También le he mencionado a Berkeley que eres una estupenda narradora de historias, una auténtica Scheherezade de las *Mil y una noches*. —La miró lleno de expectación.

Tanne sonrió.

—Ya es tarde y mis historias pocas veces son breves.

—No es lo bastante tarde… —Denys se la quedó mirando—. Por favor. Me la llevaré a mi viaje y, quién sabe, a lo mejor vuelvo con una continuación.

Se miraron unos segundos sin decir nada. Berkeley los observó primero a él y luego a ella. Era evidente que percibía que no formaba parte de aquel tácito intercambio de cuentos.

—Está bien —dijo en voz baja Tanne—. Esta historia se me ocurrió hace poco, cuando paseaba con Thomas a los pies de las colinas de Ngong. De pronto, me recordaron a las colinas de la Toscana y, a partir de ahí... Hace mucho tiempo, un joven, un aristócrata algo melancólico llamado August von Schimmelmann escribió una carta...

CUANDO TANNE CONCLUYÓ, las velas se habían derretido casi por completo. La mirada de Denys descansaba sobre ella. Se había retrepado en el asiento y sus dedos se deslizaban sobre los finos grabados de la copa semivacía que sostenía en las manos. Berkeley aplaudió con suavidad e insinuó una reverencia.

—¿Y? ¿Acaso había exagerado? —le preguntó Denys.

Berkeley negó con la cabeza.

—Ha sido un placer exquisito —respondió con admiración—. Deberías escribir estas historias.

Tanne rio.

—Ay, Dios, ¿quién tiene tiempo para eso? —Se levantó.

Denys y Berkeley la imitaron. Ya eran mucho más de las doce y Tanne les indicó la habitación en que iban a pernoctar.

Pocas horas después, un leve sonido despertó a Tanne. ¿Eran los perros correteando fuera, en el porche? Su dormitorio estaba silencioso en la noche negra como la pez. Intuyó que debía de ser muy temprano todavía.

Volvió a oír un ruido. En efecto, procedía del porche. Tanne apartó la colcha, se puso la bata de seda y salió descalza.

Antes de que pudiera llamar a los perros, vio el brillo de una lámpara de tormenta sobre la mesa del porche.

—Denys, ¿qué estás haciendo aquí a estas horas? —le preguntó.

—¿No se ve?

Tanne miró la tetera y dos tazas.

—No ha sido fácil poner el agua a hervir a oscuras. —Le sirvió—. Bebe una taza. He pensado que podríamos ir a las colinas de Ngong y contemplar los búfalos a la salida del sol. Para cuando Berkeley desayune ya habremos vuelto... Se despierta tarde. ¿Te apetece?

—Tanne lo miró perpleja unos segundos y luego se echó a reír.

Más tarde, el Hudson Touring de Denys traqueteaba por la estrecha pista de laterita junto a las estribaciones de las colinas de Ngong. Como si fueran dos brazos, los faros tocaban a tientas matorrales y rocas. De vez en cuando saltaban piedras que golpeaban la parte inferior del vehículo. Hasta ese momento, Tanne y Denys apenas habían intercambiado palabra.

—¿Qué habrías hecho si no me hubiese despertado? —preguntó ella de pronto. Vio con el rabillo del ojo cómo él se encogía de hombros.

—Habría sido una pena que nos hubiésemos perdido esta aventura.

—¿No me habrías despertado? —insistió Tanne sorprendida.

Él dudó un instante.

—No. Algunas cosas es mejor dejarlas a merced del azar. —Hubo un silencio de varios segundos. Luego añadió, ufano—: Pero he manejado el juego de té haciendo más ruido del necesario.

Tanne se echó a reír por segunda vez en esa madrugada.

Poco después, bajaron del coche y siguieron a pie.

—Por aquí —murmuró Denys, dándose un par de golpecitos en la nariz. Tanne levantó el rostro, pero no olió nada. Denys era conocido por su aguda capacidad sensitiva. No había sonido ni olor que se le escapara. Le hizo una señal y prosiguieron el camino. Pronto le indicó que esperase al acecho detrás del saliente de una roca. Por las huellas de los cascos, se deducía que el sendero trillado partía de la espesa maleza y era utilizado con frecuencia por los búfalos. Tanne perdió el sentido del tiempo. Unas piedras puntiagudas se le clavaban en los muslos a través de la tela del pantalón caqui. Le dolían los codos y también la espalda. Sin embargo, no hubiera preferido estar en ningún otro lugar que no fuera ese.

Lentamente, en el este, el horizonte se fue tiñendo de índigo y luego de gris. El aire era fresco y húmedo, sobre los arbustos verde oscuro descansaban jirones de niebla.

—Ya no estamos solos —susurró Denys. Esa vez, también Tanne lo había percibido. Una vibración en el aire, ¿o había sido en el suelo? Un crepitar surgía de la maleza, primero leve, luego más fuerte. Las ramas se quebraron y en la niebla blanca se divisó una sombra gris que conformó un cuerpo negro. Al primero le siguió un segundo. Aquella madrugada, el rebaño, compuesto por unas veinte cabezas, seguía su propio plan a un paso bamboleante, poderoso y autárquico.

Se quedaron tendidos un rato más después de que el último búfalo hubiese desaparecido de la vista. Entonces cayeron las primeras gotas, chapoteando en el silencio que los animales habían dejado tras de sí.

—El aire ya olía a lluvia esta mañana —advirtió Denys—. Pero yo esperaba que pasáramos un par de horas sin mojarnos.

Tanne se enderezó y estiró los miembros doloridos. Denys ya estaba de camino al coche.

—¡Ven! —gritó él a sus espaldas.

Las gotas cayeron espesándose hasta conformar un manto. Tan solo había recorrido unos pocos metros, y la chaqueta y los pantalones de Tanne ya estaban calados. El agua había penetrado también en sus zapatos. Tanne se echó a reír cuando, al abrir la portezuela del todoterreno descapotado, cayó en tromba el agua contenida sobre sus pies ya mojados. Denys puso el motor en marcha. Los finos limpiaparabrisas empujaban torpemente los ríos de agua de un lado a otro. El camino parecía un torrente que los conducía colina abajo. Las fundas de los asientos empapados crujían con cada curva y los muslos de Tanne aplastaban el agua. Sintió una inesperada y repentina euforia.

—¡Sigue adelante! —gritó por encima del rugido de la lluvia—. ¡Rápido, antes de que nos cubra el agua!

Tres cuartos de hora más tarde llegaron a paso ligero al porche de Tanne. Chorreantes y sin aliento se detuvieron debajo de la marquesina. Tanne se quitó su sombrero de ala ancha. Un chorro cayó sobre los zapatos de Denys.

—¡Eh! —gritó este con fingida indignación—. ¡Me estás mojando los pies! —Se inclinó, se quitó uno de los mocasines y lo escurrió. Sus miradas se cruzaron y los dos se echaron a reír.

Denys fue el primero que se puso serio. Tanne se quedó quieta cuando él le apartó de la cara un mechón mojado. Se miraron a los ojos en silencio.

—Si seguimos teniendo suerte, debería aparecer alguien por la esquina e interrumpirnos —musitó.

Ella asintió.

—Berkeley debe de estar en este momento retirando la colcha de la cama.

—Bien, entonces nos quedan unos segundos.

Sin apartar la vista de ella, la agarró por la cintura y la atrajo hacia sí. Tanne se acercó a él. Sus labios rozaron con ternura la comisura de la boca de Denys. Este le devolvió la caricia. Luego la besó apasionadamente.

7

Hargeisa, 1955

ABDULLAHI ADEN HABÍA vuelto a guardar el cuaderno azul en el cajón, había cerrado su despacho y había emprendido el camino a casa. En la mano sostenía una cartera con documentos que quería acabar de examinar, aunque tenía el día siguiente libre. El sol ascendía hacia su cénit y el calor iba en aumento. Pronto se quedarían vacías las calles de Hargeisa, la sede administrativa de la Somalilandia Británica. Cuanto más se acercaba Abdullahi al viejo bazar, más fuerte era el vocerío.

De golpe, resonó un grito:

«¡Inglés! ¡Inglés!»

Seguido de otro:

«¡No soy inglés, soy danés!»

Abdullahi se quedó parado. Buscó con la vista y al final descubrió a un hombre rubio a quien justo en ese instante una piedra le alcanzaba el hombro. El desconocido soltó un grito y se llevó la mano a la zona dolorida. Varios jóvenes procedentes de distintas direcciones se acercaron a él. Uno de ellos blandía un bastón.

Abdullahi salió corriendo tan deprisa como pudo.

—¡Basta, soy juez! ¡Fuera de aquí! —gritó con una voz atronadora mientras agitaba su cartera. Los hombres se detuvieron en seco y se lo quedaron mirando. Desconfiaban de su atuendo compuesto por camisa blanca y pantalones claros, todo de corte occidental, pero aun así lo reconocieron como un compatriota, uno con autoridad. Sin prestarles más atención, Abdullahi agarró con determinación al atónito europeo del brazo.

—Voy a ayudarle. ¡Venga! —anunció cuando el hombre iba a resistirse, y tiró presuroso de él. No lo soltó hasta que tomaron una callejuela sombría. Entonces sacó un manojo de llaves del bolsillo del pantalón y abrió un portal pintado de verde. La pequeña ventana adyacente con barrotes estaba abierta y de la pared blanca se desprendía el revoque.

Abdullahi se volvió hacia el extranjero, que se sentía inseguro y asustado.

—¿Lo huele? —preguntó amablemente Abdullahi—. Mi esposa ha hecho esta mañana pan ácimo y comeremos dentro de dos horas… ¿Quiere pasar? —Sostuvo la puerta abierta. El extranjero entró vacilante.

Abdullahi lo condujo a un pequeño patio interior y lo invitó a sentarse en un banco con baldosas a la sombra de una higuera. Preparó un té, sacó un cuenco con frutos secos y lo colocó todo sobre una mesa delante del extraño.

—Mi esposa todavía está en casa de su madre —dijo. En ese momento se le ocurrió que aún no se había presentado—. Soy Abdullahi Aden y debo disculparme por el comportamiento de mis compatriotas. ¿Es cierto que es usted danés?

El hombre asintió.

—Sí. Me llamo John Buchholzer y trabajo de periodista y fotógrafo. Suelo viajar por encargo de diarios daneses o con el fin de reunir material para mis libros.

El rostro de Abdullahi se iluminó.

—¿Conoce usted a la baronesa Blixen? Debe de conocerla. Es danesa también. Y una afamada escritora. Gracias a ella soy un juez reputado en esta ciudad.

John pareció sorprendido, luego rio.

—Claro que conozco a la señora Blixen, ¿qué danés no la conoce? Pero nunca me he relacionado con ella de forma personal. ¿La conoce usted bien?

Abdullahi sonrió con satisfacción.

—Viví durante años en su granja, en Kenia —explicó—. Mi hermano Farah la fue a buscar cuando llegó a África en barco, en 1913, y la acompañó a Mombasa: una mujer blanca de Dinamarca, sola con su perro… *Dusk,* se llamaba. Farah también estaba allí cuando justo después de llegar se casó con el barón Blixen. Querían sembrar una plantación de café y mi hermano era su mano derecha, se podría decir que su mayordomo.

John parecía haberse quedado de piedra.

—Qué increíble coincidencia —dijo al final.

—En efecto —Abdullahi le dio la razón—. ¿Sigue llamándose Blixen?

—Firma sus libros con el nombre de Isak Dinesen.

—Dinesen... —Abdullahi meneó la cabeza—. Ese es su apellido de soltera. ¿Pero Isak? ¿No es un nombre de varón?

—Es un seudónimo masculino —respondió John.

Abdullahi asintió pensativo.

—El apellido Blixen lo adquirió de su marido Bror Blixen, al igual que el título nobiliario. Pero ese hombre no fue bueno para la granja. Por eso el matrimonio tuvo que separarse. Fue a principios de la década de los veinte y luego ella misma tuvo que cuidar de sus propios intereses.

—¿Así que su hermano fue la mano derecha de la señora Blixen? —insistió John—. Pero ¿cómo llegó usted a la granja?

Abdullahi se inclinó hacia atrás en la silla.

—Yo tenía unos diez años cuando Farah vino a vernos a casa. Buscaba a un chico de nuestra familia que pudiera ayudarlo en sus tareas en la granja. —Sonrió con picardía—. De todos modos, yo no fui su primera elección.

John arqueó las cejas inquisitivo.

—En realidad, Farah había pensado en un primo, pero mi abuela se opuso porque el muchacho era muy hábil a la hora de recuperar los camellos de la familia que se escapaban. Nosotros, los niños, lo envidiábamos por esa facultad con la que se ganaba tanto respeto. Hoy me alegro de no haber manifestado ningún talento que impidiera a mi familia enviarme con Farah a Kenia. Cuando llegué allí, todo me resultaba extraño. La casa de piedra, la mujer blanca desconocida, el cultivo del café... La vida en aquel lugar. Pero la granja no tardó en convertirse en mi hogar y no solo yo me sentí pronto aceptado. La granja de missis Blixen era un refugio que acogió a muchas personas durante años. Y que eso fuera así solo pudo ocurrir gracias a ella.

8

Ngong, principios de diciembre 1922

Kamante se apoyó en la valla del recinto de la clínica y se quedó mirando a un grupo de chicos que corrían detrás de un balón. Allí había conocido ese juego llamado fútbol. Contrajo la comisura de la boca. Por una parte era emocionante, porque había que correr. Y ahora podía correr por primera vez en mucho tiempo. Pero, por otra, no le gustaba ese grupo de niños. Le desagradaban sus gritos y sus continuos empujones. Así que fingía que la pierna le impedía jugar. Al principio, los demás le preguntaban de vez en cuando si se unía a ellos, pero luego lo dejaron de lado.

En el rostro de Kamante apareció una sonrisa burlona cuando vio que uno de los chicos mayores se quedaba parado y se quitaba los pantalones y la camisa. Los otros lo imitaron dando voces. Se quedaron solo con lo que allí llamaban calzoncillos.

Kamante se miró la ropa. Los pantalones y la camisa estaban limpios, detalle por el que lo elogiaban las monjas en la clínica. Sin embargo, él también se reía de ellas para sus adentros. No mantenía la ropa limpia porque la apreciase en especial, sino porque no tenía ninguna razón para ensuciarla. Al igual que no tenía motivos para quitársela. En general, no había muchas cosas que él encontrara importantes.

—Kamantiii…

Levantó la vista. Delante de la puerta del sobrio edificio de la clínica había una hermana haciéndole señales con los brazos. Una vez más apareció en su rostro esa sonrisa burlona típica en él. Los extranjeros, que apenas hablaban otra lengua aparte de la inglesa, pronunciaban su nombre como si al final hubiese una «i» en lugar de una «e». Cada vez que lo llamaban así, los miraba inquisitivo. Algún día tendrían que darse cuenta de sus propios errores, pero hasta el momento no lo habían hecho. Kamante se puso en marcha.

El médico le examinó las piernas en la consulta.

—*Vuzuri sana* —dijo—. Muy bien.

—*My legs look very good* —repitió Kamante.

El doctor Arthur sonrió.

—En tan poco tiempo ya hablas bien inglés.

Kamante lo escrutó, pero el médico parecía elogiarlo en serio y el muchacho se sintió orgulloso.

El doctor Arthur se recostó sobre el asiento.

—Creo que no podemos hacer nada más por ti, Kamante. Puedes irte a casa. Informaré a la baronesa Blixen para que venga a buscarte.

—¡No, no decir nada! —exclamó Kamante con una vehemencia poco usual. Una arruga vertical apareció en su frente y sus ojos lanzaban chispas.

—Pero ¿por qué no? —preguntó sorprendido el doctor Arthur—. Hay más de quince kilómetros de aquí a la granja. Tú no puedes…

—Caminaré sobre piernas sanas. —Kamante se puso muy derecho. Luego cogió una venda de gasa de la mesa y se la tendió al médico—. Vendar, por favor. Sorpresa para la *m'sabu*.

El médico agitó riendo la cabeza.

—Entiendo. —Envolvió con cuidado las piernas de Kamante con las vendas que ya no necesitaba.

—Además, ahora soy cristiano —confesó el chico de repente.

El médico levantó la vista sorprendido.

—¿De verdad? —Frunció el ceño—. Ya sabes que no es necesario. ¿Te han convencido las monjas de la misión? ¿O alguno de los sacerdotes?

Kamante hizo un gesto despectivo.

—No fue necesario. No se necesitan razones para creer en Dios —se limitó a decir.

El doctor Arthur cabeceó entre serio y divertido.

Kamante inclinó la cabeza.

—*Goodbye*, doctor. —Fue hacia la puerta, pero en el umbral se volvió una vez más—. Pero tengo una pregunta: ¿por qué los cristianos llevan camisa y pantalón, si Jesucristo solo llevaba una túnica larga? Así aparece representado en la iglesia. Lleva una túnica blanca hasta los pies. ¿Por qué no os vestís como él?

El médico asintió despacio.

—¿Sabes?, no puedo responderte.

Kamante lo miró dubitativo unos instantes y luego giró sobre sus talones y se marchó.

TANNE APRETÓ SUAVEMENTE entre los dedos las pequeñas y duras cerezas de café. Algunas estaban todavía verdes, muchas ya amarillas, otras incluso rojas. Durante la breve temporada de lluvias que se extendía entre finales de septiembre y principios de diciembre, había llovido de forma abundante y por fin podían esperar una buena cosecha. Emitió un suspiro casi inaudible y deslizó la mirada por el uniforme verdor de la plantación que, en medio del paisaje indómito y salvaje, tenía un aspecto precioso.

No llovía tanto como en los territorios menos elevados, pero a cambio hacía más frío. Cuántas veces había perdido media cosecha a causa de ello. Si al menos en aquella ocasión todo saliera bien. Necesitaba el dinero para reducir la creciente montaña de deudas que iba acumulando y demostrar a su familia en Dinamarca que podía salir adelante, como con el tostadero de café. Thomas había trabajado duro. No faltaba mucho para ponerlo en marcha. Tanne lanzó una última mirada a la plantación antes de irse.

Hacía calor, pero la atmósfera del altiplano era de una claridad aterciopelada y transmitía pura energía. Regresó a casa dando grandes zancadas. Desde lejos observó que había alguien en el porche. El corazón le dio un vuelco, aunque su razón le decía que era imposible que Denys hubiera vuelto de su viaje de negocios. No había oído nada más de él desde la mañana que habían pasado juntos en las colinas de Ngong. Entretanto, las semanas estaban empezando a alargarse. Sintió una leve vibración en su interior que fue intensificándose poco a poco.

Tanne se detuvo y se protegió los ojos con la mano. Era un niño. ¿Abdullahi? No, imposible. Abdullahi era musulmán, por eso no los había visto sin turbante ni a él ni a su hermano Farah. Ese joven, por el contrario, llevaba la camisa larga de los kikuyus. No podía ser Kamante. De haberlo sido, seguro que el médico de la misión escocesa la habría avisado.

Tanne recordó la última vez que había ido a visitar al muchacho. Había pasado a caballo justo a lo largo de la valla de la misión, cuando de repente también Kamante estaba ahí, corriendo junto a la cerca por el interior. Iba deprisa sobre sus delgadas piernas, demasiado largas en comparación con el resto del cuerpo. Tanne había querido detener al caballo, pero Kamante simplemente había seguido corriendo, siempre junto a ella y separado tan solo por la cerca. Dirigía la vista al frente, concentrado en la carrera. Después, al llegar a los límites del terreno de la misión, el muchacho se detuvo respirando con dificultad. Solo cuando ella había querido dar media vuelta, había levantado el brazo tieso como una vela y se había quedado allí. Tanne sonrió al recordarlo. Qué jovencito tan extraño.

Cuando estaba a tan solo unos pocos pasos del porche, ya no vio a nadie. Tanne se quitó el sombrero y se pasó la mano por la abundante cabellera castaña. Delante de la puerta que daba a la sala de estar se quitó las botas cubiertas de polvo.

—*Iambo, m'sabu.*

Ella levantó la vista.

—¿Kamante? ¡Sí, eras tú! ¿Se puede saber cómo has llegado aquí desde la misión? ¿No habrá sido a pie? ¿Ya te han dejado marchar?

En el rostro de Kamante no se movió ni un músculo y tampoco su mirada decía nada. En lugar de responder, le tendió una carta. Tanne la abrió y leyó las líneas por encima.

—Te dejan marchar. El doctor dice que han hecho lo que han podido, sea lo que sea lo que eso signifique. —Miró inquisitiva al chico, pero él permanecía derecho e impasible.

—Vuelves a tener las piernas vendadas. —Se acercó a él—. La última vez que nos vimos estabas mucho mejor. ¿Otra vez han vuelto...? —A Tanne se le encogió el corazón—. ¿Me dejas ver? —Como él no respondía, Tanne se inclinó y desprendió con cuidado las vendas. Kamante pareció estremecerse.

—Oh, ¿te he hecho daño? Lo siento. —El muchacho contrajo el rostro y Tanne gimió para sí. Por lo visto el médico no había conseguido curar al chico de forma permanente. Había llegado ya a la última capa, y sacó el resto del fino tejido.

—Pero… —dijo sin dar crédito. Entonces resonó una risa salvaje e incontenida. Tanne levantó la vista hacia Kamante. Su alegría por la curación de las piernas se mezcló con la de haber sabido engañarla tan bien.

Iba a mover la cabeza en un gesto cargado de reproches, pero no pudo evitar unirse a sus risas.

—¿Qué vas a hacer ahora? —preguntó cuando se hubo recuperado—. ¿Vuelves a casa con tu familia?

Kamante asintió con solemnidad.

—Sí. Tengo que decirles que ya no puedo seguir cuidando de las ovejas.

—Pero ¿por qué no? —Tanne arqueó las cejas, extrañada.

—Porque a partir de ahora trabajaré para ti.

Se quedó sin habla, y pronto se le escapó la risa.

—Ah, ¿sí? ¿Y qué es exactamente lo que has pensado hacer?

—Necesitas un *toto* de perros. Un niño que cuide de tus perros. Ya he visto cómo se hace. Cambiar el agua, cepillar a los animales, quitarles las pulgas. Voy a ser un buen cuidador de perros.

Tanne no pudo reprimir una sonrisa. Ni siquiera recordaba haber visto a Kamante en su casa antes de que se marchara a la clínica.

—Para eso deberías saber cómo se llaman —dijo—. Es una condición previa para obtener el empleo.

—*Pania* y *Askari* —respondió ceremonioso—. Son los hijos de tu primer perro.

Tanne asintió perpleja.

—Bien, entonces ya está todo claro… Siempre que tu familia esté de acuerdo.

—Yo mismo decido —señaló escueto el chico—. Y algo más. Ahora soy como tú. Somos iguales, tenemos el mismo dios.

Tanne se lo quedó mirando consternada, pero antes de que pudiera decirle o preguntarle algo, ya se dirigía hacia el porche.

9

Thomas y un par de trabajadores habían transportado las últimas máquinas del tostadero de café recién acabado y Tanne había barrido el duro suelo apisonado.

—Listo… ¡Buf! —Se sentó sobre el destartalado banco que había colocado junto a la pared de planchas onduladas cerca de la puerta. Desde ahí, la vista panorámica alcanzaba hasta el cauce del río, tras el cual se hallaba la reserva masái. Thomas se sentó a su lado, sacó un pañuelo no demasiado limpio del bolsillo del pantalón y se secó la cara. Un mechón mojado de sudor le colgaba sobre la frente y tenía las manos manchadas de polvo. Apoyó la espalda contra la pared.

—¡Quieto! —gritó de inmediato Tanne, pero era demasiado tarde. En ese instante también Thomas se acordó de que la pintura blanca que habían usado en el tostadero todavía no estaba seca del todo. Se manchó la parte posterior de la cabeza y la camisa húmeda.

—Hacía tiempo que no iba tan sucio como hoy —dijo sonriendo—. Pero ¿sabes? A veces hasta lo echo en falta. —Su rostro adquirió de golpe un aire melancólico. Tanne supo enseguida a qué se refería. Hacía dos años que su hermano había vuelto de la guerra, pero el retorno a la vida normal le resultaba todavía complicado. En comparación con sus experiencias en el frente, los viajes por la selva africana o la construcción de un tostadero de café se le antojaban pasatiempos infantiles. Tanne estaba preocupada por él.

—Thomas, ¿no hay nada que te parezca digno de esfuerzo? ¿Algo que quieras hacer o conseguir en los próximos años?

Thomas volvió sorprendido la cabeza hacia ella. Por lo visto no había contado con que respondiera angustiada a ese comentario casi impertinente.

—No te lo tomes tan en serio —la evitó.

—Pero yo te tomo en serio —insistió Tanne —. Veo cómo te dejas llevar. Haces esto y aquello, pero no parece haber nada en lo que quieras poner todo tu corazón.

—Acabo de poner todo mi corazón en este tostadero —intentó bromear Thomas—. ¿Qué más quieres?

—Lo sabes bien. Quiero verte feliz. Tienes tantas virtudes… Quiero que conozcas el éxito, que te realices. Cuando viniste aquí, esperaba que encontrases todo eso en África, pero desde entonces hasta ahora me he dado cuenta de que me equivoqué. Tu futuro no está aquí.

—Encontrar la forma de realizarse no es fácil —opinó Thomas—. Cuanto más lo intentas de forma planificada, menos lo consigues.

Tanne refunfuñó de mala gana.

—Bror y yo… teníamos entonces un plan. Queríamos conocer el ancho mundo, llevar otra vida distinta de la existencia burguesa que habríamos tenido en casa. Y *voilà*, aquí estoy yo. Ha funcionado.

—Pero ¿eres feliz también aquí? —preguntó Thomas, que no pudo reprimir lanzarle una pequeña pulla.

—¿Lo dices por los problemas financieros? No vuelvas a sacar ese tema. —Se colocó un mechón castaño detrás de la oreja. Luego se miró las manos sucias y delgadas, que se habían fortalecido en los últimos años gracias al trabajo físico. Estaba contenta de no haberle contado nada sobre sus sentimientos hacia Denys Finch Hatton y el beso; de lo contrario no solo tendría que soportar alusiones a su falta de dinero, sino también a su vida sentimental.

—Thomas, ¿te acuerdas de lo que decíamos siempre? Si se quiere confirmar si se es feliz o infeliz, uno debe preguntarse qué sucedería si el estado actual fuera a prolongarse hasta la eternidad. Solo entonces llegas a ver con claridad si te encuentras en el infierno o en el paraíso. —Se puso en pie—. Pregúntatelo, Thomas. Lo digo en serio. Y no… —con un gesto de la mano cortó el intento de su hermano de expresar una objeción—, estamos hablando de ti, no de mí… Y ahora vamos a casa. Esta noche celebraremos la inauguración del nuevo tostadero de café.

ABDULLAHI HABÍA ESPERADO en la casa a que su hermano mayor estuviera ocupado con otro asunto y se había colado en la sala de estar. Sobre una mesita con dos delicadas sillas estaba el tablero de ajedrez de madera lacada. Por un momento, escuchó la voz de su hermano, que hablaba con alguien en la cocina, fuera de la casa. Abdullahi apreciaba a su hermano y le estaba agradecido por que se lo hubiera llevado consigo, aunque a veces era muy severo. Pero sobre todo era perfeccionista. Farah no valoraba el tiempo libre ni el juego. Abdullahi cogió la torre. Que su hermano no le permitiera jugar con los otros niños delante de la casa no le importaba. De todos modos, eran kikuyus y él era somalí, y, a fin de cuentas, eso era muy diferente. Arrastró la torre un par de casillas. Luego la devolvió a su sitio y movió el caballo… Era un juego maravilloso. ¿Por qué Farah no lo entendía?

Su hermano seguía hablando en la cocina sobre la cena inminente. Estaría un rato ocupado con ese tema. Sin darle más vueltas, Abdullahi se sentó en una silla. Le sudaban las manos y se las secó en la ropa, a pesar de que su hermano siempre lo reprendía por ello. No era la primera vez que jugaba a escondidas. Solía desplazarse hasta allí, sobre todo por las noches. Enseguida jugó la apertura de las dos partes. Después se detuvo para reflexionar.

—¡Abdullahi! —La voz furiosa de su hermano lo sobresaltó y un peón cayó del tablero. Al darse media vuelta, casi se sintió aliviado al ver a la *memsahib* y a su hermano detrás de Farah en el marco de la puerta.

—¡Ven aquí ya! —lo increpó.

—Déjelo, por favor —dijo Thomas y se adelantó a Farah para acercarse a Abdullahi. Observó interesado la jugada.

—¿Dónde estaba este? —preguntó levantando el peón del suelo.

Abdullahi cogió vacilante la pieza y la colocó en su sitio.

—¿Qué color eres tú?

—Blanco. Siempre soy blanco.

Thomas sonrió ante el tono solemne de la voz del chico.

—Entonces has cometido un error. —Thomas se sentó e hizo una jugada con una pieza—. Y entonces muevo esta pieza y esta otra... ¿Lo ves? Ahora estás en un apuro. —Miró sonriente a Abdullahi, pero este permaneció serio.

—Ha pasado usted por alto una posibilidad. —Abdullahi repitió una tras otra las jugadas en sentido inverso. Luego volvió a jugar la secuencia.

—Jaque —dijo al final. Thomas se lo quedó mirando atónito.

—Ahora ya basta, Abdullahi. Ven, tengo una tarea para ti. —La voz de Farah no admitía ninguna objeción. Abdullahi bajó el rostro encendido por el juego y fue con su hermano.

—¡Quiero la revancha! —gritó Thomas detrás de él.

Abdullahi se volvió y una sonrisa triunfal apareció en su rostro. Entonces Farah tiró de él.

10

QUIENES HABÍAN LLEGADO a la plantación para recolectar el café eran, sobre todo, hombres y mujeres jóvenes. Los períodos principales para cosechar el café en Kenia eran los meses de enero y julio, pero las cerezas tenían la mala costumbre de no madurar todas al mismo tiempo. Ya por entonces, a mediados de diciembre, muchos frutos estaban rojos y otros, por el contrario, estaban amarillos o incluso verdes todavía. Tanne amaba la dureza lisa y plena de las cerezas de café, más parecidas en realidad al escaramujo que al fruto del cerezo, que les prestaba el nombre. En su interior, el grano estaba envuelto por una fina capa de pulpa que tenía un sabor excepcional y que a Tanne le recordaba al del melón.

«Melones con una nota refrescante», pensó mientras chupaba una drupa. No lo hacía a menudo, pero a veces, cuando daba un pequeño descanso a sus dedos entumecidos por el dolor, era incapaz de resistirse. Deslizó la vista por las hileras aparentemente infinitas de árboles de café color verde oscuro entre las que se distribuían los recolectores con los sacos de yute. Era un trabajo duro, pero gratificante.

Tanne empezó a canturrear mientras alargaba y estiraba los dedos. En las últimas semanas no había dormido bien. Tenía demasiadas cosas en la cabeza. Bror, la recolección inminente, las expectativas de la familia… y Denys. ¿Pensaría él alguna vez en ella? Esa lluviosa mañana no habían hecho más que darse un beso, pues Berkeley, el amigo de Denys, estaba ya despierto y poco después ambos se marcharon. Sin embargo, después del beso, el aire que los envolvía había quedado envuelto en llamas. En las horas que siguieron, se tocó incrédula una vez los labios y sintió un ansia incierta, aunque no sabía en absoluto qué era en realidad lo que había entre ella y Denys. No se habían prometido nada, y él no había dado noticias desde su partida.

—*M'sabu*, ¿se encuentra mal? —preguntó un hombre muy joven y de rasgos armoniosos que recolectaba a su lado.

—No, no, estoy bien. —Tanne sonrió débilmente—. Solo estoy un poco cansada.

—Yo también —respondió él—. Mi madre no me deja dormir. Ya no es joven, pero vuelve a estar encinta y se siente... pesada. —Rio, aunque Tanne aguzó los oídos y se propuso ir al *shamba* de la familia a echar un vistazo al día siguiente. Sin embargo, ahora tenía que seguir trabajando.

—La familia es una carga... y siempre es una lata —canturreó con una sonrisa—. Si vuelvo a quedarme sin renta, dormiré bajo una tienda. Mejor será que recoja esta cosecha de cerezas rojas. —Esos absurdos pareados la divertían. De repente advirtió que algunos de los muchachos y muchachas que estaban a su alrededor habían dejado su tarea y se habían acercado. Había estado hablando en inglés, una lengua que los recolectores no entendían, pero los kikuyus detectaban la rima y el ritmo de un modo infalible.

—¿Qué está haciendo? —preguntó uno de ellos.

—Rimas —respondió ella en suajili. Luego le explicó en qué consistía.

—*Ngumbe na-penda chumbe* —dijo—. *Wakamba nakula mamba*. «Les gusta la sal a los bueyes mientras los wakamba comen serpientes...» Era lo primero que se le había ocurrido y no tenía ningún sentido profundo, pero los kikuyus entendieron que eso no importaba.

—Haga más, ¡hable como la lluvia! —pidió una joven kikuyu. Tanne encontró la comparación preciosa, sin duda mucho más poética que sus propios versos absurdos. Elaboró un par de ejemplos más y luego los mismos jóvenes tomaron el relevo.

De ese modo, la siguiente hora transcurrió entre risas. Tanne solo volvió a sentir cansancio cuando, de regreso, vislumbró su casa. Entretanto, había empezado a anochecer y las ventanas iluminadas de la granja inspiraban sosiego. Su casa era un barco de luz en la oscuridad repentina que irrumpía en ese continente.

Tanne se detuvo. ¿Qué sonidos eran esos? Thomas se había ido hacía un par de días a ver a su amigo Gustav Mohr, pero a lo mejor había cambiado de planes. Siguió avanzando y el incierto sonido se fue transformando en melodía. Aceleró el paso instintivamente. La melodía se volvía más nítida. El corazón le latía con fuerza. Ella no tenía gramófono, pero Denys había dicho en su último encuentro que necesitaba uno cuanto antes. ¿Había vuelto de su viaje de negocios?

Salvó corriendo los últimos metros hasta el porche. Entró en la sala de estar con las mejillas encendidas y el cabello alborotado. En efecto, Denys estaba sentado en el gran sillón orejero. Ante él, sobre una mesa, sonaba un gramófono; al lado había una botella de vino tinto y dos copas.

Tanne sintió de inmediato que la incertidumbre se apoderaba de ella. Había deseado con fervor que Denys volviera, pero ahora no sabía cómo manejar la situación. La excursión a las colinas de Ngong aquella lluviosa mañana y el beso cuando llegaron a la casa eran inolvidables. Pero ¿qué significaba todo eso para él?

El silencio entre ellos fue prolongado. Denys se levantó.

—Me imaginaba que la oscuridad te empujaría hacia la casa. Ya he encendido la chimenea y preparado las copas. —Avanzó un par de pasos hacia ella, pero también en su sonrisa había un asomo de incertidumbre, tanta como era posible en un hombre como él.

—Al menos, esta vez no has construido una pirámide de copas —bromeó Tanne, que había vuelto a dominarse pese al traidor rubor de sus mejillas.

—A cambio te he traído un obsequio que todavía no te has dignado mirar. —Denys hizo una mueca y Tanne rio.

—El gramófono me ha endulzado el camino de vuelta —dijo ella sonriente—. Gracias, estoy sorprendida. —Se acercó a él—. ¿Ya has acabado las negociaciones? —añadió con ligereza.

—No del todo. Tengo que marcharme y estaré fuera dos semanas más, pero volveré después de Navidades… Por cierto, me voy mañana.

La advertencia era clara.

La cena transcurrió como era de esperar entre dos buenos amigos. Tanne le habló de su trabajo en la granja, Denys de sus almacenes generales. Su talento para imitar a otra gente siempre la hacía reír. No obstante, percibía la pregunta sobre ellos que flotaba en el aire.

Al final de la cena, cuando se fue imponiendo el silencio, Denys fue hasta el gramófono.

—¿Qué música te gusta? —preguntó, echando un vistazo a los discos que había llevado.

—Los de música clásica —respondió Tanne—. Beethoven, Mozart...

—De momento he traído uno de mis favoritos. *Petrushka* de Stravinski. No, espera, aquí hay algo bailable. —Colocó el disco, se acercó a ella y le tendió la mano—. ¿Me permite? —Su sonrisa no era más que una insinuación.

Tanne se puso en pie. Denys era un bailarín experimentado y ella se preguntó con cuántas mujeres habría bailado durante su juventud en Inglaterra, donde había crecido como el benjamín del decimotercer Earl von Winchilsea. Pero aquella idea se dispersó enseguida. Su mano era cálida y firme. Respiraba su olor a tierra, tan próximo. A Tanne se le aceleró la respiración cuando sintió su cuerpo bajo la camisa. La mano de Denys había rozado levemente sus caderas, se deslizaba hacia el centro de su espalda y al mismo tiempo la atraía contra sí. También Tanne se aferró con más fuerza a él. Cuando sus pechos rozaron el torso de Denys, ella contuvo el aliento. Sus rostros estaban tan cerca el uno del otro que sus mejillas se rozaban. Cuando Tanne ya no pudo resistir más, él la estrechó por fin contra él.

—Denys —susurró con voz apagada. Entonces notó los labios de él sobre los suyos.

—¿*Memsahib*? ¿Mister Finch Hatton? —La voz de Farah, algo inquieta, resonó en el pasillo. Tanne se liberó apresurada del abrazo.

—¿Farah? —Debía de haberse detenido delante de la puerta—. Entra, por favor.

El rostro de Farah estaba alterado.

—Ha venido un joven kikuyu. Dice que usted lo conoce. Su madre va dar a luz y el parto no va bien.

Tanne supo enseguida de quién hablaba. Miró a Denys.

—Voy contigo —dijo él—. Pero tengo gasolina suficiente solo para llegar a Nairobi.

—Iremos en mi coche.

Cuando entraron en el pasillo, el joven los esperaba junto a la puerta. Tanne cogió su maletín con los medicamentos, pero tenía el desagradable presentimiento de que su medicina doméstica no iba a ser suficiente.

—Farah, trae la lampara.

Una petición innecesaria, pues la llevaba ya en la mano.

—¡Farah, tienes que sentarte en el asiento del copiloto! —gritó Tanne mientras los cuatro corrían hacia el automóvil. No vio la mirada inquisitiva de Denys. Cuando el vehículo se puso en marcha, Farah bajó la ventanilla y sostuvo la lámpara en el exterior.

—¿Qué está haciendo? —se oyó la voz de Denys desde el asiento trasero.

—Tengo los faros rotos —respondió lacónica Tanne.

—¿Que tienes los faros cómo?

—Ya hace tiempo. Pero voy retrasando la reparación. Cada mes que pasa me lo propongo, pero cuando recibo algún dinero surgen otros gastos más importantes. —Incluso sin mirarlo, Tanne sintió a sus espaldas la expresión de Denys, entre atónita y divertida.

Al final llegaron al *shamba*. Un grupo de mujeres se apiñaban alrededor de una de las cabañas redondas, de cuyo interior salían gritos de dolor. Tanne y el hijo de la parturienta entraron en la choza; Farah y Denys aguardaron fuera. La mujer, que no era joven, yacía junto a la hoguera. Con las manos se abrazaba el vientre abultado; tenía los ojos cerrados. Del nacimiento del cabello cortado al rape le resbalaba el sudor sobre la cara. Tanne veía que el sufrimiento la había dejado exhausta. Cuando entró, otras tres mujeres se retiraron al fondo de la choza. La miraban con recelo.

—¿Hay alguien aquí que hable suajili? ¿Hace cuánto tiempo que sufre estos dolores tan fuertes? —preguntó Tanne articulando las palabras.

—Desde esta mañana —respondió la mujer más joven.

Tanne la miró consternada.

—¿Desde esta mañana? —Empezó a sudar. En la choza el calor era insoportable, pero esa no era la única razón. Se levantó enseguida e hizo un aparte con Denys y Farah—. Como me imaginaba, este caso supera mis conocimientos. La mujer necesita un médico de verdad, y de inmediato.

—¿Se la puede transportar? —preguntó Farah.

—Tal vez en una ambulancia de verdad. Pero no en un coche normal.

Tanne pensaba con agitación.

—Solo hay una posibilidad. A un par de kilómetros de aquí vive un inglés llamado Parkes. Era médico antes de venir a Kenia.

Denys asintió enseguida.

—No lo conozco en persona, pero he oído hablar de él. Sé dónde está su granja.

—Yo me quedo aquí —dijo Tanne—. Por favor, date prisa.

Cuando Denys regresó una hora más tarde, Tanne y Farah habían advertido a las mujeres que llegaría un médico varón.

—No me habías dicho qué tipo de persona es —susurró Denys cuando volvió a quedarse delante de la choza.

—¿A qué te refieres?

Denys puso los ojos en blanco durante un instante porque Parkes acudió hacia donde ellos se encontraban. Con el rostro avinagrado, el médico se había plantado ante la entrada de la cabaña.

—Doctor Parkes, qué bien que haya venido, pase. —El hombre no prestó la más mínima atención a Tanne, pero la siguió al interior.

Al cabo de varias horas resonó el llanto del recién nacido.

—¡Ha salido todo bien! —Tanne salió victoriosa de la choza. Estaba despeinada y el rostro le brillaba cuando se acercó a Denys y Farah. Sus palabras casi quedaron ahogadas por los gritos de júbilo de los demás kikuyus.

Una hora más tarde, Tanne seguía conduciendo, acompañada de Farah, para llevar al doctor Parkes a su casa. Había acercado antes a Denys a su granja para que pudiera descansar al menos durante un par de horas. Bajó para acompañar al doctor hasta la puerta.

—No puedo agradecerle lo suficiente que haya acudido a nuestra llamada —dijo ella con franqueza, tendiéndole una mano que él no estrechó.

—No, no puede.

Tanne se sorprendió por el tono de su voz e intentó encontrar algún signo de ironía en su mirada, en la que solo notó condescendencia.

—He ido porque el honorable Denys Finch Hatton y la baronesa Blixen me lo han solicitado. Disfrutan ustedes de buena reputación en la colonia. Pero, hágame el favor, no vuelva a pedirme que toque a sus nativos.

Tanne lo miró atónita.

—No me malinterprete —prosiguió Parkes cuando observó su gesto—. A fin de cuentas, los negros también son seres humanos. Pero en mi consulta de Inglaterra, yo atendía a la élite de Bournemouth.

Por unos segundos, Tanne enmudeció. Luego montó en cólera.

—Qué bien para usted —gruñó—. Y qué calamidad para la élite de Bournemouth... Y también para nosotros, qué infortunio que no se haya quedado en Inglaterra. —Giró sobre sus talones y se marchó.

11

Ngong, Navidad de 1922

ABDULLAHI HABÍA DEJADO algo en el bungaló de Thomas, el hermano de Tanne. Ahora regresaba sin prisas a la casa. Aunque la hierba seguía estando verde, al caminar volvía a levantarse el polvo de la tierra rojiza. Los dedos de Abdullahi acariciaron la hierba alta y se resistió al deseo de descalzarse para no tener que lavarse los pies al entrar en casa.

—¡Estate quieto de una vez! *Kulaaniua…* ¡Joder!

Abdullahi se detuvo y no pudo contener una sonrisa. El autoproclamado cuidador de perros estaba en el césped de la casa de la *memsahib* Blixen e intentaba cepillar a uno de los peludos pastores escoceses. El corpulento animal le llegaba casi hasta el pecho y se lo pasaba en grande escapándose una y otra vez.

—Deberías atarlo —soltó sin pensar Abdullahi, quien al mismo tiempo se arrepintió de haber hablado con el chico kikuyu.

Este volvió la cabeza. Cuando lo reconoció, una arruga de desaprobación apareció en su frente.

—No necesito ninguna cuerda. El perro también me obedece así.

—Ya se ve.

El comentario le dolió tanto a Kamante que no se le ocurrió ninguna respuesta rápida. ¿Qué pretendía ese arrogante somalí? Era raro que hablara con él. Kamante apretó los labios. Los somalíes se tenían a sí mismos por los mejores, y por lo visto ese se creía un genio. Todavía podía sentir en la espalda la mirada clavada del otro. ¿Acaso no tenía otra cosa mejor en que ocuparse?

—¿Por qué lo haces? —preguntó el joven somalí.

—¿Qué? —Kamante había conseguido atrapar al perro por el pescuezo y pasarle un par de veces el cepillo por el lomo.

—Los perros son impuros —observó Abdullahi.

—Vosotros, los musulmanes, tenéis demasiadas normas.

Abdullahi calló desconcertado. Kamante esbozó una sonrisa. Ahora estaban en paz, pero el otro no cedió.

—Mira quién habla. Te has hecho cristiano. Los cristianos tienen muchas, muchas reglas, como mínimo diez; pero es posible que no tengas ni idea. Tú no sabes nada de su religión. Tú no eres un auténtico cristiano y además has traicionado a tu dios. Si realmente hubiera un dios de los kikuyus, habría bajado del monte Kenia para castigarte.

Ni el mismo Abdullahi sabía dónde se estaba metiendo. En las últimas semanas no había intercambiado ni una palabra con Kamante y ahora, sin darse cuenta, estaban hablando de dios.

Kamante dejó de cepillar al perro. Estaba furioso. Levantó la vista poco a poco hacia Abdullahi.

—El dios de los kikuyus existe. Y también existe el dios de los cristianos. Los dos se ocupan de los seres humanos, solo que el dios de los cristianos tiene más conocimientos de medicina.

Abdullahi lo miró dubitativo, pero Kamante prosiguió:

—Además, lo sé todo sobre el dios de los cristianos. También sé que hoy es su cumpleaños. Se llama Navidad. —Miró encolerizado a Abdullahi. Este tuvo que admitir que había previsto una confrontación más fácil con el chico de los perros. Sin embargo, todavía le quedaba la última carta.

—¿Así que esta noche irás con la *memsahib* a la iglesia? —Abdullahi sonrió con suficiencia.

—Pues claro, ¿tú qué te has pensado?

Encontró a la *m'sabu* en la sala de estar, sentada a la mesa repasando cuentas.

—*Iambo* —saludó lacónico.

Tanne levantó la vista sorprendida.

—El dios de los cristianos es un buen dios —empezó Kamante en tono de reproche—. Por eso hay que celebrar el día de su nacimiento como es debido. —Se detuvo. Como todos los kikuyus, Kamante dominaba el arte de la pausa, con la que daba a sus palabras peso y perspectiva.

—Es cierto —respondió Tanne insegura.

—Esta noche vas a la iglesia para celebrar su cumpleaños y no querías llevarme. Además, no me has enseñado nada sobre el dios de los cristianos... Nada en absoluto.

Enmudecida, Tanne lo miró. Si era sincera, no se había tomado en serio la conversión de Kamante al cristianismo y había esperado que él se olvidara de todo ese asunto. No había contado nada sobre su conversión durante la estancia en la clínica y a ella ese asunto le parecía más que cuestionable. Ahora, al advertir su expresión acusadora, se sintió culpable.

—¿De verdad quieres acompañarme a la iglesia? —preguntó.

—Me pondré también pantalones y camisa —contestó Kamante. Tanne se echó a reír.

—No es necesario. Dios también se alegrará de que lo visites como estás vestido ahora.

Pero el rostro de Kamante no se alteró y enderezó todo su cuerpo.

—Es mi regalo de cumpleaños —fue todo cuanto dijo.

—¿Quieres ir a la misa del gallo en los franciscanos?

Una sonrisa burlona apareció en el rostro de Thomas. Se limpió la boca con la servilleta y dejó el cuchillo y el tenedor sobre el plato. Su cena de Navidad había sido al menos tan buena como la de su casa, en Dinamarca.

—Se lo diré a mamá por carta —prosiguió Thomas—. O mejor aún, a nuestra tía Mary Bess. Eso inquietará a la religiosidad unita ria de nuestra familia.

—Bobadas —respondió Tanne—. De todos modos, aquí no hay ninguna iglesia unitaria y en los franciscanos siempre es muy animada la Navidad. Además, su iglesia es muy bonita y quiero que Kamante la vea. ¿Y tú? ¿Vienes con nosotros?

—Prefiero seguir leyendo mi libro.

—Yo tampoco voy. —Kamante estaba junto a la puerta. Se veía muy raro con los pantalones oscuros y la camisa blanca; solo la expresión de su rostro era tan desafiante como siempre.

—Por todos los cielos, ¿se puede saber qué te pasa ahora? —preguntó Tanne con fingida desesperación.

—En la misión escocesa me han dicho que he de tener cuidado con los franciscanos. Ahí no tienen la fe correcta. De ninguna manera podemos ir a esa misa.

Los hombros de Tanne se hundieron. Le era imposible entender las hostilidades que las diversas misiones cristianas seguían manteniendo entre sí, incluso en aquel continente lejano. Llegaban incluso hasta la mente del pequeño Kamante.

Se levantó.

—Ven conmigo. Creo que tengo algo que explicarte.

LA MISIÓN CATÓLICA francesa se encontraba a unos quince kilómetros de la casa de Tanne. A ella le encantaba el trayecto, que transcurría entre antiguas plantaciones de acacias. Su aroma fresco y resinoso era lo más navideño que se podía pedir. Cuando vio la misión por debajo de la carretera, frenó.

—Está ahí abajo. —Señaló a Kamante, del que una cosa sí sabía: no había nada que despreciara más que la presunción o la autocomplacencia. La admiración de cualquier tipo le resultaba ajena. Pese a ello, seguro que le gustaría la bonita construcción de piedra gris con el campanario, los porches, las escaleras y los arcos del refectorio.

—¿Dios viene de vez en cuando a esta casa como el dios de los kikuyus viene a la nuestra? —preguntó con cautela.

—Puede ser —opinó Tanne—. Pero, cuando no está, hay unas estatuas que lo representan.

Los ojos de Kamante se llenaron de vida.

—¡Quiero verlas! —exclamó. Tanne rio.

Si la misa de Navidad en una lengua extranjera lo aburrió, Kamante no dio ninguna muestra de ello, aunque bajó los hombros abatido y la luz de su rostro se apagó cuando más tarde ambos se detuvieron delante de una gran figura de Jesús.

—¿No te gusta? —preguntó Tanne sorprendida.

—Hasta ahora había pensado que el dios de los cristianos se vestía un poco como los kikuyus —dijo en voz baja—. Pero no es cierto. Ahora sé a qué me recuerda. —El tono de su voz se endureció—. ¡El dios de los cristianos lleva un caftán como el de los musulmanes!

Tanne suspiró.

—¿Y eso qué te demuestra? —preguntó dándose por vencida—. Las dos religiones tienen más en común de lo que admiten.

—En la misión escocesa han dicho que era predicador.

Tanne se alegró de que cambiara de tema.

—Un predicador, pero también un sanador.

—¿Como tú?

Tanne volvió a reír.

—Creo que la comparación cojea.

Kamante la miró sin entender, pero antes de que Tanne pudiera explicarle la expresión, el chico preguntó:

—¿Yo también puedo llegar a ser sanador?

—No lo sé —contestó ella atónita—. Un sanador asume una gran responsabilidad.

—¿Más grande que cuidar de tus perros?

Ella sonrió.

—Es otro tipo de responsabilidad.

—Yo la puedo asumir —declaró Kamante—. Tú lavas las heridas con vinagre; para el dolor de cabeza das…

Tanne escuchó atónita la larga lista. Por lo visto, Kamante no solo era un buen observador, sino que poseía también una memoria excepcional.

—Mañana temprano, a las nueve, cuando te hayas ocupado de los perros, nos vemos en el porche.

Poco después, se dirigieron al coche de Tanne en silencio. A ella el cielo le parecía más alto de lo habitual y de una mayor y oscura nitidez. Pensó en su granja, en Denys, en su familia en Dinamarca y en la de África, compuesta por Farah, Abdullahi y ese niño tan extraño que caminaba a su lado. Tanne no sabía si realmente creía en Dios. Sin embargo, ahí y ahora, bajo el luminoso cielo africano, rebosaba agradecimiento. Agradecimiento por esa vida y todo lo que esta le regalaba.

12

SE HABÍA CONVERTIDO en una Nochevieja tranquila, más tranquila de lo que Tanne había deseado. Desde su llegada, Thomas no había hecho ningún esfuerzo especial por integrarse en la comunidad de los otros colonos, y aunque ella no lo reprendía, su desinterés no era más que otra señal de que no permanecería durante mucho tiempo en Kenia. Más bien al contrario, pues Tanne sentía que la convivencia llegaba a su fin. Thomas también se había opuesto a considerar las propuestas de su hermana, de manera que se negó a celebrar el Año Nuevo en el Muthaiga Club y a recibir invitados en la granja.

—Pronto será medianoche —dijo Tanne y se ciñó un poco más el pañuelo alrededor de los hombros. En África hacía tanto frío por la noche como calor durante el día. Thomas estaba arrellanado en su asiento, con los pies sobre la gran muela de molino que Tanne usaba de mesa en la cara oriental de su casa. Desde que la había mandado traer a la granja desde un molino abandonado, se había convertido en uno de sus lugares favoritos. Thomas sorbía su champán y no contestaba. Contemplaba el firmamento.

—Las estrellas son tan luminosas aquí —dijo maravillado.

Tanne asintió, pero pensaba en otro asunto.

—¿No echas en falta a nuestra madre en momentos como este? ¿O a la tía Mary Bess, a nuestro hermano Andres, a nuestra hermana Elle… y también a Ea, a quien no volveremos a ver nunca más? —preguntó mirándolo por el rabillo del ojo. Le pareció que

Thomas reflexionaba, si es que había oído sus preguntas. Tanne suspiró de un modo casi imperceptible. Si era franca, sabía a la perfección de dónde procedía su melancolía: había esperado pasar aquella noche con Denys. ¿No le dijo que volvería de sus últimas gestiones poco después de las Navidades? Pero no había tenido más noticias suyas, y reprimió el deseo de ir a Nairobi y preguntar por él en el Muthaiga Club.

—Einstein opina que las mismas leyes son válidas para el espacio y el tiempo —señaló de repente Thomas. Nadie hubiera sospechado que esa era una respuesta a su anterior pregunta, pero Tanne sabía a qué se refería. En los últimos meses, buena parte de los pensamientos de Thomas giraban en torno a las teorías más recientes de Einstein, sobre las que habían conversado con frecuencia.

—Esto se puede aplicar a mi caso —respondió ella—. En los últimos años, me he acostumbrado a convivir con mis recuerdos de cómo eran mis días antaño, de vosotros, de todo de lo que está tan lejos y al mismo tiempo tan cerca, al otro extremo de la tierra; pero tampoco aquí encuentro distancias cuando pienso en ello. A veces tengo la sensación de haber perdido la percepción del espacio y el tiempo, y eso también es válido a la hora de comparar el pasado y el presente.

—Hum —fue lo único que musitó Thomas. Luego echó un vistazo al reloj y se levantó de un salto—. ¡Feliz Año Nuevo, hermanita! —exclamó.

—Oh, ¡feliz Año Nuevo! —Tanne rio—. Esto es lo que pasa cuando no se invita a nadie. Por culpa de tus sesudas reflexiones casi nos olvidamos del Año Nuevo. —Se abrazaron.

Tanne se acostó poco después. Del bosque vecino llegaban gritos aislados de monos y aves. No tardó en dormirse.

Pero no debía de haber dormitado ni diez minutos, cuando algo la despertó. Se apoyó sobre los codos y miró el reloj.

Fuera rechinaron los neumáticos de un coche sobre el acceso a la granja y se detuvo un motor. ¿Qué había pasado? ¿Una urgencia en algún lugar? Tanne saltó de la cama y se puso la bata blanca de seda.

En el pasillo se encontró con un chico kikuyu con una linterna.

—¡Ha venido *buana* Fich Hatton! —exclamó alegremente, como si no hubiera nada especial en presentarse a la una de la noche.

—¿Denys? —Tanne corrió al porche, pero se detuvo al ver a dos personas más sentadas en el coche abierto.

—¡Lord Francis Scott y su sobrina Margaret! —exclamó Denys, quien llegó en dos zancadas al porche. Miró indeciso a Tanne un momento.

—¿No vas a cambiarte? ¿O vienes con la bata? Nos vamos a la fiesta de Fin de Año del Muthaiga Club. —Denys la miró lleno de expectación. De hecho, ella no lo dudó ni un segundo.

—Dame cinco minutos.

—En realidad es una pena —gritó él a sus espaldas—. La bata te queda bien.

LA MÚSICA RESONABA desde el interior del club. Cuando entraron, se mezclaron con la melodía las risas sonoras y una gran confusión de voces. Todas las estancias estaban decoradas con guirnaldas y el confeti cubría el suelo. Sobre las mesas cercanas a la pared quedaban los restos de un bufé; las botellas de champán reposaban en unos grandes cubos con hielo.

—No será esta nuestra baronesa Blixen.

Tanne se dio media vuelta, preguntándose durante cuánto tiempo seguirían dirigiéndose a ella con aquel título nobiliario ahora que su divorcio con el barón Bror Blixen era un asunto cerrado. Miró a su alrededor. La estridente voz pertenecía a lord Delamere, uno de los primeros colonos ingleses de Kenia y dirigente no electo de la comunidad de colonos. Tanne apreciaba su sentido del humor y admiraba la destreza con que había convertido su granja en una actividad exitosa, aunque no estaba de acuerdo con sus opiniones políticas. Ahora, Delamere se abría paso entre la multitud mientras caminaba hacia ella. Su rostro anguloso estaba enrojecido y tenía el cabello desgreñado, por lo general peinado con una raya muy minuciosa. Se dibujó una ancha sonrisa en su rostro.

—Baronesa, hace mucho que no nos vemos. ¿Qué tal la granja?

—Bien. —Tanne sonrió. Al menos esa vez no había tenido que mentir. La cosecha era muy prometedora. No obstante, consideró más seguro cambiar de tema—. He oído decir que uno de sus caballos ha ganado una carrera importante.

Lord Delamere asintió complacido.

—Sí, lo cierto es que hace un par de meses que la joven Beryl Markham entrena mis caballos con un éxito sorprendente. Se conocen, ¿verdad? Debe de andar por aquí. —Deslizó la mirada por el gentío, pero no logró distinguir a Beryl Markham. Tanne miró a su alrededor. Tampoco se veía a Denys por ningún sitio, ni a lord Scott y su sobrina. En ese momento, la orquesta empezó a tocar *Everybody Step*. Un grito de júbilo recorrió la sala y enseguida se formaron parejas. Lord Delamere la agarró del brazo—. Estoy totalmente libre.

Tanne se sorprendió de lo fácil que le resultaban los pasos si se tenía en cuenta que hacía un rato había estado acostada en la cama. Delamere era un buen bailarín. Se sintió llena de energía.

—No te desmadres. —Alguien le había rozado la espalda. Cuando miró hacia atrás vio a Denys, que estaba bailando con la sobrina de lord Scott.

—¿Por qué no? —preguntó ella riendo.

—Necesito una pausa —advirtió tosiendo Delamere cuando hubo terminado la canción—. Un hombre de mi edad ya no debería bailar este tipo de música. —Tenía la huesuda frente perlada de sudor.

Tanne rio.

—¿Voy a buscar bebidas?

—Que lo haga él solo. ¿Me permite? —Hugh Martin, un conocido de Tanne, bajito y con sobrepeso, la tomó de la mano. Era director del Land Department de Nairobi, una mente brillante, aunque también cínica, a quien le aburría su trabajo y que, como él mismo decía, no había nada de lo que estuviera más convencido que de la perversidad de la naturaleza humana, cuando no de todo el universo.

Delamere hizo un gesto con la mano y se dirigió a pedir las bebidas mientras Hugh Martin bailaba con Tanne. Ella alcanzaba a ver a Denys por encima de su hombro. La mujer con la que estaba bailando en ese momento le era desconocida. Como si él lo hubiese notado, miró hacia Tanne. Sostuvieron la mirada unos segundos, luego Martin la condujo en otra dirección.

—Ahora yo también necesito una pausa —gimió Tanne cuando concluyó la melodía—. Y qué veo allí… ¡Pero si es Ingrid Lindström!

Se despidió de Hugh y se abrió camino hacia su amiga Ingrid, que estaba junto a la barra. Ella y su marido Gillis eran suecos, como Bror Blixen. De hecho, él era en parte el culpable de que también Ingrid y Gillis se hubiesen comprado una granja en Kenia un par de años atrás.

—¡Tanne! —El rostro vivaz de Ingrid se iluminó cuando vio a su amiga. Ya desde el primer momento había nacido entre ellas una familiaridad que Tanne solo sentía con pocos colonos.

—¿Qué tal vais por Njoro? —preguntó mientras cogía la bebida que le tendía el camarero, y enseguida deseó no haber planteado esa pregunta. También Ingrid y Gillis tenían que esforzarse mucho por mantenerse a flote.

Ingrid puso los ojos en blanco.

—No preguntes... De todos modos, podrías venir a verme alguna vez. Hace mucho que no me visitas. Las granjeras somos pocas y debemos mantenernos unidas.

—Tienes toda la razón. ¿Cómo les va a tus chicas?

Ingrid empezó a contarle peripecias. Tanne casi se había olvidado de que estaban en una fiesta cuando un objeto golpeó a su amiga en la cabeza.

—¡Au! ¿Qué ha sido eso? —Alguien le había lanzado un panecillo. Por lo visto, la fiesta había entrado en una nueva fase mientras conversaban. La «fase inglesa», como la llamaba Tanne. Por toda la sala pasaban volando panecillos, las sillas se volcaban con un crujido mientras un grupo de hombres y mujeres se perseguían a gritos por la habitación.

—¡Oh, Dios! ¡Mira! —exclamó Ingrid, y señaló a un joven pelirrojo agarrado a una viga que balanceaba las piernas.

—Creo que ha llegado el momento de marcharse antes de que empiecen a suceder más cosas raras por aquí. —El marido de Ingrid se había acercado discretamente por detrás de su esposa. Fingió una reverencia—. Buenas noches, Tanne, ¿podemos llevarte? Tampoco deberías quedarte aquí sola.

—No está sola. —La voz que había sonado junto a ellos era la de Denys. Tanne estaba tan sorprendida que no supo cómo reaccionar. A Ingrid y Gillis les sucedió, al parecer, lo mismo.

Gillis fue el primero en hablar.

—Bien, entonces feliz Año Nuevo. —Los dos se despidieron, pero al marcharse, Ingrid miró una vez más hacia atrás. En sus labios se dibujó una significativa sonrisa que quería decir «no creas que te vas a escapar, porque quiero saberlo todo».

Denys dijo algo incomprensible y Tanne se señaló el oído indicándole que el ruido había apagado sus palabras. Él se inclinó hacia ella.

—¡Ven! —dijo. Luego la cogió por el brazo y la condujo a través de la alegre muchedumbre en dirección al porche.

Tanne suspiró aliviada cuando el frescor oscuro envolvió su rostro acalorado. Denys cerró la puerta de dos hojas y de súbito el ruido pareció proceder de muy lejos. Sorprendentemente, estaban los dos solos.

—Primero quieres ir a una fiesta, y ahora, de repente, necesitas paz y serenidad —bromeó Tanne.

Denys asintió.

—Sí. Primero se quiere una gran compañía y luego se prefiere una pequeña.

Tanne lo miró. ¿Se refería a ella? Pero no hubo más explicación. Entre los rosales, setos y árboles del jardín del Muthaiga Club se distinguía el contorno de los bungalós que los socios podían alquilar. Uno de ellos servía a Denys de hogar provisional cuando no estaba de viaje.

—¿En qué piensas? —preguntó ella espontáneamente.

La miró un segundo de reojo con una sonrisa elocuente.

—Oh, en nada en especial —dijo—. Solo me estoy rompiendo la cabeza por saber si tiro piedras sobre mi propio tejado al preguntarte si quieres que te acompañe a casa... ¿Y si entonces decides despedirme con un «buenas noches y feliz Año Nuevo»? —Otra breve mirada—. Pero hay una alternativa. Debería ocurrírseme algo inteligente que te induzca a dormir en mi bungaló. Por desgracia, estoy bastante desorientado y es probable que la perspectiva de invitarte a tomar una última copa no tenga mucho encanto tras la bacanal de esta noche... En realidad, solo queda la poesía. Me han dicho que los poemas impresionan a algunas mujeres.

—Algo en lo que seguro estás muy versado y por lo que ya has celebrado grandes triunfos.

—Menos de los que tú te piensas. Es probable que no conozca los poemas apropiados. —Una sonrisa irónica se dibujó en su rostro.

—Valdría la pena hacer un intento… Dispara.

Denys sonrió satisfecho y empezó a citar:

—«Nadie, ni yo ni nadie, puede andar este camino por ti, tú mismo has de recorrerlo. No está lejos, está al alcance de tu mano. Tal vez estás en él sin saberlo, desde que naciste…» —Se la quedó mirando esperanzado.

—*Canto de mí mismo*, de Walt Whitman —dijo Tanne sonriente. La insinuación era muy directa, se diría que torpe y, sin embargo, el intento poético de seducción no le había desagradado.

—Solo encenderé una lámpara de petróleo —anunció Denys cuando entraron en su bungaló—. Así no verás el caos. Desde que he llegado no he conseguido poner orden. —Apartó con el pie un par de objetos y luego cogió la ropa que estaba sobre una silla. Antes de que decidiera dónde dejarla, Tanne lo tomó de la mano.

—Deja la ropa donde está. No tengo ninguna intención de sentarme.

Con un rápido movimiento, se inclinó y sopló para apagar la llama de la lámpara de petróleo. La lechosa luz de la luna se extendió sobre el rostro anguloso de Denys. Tanne percibió que las prendas que sostenía en la mano caían al suelo. Un segundo después los dedos de él se posaron en su cintura para avanzar hacia arriba con una lentitud infinita, mientras aumentaba la presión. Tanne se acercó más a él hasta que sus cuerpos se tocaron. Entonces ella lo fue empujando paso a paso hacia la cama.

13

Hargeisa, 1955

—Hablo demasiado, ya me lo decía entonces mi hermano Farah. —Abdullahi dibujó en su cara una sonrisa a modo de disculpa y colocó el vaso de té sobre la mesa decorada con piedras de colores. A pesar de la sombra que proyectaba la higuera, era difícil soportar el aire caliente en el patio revestido de azulejos.

—Ignoraba la mayor parte de lo que me ha contado, aunque había leído el libro de missis Blixen sobre sus experiencias en África —respondió John.

—¿Cuáles son sus próximas intenciones? —preguntó Abdullahi, ignorando el último comentario de John—. ¿Tiene prisa por seguir haciendo alguna cosa?

—En realidad, no tengo ninguna. Viajo para escribir sobre el recorrido y soy mi propio jefe.

—Entonces, ¿puedo invitarle a quedarse un par de días con nosotros? Se hospedará en mi casa.

—En ningún caso desearía…

—No lo hace. Sé que en su país esto ocurriría de un modo distinto. Por favor, no rechace mi hospitalidad.

John sonrió.

—No es mi propósito. Estaré encantado de quedarme con ustedes.

—Venga. —Abdullahi se puso en pie—. He oído que mi esposa ha vuelto y quiero presentársela.

John lo siguió al interior.

—¿Fatima?

La esposa de Abdullahi estaba calentando el horno para la comida del mediodía y se levantó cuando los dos hombres entraron en la habitación. Era tan alta como Abdullahi y superaba varios centímetros en altura a John. Aunque parecía ser algo mayor que su marido, tenía el cuerpo delgado y flexible como el de una joven. Sus incontables brazaletes tintinearon al saludar.

—Fatima, ¿nos prepararías un *soor* para la comida? —pidió Abdullahi. Luego se volvió hacia John—. El *soor* se parece al *ugali* keniata, una papilla de maíz, pero en Somalilandia se refina con leche, mantequilla y azúcar.

—Hay que ir a buscar a Cabdulaahi a la escuela. —La voz de Fatima era más grave de lo que John había esperado.

—Oh, con nuestro encuentro casi me había olvidado. ¿Me acompaña? —Abdullahi notó que John dudaba—. No tenga miedo, en mi compañía no se repetirá el incidente anterior.

—¿Cómo está su hermano Farah? ¿Vive también en Hargeisa? —preguntó John poco después, cuando caminaban por las estrechas callejuelas.

Abdullahi negó con la cabeza.

—Por desgracia, mi hermano murió hace más de diez años. Mi esposa Fatima, a la que acaba de conocer, era su tercera mujer. Yo estaba ahí cuando, tras la boda, se instaló en la granja de la *memsahib* Blixen. Una celebración muy bonita, pero ya le hablaré de ello en otra ocasión. Ahora tenemos tiempo

—Siento que Farah ya no viva. ¿Volvieron a verse missis Blixen y él?

Abdullahi movió la cabeza, afligido.

—Había planes concretos. Él y la *memsahib* Blixen querían reunirse en 1939, pero estalló la guerra mundial y en 1942 mi hermano murió.

—¿Cabdulaahi? —preguntó John—. ¿Es el hijo de Farah?

—No, es mi hijo.

—¿Y a qué tipo de escuela va? —quiso saber John.

—Es una escuela coránica privada que no es barata. —Abdullahi suspiró—. La oferta de las escuelas públicas somalíes sigue siendo rudimentaria. Pero ¿de qué me quejo? Tradicionalmente, los somalíes no tenían ninguna escuela. Incluso nuestra lengua se transmitió solo de forma oral durante un largo tiempo. Más tarde, nuestro país se dividió. Una parte se convirtió en colonia italiana y la otra en británica.

—¿Y los colonos no construyeron ninguna escuela? —se sorprendió John.

Abdullahi se encogió de hombros.

—Antes, cuando yo todavía era un niño, no había en la Somalilandia Italiana ninguna escuela. Los italianos necesitaban a los somalíes para emplearlos en el campo y en trabajos inferiores. Pero los británicos, por su parte, sí apoyaron la creación de escuelas coránicas en su área. Durante la Segunda Guerra Mundial fundaron una amplia red de escuelas primarias para formar empleados para su Administración. Hay también dos escuelas para policías, profesores y asistentes sanitarios. No obstante, leí hace poco que solo un uno por ciento de todos los niños somalíes va a la escuela. —Observó a John para evaluar su reacción. El extranjero había arqueado las cejas.

Abdullahi rio, pero no era una risa alegre.

—No es Dinamarca, ¿verdad? —Se encogió de hombros—. Aquí las escuelas públicas son escasas, las privadas son inaccesibles para la mayoría de las personas y, de todos modos, muchos no entienden qué sentido tiene la educación. Ningún otro niño de mi familia ha ido a una escuela ni ha soñado siquiera con hacerlo.

—Usted sí, por lo visto —señaló John. Entretanto habían llegado al patio interior de un edificio blanco y de cubierta plana. De una de las ventanas abiertas salían las voces de los alumnos, de otra, la de un profesor.

—Se lo debo a missis Blixen. —El rostro de Abdullahi reflejaba orgullo—. ¿Sabe?, la *memsahib* Blixen no solo fue la primera mujer con formación que conocí siendo niño. Fue el primer ser humano con educación. —Vio que John sonreía—. Sí, ríase usted, pero en nuestra casa todo giraba en torno a los camellos. Ellos daban la medida de la riqueza. Y mientras los hombres estaban ocupados con los animales o buscaban pastos nuevos, las mujeres eran las responsables de todo. Recuerdo que las de mi familia trabajaban sin descanso.

En ese momento se oyó el sonido de sillas que se arrastraban y resonaron voces infantiles. Después, una puerta de madera se abrió con un largo crujido y los escolares salieron del edificio. Un niño de unos ocho años se separó de sus amigos y corrió hacia Abdullahi.

—¡Papá!

Cuando vio a John se detuvo turbado.

—Cabdulaahi, este es John Buchholzer. Viene del mismo país que la *memsahib* Blixen y es nuestro invitado. Salúdalo, por favor.

—*Salam aleikum* —dijo el niño vergonzoso. Luego, sus ojos oscuros se abrieron de repente llenos de alegría.

—¡La cartera! —exclamó emocionado—. ¡El libro! —Abrió la gastada cartera de piel que tenía varios remiendos y sacó un viejo catón en inglés que tendió a John con el rostro resplandeciente. Este cogió el libro de lectura y miró inquisitivo a Abdullahi.

—La cartera es la primera que tuve entonces, cuando missis Blixen me envió a la escuela, y con este libro me enseñó a leer ella misma. —Sonrió complacido—. Desde que se lo conté a mi hijo, se la lleva cada día a la escuela, seguramente para impresionar a sus amigos. —El niño puso mala cara, pero su padre no le hizo caso, sino que miró serio a John—. Sabe, missis Blixen me mostró en aquel entonces un nuevo mundo, y eso no es algo que se diera en absoluto por supuesto. Organizar clases escolares de cualquier tipo era un asunto complicado. Luchó con todas sus fuerzas por que prosperase lo que ella misma construía, y con eso no me refiero solo a la plantación de café, sino también a sus consultas médicas y a su escuela. Por entonces, siendo joven y arrogante, no lo vi e incluso fui un latoso. —Miró a su hijo, que seguía estando de morros—. Cabdulaahi, creo que tu padre era entonces insoportable, sencillamente.

El niño rio. Su padre tomó el libro de las manos de John, lo hojeó, movió la cabeza y volvió a meterlo en la resquebrajada cartera.

14

Ngong, abril de 1923

—NUNCA MÁS VOLVERÉ a levantarme un domingo por la mañana y hacer otra cosa —dijo Denys en voz baja. Su torso se movía lenta y rítmicamente al compás del paso sosegado del caballo. A Tanne, que cabalgaba detrás de él por el estrecho sendero, le hubiera gustado verle la cara. ¿Irradiaría la misma feliz serenidad que ella sentía en ese momento?

Habían seguido durante una hora el sendero que, no lejos de su granja, conducía al bosque africano. La luz del sol que traspasaba el follaje de los altos árboles le recordaba el juego de luces de las catedrales medievales. Como en esos espacios sagrados, también la atmósfera allí tenía algo de místico, de intangible, al tiempo que lleno de vida. Según la estación del año, florecían los árboles más diversos, que emanaban fragancias embriagadoras. De las ramas nudosas caían lianas y, sobre su cabeza, el aire se llenaba a intervalos regulares de susurros y zumbidos provenientes de reducidos grupos de simios grises que saltaban de rama en rama.

Tanne y Denys se bajaron de los caballos junto a un tronco caído y se sentaron uno frente al otro. Luces y sombras revoloteaban en el rostro y el torso de Denys.

—A mí no me importaría venir aquí cada domingo por la mañana —dijo ella retomando el comentario anterior de Denys—. ¿Tienes que volver realmente durante tantos meses a Inglaterra?

—No tengo obligación..., pero quiero hacerlo —respondió serio—. Con los años, pasar el verano en Inglaterra se ha convertido en una tradición para mí. Necesito quedarme un tiempo en casa con mi familia y los amigos de antes. África e Inglaterra son los polos entre los que oscila mi péndulo interior.

—¿Y qué haces en una mañana de domingo como esta en Inglaterra?

—¿Te refieres a cuando llueve mucho o a cuando llueve poco? —Sonrió y Tanne se echó a reír—. Cuando llueve mucho, leo —respondió Denys a su pregunta—. Y cuando llueve poco voy a jugar al golf o paseo. A veces me siento extasiado por la frescura de tanto verde.

—A mí me sucede lo mismo cuando vuelvo a Dinamarca —admitió Tanne.

—Lo que tú haces mucho más raramente.

—La granja me mantiene muy ocupada. —Tanne se encogió de hombros—. Siempre hay mil tareas pendientes.

Callaron. Tanne se acercó a Denys y este deslizó las puntas de sus dedos sobre el brazo desnudo de ella.

—Se me pone la piel de gallina —dijo ella sonriendo.

—Es intencionado. A fin de cuentas, pretendo que en los próximos meses no te olvides de mí.

—¿Cómo iba a hacerlo? —dijo Tanne melancólica—. A principios de año, Thomas regresó a Dinamarca y ahora tú te vas a Inglaterra. La granja estará vacía. Añoro las intensas conversaciones con mi hermano. Ya desde que éramos niños, Thomas y yo nos sentíamos especialmente cercanos. —Calló unos segundos—. ¿Me escribirás? —preguntó de repente.

Denys hizo una mueca.

—Soy un inútil para la comunicación epistolar. —Se lo dijo mirándola a los ojos—. Por favor, no esperes cartas a menudo. Pero quiero que sepas una cosa: lo que tenemos —le colocó un mechón castaño detrás de la oreja— no va a disminuir con la distancia. Y que te escriba poco no significa que no piense en ti. Prométeme que no lo olvidarás.

Tanne asintió. Cogió una florecita de color crema y la puso bajo la cinta del sombrero de Denys.

—Colócala en un libro y llévatela a Inglaterra —dijo.

Denys sonrió.

—Lo haré.

La rodeó suavemente con el brazo y la atrajo hacia él. Sus rostros se aproximaron y Denys rozó la nariz y las mejillas de ella con la punta de su nariz. Tanne cerró los ojos.

—Eres preciosa —le susurró. Y la besó.

TANNE RECORDABA CON frecuencia esa última mañana de domingo que habían pasado juntos. A esas alturas, él ya se había ido de viaje y lo añoraba más de lo que quería admitir. Denys era un nómada y ella había sabido desde el primer momento que no era del tipo de hombre que permanecería junto a ella en su vida cotidiana en la granja. Pese a ello, su marcha había dejado tras de sí un vacío que la asustaba, al igual que la intensidad de su pasión desde aquella primera vez que se habían amado la noche de Fin de Año. En contra de su convicción, esperaba recibir pronto una carta. Y también suponía que Denys se mantendría fiel a su declaración de que le sería fiel. Pero ante la falta de noticias, conversaba mentalmente con él y le hablaba de su vida en la granja, de sus sentimientos y pesares.

«¿Acaso quiero que esto cambie?», pensaba cada vez que volvía a recibir solo facturas. «Por supuesto», contestaba una vocecilla en su interior. Pero había otra que no estaba tan segura. ¿Y si él fuera como todos los hombres?

Tanne alejó esas ideas de su mente, cruzó la puerta de dos hojas que conducía al porche y oteó en el cielo indicios de la tan esperada lluvia. Ya hacía tiempo que debía haber llegado y la tensión en su interior aumentaba día tras día. Al cabo de unos minutos volvió intranquila a la casa. Sobre la mesa de la sala descansaba la máquina de escribir, pues en los últimos días había estado trabajando en un nuevo relato. Echó una ojeada a las últimas frases, luego sacó la hoja de papel de la máquina y puso una nueva. En ese momento no podía seguir escribiendo aquella historia, necesitaba desahogarse. Sin reflexionar más, empezó a teclear.

Queridísimo Tommy:

Desde que te fuiste me siento más sola en la granja, y si no tuviera a Farah, Abdullahi y Kamante, me habría olvidado de hablar. Y, sin embargo, hablo mucho. Como los demás granjeros, cada día invoco al cielo y suplico que llueva. Solo en eso nos parecemos todos. Ayer por la mañana se amontonaron de repente unas nubes enormes en el cielo. Se fueron oscureciendo, hasta llegar casi al negro, se abrieron y volvieron a formarse otras nuevas. Yo estaba en el porche olfateando el aire, con la esperanza de oler por fin la lluvia. ¿Te acuerdas de la primera vez que me pillaste haciéndolo? Más tarde, tú mismo aprendiste a sentir en el aire la lluvia inminente. Pero ayer no sucedió nada. No necesito describirte cuál es el aspecto de las colinas de Ngong cuando poco antes de que llueva parecen estar al alcance de la mano, y su contorno resulta preciso y claro frente a la temprana luz del atardecer. Fue entonces cuando me sobresaltó un susurro. Era leve, pero se iba acercando. Casi habría pronunciado en voz alta la palabra «lluvia», pero de nuevo no ocurrió nada, pues no era más que el viento agitando los árboles de la selva, los matorrales y la hierba. Después hice lo que tanto tú como mi amigo Denys me habéis animado a hacer: me senté frente a la máquina de escribir y empecé otro relato. De hecho me sentí mejor, al menos por un rato. Pero dos horas más tarde reapareció la inquietud. No hay nada peor que esperar con ansia. Necesitamos la lluvia para obtener la buena cosecha que tanto precisamos. Cuando me levanto por las mañanas, huelo la tierra quemada. Ya hace varias semanas que los masáis quemaron la hierba para que después de la lluvia pueda crecer nueva, fresca y verde. ¿Te acuerdas de la larga alfombra de humo desplegándose y de las llamas retorciéndose? Entonces, cuando llega la lluvia —¡y tiene que llegar!—, casi se ve cómo crece la hierba virgen. Tú mismo lo has presenciado. Es como una exhalación profunda, como cumplir una antigua promesa. ¿Es posible que se rompa esta vez? En ocasiones, tengo la impresión de oír en mi corazón el tenso silencio de la hierba, el ansia susurrada de lluvia. Y yo no estoy sola a la escucha. Los kikuyus escuchan atentos conmigo. Sus maizales están cultivados. Todos nosotros...

Tanne se sobresaltó al oír una voz detrás de ella.

—*M'sabu* —dijo Kamante. Estaba en el umbral de la puerta, escrutándola con su atenta mirada. La pausa que siguió fue más larga de lo habitual. Y entonces llegó la pregunta—: *M'sabu*, ¿vuelves a escribir tu libro?

—No, escribo a *buana* Thomas.

Una sonrisa de satisfacción apareció en el rostro del chico.

—Eso está bien —dijo convencido—. Eso es incluso mejor. Mucho mejor.

—¿Mejor que qué? —preguntó sorprendida Tanne.

—Mejor que las historias. Mejor que el libro.

Tanne no entendía a qué se refería, pero antes de poder decirlo, Kamante insistió.

—*M'sabu*, ¿crees de verdad que puedes escribir un libro?

Tanne calló perpleja, luego dijo:

—No lo sé… sí, quizá.

Siguió otra pausa durante la cual Kamante parecía considerar el problema desde todas las perspectivas posibles antes de dar a conocer su sentencia.

—Yo no lo creo —declaró con voz firme.

Tanne se descubrió con los dedos todavía en el teclado. Colocó rápidamente las manos sobre la mesa.

—¿Por qué no?

Kamante se volvió hacia la estantería con libros que estaba junto a la puerta. Sacó con cuidado un grueso ejemplar. Tanne reconoció la *Odisea* de Homero.

—Mira, *m'sabu*. Este es un buen libro. Desde el principio hasta el final se mantiene unido. Incluso cuando lo coges así… —Sostuvo el libro por una sola cubierta y lo agitó con suavidad—, no se cae a pedazos. El que escribió este libro era inteligente. Pero lo que tú escribes —movió la cabeza, desconcertado—, no son más que hojas sueltas. Están por toda la mesa, y si abres la ventana… —Movió la mano indicando que el papel volaría—. ¡Uuuush!

Tanne rio.

—Tienes razón. Todavía no es un buen libro. Pero hay personas que pueden unir todas estas hojas de papel para convertirlas en un libro de verdad.

Kamante arrugó la frente y levantó una comisura de la boca.

—¿Y será también tan pesado como este? —Se acercó a la mesa y le tendió el ejemplar.

Tanne lo sostuvo en la mano.

—Tan pesado no. Pero también hay libros más ligeros que son buenos.

—¿Y duros? —volvió Kamante a la carga—. ¿Puede ser tan duro como este? —Lo golpeó con los nudillos.

—A cambio de algo más de dinero, seguro que será igual de duro.

El rostro de Kamante se relajó.

—Entonces hay esperanza —dijo tras una larga pausa, y se inclinó para recoger dos páginas que se habían caído. Era un ofrecimiento de paz.

—Entonces, ¿qué hay en los libros? —Su nueva pregunta llegó casi con desgana.

—La mayoría de las veces, hay historias —contestó Tanne—. Muchas historias y, a veces, también ilustraciones. —Abrió la *Odisea*, le indicó varias imágenes y le contó a Kamante lo que representaban.

—¿Tienes que escribir sobre los mismos temas?

Tanne no pudo evitar la risa.

—No, por suerte, no. Puedo escribir sobre cualquier cosa. Incluso sobre ti. A lo mejor cuento un día la historia de cómo nos conocimos. Entonces cuidabas a tus animales y te encontrabas muy mal. Podrías decirme cómo te sentiste y yo lo incluiría en el libro. Por ejemplo, si tenías miedo.

—Todos los chicos de los pastizales sienten miedo alguna vez.

Tanne asintió.

—Kamante, ya hace tiempo que estoy pensando en construir una escuela en la granja. Un lugar en el que tú y otros niños aprendáis a leer y escribir. ¿Te gustaría?

En la frente de Kamante apareció su característica arruga.

—No lo creo —dijo lacónico.

—¡A mí, sí!

Tanne levantó la vista. Abdullahi estaba en el marco de la puerta. La tela sedosa de su turbante rojo reflejaba la luz de la lámpara de la habitación. Se acercó. De forma automática, Kamante retrocedió.

—Kamante, quédate —dijo Tanne, pero él había vuelto a poner el ejemplar de Homero en la estantería. Con la cabeza bien alta y una expresión de profundo desprecio, abandonó la sala de estar.

Abdullahi no hizo caso de la escena.

—¿Cuándo abrirás la escuela, *memsahib*? —preguntó con curiosidad—. ¿Podemos empezar mañana? Habla con mi hermano, para que Farah me deje ir.

Tanne rio.

—No es tan fácil. Primero tengo que encontrar un lugar apropiado aquí, en la granja. Y hacer acopio de mesas y de sillas… Y, sobre todo, necesitamos un profesor. Eso será lo más difícil.

Abdullahi pareció decepcionado al principio, pero su confianza en la destreza de Tanne venció a la duda.

—Bueno, esa búsqueda durará hasta la semana que viene. Así tienes más tiempo para hablar con Farah.

Tanne negó divertida con la cabeza.

—Espera, voy a enseñarte algo que te hará más leve la espera. —Se levantó y sacó de la estantería un ejemplar delgado y manoseado. Volvió a la mesa e indicó a Abdullahi que se sentara a su lado—. Esto es un catón —explicó—. Sirve para aprender a leer. Está en inglés, pero tu inglés es estupendo. Mira… —Tendió a Abdullahi una hoja en blanco y le puso un lápiz en la mano. Luego le mostró una palabra en el catón—. Esto es una D y esto una O, y al final hay una G. ¿Quieres copiar la D y escribirla?

—*Dog* —dijo Abdullahi al instante. Tanne lo miró sorprendida, pero el niño desconfiaba—. ¿Es un catón para niños que cuidan a los perros?

Tanne reprimió la risa.

—¿Sabes qué? En Inglaterra y también en Dinamarca, a la mayoría de los niños les gustan los perros.

Abdullahi se quedó mirando la página. Luego movió la cabeza, decepcionado, como si tuviera que desprenderse físicamente de la palabra y su significado.

—Entonces, será mejor que leamos otra cosa —dijo con determinación, señalando la palabra «pig». Tanne suspiró. La primera lección prometía ser interesante.

15

—No te muevas. —El tono de voz de Kamante era tranquilo, pero tan determinante al mismo tiempo que la anciana kikuyu no solo dejó de retorcerse, sino que también sus lamentos se atenuaron. Tenía la boca muy abierta, con la lengua azulada e hinchada. Cerraba los ojos llorosos entre convulsiones. Parecía un milagro que hubiera conseguido llegar a la casa de la *m'sabu* con los ojos cerrados.

Kamante no necesitó preguntarle a la mujer qué había ocurrido. A esas alturas había acumulado mucha experiencia médica y su memoria era tan buena que no necesitaría el aprendizaje de la lectura al que siempre se refería la *m'sabu*. Para distraer a la mujer de sus dolores, volvió a plantearle la pregunta habitual. También le había enseñado aquello la *m'sabu*: a veces era útil hablar, aunque en realidad fuera inútil.

—¿Cómo ha ocurrido? —preguntó lacónico, mientras sumergía un paño en agua tibia.

—Estaba cortando leña en el bosque —gimió la anciana—, y la vi demasiado tarde… Era una cobra escupidora gigante.

Kamante cogió el paño húmedo. Ahora tendría que abrirle los ojos a la mujer. Se preparó para la resistencia.

—La cobra te ha escupido… Pero ¿por qué tienes la lengua inflamada? ¿Tenías la boca abierta? —La anciana gimió más alto cuando Kamante le mantuvo los ojos abiertos y los limpió a toda prisa con agua—. Quieta.

Con una maniobra le impidió que se moviera. Se alegró de que la *m'sabu* no estuviera ese día allí. Había ido a ver a una mujer blanca llamada Ingrid que había visitado una vez la granja. Kamante esperaba que la *m'sabu* volviera más contenta de lo que estaba cuando se marchó. Últimamente se reía menos y también se impacientaba con sus perros y el caballo. Era algo que no sucedía con frecuencia. El muchacho había reflexionado sobre qué le faltaba y si él podía conseguírselo, pero había llegado a la conclusión de que era imposible. Lo que le faltaba a la *m'sabu* era la lluvia. Lluvia para los cafetos cuyas flores empezaban poco a poco a secarse. Sin lluvia no había café, sin café no había dinero. Sin dinero, quién sabe, ¿tendría que vender quizá el caballo? Kamante esperaba que lloviera. También en los *shambas* de los kikuyus no se hablaba de otro tema. ¿Qué iban a comer si no crecía el maíz? Pero algún día tenía que llegar la lluvia y entonces la *m'sabu* volvería a reír. Quién sabe, a lo mejor entonces volvería también *buana* Finch Hatton. Se imaginó la cara de felicidad de la *m'sabu* si llegaban los dos al mismo tiempo: la lluvia y *buana* Denys, con quien ella siempre parecía estar más feliz que nunca.

—Mira, ¿puedes tragar esto? —Sostuvo delante de la boca abierta de la anciana una cuchara con bicarbonato. Al principio ella se negó, pero él no desistió. Al final consiguió que se tomara aquel polvo blanco. Sus ojos todavía estaban anegados en lágrimas, pero al menos ahora estaban más abiertos.

—Te voy a dar esta bolsa. Tienes que tomar regularmente lo que hay dentro. Si no lo haces, vendrá la serpiente otra vez. —Kamante sabía que decía una tontería, pero esperaba que la anciana fuera lo bastante supersticiosa para tomarse en serio sus palabras. También por eso era bueno que no estuviera ahí la *m'sabu*. No era partidaria de esos métodos. Pero ¿y si eran de ayuda? La anciana asintió respetuosa.

Cuando se hubo marchado, Kamante lo guardó todo en la caja de medicinas y llevó al interior el cuenco con agua. Al volver a salir al porche, se detuvo sorprendido. A menos de diez metros de él había tres guerreros masáis. Como todos los de su etnia, se mostraban muy erguidos. Permanecían inmóviles, con la cabeza recta. Vestían mantas de color granate y sostenían la lanza en la mano derecha.

Kamante solo conocía al que estaba situado en medio. Era uno de los jefes tribales.

La respiración de Kamante se volvió más superficial, notó que la frente se le cubría de sudor. Los hombres pasaron mucho tiempo mirándole fijamente.

—*M'sabu* Blixen —dijo al final el mayor. No tenía un tono muy amable.

—No está aquí. —Kamante intentó comunicarse en suajili, sin saber si lo entendía.

Respondió uno de los jóvenes.

—Necesitamos un médico. El hijo de nuestro jefe… Nuestro hermano está enfermo.

A Kamante se le encogió el corazón. La fría majestuosidad con que había tratado a la anciana kikuyu se había desvanecido.

—La *m'sabu* no está aquí… Se ha ido de viaje… en coche —repitió. Su voz sonaba gutural. Abdullahi y los somalíes, con su arrogancia y sus prejuicios, no le daban ningún miedo. Pero aquellos tres guerreros eran de una especie muy distinta. No se consideraban especiales. Simplemente lo eran.

—Soy el asistente de la *m'sabu* —se oyó decir, intentando verse con los ojos de los otros. Un chico kikuyu con un delantal manchado que no había manera de que creciera y cuyas piernas seguían pareciendo unos palillos. La denominación de «asistente» no impresionaría a los guerreros—. ¿Qué tiene tu hijo? —Ni el mismo Kamante sabía de dónde había sacado el valor para coger al toro por los cuernos.

El guerrero más joven tradujo. Siguió una breve discusión, los hombres estaban tensos. Kamante supuso que estaban calibrando sus opciones tras conocer que la *m'sabu* se había ausentado.

Al final, el más joven se volvió de nuevo hacia él. Sus explicaciones eran clarísimas. El joven tenía malaria, una enfermedad que se propagaba por la región, sobre todo entre los masáis.

Kamante enumeró unos cuantos síntomas más para demostrar que había entendido.

—Necesita quinina. Os la daré —dijo.

El más joven mostró cierta relajación y volvió a negociar con el padre. Kamante sentía la mirada del hombre, pesada como sacos llenos de maíz sobre sus hombros. Cuando al final asintió, Kamante se puso en marcha.

Tuvo que controlarse para no entrar corriendo a la casa. La quinina era uno de los medicamentos especiales que la *m'sabu* guardaba en un armario cerrado con llave. Portaba la llave en una cinta alrededor del cuello los días en que él se quedaba como único responsable de las consultas médicas. Aquel colgante le otorgaba cierta autoridad, aunque en esos momentos no se le notaba demasiado; incluso le tembló la mano derecha cuando intentó introducir la llave en la cerradura. Tuvo que probar varias veces, hasta que por fin la puerta se abrió.

—Espera, espera, ¿dónde estás…? —susurró para sí mismo. ¿Qué pensarían los guerreros si tardaba tanto en volver? Seguro que considerarían un signo de incompetencia cada minuto que pasaba. ¡Ahí! Ahí estaba la lata. Amarilla con las letras en azul. Dudó un instante. ¿No era al revés? ¿Azul con letras amarillas? Volvió a rebuscar en el armario, pero no logró encontrar nada que se correspondiera. ¿Debía llamar a Farah? Él sabía leer y podía confirmárselo. Pero ¿cuánto tiempo más tardaría? ¿Y si los masáis se daban cuenta de que él necesitaba ayuda para dar con la medicina? Kamante se quedó dudoso ante el armario abierto durante unos segundos. A continuación, cogió la lata amarilla y una pequeña bolsa y corrió hacia el exterior. Ahí, ante los tres masáis, contó las píldoras.

—Dos hoy y seis repartidas en el día de mañana —explicó.

El guerrero más joven cogió la bolsa y asintió. Aquello podía significar que había entendido o también que estaba agradecido. Los tres hombres se dieron media vuelta y se dirigieron a paso ligero y solemne hacia el río, que limitaba con la reserva masái.

A PRIMERA HORA de la mañana, Tanne cargó en Nairobi su coche en el tren. El viaje por el Rift Valley transcurría a lo largo de pastizales, con rebaños de cebras y de ñus que se deslizaban a través del paisaje. Recorrió el último tramo de nuevo en coche. La granja de su amiga Ingrid Lindström se encontraba cerca de Nojor, en el extremo occidental del Rift Valley, una especie de cañón verde con lagos, volcanes y unas rocas con grietas tan imponentes que daban la impresión de que la Tierra estaba a punto de resquebrajarse.

—¡Qué bonito es esto! —exclamó Tanne cuando saludó a Ingrid con un abrazo.

Su amiga resplandecía.

—¿A que sí? Ven, voy a enseñarte mi jardín para que veas todo lo que he puesto en marcha desde la última vez que viniste.

Llevó a su amiga a un campo vallado. Tanne admiró todas las plantas de la huerta y supuso que detrás de tanto esplendor se escondía un auténtico y enorme esfuerzo.

—¿Cómo consigues hacer todo esto? —preguntó—. Mis bancales apenas producen lo suficiente para el uso doméstico, aunque cada día trabajo como un animal.

Ingrid se encogió de hombros. Su rostro amable, con unos ojos azules y preciosas pequitas, pocas veces se ensombrecía.

—Esto es lo que tenemos —fue lo único que dijo—. La venta de verduras, junto con la de pavos, es nuestra principal fuente de ingresos. Con eso tenemos lo justo. Yo me deslomo trabajando, pero ¿qué otra cosa podemos hacer? Nuestro genial proyecto de cultivar linaza… —Suspiró—. Buf, fuimos demasiado ingenuos.

Tanne asintió sin decir nada. Su mirada descendió por las hileras verdes de rodrigones, calabacines y berenjenas. Tras el cercado vecino se oía el glugluteo de los pavos y un cerdo solitario gruñía. Ingrid y su marido Gillis habían llegado a África con el propósito de cultivar linaza. Por entonces se pagaban quinientas libras por una tonelada. Pero cuando, un año después, Gillis e Ingrid recolectaron la primera cosecha, descubrieron que la situación había cambiado en el mercado mundial. Entonces el precio de una tonelada había bajado a cuarenta libras. Por ese dinero, no valía la pena ni el transporte de la linaza para su distribución y venta. El matrimonio estuvo a punto de arruinarse y abandonar su plantación, pero Ingrid no tiró la toalla. Era luchadora por naturaleza y amaba su granja, igual que Tanne. Junto con Gillis intentó salir a flote y, finalmente, lo consiguieron.

Como si hubiese adivinado lo que Tanne estaba pensando, Ingrid continuó:

—En cualquier caso, aquí nunca nos aburrimos. ¿Te acuerdas de cómo el año pasado la marabunta se comió todos mis pavos? En una sola noche nos quedamos sin nada.

—Oh, Dios, sí. Casi pillan también a mis perros. Varias veces.

—Mientras podamos pagar a plazos la granja a Algy Cartwright, todo irá bien —señaló Ingrid, y Tanne creyó percibir un deje de cansancio en su voz. Pero su amiga volvió a reír—. La última vez que nos retrasamos, nos envió enseguida a posibles compradores dispuestos a adquirir el retrete mientras hacíamos nuestras necesidades.

Tanne soltó una carcajada. Admiraba a su amiga por su pragmatismo sin complicaciones y por su forma positiva de ver la vida.

—Ven, vamos a casa. Prepararé un té —interrumpió Ingrid sus pensamientos.

Tanne la siguió a la cocina de la granja.

—¿Dónde están tus chicas? —preguntó.

Ingrid hizo un gesto vago con la mano.

—Oh, en algún lugar ahí fuera. Confieso que ya no las controlo. Gillis y yo ya hemos pensado si no deberíamos enviarlas a un internado de Nairobi para que las eduquen y las hagan un poco más civilizadas. Pero sin contar con que nos odiarían por eso… Ni yo misma sé qué haría sin ellas. Además, un internado es bastante caro. Y en estos tiempos ya nos apañamos con lo mínimo.

Ingrid vertió el agua del té. Abrió con energía la puerta de un armario.

—Oh —se volvió a Tanne—. Se ha acabado la leche. —Abrió otra puerta—. El azúcar también.

—No te preocupes —la tranquilizó Tanne—. De todos modos, yo prefiero el té solo.

Ingrid retiró un par de objetos de la mesa que Gillis había construido con cajas, al igual que muchos otros muebles. Todo en la sala de estar de Ingrid estaba torcido, combado o tenía un aspecto provisional y, sin embargo, el ambiente era cómodo y acogedor.

En el pasillo resonaron unos pasos sobre las ásperas tablas de madera y una niña con los pies llenos de costras de suciedad irrumpió en la habitación.

—¡Hola, Tanne! —exclamó al pasar a su lado. A continuación abrió el armario de la cocina.

—¡Se ha acabado la leche! —advirtió Ingrid.

—¡Oh, mamá! —La pequeña lanzó una mirada llena de reproches a su madre.

—Pensaré en la leche cuando empieces a ponerte zapatos y no vayas paseando por aquí con los pies sucios —digo Ingrid a la ligera, pero su hija hizo una mueca y se volvió a marchar presurosa.

—Tienes una familia maravillosa —señaló Tanne sonriendo.

—Gracias. —Ingrid dudó unos instantes—. Me pregunto por qué no tuvisteis hijos Bror y tú.

A Tanne le hubiera resultado desagradable hablar de este tema con cualquier otra mujer, pero no con Ingrid.

—No lo sé —dijo—. La verdad es que queríamos varios, pero no funcionó. Y ahora ni siquiera me siento infeliz por ello.

—¿Por qué? ¿Porque ahora tienes que gestionar toda la granja tú sola?

—Quizá. Y tú misma lo estás mencionando. Criar a tus hijos en una granja no es una nimiedad. Encima, con la preocupación por la persistente falta de dinero. Además, disfruto mucho de mi nueva libertad e independencia.

—Ah, ¿sí? —Una sonrisa maliciosa apareció en el rostro de Ingrid.

—¿Dudas de ello? —Tanne sospechaba lo que se le pasaba por la cabeza a su amiga y, por supuesto, tenía razón.

—La verdad es que me dio la impresión de que tampoco estabas tan sola. —Ingrid volvió a sonreír de forma elocuente.

El primer impulso de Tanne fue negarlo todo, pero de repente cedió. A lo mejor fue el hecho de llevar mucho tiempo sin hablar con nadie y de que tanto su hermano como Denys estuvieran muy lejos. Además, si podía hablar de ello con alguien, era con Ingrid.

—Lo has adivinado. Denys y yo… Tenemos algo. —Sintió que con solo pronunciar esas palabras ya se ruborizaba.

—Lo sabía —respondió Ingrid triunfal—. Gillis no se lo creía, pero yo se lo dije enseguida aquella noche. Denys y Tanne, nuestros dos intelectuales. Los dos amáis los libros y la música. Era obvio que teníais que coincidir.

De golpe, Tanne se sintió mal.

—¿Por qué Gillis no se lo quería creer?

—Bueno, todos sabemos cómo es Denys. Hasta ahora nadie ha podido pillarlo. Oscila entre Inglaterra y Kenia, e incluso cuando está aquí, siempre está de viaje. Una relación normal, matrimonio, hijos… para él todo eso no parece existir. En el fondo se basta consigo mismo.

Tanne asintió. Sabía mejor que nadie que su amiga tenía razón. Dejó la taza de té vacía sobre la mesa.

—Por eso yo tampoco diría que estamos juntos. Si te soy sincera, no sé cómo describir nuestra relación. Pero cuando Denys regrese de Inglaterra dentro de un par de meses, es posible que tenga las ideas más claras…, aunque lo dudo. Es como tú has dicho: Denys no tiene el menor interés en establecer relaciones definidas. Pero, por extraño que suene, justo por eso lo encuentro tan fascinante. No permite que lo etiquetes.

Ingrid la observó inquisitiva.

—¿Y a ti te parece bien así?

Tanne se encogió de hombros. Cuántas veces se había preguntado lo que quería en realidad Denys. ¿Una relación estable? ¿Casarse? ¿Y todo eso sabiendo que él no era en absoluto la persona adecuada para ello? Le dio a Ingrid la única respuesta que tenía y no explicaba demasiado.

—Por el momento, sí. ¿Y mañana? Ojalá yo misma lo supiera. A veces… —Su mirada se deslizó por el amorfo mobiliario, las herramientas de Gillis sobre el sofá, los juguetes de las niñas—. A veces desearía tener a alguien a mi lado. Alguien que luche conmigo por la granja, y tener una vida en pareja; alguien en quien pueda confiar, que no aparezca durante un par de días, semanas u horas para después marcharse a otro lugar. Pero Denys no es la persona adecuada para una relación estable, con objetivos comunes. Y cuando me pregunto si lo encontraría igual de fascinante si fuera un hombre corriente, uno que me prometiera todo lo que por lo general a una le gusta escuchar… —Movió la cabeza—. Parece una locura, pero es probable que no. Lo quiero como es, aunque admito que no siempre resulta sencillo.

Ingrid la contempló en silencio y Tanne percibió su mirada preocupada.

—Yo ya me cuido a mí misma —dijo con pronunciada alegría y apretando el brazo de su amiga—. No te preocupes, está bien así.

Ingrid hizo una mueca.

—Espero que tengas razón. Y piensa que también puedo preocuparme por ti. Sería la preocupación número… —fingió contar—. La número 1046 de mi lista diaria de quebraderos de cabeza.

—¿Antes o después de la marabunta?

—Mucho, mucho después de la marabunta, pero justo antes de los pies sucios de las niñas. —Las dos se echaron a reír.

YA ERA TARDE cuando ese mismo día Tanne dejó la llave del coche en la cesta de rafia que había sobre la cómoda y se descalzó. La casa estaba en penumbra y reinaba el silencio, solo en el porche ardía una lámpara de tormenta como cada noche. Se detuvo indecisa. En realidad, debería meterse en la cama, pues la jornada y el largo viaje habían sido agotadores. Pese a ello, estaba extrañamente espabilada. A lo mejor se debía a su charla con Ingrid. Desde la partida de su hermano, hacía mucho que no hablaba tanto de corrido. A eso se añadía que había hablado por primera vez de Denys. ¿Debía sentarse en la sala de estar, beber algo y pasar revista al día que ya terminaba?

Se decidió por una opción intermedia: tomarse un vaso de vino en la cama. No le gustaba beber sola, pero había excepciones, y aquel día seguro que la ayudaría a conciliar el sueño. Depositó la bolsa, que seguía sosteniendo en la mano, y se fue a la cocina. No solía comprar vino, pero tampoco lo había necesitado últimamente, pues Denys y Berkeley habían llenado sus reservas con cada una de sus generosas visitas.

Tanne acababa de elegir una botella cuando oyó pasos en el exterior. Unos segundos después apareció Farah.

—Qué bien que haya vuelto —dijo, tirando por la borda su habitual formalidad—. Ha ocurrido algo horrible.

A Tanne se le paró el corazón. ¿Habían matado los leones a sus bueyes o herido a alguna persona? ¿Y sus perros….?

—Fuera está un jefe de la tribu de los masáis. Su hijo está enfermo y Kamante le ha dado esta mañana unas pastillas. Ahora el chico está mucho peor. Parece que se va a morir.

¿Kamante? La mente de Tanne examinó la situación con una agitación febril. Justo después el chico entró en la habitación. Debía de haberse enterado de la llegada de los masáis, pero también de su conversación. Su cara lo decía todo. Tanne se situó rápidamente a su lado.

—¿Qué ha pasado?

88

—No lo sé. —Tenía los ojos desorbitados a causa del miedo.

Tanne lo agarró del brazo más fuerte de lo que tenía intención.

—¡Kamante! —No tuvo que decir más. El chico habló atropelladamente describiéndole los síntomas del masái.

—Malaria —concluyó Tanne—. ¿Qué les has dado?

—Quinina.

—Pero… ¡es lo correcto!

—Creo…

—¿Cómo que crees? —En ese momento se apoderó de ella un mal presentimiento—. Ven. —Tiró de Kamante hacia el armario de los medicamentos—. ¿Dónde está la llave?

—Aquí. —Kamante la llevaba colgada del cuello también mientras dormía para evitar que una persona no autorizada se la quitase. Tanne le cogió la llave.

—Aquí están… Estas son las pastillas. —Kamante le enseñó la lata que estaba justo delante. Tanne cerró un segundo los ojos y la cogió—. Kamante, ¡esto es Lysol, un remedio contra la fiebre española! —Iba a decir algo más, pero el tiempo apremiaba. Para su sorpresa, Kamante buscó el bicarbonato y el aceite, que utilizaban en la cura de las heridas dolorosas. Tanne habría sonreído en otras circunstancias, pero se limitó a coger los ingredientes en silencio para introducirlos en una bolsa. Ahora todo dependía de la fortaleza que tuviera aún el joven enfermo.

—Tú te quedas aquí, Kamante —ordenó ella.

Los tres masáis estaban a punto de marcharse cuando vieron salir a Tanne y Farah. No tomaron el sendero que conducía al río y que Tanne solía seguir cuando iba a caballo a la reserva masái, pero no la sorprendió que el trayecto hasta ahora desconocido para ella fuera mucho mejor que el suyo. Incluso a pie, cruzaron el río sin ningún problema. Aunque el aire de la noche era frío y los tres guerreros llevaban un paso más lento de lo usual, al cabo de unos minutos Tanne tenía el rostro y la espalda empapados de sudor. A su lado se oía el suave jadeo de Farah. Tanne no cesaba de imaginar posibles escenarios. ¿Qué ocurriría si el joven moría? Ella sería la única culpable.

Por fortuna, los masáis, que no se detenían largo tiempo en un mismo lugar, habían levantado esa vez sus chozas cerca del río. Las estructuras bajas y ovales construidas con ramas mezcladas con estiércol se agazapaban en la noche como durmientes bestias corpulentas. Tanne sabía que las apariencias engañaban, pues los masáis también cuidaban de sus animales por la noche. Las cabañas formaban un anillo alrededor del corral que los guerreros defendían también de los leones con las manos desnudas y las lanzas. Los hombres se dirigieron hacia una choza.

Tanne no escuchó ningún quejido, pero eso no significaba nada. Solo cuando uno de los hombres apartó a un lado la tela que colgaba en la puerta, se quitó un peso de encima. El joven estaba vivo. Bañado en sudor, daba vueltas de un lado a otro sobre la estera. Varias mujeres le refrescaban con agua el rostro y el cuerpo febril.

—Ha tomado una tableta —dijo uno de los hermanos mayores. Era la primera palabra que le dirigían.

—¿Una? ¿Solo una? —Tanne sabía que Kamante les había prescrito dos.

—Solo una.

En su interior, volvió a suspirar aliviada. Quién sabe si la desconfianza frente a cualquier remedio de la medicina occidental había salvado realmente una vida en aquella ocasión. Habló con el joven en un tono tranquilizador, mezclando palabras en inglés con el suajili.

—¿Cuánto tarda en hacer efecto? —preguntó el hermano mayor.

—Tarda bastante. —Tanne se sentía febril y sospechaba que se le notaba. Envidió a los tres guerreros por su estoica calma, al menos externa. También los rostros de las mujeres permanecían impasibles. Se habían colocado junto a la pared de la cabaña.

La primera hora transcurrió tan despacio que Tanne veía pasar los minutos ante ella como perlas de un cordón interminable. Entonces, cuando ya creía que no podría soportarlo más, los gemidos y jadeos del joven se debilitaron. Levantó la vista alarmada y buscó indicios de empeoramiento, pero su rostro parecía más relajado. Por primera vez dirigía la vista hacia ella. Tanne cogió un paño empapado y le humedeció la frente.

—¿Mejor? —preguntó. Era una de las palabras que sabía pronunciar en lengua masái. El joven asintió.

Cuando se oyeron los primeros sonidos del ganado fuera, las mujeres reemplazaron a Tanne, pero ella se negó a marcharse.

Agotada, apoyó la cabeza en la pared. Solo cuando una de las mujeres le puso la mano sobre los hombros, advirtió que se había quedado dormida. El chico estaba sentado, erguido en su lecho.

—¡Gracias! —dijo la mujer, sonriendo.

A Tanne le costó devolverle la sonrisa. La tensión de las últimas horas la había dejado exhausta.

—¿Qué va a hacer con el muchacho? —quiso saber Farah cuando regresaban de madrugada a la granja.

—¿Con cuál? —preguntó Tanne, que no entendió en un primer momento a qué se refería.

—Con Kamante.

Tanne calló. Kamante había cometido un error grave que casi le había costado la vida a otro joven.

—Nada —respondió.

—¿Nada? —Farah se detuvo y la miró incrédulo.

—Bueno, en realidad, sí —respondió Tanne—. Voy a hacer algo. Voy a enseñarle a leer. A él y a otros niños de la granja.

Farah se la quedó mirando en silencio.

—No voy a castigar a Kamante —prosiguió Tanne—. Es un buen chico. Yo asumo toda la responsabilidad. Si Kamante hubiese sabido leer, no habría pasado nada. Desde hace algún tiempo, estoy pensando en crear una escuela. Ahora tengo que ponerme de una vez manos a la obra. —Se volvió y siguió caminando. Farah la alcanzó. Ella sabía que no siempre eran de la misma opinión, pero que podía contar con él.

Delante de ellos se extendían las colinas de Ngong envueltas en una niebla azulada. Una bandada de tórtolas del Cabo se desplazó como una cinta brillante a través del cielo plateado de la mañana. No tardaría mucho en ver los árboles junto a la orilla del río y su granja.

16

Nairobi, septiembre de 1923

TANNE ESTABA SENTADA a la sombra en la terraza del Muthaiga Club con un vaso en la mano. Era mediodía, pero necesitaba sosegarse tras visitar a Hugh Martin en el Land Department.

Gracias a Dios tenía a ese amigo, pensaba mientras sorbía el líquido de color naranja. Si no hubiera sido por él, no le habrían concedido una moratoria para pagar los cinco mil chelines que debía al Land Department.

—En este momento no dispones de tal cantidad de dinero... —Había dicho el robusto Hugh con un suspiro y una expresión dolorida—. Querida Tanne, tus momentos tienen la mala costumbre de alargarse. Y cuando uno ya debería haber pasado, el próximo ya está a la vuelta de la esquina. Este año se debe de nuevo a la falta de lluvia y la mala cosecha. ¿Qué ocurrirá el año que viene?

A pesar de todo, le había concedido la prórroga. Que en ese momento, media hora más tarde, estuviera sentada en la terraza del Muthaiga Club a la espera de un joven al que probablemente iba a contratar de profesor para su escuela se lo había omitido oportunamente a Hugh. Por supuesto, sabía que ella no podía permitirse ese gasto. Tanne movió los hombros tensos y se colocó un mechón de pelo castaño en su sitio.

—¿Baronesa Blixen? —Un joven con camisa almidonada se acercó a ella. Tanne se levantó y le tendió la mano.

—¿Mister Ndungu? Qué bien. —Se sentaron. El joven parecía nervioso.

—¿Busca usted a un profesor? —preguntó sin rodeos.

—Tome antes algo. —Tanne sonrió. Mister Ndungu pidió una bebida.

—Sí, busco un profesor para la escuela de mi granja y resulta muy difícil encontrar uno. Le confieso que antes he preguntado en la misión escocesa, pero allí no han podido ponerme en contacto con nadie. Así que ahora pruebo en la iglesia católica, aunque el padre Bernhard intentó convencerme de que abandonara la idea de abrir una escuela. Opina que con este proyecto solo malgastaré mi valioso tiempo, y que es preferible que enseñe a los jóvenes de la granja un oficio manual en lugar de una de esas profesiones poco lucrativas que la gente de aquí nunca necesitará. Sin embargo, usted, *mister* Ndungu, es la prueba de lo contrario.

Tanne se interrumpió al ver el rostro sombrío de mister Ndungu. Seguro que no había sido muy diplomático descargar el enfado que todavía sentía hacia el religioso en su potencial profesor cuando acababan de conocerse.

De hecho, mister Ndungu parecía no saber cómo reaccionar y ella decidió ir al grano.

—Lo que me preocupa —advirtió—, es la enseñanza en sí misma. He leído los escritos de Maria Montessori y admito que me han impresionado. Imagino que el principio del aprendizaje autónomo sería apropiado para los niños kikuyus. Una forma de aprender jugando y de manera independiente. ¿Sabe a qué me refiero?

—Conozco las teorías de Montessori, pero no estoy seguro de compartir sus opiniones. Yo creo que aquí, a los niños, les falta disciplina. No están acostumbrados a estudiar.

Tanne suspiró para sus adentros.

—Y también podríamos hablar del contenido —intentó tocar otro punto—. Tengo claro que todos los profesores disponibles en este momento pertenecen a instituciones eclesiásticas. Pese a ello, no deseo que las clases se limiten solo a aprender a leer y escribir, y a cantar himnos. Sé que en la actualidad hay muy pocos ejemplares en suajili, pero he pensado en traducir yo misma un par de libros, por ejemplo, de fábulas. A los kikuyus les encantan los cuentos. Les facilitarían el aprendizaje. No quiero limitarme en absoluto a la enseñanza de la tabla de multiplicar, incluso si su padre Bernhard me ha calificado de presuntuosa por esta razón. —Una vez más no pudo reprimir su enojo.

Mister Ndungu pasó por alto el comentario.

—En general, los profesores nos atenemos a un programa que se nos facilita previamente —dijo—. Pero, por supuesto, tenemos cierta libertad de actuación.

Tanne estudió su cara. Era ancha, abierta y amable. Reflexionó. No iba a encontrar de inmediato al profesor perfecto, pero tenía la sensación de que con mister Ndungu se podía dialogar.

—Entonces, ¿elaboraremos juntos un plan de estudios?

El hombre, que no esperaba tan rauda aceptación, se sobresaltó, pero después asintió vacilante. Tanne le dedicó una simpática sonrisa.

—Un último detalle. Las clases deberán ser por las tardes para que los adultos que trabajan durante el día puedan acudir al aula si lo desean. ¿Cree que podrá organizarlo?

—¿Cuándo puedo empezar? —preguntó mister Ndungu en lugar de responder.

—¿La semana que viene?

—La semana que viene. —Le tendió la mano.

—Mira por dónde, si es nuestra baronesa —resonó en ese momento la voz grave de lord Delamere. Tanne se dio media vuelta, no estaba solo. Llevaba a remolque ni más ni menos que a Robert Coryndon, quien el año anterior había sustituido al cuestionado Edward Northey como gobernador británico de la Colonia Kenia. Tanne se despidió del futuro maestro de la granja y los dos hombres se sentaron con ella.

Delamere miró al joven con curiosidad.

—Por su aspecto, diría que pertenece a la misión católica. Deje que saque mis conclusiones. Corren ciertos rumores... —En su rostro apareció una sonrisa impenetrable—. Usted forma parte de aquellos que creen que la educación les sentaría bien a nuestros kikuyus. —Volvió la cabeza hacia Coryndon—. Al igual que nuestro gobernador, que tiene las mismas tonterías en la cabeza. Y ese joven caballero, por tanto, es su futuro maestro.

—Le felicito. Muy sagaz —dijo complacida Tanne. Era patente la ideología del lord, pero ese día ya había librado una batalla considerablemente dura. Las opiniones conservadoras de Delamere con respecto a los nativos no le daban miedo. Además, sabía que Coryndon estaba de su parte. El gobernador era conocido por su posición proafricana.

—La baronesa y yo hemos hablado a menudo sobre su proyecto de escuela —intervino este último en ese momento—. Y, en efecto, yo comparto su opinión. Toda granja de grandes dimensiones debería tener su propia escuela para las personas que la habitan.

—¡Memeces! —El rostro de Delamere enrojeció—. Usted sabe que yo mismo establezco unas relaciones con los nativos basadas en el respeto mutuo, incluso con los masáis, lo cual no es algo que se dé por hecho. Pero hay ideas que considero absurdas. Cuando los nativos sepan leer y escribir, ¿cree usted que querrán seguir trabajando en las granjas? Ya se acordará de lo que le estoy diciendo… Todo este disparate es contraproducente.

—No lo creo. —Tanne no pudo reprimir un tono duro en contra de esa opinión—. Después de que el Gobierno británico empleara a tantos africanos para la construcción del nuevo tramo de ferrocarril en dirección a Eldoret, los granjeros ya están teniendo problemas para encontrar trabajadores. Una escuela para niños podría significar un estímulo.

Delamere sonrió sombrío.

—¿Cree que los africanos valoran algo las escuelas? ¿Por qué iban a hacerlo? Ellos tienen sus propias tradiciones y seguro que también sus propias habilidades. ¿Por qué no los dejamos simplemente como están y…?

—¡Pero es que justo esto, mantener sus propias costumbres, hace ya tiempo que les resulta imposible! —exclamó con vehemencia Tanne—. Ya no son lo que eran. Su país ya no es lo que fue. La convivencia con los blancos, involuntaria en el más estricto sentido de la palabra, los ha llevado a una despersonalización. La legislación ha llegado incluso a prohibir muchas de sus tradiciones. Están sometidos al pago de unos altos impuestos y soportan diversas restricciones si manifiestan su cultura o defienden sus derechos. Para colmo, de pronto se ven confrontados con una tecnología que hasta ahora desconocían. ¿Está diciendo que los dejemos como están? Es un poco tarde, ¿no le parece?

Delamere inspiró preparándose para una enérgica contraofensiva, pero Tanne no le dejó tomar la palabra.

—Pero está bien, si aceptamos que ya no se puede dar marcha atrás a los cambios, ¿no deberíamos al menos intentar dar acceso a los kikuyus a los aspectos positivos de nuestra cultura y que se beneficien de nuestra presencia? Si seguimos haciendo lo mismo que hemos hecho hasta ahora, estas personas adquirirán a la fuerza lo peor de nuestra cultura y forma de vida. —Tomó aire.

—Yo me mantengo en mis trece —gritó Delamere aprovechando la breve pausa—. Los negros no están capacitados para la educación europea. Creo que nuestro anterior gobernador no iba tan desencaminado al decir que los jóvenes africanos ya estaban continuamente en pie de guerra antes de que llegáramos los blancos. Guerra por aquí, guerra por allá. Ya estaban acostumbrados al esfuerzo físico. Les hemos prohibido la caza y la guerra. El sustituto del entrenamiento físico es el trabajo físico.

—Pero una cosa no quita la otra —intervino Coryndon conciliador—. A fin de cuentas, los kikuyus no tienen que pasar toda su vida sentados al pupitre. La escuela básica y luego la escuela de comercio. En Uganda, los nativos producen y exportan con mucho éxito algodón, sésamo y café. ¿Por qué no deberían hacerlo también los kikuyus? Imagínese cuánto aumentarían la producción y el comercio aquí si los africanos colaborasen en puestos de responsabilidad. Kenia sería un país rico. —Sonrió y chasqueó los dedos—. Los ingresos fiscales derivados de esa mayor actividad servirían para engrosar las arcas del Gobierno británico.

—No hago más que oír la palabra «colaborar» —gruñó Delamere—. Todo lo que hay en este país de riqueza y civilización lo hemos traído nosotros. Así pues, es justo que reclamemos la tierra para nuestros objetivos y que no perdamos el control. Que los negros sean nuestros socios en un futuro común… es un despropósito para el que no contarán conmigo.

—Por fortuna, esa decisión no depende solo de usted. —Tanne sonrió, pero sabía que no por ello restaba acritud al comentario—. Yo, en cualquier caso, lo veo como el gobernador. Vendrá un futuro común y la pregunta es cómo debemos preparar el acceso de los nativos a un nuevo mundo en el que convivamos felices. Por el momento, los nativos solo conocen fragmentos deslavazados de nuestra cultura. Pero ¿y nosotros? Por una parte, ignoramos sus tradiciones, actuamos ufanos como si no hubiesen existido antes de nuestra llegada; por otra parte, les negamos el acceso, que les resultaría práctico y ventajoso, al moderno estilo de vida que nosotros traemos a sus tierras. Yo quiero contribuir a cambiar esta situación.

—¿Y cómo? —preguntó Delamere, que se sentía presionado y sin escapatoria—. ¿Vamos a dar a los kikuyus un curso intensivo de historia y literatura europeas? ¿Algo de Aristóteles y Carlomagno? ¿Un par de obras de Shakespeare y un poco de Sherlock Holmes? ¿Seguiremos luego con Ford, Mercedes, Krupp y Coca-Cola?

—Se ha olvidado de la música, Delamere. Mozart, Beethoven, Bach.

Los tres se dieron media vuelta. Denys estaba apoyado en un pilar de la terraza, con los brazos cruzados delante del pecho. Era evidente que hacía rato que escuchaba la conversación. Ante la gran sorpresa, Tanne tuvo que hacer un esfuerzo para controlar los rasgos de su rostro. Denys se acercó a ella y le rozó el hombro. Al mismo tiempo, miró a Delamere y Coryndon.

—¿Puedo secuestrarles por unos minutos a esta brillante dama? Tengo que decirle algo urgente.

Los dos hombres se echaron a reír y Tanne se levantó. Sin mirar a Denys lo siguió hasta el jardín que había detrás del club. Tanne tenía sentimientos encontrados.

—¿Ni una palabra de agradecimiento? —preguntó Denys con una sonrisa de satisfacción.

—¿De agradecimiento? —Tanne lo miró por primera vez—. ¿Agradecimiento por qué?

—Por haberte salvado de una discusión cada vez más acalorada que tú nunca hubieras ganado, más allá de que tengas toda la razón. Delamere nunca cambiará su punto de vista, aunque le diese un ataque al corazón. Lo mejor que puedes hacer es adelantarte a los demás colonos con tu buen ejemplo, pero eso ya lo haces. Los debates teóricos solo llevan a que se sientan acorralados y se vuelvan todavía más radicales.

El rostro de Tanne se ensombreció. Por una parte, todo en ella se alegraba de volver a ver por fin a Denys. Los meses sin él se habían dilatado y desde que llegó el otoño se había sentido nerviosa esperando cada día una señal: una carta, un aviso sobre su pronto regreso. Pero no había recibido nada y ahora, de repente, él estaba delante de ella, como si no se hubiese ido nunca. ¿Cuándo había vuelto? ¿Y por qué no la había avisado?

—Muchas gracias por el inesperado discurso —dijo sin emoción—. Yo también creo que es importante anticiparse a los otros colonos con un buen ejemplo. Pero puedo dar mi opinión en voz alta, ¿no? ¿Es que tengo que callarme y coger sonriente una galleta mientras Delamere y compañía van pregonando sus ideas reaccionarias? —Denys abrió la boca, pero Tanne siguió hablando—. Además, yo no tenía la más mínima necesidad de que me salvaran. Yo me las apaño muy bien sola. ¿Cómo no? A fin de cuentas, ya estoy acostumbrada.

Denys la escudriñó con la mirada. En sus ojos había un asomo de enfado.

—¿A qué te refieres con eso?

—Me refiero —respondió Tanne con repentina vehemencia— a que has estado fuera durante meses sin dar señales de vida. ¿Y ahora apareces de golpe y crees que me tienes que salvar? Muchas gracias. Es verdad que era una discusión acalorada, pero era mi discusión acalorada. ¿Cuánto tiempo llevas aquí? —Se interrumpió. ¿De dónde procedía este súbito arrebato? Ni ella misma lo sabía.

—Ya te dije que no era un buen escritor de cartas. Llegué ayer y quería ir a verte hoy por la tarde. Pero ahora ya no estoy seguro de si seré bien recibido. —El rostro de Denys se oscureció y por un instante se sumieron en el silencio.

Tanne lo miró de reojo. Descubrió en su rostro una mezcla de inseguridad y disgusto. Ella no se había imaginado así su reencuentro.

—Claro que eres bien recibido —dijo conciliadora.

No necesitó más. Denys se acercó a ella dando un solo paso largo.

—Ven. —La rodeó con los brazos—. No voy a disculparme por no haberte escrito —musitó junto a su espeso cabello castaño—. Pero puedo decirte que te he echado en falta más de lo que hubiera querido en estos largos meses. A ti y a África.

—¡Yo también te he echado de menos! —susurró Tanne—. He añorado tenerte conmigo aquí.

17

En el aula, junto al establo, reinaba un silencio concentrado. Solo de vez en cuando se oía el doble susurro de una pregunta y su respuesta, ambos en un tono igual de bajo; o una breve y reprimida risa que ocultaba una mano, o pies descalzos que resbalaban acariciando el suelo.

Ya hacía tiempo que Abdullahi había terminado la tarea de escritura. Observó las letras tambaleantes del chico que estaba a su lado, los dedos que envolvían el lápiz mientras dibujaban una G, luego las cabezas inclinadas de los demás. Entonces escuchó golpes contra la pared que limitaba con la cuadra. Bum, bum. Hasta cuatro, cinco veces. Luego de nuevo la calma. Era el caballo de la *memsahib* Blixen, *Rouge*, cuya cuadra estaba al lado. Abdullahi se había fijado en que *Rouge* siempre golpeaba con el casco la pared compartida cuando en el aula reinaba demasiado silencio, como si quisiera saber si seguían allí. Volvió a mirar a los demás. ¿Por qué necesitaban tanto tiempo? En realidad, escribían cada letra como si fuera la octava maravilla del mundo. Abdullahi enumeró en silencio las otras siete. La *memsahib* tenía un libro en donde estaban ilustradas, y lo habían leído juntos con frecuencia. Ella solo había tenido que ayudarlo a él con palabras difíciles. Los otros niños, por el contrario…

Suspiró para sus adentros y miró a mister Ndungu. El maestro hojeaba un libro, pero de repente levantó la vista y lo miró disgustado. Por un momento, Abdullahi se sintió desconcertado, luego se dio cuenta de que estaba golpeando impaciente la mesa con el lápiz. Lo dejó a un lado y mister Ndungu volvió a su libro.

«Quiero ir a otra escuela —pensó Abdullahi—. A una donde todos sepan leer y escribir y donde hagamos más ejercicios de matemáticas. ¡Las matemáticas son lo mejor!»

¡Por fin! Mister Ndungu se había puesto en pie.

—¿Ya habéis terminado? ¿Quién quiere salir a la pizarra? —Abdullahi enseguida levantó el brazo, como era habitual. Y como era habitual la mirada del maestro se detuvo en otra persona.

—¿Kamante?

Abdullahi se giró. Kamante había apoyado la cabeza en el cristal de la ventana y tenía los ojos cerrados. «No lo entiendo, otra vez ha vuelto a dormirse», pensó Abdullahi.

—¿Kamante? ¿Puedes salir a la pizarra, por favor? —Mister Ndungu hablaba ahora más alto. Kamante abrió los ojos. «Ahora le volverá a salir la arruga de la frente», pensó Abdullahi, y, en efecto, Kamante hizo lo esperado. Alzó la mirada un instante hacia mister Ndungu. Su rostro reflejaba desprecio hacia el maestro, pero, sobre todo, hacia la letra G. Por fin se levantó y cogió la tiza. Escribió las letras demasiado rápido y la mitad se desplazó.

Abdullahi movió imperceptiblemente la cabeza. En el exterior arrancó un vehículo y el joven miró por la ventana. Los dos faros del Touring de mister Finch Hatton penetraron en la temprana oscuridad. Cuando el vehículo se acercó, distinguió dos figuras. Mister Finch Hatton había pasado en las últimas semanas mucho tiempo en la granja y a Abdullahi le caía bien, pues jugaba al ajedrez con él y esa mañana Abdullahi le había ganado por primera vez. En cierto modo, había tenido la impresión de que mister Denys no se había alegrado mucho de su triunfo. Ahora él y la *memsahib* seguramente se iban a la reserva de caza a observar leones, tal como habían decidido al mediodía. El Touring pasó de largo traqueteando junto a la clase.

La cálida luz del aula dibujaba rectángulos amarillos en el crepúsculo nocturno. Por un momento, Tanne distinguió la cara de Abdullahi detrás del vidrio de la ventana. Denys dirigió el coche hacia la reserva de caza y poco después la granja quedó a sus espaldas. Pese a ello, la claridad era espectral. La cadena de las colinas de Ngong desplegaba en el horizonte sus eternas cimas hacia una enorme luna llena. Unos sutiles velos de nubes fosforescentes flotaban en la lechosa luz.

Dejaron el coche en un bosquecillo y siguieron a pie. Los blandos mocasines de Denys casi no se oían en el suelo arenoso.

—Últimamente solían encontrarse en el lugar al que vamos —musitó. Tanne, que iba detrás de él, no contestó. Los leones eran animales de costumbres, aunque no se podía hablar de una rutina fija. Toda la reserva de caza era su lugar de recreo y hacían lo que les apetecía. Tanne y Denys se situaron tras unos grandes bloques de roca. Desde ahí veían un solitario grupo de árboles en el diáfano pastizal.

—El viento sopla en nuestra dirección —susurró Denys—. No deberían olernos.

Tanne se colocó a su lado, bocabajo, y se apoyó en los codos. A través de una grieta entre las piedras tenían a la vista la zona arbolada. La pradera semejaba una superficie marina impregnada de luz lunar cubierta de una cúpula de cristal azul brillante.

—Ahora nos toca esperar —prosiguió Denys—. Me gustaría que me contaras el final de la historia de ayer.

—El final llegará pronto. Por el momento ni yo misma lo conozco. —Sonriente, volvió el rostro hacia él. Los ojos de Denys se hallaban bajo la sombra de las alas del sombrero. Con ternura, Tanne le besó los labios, más luminosos.

Él le pasó con suavidad los dedos por el pelo.

—¿Sabes? Creo que a partir de hoy voy a llamarte Tania, porque me recuerdas a Titania, la reina de las hadas de *El sueño de una noche de verano* de Shakespeare.

—La reina de las hadas se enamoró de un hombre con cabeza de asno —señaló Tanne con una sonrisa de complacencia.

Denys hizo una mueca.

—Bueno, pienso que encaja.

Tanne iba a contestar, pero él le puso el dedo sobre los labios y cogió los prismáticos. Todavía no se veía nada; sin embargo, Tanne sabía que él había notado un cambio en el ambiente. Con los ojos semicerrados escuchó atento en la oscuridad. Ella intentaba oír lo que él oía y oler lo que él olía: no sentía nada. Denys, por el contrario, parecía saborear el aire. Su capacidad para percatarse de la lengua ancestral de la naturaleza no tenía parangón, como una ligera variación ambiental o cierta vibración en el suelo.

—Vienen. —Su voz no era más que un hálito. Y, en efecto, diez minutos más tarde tres figuras emergieron de la oscuridad. Despreocupadas, con una elegante lentitud, dos hembras y un macho se dirigieron al conjunto de árboles. Se tendieron debajo de las copas umbrosas bajo la luz de la luna. Una de las hembras empezó a lamerse la pata delantera y la otra se tendió de lado, con la cabeza atenta sobre el suelo. Juguetona, tocó con la pata delantera la cadera del león, retiró la pata, volvió a tocarla. Mientras, su mirada permanecía fija en el grupo de rocas tras el cual se ocultaban Tanne y Denys. «Como si estuvieran mirando en nuestra dirección», pensó Tanne. ¿Percibirían los leones los cuatro ojos que los contemplaban en la oscuridad?

Los leones permanecieron bajo las copas durante más de una hora. Cuando se fueron, Tanne creyó sentir cada uno de sus propios huesos. Miró a Denys. Sus ojos brillaban en la oscuridad, pero no era solo el resplandor de la luna. Habían compartido tiempo y espacio con un animal que encarnaba como ningún otro el alma de ese país.

Cogidos de la mano, volvieron al coche de Denys y también allí guardaron silencio. Tanne pasó el brazo alrededor de la nuca de él, mientras la pradera rodaba bajo la luz de los faros. Cuando ya creía estar viendo los árboles al lado del río que separaba sus tierras de la reserva, un extraño ruido desgarró el silencio del lugar. Venía de la lejanía, pero era fuerte y claro. Denys también lo había oído y apagó el motor. Juntos escucharon con atención el distante sonido metálico al que lentamente se iba sumando un resplandor rojizo. Tanne gritó:

—¡Fuego! ¡Por todos los santos, es fuego!

Denys dio gas.

—¡Más deprisa! —Las ideas se agolpaban en la cabeza de Tanne. ¿Habían ardido los *shambas* de los kikuyus? ¿La plantación de café? ¿Su granja? No podía soportar la idea. El río apareció por fin ante sus ojos.

—¡Oh, no! ¡No, no, no! —gritó Tanne cuando vio el tostadero de café. Unas llamas de varios metros de altura teñían de rojo la noche.

Abrió la puerta antes de que el coche hubiese frenado. Una docena de trabajadores rodeaban la construcción, impotentes. En sus manos se balanceaban cubos y otros recipientes con los que habían intentado apagar el fuego. Mister Dickens, el capataz, se acercó a ella, pero Tanne pasó por su lado sin hacer caso del calor abrasador que pinchaba su piel como miles de agujas diminutas. Un joven todavía sostenía en la mano un cubo lleno. Tanne se lo arrancó con tanto ímpetu que parte del agua se derramó, luego corrió respirando el humo hacia el tostadero. Algunos trabajadores le gritaban, pero el ruido infernal del incendio apagaba sus voces. Con los estallidos, crujidos y silbidos del edificio en llamas se mezclaban los agudos gemidos de los trabajadores. Una parte de la cubierta resbaló y chocó contra una máquina que ardía. Tanne estaba a pocos metros del fuego cuando alguien la cogió del brazo por detrás y la arrastró. El cubo cayó al suelo.

—¡No, el agua! —chilló Tanne—. El tostadero… Thomas… —Su voz se quebró y fue bajando el tono—. Esto no debería estar pasando. No, por favor. No, por favor... —susurraba.

Denys estaba a su lado. La rodeó con los brazos y la sujetó con firmeza. Tanne se apoyó contra él y se quedó mirando el fuego, cuyo reflejo le enrojecía el rostro bañado por las lágrimas.

18

Hargeisa, 1955

John Buchholzer había dormido la siesta. Cuando despertó, el sol había descendido, aunque el calor no disminuía. La casa de su anfitrión estaba sumida en el silencio. ¿Se habría acostado la familia? Por un momento, John se preguntó si sería apropiado dar una vuelta a solas por la casa, pero la tentación de sentarse bajo la higuera en el pequeño patio con azulejos era demasiado grande.

Cuando salió, se dio cuenta de que no había sido el único con aquel propósito. Abdullahi Aden ya estaba sentado a la mesa redonda con algunos libros y documentos delante.

—Oh, no quería molestar… —John se detuvo junto a la puerta.

—No lo hace. —Con un gesto decidido, Abdullahi cerró el libro y apartó los papeles a un lado. John se sentó junto a él.

—La papilla de maíz estaba estupenda —comentó—. ¿Cómo se llamaba?

—Los somalíes la llamamos *soor*, pero en Kenia recibe el nombre de *ugali*. —Abdullahi llenó un vaso que estaba sobre la mesa—. ¿Sabe quién cocinaba un *ugali* mejor que nadie? —Lanzó una mirada pícara a su huésped.

—¿Missis Blixen?

—No, nunca lo adivinará. Era el chico kikuyu que he mencionado antes. Se llamaba Kamante.

John asintió.

—Lo recuerdo. Missis Blixen anota en su libro que Kamante cocinaba bien.

—¿Bien? —exclamó Abdullahi. Apoyó los codos sobre la mesa y reposó la barbilla sobre los dedos entrelazados. De nuevo, ante sus ojos parecieron desplegarse escenas pertenecientes a un pasado muy lejano—. Estoy buscando una palabra para lo que ocurría cuando Kamante cocinaba —dijo al fin—. Desde que está usted aquí, lo veo frente a mí como si fuera ayer. Al principio, él y yo no éramos precisamente amigos, lo que en parte era culpa mía, pero también de él. Por lo que yo recuerdo, Kamante no tenía ningún amigo. Si entonces hubiera tenido que describirlo, habría dicho que era soberbio y que no respetaba nada ni a nadie. —Rio de nuevo—. En realidad, nos parecíamos mucho…, exceptuando la falta de respeto.

—Ha hablado usted de su relación con Kamante en aquel tiempo. ¿Qué me diría si le preguntara hoy? —insistió John.

Abdullahi reflexionó.

—Hoy diría que fui injusto con él. A lo mejor yo le tenía algo de envidia.

—¿De qué?

—De su peculiar, casi íntima amistad con la *memsahib* Blixen —respondió Abdullahi tras vacilar un instante—. Ella iba a menudo a la cabaña de su familia. Una vez la vi sentada delante, al lado de la madre de Kamante. Las dos miraban las colinas de Ngong sin intercambiar palabra. Estuve observándolas a escondidas durante un largo rato antes de marcharme. Me pregunté entonces qué diablos estaría haciendo ella en aquel lugar. Lo curioso es que, en cierto modo, parecía… feliz. Cuando el padre de Kamante murió, ella ayudó mucho a su familia.

—Por lo que yo sé, missis Blixen estaba muy unida a su hermano Farah —señaló John.

—De eso no cabe la menor duda. No obstante, su relación con Kamante era algo especial, quizá por el temperamento del chico. Pienso que era la persona a quien más quería la *memsahib* Blixen en la granja. Pese a que la palabra «gracias» no formaba parte de su vocabulario, él era probablemente el más agradecido de todos nosotros. Recuerdo muchas cosas que Kamante hizo por ella y que no se explican de otro modo. —Sonrió—. Al muchacho no le causaba el menor perjuicio el modo en que contemplaba las luchas y actividades diarias de ella mientras movía divertido la cabeza y hacía gala de su típico carácter indulgente.

—¿Se hicieron ustedes amigos en algún momento? —quiso saber John.

El anfitrión sonrió meditabundo.

—«Amistad» tal vez sea una palabra demasiado grande. Aunque, ¿quién sabe? Por una parte, éramos tan diferentes que nos separaban miles de kilómetros, incluso en el pequeño espacio de la granja. Teníamos intereses distintos y pertenecíamos a grupos distintos. ¿Sabe?, todavía hoy existe una gran brecha entre las diversas tribus y etnias africanas… Hay muchos conflictos, muchos prejuicios. Y entonces yo solo era un niño y un gran metomentodo. Pero un día comprendí que me había equivocado con Kamante. No era un intelectual; al contrario, odiaba la escuela. Sin embargo, su inteligencia era tan afilada que más de una vez yo mismo me corté con ella.

Una expresión nostálgica apareció en su rostro.

—Sí —asintió como para sí mismo—. Podría afirmar hoy que, con el paso de los años, nos convertimos en amigos.

19

Ngong, febrero de 1925

—¡Bien, ya ha quedado claro! —concluyó Farah—. Luego lo revisaré todo. Y tened cuidado con las herramientas. —Los dos muchachos asintieron y salieron a reparar la zanja que protegía las flores y el huerto de las cabras de los kikuyus. Farah levantó la vista hacia el reloj de la cocina, pero se detuvo al instante antes de irse.

—¿Abdullahi? ¿Qué haces aquí? ¿No deberías…?

Abdullahi bajó la vista, aunque luego hizo acopio de valor.

—Farah, habías dicho que volveríamos a hablar sobre ese asunto. ¿No podríamos hacerlo ahora?

—¿Otra vez me vienes con esa tontería de cambiar de escuela? —interrumpió Farah a su hermano pequeño con más violencia de la que se proponía.

—¡No es una tontería! —Abdullahi se mordió la lengua. Desde hacía tiempo entendía que con ese tono no llegaría a ninguna parte con Farah. ¡Pero lo trataba como si todavía fuera un niño pequeño! Sin embargo, logró bajar la voz cuando añadió—: Siempre dijiste que también aquí, en la escuela de la granja, haríamos algún día cosas muy difíciles. ¡Matemáticas de verdad! Dijiste que tenía que ser paciente. —Se detuvo un momento y recordó todo lo que había preparado días atrás para aquella esperada conversación. Su forma de empezarla no había sido la ideal, así que era todavía más importante que se atuviera a lo planeado y encontrara las palabras adecuadas—. ¡He sido paciente! —dijo suplicante—. De verdad. Desde hace casi dos años asisto a la escuela de la granja y mister

Ndungu se esfuerza por hacer cosas difíciles con los niños para que aprendan mejor. Pero siempre están los que no tienen ganas y no se saben ni la tabla de multiplicar. Por su culpa mister Ndungu no puede darnos tareas realmente difíciles. Además… —Reflexionó si podía decir lo que pensaba, y lo hizo—: Además, no hacemos más que cantar esos condenados himnos. Ni siquiera a la *memsahib* le gustan. Ha amenazado al maestro con despedirlo, yo mismo lo he escuchado. Pero seguimos cantando ese rollo. ¡Y eso que yo soy musulmán! —Miró desafiante a Farah. Sobre todo con ese último argumento esperaba adquirir ventaja, pero, para su sorpresa, la reacción de su hermano no fue en absoluto la que pretendía.

—¿No has aprendido nada mejor de mi ejemplo? —le increpó Farah—. Respetamos la religión de los demás. Te disculparás de inmediato por haber hablado de unos «condenados himnos».

—¿Con quién? ¿Contigo? ¡Si tú también eres musulmán! ¿Qué más te da? —Abdullahi tuvo claro que la conversación había fracasado. De acuerdo, si así estaban las cosas, ahora podía al menos dar rienda suelta a su cólera—. ¡No quieres enviarme a la otra escuela solo porque cuesta dinero! ¡Eres un avaro! Y eso que tienes varios dhukas, ¡dinero suficiente!

Su voz adquirió un tono estridente y en sus ojos se acumularon las lágrimas. Tal vez de decepción, de rabia o de miedo por las inevitables consecuencias de esa pelea, ni él mismo lo sabía.

—¡Aunque la escuela sea cara, sé que sería posible! —gritó haciendo gallos mientras las primeras lágrimas rodaban por sus mejillas—. Nuestra familia podría vender un camello. Tenemos suficientes y…

—¡Cierra esa boca! —Abdullahi nunca había visto tan furioso a su hermano—. ¿Vender un camello? ¿Por ti? ¿Tú quién te has creído que eres para tener tantas exigencias? ¿Qué crees que le quedaría a nuestra familia si vendiéramos un camello por cada uno de los chicos? Por uno, porque se empeña en asistir a una escuela cara; por otro, por cualquier otro motivo sin fundamento. Y ahora vete, mientras pienso qué castigo debo darte.

—¿Farah? ¿Qué está pasando aquí? —Tanne estaba en la puerta de la cocina portando las bolsas de la compra. Había ido esa mañana en coche a Nairobi.

Farah se enderezó. Serenó el gesto con apreciable esfuerzo.

—No es nada. Mi hermano pequeño quiere crecer demasiado deprisa. Ya no sabe qué lugar ocupa en la familia.

—¡No es verdad! —sollozó Abdullahi. De repente se sintió de nuevo como ese niño que ya no quería seguir siendo. Un niño infeliz, desamparado y avergonzado.

—Ven, vamos a sentarnos un momento. —Tanne miró suplicante a Farah—. Sé que eres un buen hermano, pero en ocasiones ayuda iniciar una nueva conversación. —Cogió una silla para dar buen ejemplo.

Ambos la siguieron dubitativos. Tanne miró la cara llorosa de Abdullahi. Asustado, tenía los ojos muy abiertos y anegados en lágrimas. Le hubiera gustado sentarlo en su regazo, tal como había hecho algunas veces antes, pero ya era demasiado mayor para eso.

Interrumpiéndose con algún gemido que otro, Abdullahi contó qué era lo que deseaba.

—Mister Ndungu me ha hablado de la escuela coránica de Mombasa. Allí se aprenden muchas cosas importantes. Y yo ya soy lo bastante mayor. Tengo muchas ganas, muchísimas… —De nuevo se le quebró la voz.

Tanne tragó saliva. Sabía que Abdullahi estaba totalmente desaprovechado en las clases de la granja y ella misma había reunido información sobre la escuela de la que tan a menudo hablaba el chico. Pero era muy cara, y su situación financiera nunca había sido tan precaria. ¿Cómo iba a pagar la escuela a Abdullahi, cuando era frecuente que incluso comprase de fiado en Nairobi? Recibía mensualmente una cantidad de dinero de su familia y de los accionistas de la plantación de café, a modo de sueldo. Sin embargo, apenas tenía lo suficiente para pasar las semanas. En los últimos años, la granja se había convertido en un negocio muy costoso. Los gastos superaban los beneficios obtenidos con la recolección del café.

—Abdullahi… —Estiró el brazo para secarle una lágrima y, aunque él ya no era un niño pequeño, se dejó hacer—. Ya sabes que me encantaría darte el dinero para la escuela. Pero por el momento no lo tengo, así de simple. ¿Lo entiendes?

Abdullahi se miraba la rodilla. Solo después de una breve vacilación, asintió.

—Pero si la siguiente cosecha va mejor, eso puede cambiar. —El chico la miró esperanzado.

Farah ya iba a regañarlo, pero Tanne lo detuvo con un gesto.

—Ahora vamos a abonar los cafetos. La experiencia en una granja, al otro lado de Nairobi, ha funcionado bien. Y vale la pena intentarlo. —Se interrumpió. Probablemente era equivocado dar esperanzas a Abdullahi. Pero a lo mejor sí que era posible aumentar el rendimiento del cafetal mediante el abono del suelo. Y si continuaban siendo ahorrativos, ¿quién sabe?

—¿Eso significa que si vendes más café y tienes más dinero podré ir a Mombasa? —Abdullahi levantó la nariz y se la limpió con la manga.

—*Memsahib*, no lo aceptamos —intervino Farah.

—Podríais aportar una pequeñísima cantidad —respondió enseguida Tanne—. Pero, como ya he dicho, hemos de esperar a la cosecha. Lo siento, Abdullahi, no puedo prometerte nada. Por el momento puedes trabajar con esto, mira... —Rebuscó en una de las bolsas y sacó un libro—. Lo he encontrado en una tienda y lo he traído como si hubiese tenido un presentimiento. —Le tendió el libro sonriendo.

—*365 problemas de matemáticas para cada día* —leyó Abdullahi, y sus ojos resplandecieron—. Gracias, *memsahib*. —Hizo un gesto para ir a abrazar a Tanne, pero en el último momento se contuvo.

Tanne estaba contenta de haber salvado la situación.

—Déjame ver —dijo alegremente y empezó a hojear. Pasó de largo el primer problema, luego el segundo y el tercero. En la tienda se había limitado a coger el ejemplar, pues en Nairobi escaseaban los libros y no había mucho donde elegir. Pero mirando con más atención, las tareas eran bastante difíciles y las aclaraciones que las acompañaban no le decían nada.

«Algún problema habrá más fácil de resolver», pensó, riéndose de sí misma.

—¡Vamos a leer este! —exclamó Abdullahi, cuyos ojos se habían quedado prendados de un dibujo de una mujer con dos niños. Ya antes de que Tanne pudiera decir algo, leyó: «Cuando nació Laura, su madre tenía treinta años y su hermano cuatro. Ahora Laura, su hermano y su madre tienen juntos cien años. Si la edad de Laura es X, podemos calcular X con ayuda de la edad de su hermano y de su madre. La pregunta es: ¿cuántos años tiene Laura?».

—¡Vaya! —Tanne rio—. Nunca me ha gustado lo de la X. Y seguro que para ti todavía es demasiado difícil. Pero vamos a pedirle a mister Ndungu que nos lo explique. Ven, vamos a buscar algo más fácil. —Ya iba a pasar página, pero Abdullahi la retuvo.

—No, *memsahib*. Quiero resolver este problema. Sé hacerlo, ya verás.

Tanne contempló sus ojos, que ahora transmitían una gran confianza y tranquilidad, junto al placer por la incógnita, por la caza de una solución.

—¿Qué nos apostamos?

Tanne rio.

—La bonita pluma de pájaro que encontré hace poco en el cauce del río y que tanto te gustó.

—Hecho —dijo Abdullahi, que cogió el libro y salió corriendo—. ¡Gracias! —se le oyó gritar. Luego la puerta del porche se cerró tras él.

—Brrrr… —El buey se detuvo al final de la plantación de café. Tanne apoyó todo su peso sobre el pequeño arado. Su pecho subía y bajaba. Con la manga de la blusa sucia de polvo, se secó el sudor de la frente.

«Tendría que cultivar verduras y criar pavos como Ingrid, así no me deslomaría trabajando», pensó, aunque sabía que eso no era cierto. Con el rostro contraído por el dolor, se frotó los dedos agarrotados. Sola, había arado únicamente una pequeña parte de los muchos surcos que en los últimos días habían cavado entre las hileras de los cafetos; pese a ello, le dolían todos los huesos. Casi podría haberse quedado acostada por la mañana, pero al final la desesperación la sacó de la cama. Si tenían suerte, los surcos abonados entre los cafetos aumentarían el rendimiento de las plantas, pero era preciso que las grandes lluvias se produjeran en el momento adecuado, entre marzo y junio.

Contempló el pequeño arado que había comprado en Nairobi especialmente para ese trabajo y pensó en Abdullahi. Con ese dinero habría podido enviar medio año al chico a la escuela de Mombasa. Se sentía culpable. Por otra parte, a nadie ayudaba que la plantación se fuese a pique. Ni a Abdullahi, ni a Farah ni en absoluto a los muchos kikuyus que vivían en sus *shambas* en las tierras de la granja. Bastante malo era ya que se vieran obligados a trabajar una parte del año para ella para poder pagar los absurdos impuestos británicos. Pero ¿qué sería de ellos si se veía obligada a vender la granja? Lo más probable era que el nuevo propietario no quisiera que los kikuyus permanecieran en las tierras. La cuestión era tan solo: ¿dónde podrían establecerse cientos de familias sin hogar? Tanne decidió no obsesionarse con aquellas hipótesis. Sabía que no se podía llegar a ese punto, ¡basta!

La amargura se fue apoderando de ella. Si Bror no hubiera llevado las finanzas tan mal en los primeros años, es posible que todavía hubiese quedado dinero para inversiones y mejoras realmente razonables. Pero hacía tiempo que se había consumido su insignificante patrimonio inicial, que no alcanzó más que para comprar un arado. Ya verían si el abono era eficaz. En caso contrario... Tanne pensaba en Denys, quien le había escrito antes de marcharse de Inglaterra. En pocos días volvería a estar en África. Se había propuesto organizar safaris profesionales. Con su profundo conocimiento de los paisajes y animales de Kenia, Tanne no podía imaginar a nadie mejor para esa tarea. Sin embargo, sí la entristecía saber que dispondrían de poco tiempo para estar juntos, pues Tanne había reservado un billete para Dinamarca. Habían pasado muchos años desde la última vez que pasó una temporada con su familia y no podía ni quería seguir aplazando la visita. Ni por Denys ni tampoco por la granja. Alzó la vista al cielo sin nubes. La última cosecha había resultado escasa, y que la tan ansiada lluvia cayera a finales de marzo no dependía de su presencia.

El traqueteo de unas ruedas y unos fuertes gritos arrancaron a Tanne de su ensimismamiento y no pudo evitar sonreír. Los carros tirados por bueyes recorrían con esfuerzo el camino polvoriento. Estaban cargados hasta los topes del estiércol de vacas y cabras que los kikuyus habían recogido de sus propias dehesas.

Tanne dejó el arado y se dirigió hacia ellos.

—¡Ho, ho! —resonaban los gritos de quienes manejaban los carros. Cada carro de tiro constaba de dieciséis animales. Avanzaban sin prisa, balanceando el cuerpo rítmicamente, con la calma estoica con que también actuaban en todo lo demás. En el primer carro, Tanne reconoció a los bueyes que se llamaban *Nyose* y *Ngufu*; en el de detrás estaban *Faru* y *Msungu*. Tanne buscó con la mirada a su buey preferido, *Malinda*, y lo descubrió: un animal grande y de un tono amarillo con vetas indefinidas que le habían dado su nombre, pues *Malinda* significaba «roca».

Malinda balanceó su pesada cabeza de un lado a otro mientras ella acariciaba su cuello sudado e intercambiaba un par de palabras con el conductor. Los carros se detuvieron al lado de la plantación y los primeros trabajadores se subieron para meter paletadas de estiércol en sacos. Tanne también trepó a uno.

—¡Un saco por árbol! —gritó por encima de la cabeza de hombres y mujeres que ya estaban entre los pequeños árboles llevando una pesada carga. Cogió una pala y la hincó. El estiércol, con su olor pungente, había perdido su matiz acre y agrio hacía tiempo. Junto con los trabajadores, fue llenando saco tras saco. A veces se lo tendía a otro que repartía su contenido en los surcos, otras veces ella misma bajaba de un salto y vaciaba el saco procurando distribuir el estiércol del mejor modo posible. Si conseguían vaciar totalmente los carros ese día, al siguiente podrían empezar a arar de nuevo y cubrir los surcos.

Horas más tarde, Tanne todavía tenía la sensación de oler la cálida fragancia de los animales y la tierra, aunque se había bañado y cambiado de ropa. Luego se había ido sola, en medio del crepúsculo, al estanque que Thomas había construido con ayuda de un dique. Ahora que el tostadero de café ya no existía, ese lugar le recordaba más que cualquier otro a su hermano.

Tanne se sentó sobre una piedra plana que Thomas había encontrado en uno de sus viajes por la reserva de caza y que había cogido justo para ese fin. El nivel del agua del estanque, que durante una buena estación de lluvias casi podía llamarse lago, había vuelto a bajar en los últimos meses. Unos patos y gansos de colores nadaban en mitad de la balsa o anadeaban en aguas poco profundas entre los desgreñados juncos. Tanne se quedó totalmente inmóvil cuando un grupo de cebras se acercó al estanque, veinte animales adultos con un puñado de potros. Los había observado a menudo y los animales no tenían miedo de ella. Llegaban a la salida del sol y al anochecer para beber cuando bajaba el nivel de sus aguaderos habituales. Con la cabeza baja y las patas delanteras algo separadas se refrescaban en la orilla. Sus cuerpos blanquinegros brillaban bajo los últimos rayos de sol.

«Si además vienen garzas, ibis y martines pescadores, tendré la seguridad de que los aguaderos de la pradera están totalmente secos», pensó Tanne. Pero todavía no debía preocuparse por eso.

La oscuridad llegó tan deprisa como si ese día todavía tuviera algo mejor que hacer y, delante del brillo del cielo de un azul cristalino y de las primeras estrellas centelleantes, un grupo de ocas de Egipto se hundió con sigilo en las aguas oscuras.

Tanne sintió que se desprendía del duro trabajo del día. Eso era África, la razón por la que estaba allí, en su lucha diaria. Detrás de ella crujió una rama seca y se volvió sobresaltada.

—Abdullahi. Qué susto me has dado. ¿Qué estás haciendo tú solo aquí fuera?

—Te estaba buscando, *memsahib*, y sé que por las noches sueles venir aquí.

—¿Así que lo sabes? —Tanne sonrió, pero Abdullahi no respondió a su sonrisa, sino que le tendió con determinación una hoja de papel doblada.

—Por favor —fue lo único que dijo y en sus ojos apareció una expresión triunfal.

Tanne desplegó la hoja. Contenía el problema de matemáticas que Abdullahi había copiado en una cuidada y minuciosa caligrafía.

Ya antes de que ella pudiera leer en la oscuridad, Abdullahi repitió de memoria la tarea: «Cuando nació Laura, su madre tenía treinta años y su hermano cuatro. Ahora Laura, su hermano y su madre tienen juntos cien años. Si la edad de Laura es X, podemos calcular X con ayuda de la edad de su hermano y de su madre. La pregunta es: ¿cuántos años tiene Laura?».

Se interrumpió; la comisura derecha de la boca se movió, pero no dijo nada más. Tanne se inclinó sobre la hoja de papel para poder leer mejor y empezó en voz baja:

—«La X incógnita es la edad de Laura, la edad de la madre es X + 30 y la edad del hermano asciende a X + 4. De ello se deduce la siguiente operación de cálculo:

$$X + X + 30 + X + 4 = 100$$
$$3X + 34 = 100$$
$$3X = 66$$
$$X = 22$$

—Respuesta: Laura tiene veintidós años, su madre cincuenta y dos y su hermano veintiséis.

—Abdullahi… —Tanne miró al muchacho, que había abandonado su distanciamiento y resplandecía. Se había quedado muda.

—A que te sorprende, ¿verdad, *memsahib*? —Se sentó junto a ella sobre la ancha piedra y colocó las manos sobre las rodillas dobladas.

—Por supuesto.

—La próxima vez lo haré más deprisa —añadió con convicción.

Tanne quería preguntarle cómo había encontrado la solución, pero Abdullahi estaba demasiado emocionado y no la dejó hablar.

—Había también otro problema que tenía que ver con las estrellas, pero no sé nada de las estrellas. Espero que eso no importe si voy a la escuela nueva. —Contempló el cielo nocturno.

—En ese terreno a lo mejor puedo ayudarte un poco —dijo divertida Tanne—. ¿Distingues ese grupo de árboles que hay detrás?

Abdullahi asintió serio.

—Es el Este. Miramos hacia allí cuando esperamos que llueva, pues la lluvia viene siempre de ese punto. ¿Y ves esa formación de ahí arriba? Es la constelación de Virgo. Su estrella más luminosa se llama Spica.

Abdullahi siguió su mano con la mirada.

—Y ¿distingues la Cruz del Sur allí atrás? Los navegantes y viajeros se guían por esa estrella durante las largas y solitarias noches.

Abdullahi estaba muy concentrado.

—¿Y las estrellas sobre las colinas de Ngong? —quiso saber.

—Son Rigel, Betelgeuse y Bellatrix, de Orión.

—Siempre había pensado que la luna estaba ahí para los viajeros —reconoció Abdullahi—. Porque brilla mucho.

—En la vida siempre necesitamos las dos —dijo Tanne reflexiva—. La luz solo no es suficiente para divisar el camino. También hemos de conocer la dirección para no perdernos.

—En Somalilandia, de donde vengo —explicó Abdullahi sin apartar la vista de las estrellas—, muchos camelleros se marchan con sus caravanas la primera noche de luna nueva. —Se volvió hacia Tanne—. Sabes, es tal como lo hacía el profeta Mahoma. La hermosa Jadiya, una mujer de negocios rica, había pedido al profeta que guiara su caravana. Entonces todavía no era profeta, claro, sino solo un humilde camellero. En cualquier caso, Mahoma empezaba sus viajes siempre la primera noche de luna nueva y hacía tan bien su trabajo que la rica Jadiya se enamoró y se casó con él. Después se convirtió en profeta.

—Creo que ya he oído antes esta historia —dijo Tanne—. Pero aún no conocía el detalle de la luna.

—Encuentro que Jadiya y tú tenéis mucho en común —afirmó Abdullahi—. Aunque ella viviera hace más de mil cuatrocientos años. Al igual que Jadiya enviaba sus mercancías de la Meca a Siria y Yemen, tu café también hace un largo viaje desde África hasta Europa, Asia e incluso América. Y, como tú, ella sola era responsable de todo. —Inspiró profundamente—. Tú eres igual, *memsahib* —concluyó con voz firme—. Las dos sois exitosas mujeres de negocios.

Tanne rio cariñosa.

—Vaya, vaya. Jadiya será a partir de hoy un modelo a seguir, pero que yo sea una mujer de negocios con éxito, por desgracia está escrito en las estrellas.

—¿En las estrellas? —Abdullahi no entendía.

—Lo decimos porque mucha gente cree que en las estrellas se puede leer lo que sucederá en el futuro —explicó Tanne.

—¿De verdad? —De repente la voz de Abdullahi volvió a adquirir un deje infantil—. ¿Así que está escrito en las estrellas si gracias al estiércol habrá una buena cosecha en la plantación? ¿Y mucho dinero? ¿Tanto que podrás enviarme a la escuela de Mombasa?

Tanne volvió a reír.

—Ay, Abdullahi. Si realmente está escrito en las estrellas, yo no sé leerlo. —Pasó el brazo alrededor de los hombros del chico y lo estrechó contra ella.

20

Tanne apretó ligeramente el pedal del freno cuando cuatro jóvenes kikuyus aparecieron al borde de la Ngong Road. Dos de ellos agitaban los brazos y gritaban algo que ella no entendía. ¿Necesitaban ayuda? Pero entonces vio el pequeño antílope que otros dos chicos habían atado por las patas a un palo de madera. Ahora entendía también lo que decían.

—Comprar, *m'sabu*... pequeñito... maravilloso...

Tanne apartó la mirada y sacó el pie del freno. La cría de antílope le daba pena, pero en ese momento tenía otras preocupaciones. La esperaba una desagradable conversación en el banco de Nairobi de la que dependían muchas cosas.

De hecho, las manos le sudaban cuando, algo más tarde, una asistenta la condujo al despacho de un consejero bancario.

Mister Taylor se levantó para saludarla. Pese a que las persianas estaban bajadas, hacía calor en el cuarto oscuro. En el techo daba vueltas con lentitud un decrépito ventilador. Tanne se sentó en la silla que le ofrecieron.

—Mister Taylor, ¿quería hablar conmigo? —preguntó como si no supiera de qué se trataba. Sin pretenderlo, su tono de voz sonó, a su parecer, más alegre de lo que hubiera deseado.

El hombre carraspeó.

—Baronesa, ¿qué tal va la granja? —preguntó con un tono también impostado.

—Bien —mintió Tanne—. Acabamos de abonar los cafetos y hemos puesto muchas esperanzas en ello.

—Hum. —El hombre asintió algo distraído—. Muy bien. Eso es muy satisfactorio. —Hizo una pequeña pausa y luego abrió la carpeta que estaba encima—. Baronesa Blixen, siento tener que decirle esto, pero tenemos un problema. Se trata del pago mensual de sus deudas. Lleva ya cuatro meses de retraso y en nuestro banco estamos preocupados. En tales circunstancias, nos vemos obligados a cancelar el crédito.

Tanne se puso rígida. No había previsto eso.

—¿Cancelar? Pero un retraso de unos pocos meses no es ningún drama.

—Por desgracia, mis superiores lo ven de otro modo —contestó Taylor.

—Hemos tenido unos tiempos muy difíciles en los últimos años —dijo Tanne ahora más decidida—. Tampoco fue suficiente que lloviese dos veces en el último año. Usted ya sabe lo mucho que influye en la cosecha una pequeña diferencia. Hace cuatro años se registraron mil doscientos cincuenta mililitros de lluvia y cosechamos ochenta toneladas de café. El año siguiente apenas tuvimos mil cuatrocientos mililitros y enseguida recolectamos diez toneladas más. Pero luego han llegado los años en que la cantidad de lluvia ha sido solo de quinientos y seiscientos mililitros… Podemos estar contentos de haber podido recoger algo, pero solo fueron quince y dieciséis toneladas.

Taylor la interrumpió en ese momento.

—Por supuesto, conocemos los problemas que genera la falta de lluvia. Se sabe que el altiplano en que se encuentra su granja no es adecuado para el cultivo del café. ¿Ha pensado alguna vez en probar con una granja mixta? Conozco a distintos granjeros en idénticas circunstancias que funcionan muy bien cultivando en una mitad de su terreno maíz y en la otra criando bueyes.

Las mejillas de Tanne se enrojecieron. El señor Taylor no era el primero en hacerle aquella sugerencia que, de entrada, parecía lógica y sencilla. En la realidad, no lo era en absoluto.

—Para cultivar maíz y criar bueyes en la medida necesaria, tendría que explotar todo el terreno. Y también las tierras en las que viven cientos de familias kikuyus con su ganado.

Mister Taylor se encogió de hombros.

—Puede que esa gente viva allí, pero, a fin de cuentas, el terreno es suyo. Ha pagado por él y puede utilizarlo como quiera. Y con la compra ha obtenido el derecho de echar a los ki…

—Para mí esa opción no cuenta.

—Yo en su lugar me lo pensaría. La supervivencia de su granja podría depender…

—No tengo nada que pensar —lo interrumpió Tanne con una indignación apenas disimulada—. Esa gente vive allí. Ya vivían allí antes de que mi exmarido y yo comprásemos la finca. Los kikuyus y yo estamos juntos en esas tierras. Y ahora volvamos al tema que nos ocupa. Mi absoluta prioridad es la próxima cosecha. Lo dicho, hemos abonado. Sí, por el momento me he retrasado en los plazos, pero en cuanto lleguen las lluvias esperamos obtener una cosecha extraordinaria y le prometo que le pagaré de golpe todos los atrasos.

Mister Taylor la miró. De repente se lo veía cansado y las dudas que reflejaba su rostro no pasaban desapercibidas.

—Por favor. —Su voz tenía casi el tono de una súplica—. Un par de semanas y lloverá. Una pequeña prórroga más.

—Podría pedir una ayuda financiera a los otros propietarios —lo intentó Taylor de nuevo, y añadió—: A su familia.

Tanne negó con la cabeza.

—Es imposible. Por desgracia ya se la he pedido demasiado a menudo en estos últimos meses.

En el rostro de mister Taylor apareció una sonrisa triste.

—En teoría, ese «pedir demasiadas veces» también es aplicable a los bancos. Pero está bien, una última prórroga. —Cerró la carpeta que tenía delante. Tanne respiró aliviada para sus adentros.

Sin embargo, todavía seguía estando tensa cuando ya entrada la tarde volvió a casa. Una prórroga era una prórroga, pero nada más que eso. Todo dependía solo de la estación de las lluvias. A eso se añadía su encuentro con su exesposo Bror en la terraza del Muthaiga Club, al que acudiría junto a su nueva pareja, Cockie Birkbeck. Aunque ya se habían divorciado, todavía no se había acostumbrado a que Bror hubiera conseguido a una sustituta tan deprisa. ¿O eran tan solo celos porque Bror había encontrado a una mujer con la que un día se casaría, mientras Denys…?

Notó una breve contracción en su interior. Para él, el matrimonio carecía de entidad y, por tanto, sabía que no era un tema sobre el que pudiesen discutir. Él la amaba, pero también amaba su vida sin ataduras, con la libertad de ir adonde y cuando quisiera. Siempre había sido así y esto no tenía nada que ver con ella ni con su relación. Pero ¿qué más significaba aquella teoría? No era de ayuda en nada cuando, durante los largos períodos en que él estaba ausente, se sentaba a cenar sola, con un libro delante o las facturas de siempre, y percibía la oscuridad impenetrable de la noche africana en el exterior. Y, en su interior, una gran añoranza. Tampoco la ayudaba cuando se despertaba sin él ante un día lleno de todo tipo de imprevistos. Y no la ayudaba cuando se encontraba en Nairobi con matrimonios de su círculo de conocidos que comían juntos, compraban juntos o se reunían con otros.

Quería ser fuerte y sensata. Pero esa sensación de necesitar a Denys, ¿era en verdad tan falsa? ¿Cuántas veces deseaba que pasara más tiempo con ella, que a él las despedidas le resultaran tan difíciles como a ella o que le escribiera más a menudo? ¿Y por qué no podía desear lo que la hacía tan inmensamente feliz?

Tanne suspiró. Sí, en un plazo de dos días, Denys regresaría. Y planeaba disfrutar del tiempo que les quedaba antes de que ella partiera. Así que, pese a todo, en el próximo reencuentro se translúciría la pena por la inminente separación… Y había días en que eso era más difícil de soportar que otros.

—¡*M'sabu*! ¡Comprar! ¡Bebé antílope! ¡Barato!

El grito de los chicos al borde de la carretera la sobresaltó y apartó de sus pensamientos. De nuevo apretó ligeramente el freno. Por lo visto, los niños habían pasado todo el día bajo el sol abrasador al borde de la carretera, intentado vender la cría a los conductores que pasaban. Ahora levantaban el palo en el que estaba atado el animal por las cuatro patas. Sus voces parecían más estridentes que por la mañana. Pronto oscurecería y querían encontrar un comprador a toda costa antes de que acabara el día.

«Comprar», pensó con amargura Tanne, cuando pasó de largo con expresión pétrea. ¿Con qué dinero?

Pero la imagen de la cría de antílope atada al palo no la abandonaba. ¿De dónde lo habrían sacado?, pensaba horas más tarde.

Ya se había acostado, la luz de la luna caía a través de las cortinas en la habitación, y sin embargo no conseguía dormir. Se puso bocarriba y miró el techo. Los niños debían de haber encontrado el antílope en el bosque y habían visto la oportunidad de hacer negocio. El animalito había pasado horas colgado del palo con un calor aplastante. ¿Estaría vivo aún?

—¿Cómo he podido no detenerme? — dijo retirando la colcha. Se puso la bata y se calzó las zapatillas. En la casa reinaba el silencio. Encendió una lámpara y salió al porche.

—¿M'sabu? —Los dos chicos kikuyus que esa noche hacían la guardia nocturna se levantaron al verla—. ¿Ha oído usted algo?

Tanne sonrió al ver sus rostros preocupados. Desde que tiempo atrás los leones se habían paseado alrededor del corral de los bueyes y la marabunta había estado cerca de matar a sus perros, se habían organizado guardias nocturnas.

—No, no es nada. —Tanne movió la cabeza—. O sí. Hoy en el borde de la carretera había cuatro niños kikuyus. Tenían un cachorro de antílope y querían venderlo. ¿Podéis averiguar quiénes son? Quisiera comprar el antílope.

Los dos chicos intercambiaron un par de palabras en kikuyu. Luego el mayor dijo en suajili:

—Es posible que sepamos algo. Mi hermano se marchará mañana por la mañana temprano.

—No, ahora mismo, por favor.

Los dos chicos se miraron.

—Mi hermano se marchará ahora mismo —dijo el mayor. El joven hizo un breve gesto de asentimiento, bajó saltando los escalones del porche y desapareció en la oscuridad.

Kamante se dirigía a la cocina exterior cuando la puerta del porche se abrió y la *m'sabu* salió para hablar con los dos guardias. Se detuvo, esperando que no lo vieran. ¿Qué estaba ocurriendo a esas horas? Había esperado un poco más de tiempo, suponiendo que todos se habrían dormido. Por desgracia, no alcanzaba a oír lo que estaban diciendo. Ahora uno de los chicos bajaba saltando las escaleras y se marchaba corriendo. La *m'sabu* se metió en la casa y dejó el porche iluminado por la luna; el otro chico volvió a sentarse en los escalones. Kamante permaneció dubitativo unos minutos, luego se dirigió con sigilo a la cocina y tiró de la puerta que, para su sorpresa, solo estaba entornada.

—¿Qué haces tú aquí? —La voz de Kamante sonó más asustada de lo que él hubiera querido.

En el suelo de la cocina, Abdullahi estaba acuclillado, con una lámpara a su lado y distintas cajas. La mayoría de ellas contenían útiles de cocina y especias, solo una estaba vacía. También Abdullahi parecía haberse sobresaltado.

Kamante fue el primero en reponerse.

—¿Qué haces tú aquí? —repitió ahora con un tono más severo—. Vas a desordenarlo todo.

Abdullahi calló unos segundos más, luego respondió:

—Necesito cartones para un proyecto de matemáticas. Por eso estoy buscando cajas vacías. —Y como si eso fuera una justificación—: La *memsahib* me ha regalado un libro de problemas.

—¿No tienes suficientes con esas? —preguntó Kamante.

—No.

Sin mediar palabra, Kamante se acercó a una estantería y cogió otra caja.

—Puedes quedarte con esta —dijo displicente.

—¿Está vacía? —preguntó Abdullahi con desconfianza. Levantó la tapa. En efecto, estaba vacía.

—¿Algo más? —inquirió Kamante.

—No. —Abdullahi se levantó. Consiguió cargar con las cajas y la lámpara—. Gracias —dijo lacónico, y se marchó.

Kamante siguió con la mirada el resplandor de la lámpara hasta que este despareció por una esquina, luego cerró la puerta de la cocina, encendió la luz sobre el aparador y abrió la tapa de una nevera portátil. Sacó con las dos manos una fuente, en la que había un trozo de carne en vino tinto. Lo olfateó para saber qué especias había añadido Hassan, el cocinero, a la decocción por la tarde. Definitivamente, ahí no estaba la pimienta silvestre que con tanta vehemencia le había aconsejado a Hassan; aunque el cocinero lo había echado de la cocina prometiéndole que echaría la pimienta más tarde. Kamante inspiró el aroma de la decocción metiendo la nariz hasta el fondo del recipiente. Luego abrió la bolsa de piel que llevaba consigo, sacó la pimienta silvestre y la desmenuzó entre las manos antes de echarla en el caldo. De nuevo acercó la nariz a la fuente.

—Esto está mejor —murmuró sacando una segunda bolsa. Ni Hassan ni la *m'sabu* sabrían qué era lo que había en la bolsita verde que llevaba en la mano, pues crecía silvestre en la ribera del río. Dudó unos instantes, luego cogió la tabla de cortar y un cuchillo. Con movimientos breves y hábiles cortó el manojo en unos trocitos diminutos y los añadió al caldo. Luego lo removió con una cuchara de palo.

—Hasta mañana —se despidió cariñoso mientras tapaba con un paño la fuente y volvía a guardarla en la nevera.

21

EN LAS ÚLTIMAS horas, antes del amanecer, el rítmico cabeceo de la embarcación se volvió más pausado. El fuerte viento en contra no cesaba e impedía que Denys llevara puesto su sombrero. Muy al fondo, bajo sus pies, salpicaba la espuma de las olas. Entornó los ojos. ¿Eran esos los primeros y diminutos puntos de luz de Mombasa en el negro horizonte? Observó con mayor atención en la oscuridad, pero debía de haberse equivocado. No obstante, se estaban acercando a tierra, se lo decía su fino olfato. El olor especiado de la costa se había mezclado con la salada frescura del aire.

Denys recordó a su familia en Inglaterra. Echaba dolorosamente de menos a su madre, que había fallecido durante su estancia de varios meses en Haverholme, la residencia familiar. Su madre le había inculcado desde niño el amor por la música y la literatura, en especial por la poesía; en su hogar se respiraba el gusto por las artes. Sabía que su hermana Topsy y su hermano Toby se encontraban también muy afectados. Ese era el motivo por el que su hermano lo había visto marcharse con mayor descontento del que ya era habitual.

Denys suspiró. También él necesitaba esa estancia periódica en Inglaterra, por lo que eran rarísimos los años en que no volvía a casa. Pese a ello, sintió alegría y alivio cuando confirmó que las pequeñas luces que anunciaban Mombasa aparecían en la noche, que se disipaba veloz. Ante sus ojos estaba África, el vasto y virgen continente que le permitía una vida alejada de convenciones y deberes. Se alegraba de llevar a cabo su primer safari profesional, para el que ya tenía clientes. Si todo iba bien, le seguirían otros. Continuó en ese momento pensando en Tanne y su granja junto a las colinas de Ngong, y tuvo que admitir que su mayor alegría era volver a verla.

Los pensamientos de Denys se vieron interrumpidos por los grupos cada vez más grandes que subían a la cubierta. Cuando amarraron el barco, el aire ya se había caldeado y la ciudad se hallaba envuelta en una ligera neblina. Los primeros botes de remos se acercaron a la embarcación para llevar a los pasajeros al muelle. Los ojos de Denys se detuvieron en la cinta blanca e irregular de las olas. El interminable murmullo del océano Índico apenas se oía, apagado por el vocerío humano.

Al final, subió a un bote. Desde la lejanía, apreció la colorida actividad del muelle. Mombasa era una vieja ciudad portuaria que debía su riqueza, perdida hacía mucho tiempo, al comercio de oro, marfil, algodón y esclavos.

Buscó con la mirada a su alrededor cuando volvió a poner pie en tierra firme tras tanto tiempo de navegación. Desde Inglaterra había informado a su mano derecha, el somalí Bilea, de su llegada. Y, en efecto, no tuvo que buscar mucho para ver al alto Bilea, que se había abierto camino entre la muchedumbre para llegar hasta él.

—¿Nos iremos hoy mismo a Nairobi? —preguntó a Denys, tras un breve saludo.

—Viajarás tú solo con una parte del equipaje —indicó Denys—. Ahora voy a descansar un par de horas en un hotel y por la tarde me reuniré con un vendedor que me ofreció hace un par de meses un terreno cerca de Takaungu. Al principio dudé, pero en estas últimas semanas he estado reflexionando sobre la oferta. La examinaré y mañana iré a casa.

Bilea se limitó a asentir.

—¿Podrías hacerme un favor? —preguntó Denys—. ¿Podrías comunicarle a missis Blixen que he llegado?

—Lo haré —contestó Bilea—. Enviaré a un corredor.

POR LA TARDE, cuando Denys acudió a su cita, el sol no penetraba en todas las callejuelas. Las casas tenían paredes gruesas de un suave tono coral y parecían haber sido esculpidas directamente de las rosadas piedras características de la costa cercana. El familiar aroma de las acacias denotaba el crecimiento de estos árboles en los pequeños patios privados. De vez en cuando asomaba una franja de mar azul en el extremo de una calle. Cuando Denys volvió al muelle, otro vapor había amarrado en la isla situada enfrente, junto a su embarcación. No lejos de ahí había un pequeño *dhau* que, comparado con los modernos y grandes barcos, parecía salido de un cuento árabe.

Denys todavía estaba aturdido tras permitirse dormir durante un largo rato y le pesaba el calor deslumbrante del muelle de Mombasa.

—Ya ha llegado, Finch Hatton; pensaba que se había olvidado de nuestra cita. —El rostro del agente inmobiliario estaba enrojecido pese a ir cubierto con un sombrero de anchas alas.

Denys hizo un gesto con la mano.

—Disculpe el retraso. Seguramente no fue demasiado acertado fijar nuestro encuentro el día de mi llegada de Inglaterra. Pero cuando esté en Nairobi, el viaje hasta aquí también me resultará fatigoso.

El hombre, que se llamaban Jones, condujo a Denys a su vehículo abierto. Subieron y arrancó el motor. La carretera se desplegaba a lo largo de la costa, y la cálida brisa de cara resultaba agradable. Transitaban un camino de viejas ruinas, minaretes y fuentes erigidas en la época de los comerciantes árabes de esclavos y de marfil. Unos imponentes baobabs se alzaban como gigantes de piedra, adueñándose del paisaje. Denys contempló el mar azul intenso y supo que regresaban sus ansias de vivir. Volvía a encontrarse en África. En los próximos meses podía pasar cualquier cosa. Y si el terreno se hallaba en un paisaje como ese, entre el mar, las rocas de coral y los baobabs, lo compraría.

Un fuerte ruido seguido de los agudos chillidos de varios niños despertó a Tanne. Mientras se levantaba somnolienta y se ponía las zapatillas, el barullo seguía en la casa, se volcaban objetos y se oían gritos y risas. Alarmada, Tanne salió corriendo del dormitorio y de milagro no tropezó con Kamante, que había ido a buscarla.

—*Iambo, m'sabu!* Ven corriendo y mira quién ha llegado. ¡Es una chica!

Tanne miró el rostro de Kamante, su expresión, por lo general seria y algo irónica, había dejado sitió a un vivo entusiasmo, y no entendió nada ¿Una chica? ¿Habría dado a luz una de las mujeres kikuyus? Pero ¿por qué tanto jaleo?

Unos pocos pasos bastaron para que llegara a la sala de estar, donde se llevó las manos a la boca sorprendida. Claro, ¡la cría de antílope! Los niños la habían encontrado.

El delicado animal de pelaje castaño rojizo corría aturdido por la gran habitación, marcando con sus diminutas pezuñas un inquieto *staccato*. Una y otra vez las patas, delgadas y desproporcionadamente largas, se le abrían en todas direcciones sobre el suelo liso, pero la cría volvía a enderezarse veloz y a ponerse de nuevo en marcha a pasitos cortos. Por fin llegó a la alfombra que había en medio de la habitación. Con esa nueva base bajo las pezuñas, aceleró el paso. Los grandes y desgreñados perros, que habían observado al nuevo animal escondidos debajo de la mesa, retrocedieron desconcertados, pero la pequeña antílope se dirigió imperiosa hacia ellos. Ambos huyeron presas del pánico ante aquella desconocida y, acompañados de los gritos cada vez más altos de los niños, se precipitaron hacia el porche. Algunos chicos se colocaron delante de la puerta abierta, pero la antílope no tenía intención de dejar la sala. Estaba olfateando un vaso que había quedado olvidado la noche anterior en una mesita baja, cuando Farah entró en la habitación.

—¿Qué está pasando aquí? —preguntó estupefacto, precipitándose hacia los chicos que estaban en un rincón, riéndose y chillando. Juntos se sentían fuertes y, a fin de cuentas, esa era la casa de la *m'sabu* y ella todavía no había dicho nada. Tras un vistazo a la sala, Farah entendió la situación. Se dirigió despacio y con una voz cantarina hacia la cría, que todavía estaba junto a la mesita baja y lo miraba expectante con sus grandes ojos.

—Ven, pequeñita, ven —susurró Farah. Dio otro paso más y el antílope saltó, pero todavía era demasiado pequeño. Con un fuerte batacazo, sus pezuñas aterrizaron sobre la mesita. Los libros, un cenicero y varias figuras de madera cayeron revueltos. Desconcertada, la cría de antílope pateó, giró sobre su propio eje y saltó al otro lado de la mesita.

—¡Abdullahi! —gritó Farah, más desesperado que enfadado—. Venga, ¡ven a ayudarme! —Pero Abdullahi no se movió. En lugar de eso, miró a Kamante, que estaba a su lado. Abdullahi, travieso, lo empujó a un lado, con lo que Kamante imitó los pasitos del animal. Abdullahi hizo lo mismo y ninguno pudo contener la risa. Farah miró sin saber qué hacer a Tanne, quien con fingida desesperación se había llevado las manos a las mejillas. Divertida, acudió en ayuda de Farah y juntos consiguieron coger al animalito.

Mientras Farah lo sujetaba, Tanne lo palpó con cuidado. La antílope estaba ilesa.

—Al bosque no puede volver —dijo—. La madre ya no la aceptaría.

—Ahora es nuestra —dijo Kamante, y Abdullahi lo secundó.

—En esta familia hay sitio para todos, ¿verdad, *memsahib*?

—Por supuesto. —Tanne sonrió—. ¿Cómo vamos a llamarla?

—*Lulu* —respondió de inmediato Kamante—. Mirad sus ojos redondos. Brillan como perlas. Y *lulu* significa «perla» en suajili.

—Es un bonito nombre —lo apoyó Tanne—. Pero ahora tenemos que pensar qué podemos hacer con *Lulu*. Debe de tener mucha sed. Alguien tiene que alimentarla con biberón.

—¡Yo me encargo! —se ofreció Kamante—. Lo mejor es con leche de cabra. Voy a buscar un poco. Y tú —añadió dirigiéndose a Abdullahi—, ve a buscar un collar con una campanilla para que sepamos siempre dónde está.

—Ahora mismo —respondió Abdullahi diligente, y en un abrir y cerrar de ojos ya había salido para cumplir su nueva tarea.

—De momento la llevaré a la habitación de invitados hasta que Kamante le dé de comer —explicó Farah, que todavía llevaba en brazos a *Lulu*.

Tanne asintió. Luego salió al porche. A cierta distancia podía ver a Kamante haciendo grandes aspavientos mientras negociaba con un niño kikuyu que cuidaba sus cabras en el terreno de hierba que había delante de la casa. Observó con una sonrisa que Kamante se ponía a ordeñar la cabra. Entonces vio por el rabillo del ojo una figura y volvió la cabeza. A unos diez metros de distancia había un alto guerrero masái con su manta granate y varias hileras de coloridas cadenas de abalorios alrededor del cuello, las muñecas y los tobillos. Había dejado su larga lanza sobre el suelo y se sostenía inmóvil sobre una pierna. El hombre la miraba fijamente, sin pronunciar palabra. Era uno de los mensajeros que solía enviar Denys para comunicarle su llegada. Una alegría enorme se apoderó de ella. Las largas semanas de espera por fin habían pasado.

22

—Tú, INÚTIL, ¡VEN aquí! Voy a…

—Ay… No, ¡déjame!

Tanne se detuvo sobresaltada cuando oyó la voz alterada del cocinero Hassan desde la cocina. En cuanto a los quejidos, apostó a que eran de Kamante.

—¿Puede explicarme alguien qué está pasando aquí? —dijo con autoridad cuando entró en la cocina y deslizó su mirada sobre ambos. Hassan, rojo de cólera, tenía bien sujeto a Kamante del brazo. Habían caído al suelo un cuenco de barro y varios huevos, que ahora estaban rotos.

—Este pillo lleva semanas colándose en la cocina y metiendo las narices en todo lo que no es asunto suyo. Pero hoy ha ido demasiado lejos. ¡Ya ve la que ha montado, *memsahib*, y exijo que se le castigue!

Tanne miró a Kamante, sobre cuyo obstinado rostro resbalaban lágrimas de rabia y vergüenza.

—En primer lugar, pongamos orden —dijo, inclinándose. Cuando el suelo volvió a estar limpio, preguntó—: A ver, ¿cómo hemos llegado a esta situación?

—Este granuja quería quitarme de las manos la fuente con los huevos —vociferó Hassan—. Y este es el resultado. Esa fuente tan bonita… y más de diez huevos. Todo roto.

—Los huevos ya no estaban frescos. No tan frescos como tienen que estarlo para un *baiser* —se defendió Kamante.

—¿Qué tonterías son esas? —refunfuñó Hassan y prosiguió vuelto hacia Tanne—. Lo ve, está loco de remate. Claro que los huevos estaban todavía bien. E incluso si no lo estuvieran, ¿cómo lo sabe ese miserable fisgón?

—¡Pues es muy fácil! —exclamó Kamante—. Se sabe por el peso.

—¿Por el peso? —Hassan soltó una risotada triunfal—. Lo ve, es lo que yo le digo, este chico está como una cabra.

—*M'sabu*, por favor…, puedo probarlo —insistió Kamante, y miró a Tanne de un modo tan suplicante que ella suspiró. Él lo consideró, al parecer, como una aprobación. Cogió de la estantería otro cuenco con huevos—. Hassan ha dicho que estos huevos son de hace una semana.

Hassan puso cara avinagrada.

—Sí, es cierto, pero estos no eran lo huevos para el *baiser*.

—Da igual —replicó Kamante, ahora con fervor—. *M'sabu*, ven, vamos a coger los huevos frescos, los de hoy. Por favor, ven conmigo.

Tanne movió la cabeza de buen humor, lanzó una mirada cómplice a Hassan para apaciguarlo y siguió al chico hacia el exterior. Kamante se dirigió al gallinero a paso ligero.

—Ahora vamos a recoger los que son más frescos —dijo mientras buscaba huevos en la hierba y entre las piedras—. Y después comprobaremos que yo puedo notar la diferencia entre los frescos y los que no lo son.

Tanne casi no reconocía a Kamante. Hasta el momento, apenas se había interesado por la escuela. Todavía le costaba leer y se negaba a que ella lo ayudara. ¿De dónde venía esa repentina pasión por la gastronomía?

—¿Desde cuándo te interesa la cocina? —preguntó mientras también ella buscaba huevos frescos.

Kamante se encogió de hombros.

—Yo no me intereso por eso.

—¿Te gusta la comida europea? —Tanne no cedió.

—Prefiero la papilla de maíz. O las patatas que mi madre asa al fuego.

Tanne cogió un huevo y se enderezó.

—Entonces no entiendo por qué es tan importante para ti con qué huevos prepara Hassan el *baiser*.

Kamante la miró como un adulto que regaña a un niño cuando este debería haber aprendido mejor la lección.

—Tenemos que elegir los huevos según lo que el *baiser* pide, *m'sabu* —respondió—. Ya he encontrado suficientes. Vámonos.

En la cocina, Kamante fue al grano enseguida.

—Voy a ponerme una venda en los ojos —anunció—. Luego me dais los huevos. Los recién cogidos y los otros, y os diré cuáles son lo primero o lo segundo.

—Pero, Kamante, aguarda —le pidió Tanne en una última observación—. Yo también sé que los huevos más viejos son también más ligeros, porque una parte de su líquido desaparece a través de la cáscara porosa. Sin embargo, la diferencia de peso no se puede apreciar sosteniéndolos en la mano. Se necesita una balanza muy fina...

—Yo no sé nada de un líquido que desaparece. Yo solo sé que los huevos frescos pesan más. — Kamante acabó de ponerse la venda sobre los ojos—. Además, voy a hacerlo con los ojos cerrados —advirtió y levantó a continuación las dos manos. Tanne lanzó a Hassan una significativa mirada. Ella misma cogió un huevo fresco y otro más viejo y los pesó en las manos como forma de comprobación. Poniendo su mejor voluntad, no logró hallar la más mínima diferencia. Kamante, por el contrario, solo necesitó unos segundos.

—Pura casualidad —musitó Hassan—. Ese granuja tiene más suerte que entendimiento. —Pero tampoco con los otros huevos se equivocó Kamante. Se arrancó la venda de los ojos con un gesto de triunfo. Estaba resplandeciente.

—Nunca dejas de maravillarme —reconoció Tanne sinceramente sorprendida—. Kamante, tú sabes que me importa mucho que la comida sea buena. Por supuesto, Hassan, que es un buen cocinero, trabaja aquí. Pero en Dinamarca, hace tiempo, yo recibí un curso con un chef excelente y, si quieres, puedo darte clases.

—¿Cuándo empezamos? —preguntó Kamante enseguida.

—En los próximos días. Hoy quería preparar algo especial para *buana* Denys, que ha anunciado su llegada.

—Entonces tenemos que hacer un caldo, *m'sabu* —propuso Kamante—. A *buana* Denys le gusta mucho el caldo.

—Sí, de eso no cabe duda. —Tanne miró sonriendo a Kamante. El chico no dejaba de sorprenderla.

—No SE LO ha comido todo —observó Kamante en un tono lleno de reproche cuando a la noche siguiente Tanne entró con el resto del caldo en la cocina, donde él la estaba esperando. Miró disgustado la fuente, en la que todavía quedaba sopa. En su frente apareció una arruga vertical—. No le ha gustado a *buana* Denys.

Tanne se echó a reír.

—¡Oh, Kamante! Sabes que había más de tres litros de caldo. No nos lo podemos tomar en una sola cena. Mañana estaremos muy contentos de probarlo de nuevo. —El rostro de Kamante se relajó.

—Es más, *buana* Denys quiere comunicar al nuevo chef que es el mejor caldo que ha probado jamás.

—Lo sé —dijo satisfecho—. Es porque añado una verdura silvestre.

—Eso no lo sabía. —Tanne arqueó asombrada las cejas—. Podrías haberme consultado antes.

—Mañana te lo enseño —respondió Kamante imperturbable—. Y la próxima vez te preguntaré antes. Pero, de todos modos, no teníamos otro remedio, porque la sopa…

—¿Lo exigía?

El chico asintió complacido.

CUANDO TANNE DEJÓ la cocina para volver a la casa, le pareció que la oscuridad era más densa que de costumbre.

—Es como si toda la granja te hubiera estado esperando —le dijo a Denys, que se había sentado a la mesa de muela de molino con las velas y el vino.

—Todo es distinto —añadió—. Los animales del bosque están más locuaces, el aire más perfumado, toda la noche respira más hondo cuando tú estás aquí. —Lo abrazó y se apretó contra él.

—No es demostrable empíricamente —contestó sonriendo Denys—. Pero suena bien. —La estrechó entre sus brazos—. A lo mejor yo no noto la fragancia del aire porque tú hueles tan bien —murmuró con una profunda inspiración—. He añorado tu olor.

—Me alegro de saberlo —bromeó Tanne—. Yo temía ya que se tratara solo del caldo. —Le acarició la espalda y los brazos.

—La cocina inglesa no es siempre mala —señalo él—. Y los cocineros de mis hermanos son hábiles, aunque no llegan a tu nivel ni al de tu nuevo *sous-chef*.

—Los meses han sido largos sin ti —cortó Tanne de repente—. Cuando no estás, ya no sé si ha sido producto de mi imaginación. Yo y tú, aquí. Si realmente ha existido nuestra historia o, en todo caso, si volverá a existir. —Emitió un leve suspiro y prosiguió—. Un día suele ser igual que los otros. Desde la salida hasta la puesta de sol siempre hago el mismo esfuerzo por mantener la granja en buen estado. Cuentas, cuentas y más cuentas. ¿Si llegan las siguientes lluvias, cuántos litros caerán sobre la tierra sedienta? Si cosechamos X toneladas de café, ¿cuánto recibiremos por ellas del mercado mundial? Y si son más, ¿podremos por fin comprar las nuevas máquinas que con tanta urgencia necesitamos?

—No puedes inquietarte por cosas sobre las que no tienes ningún control —apuntó en voz baja Denys.

—Lo sé. Pero ¿qué pasa cuando no tienes a nadie con quien hablar de esos temas? Una puede sentirse muy sola aquí. Y los kikuyus son como tú. Se niegan a pensar en lo que todavía no ha sucedido.

—¿Y qué ocurre con Farah? —preguntó Denys.

—Con Farah puedo hablar de cualquier asunto, pero se toma todo más en serio que yo. Y ya basta con que me preocupe yo. —Tanne se enderezó un poco—. Por supuesto, él sabe cuál es nuestra situación. Imagínate, a estas alturas incluso gestiona el sueldo que mi familia me envía cada mes para que yo no caiga en la tentación de malgastarlo. Cuando viajo a Nairobi para hacer las compras, tengo que pedirle dinero. —Denys se echó a reír, pero Tanne permaneció seria—. El hermano de Farah me da pena. Ya sabes, Abdullahi. Es un chico inteligente. Cada dos semanas me pregunta si tengo dinero suficiente para enviarlo a la escuela de Mombasa.

Y en cada ocasión leo en su rostro una increíble esperanza que me dice: «Sé que a lo mejor todavía no puedes, pero algún día seguro que sí».

—Y lo harás —confirmó Denys.

—Vamos a cambiar de tema —pidió Tanne—. ¿Cómo está tu familia?

Denys calló unos segundos antes de hablar.

—Mis hermanos y yo añoramos mucho a nuestra madre. También mi padre, seguro, pero él lo demuestra menos. Mi hermano Toby desearía que regresara de una vez por todas a Inglaterra y administrase con él el patrimonio familiar. En esta ocasión trató de impedir que volviese a África, y me he sentido culpable al partir.

Tanne tragó saliva. Con ello, Denys había descrito sin querer el problema que a ella también le planteaba su vida errante.

—¿Cuánto tiempo vas a quedarte ahora en la granja? —preguntó.

—Un par de semanas —contestó Denys—. Después conduciré mi primer safari. Y en el intervalo tengo que dedicarme a hacer los preparativos.

Tanne calló. Antes de su primera despedida le había resultado fácil dejarlo marchar; pero entretanto tenía la sensación de que la despedida era inherente a cada nuevo encuentro con él. Y por muy intensa que fuera la convivencia justo por ese motivo, no resultaba sencilla.

Su silencio pareció inquietar a Denys. Se levantó.

—Tanne, lamento si…

—He reservado un pasaje en barco —lo interrumpió ella—. Dentro de cuatro semanas me voy a Dinamarca durante unos cuantos meses. —Lo rodeó con los brazos y juntos se reclinaron contra el respaldo—. Hace mucho que no veo a mi madre, mi tía y mi hermana. Y mi sobrinita Mitten, la hija de mi hermana fallecida Ea, ya ha cumplido ocho años. Debe de ser una auténtica señorita. La última vez que la vi, acababa de cumplir tres años. Además, tengo ganas de volver a asistir a un auténtico concierto y oír el rumor del mar directamente desde nuestra casa. Pero eso no significa que no puedas instalarte aquí cuando vuelvas del safari… Incluso si yo no estoy.

—Sin ti, África no será lo mismo para mí —dijo Denys—. Pero cuando regreses, te esperará una sorpresa. Ya te he hablado del terreno en Takaungu, cerca de Mombasa. He estado pensando que construiré allí una casita, al estilo árabe. Ya verás, te encantará.

—Me encantará todo, incluso la humedad y el bochorno del clima de la costa.

—Con vosotras, las mujeres, nunca se acierta.

Tanne rio suavemente y lo miró.

—Claro que no. Pero lo hacemos por los hombres, para que volváis a intentarlo y os vayáis superando a vosotros mismos en el proceso.

—Ah, ¿sí? —preguntó Denys, en apariencia interesado—. ¿Y cuántos intentos tenemos, así en general? —Sus labios fueron acercándose.

—Ilimitados…, en principio. Pero eso puede cambiar en cualquier momento.

—Mmm —murmuró Denys—. Entonces voy a hacer un nuevo intento antes de que se produzca algún cambio. —La estrechó contra sí con ternura y la besó.

23

Ngong, marzo de 1925

Tanne se despertó cuando un claro rayo de luz le cayó sobre el rostro tras deslizarse entre las cortinas del dormitorio. Abrió los ojos, pestañeó y se recostó de lado. Denys estaba junto a ella, como casi todas las mañanas desde su regreso, pero su viaje a Dinamarca se iba acercando y notaba cómo su melancolía iba en aumento. Cerró los ojos e inspiró el olor de Denys. No era previsible cuándo volverían a estar juntos, pues no se viajaba al otro extremo del mundo para cambiar de aires durante unas pocas semanas.

Denys se movió ligeramente. Sus ojos seguían cerrados, pero la buscaba a tientas. Ella le cogió la mano y dijo en voz baja:

—Buenos días, *buana* Finch Hatton.

En el rostro de él apareció una sonrisa, pero siguió sin abrir los ojos.

—¿Cómo se puede estar despierto tan temprano? —gruñó.

Tanne rio.

—Mira quién habla. Durante el safari tendrás que levantarte cada mañana al amanecer.

—Por eso —replicó Denys, abriendo los ojos—. Pero todavía no estoy en un safari. —Volvió a cerrarlos—. Deberías vivir con intensidad cada segundo antes de irte a Dinamarca.

—Lo sé. ¿Qué tal si invitamos a nuestro amigo Berkeley Cole?

—¿Berkeley? ¿Por qué? —Denys la miró sorprendido—. Pensaba que queríamos disfrutar solos de los últimos días.

—Hipócrita. —Tanne sonrió—. Sabes bien lo mucho que aprecio a Berkeley y sabes también que el consejo legislativo de la colonia se reúne dentro de poco en Nairobi. Como miembro del consejo, Berkeley estará de todos modos por aquí cerca, así que podría venir a la granja. —El tono de voz de Tanne era alegre. Aunque prefería estar a solas con Denys, esperaba que la presencia de Berkeley ahuyentara el abatimiento de sus últimos días.

»—De todos modos, esta mañana querías ir a Nairobi —continuó diciendo—. Le podrías enviar un telegrama desde allí. «¿Quieres instalarte con nosotros en la granja durante el congreso? ¡Trae bebida!»

Denys rio.

—Lo haré; pero el día acaba de empezar. Así que… no hay motivo para darse tanta prisa. —Volvió a atraerla hacia él y la besó.

La respuesta de Berkeley Cole no se hizo esperar. «Tu mensaje me ha llegado del cielo. Voy con botellas», había escrito. Poco después era recibido en la granja. Pero cuando se sentó en el porche, Tanne se sobresaltó. Claro que Berkeley tenía que estar agotado del largo viaje, pero no era solo eso. Se lo veía demacrado y con un color preocupante en la tez.

—¿Quieres beber algo? —preguntó Tanne para que no se le notara el susto.

—Las bebidas que has traído todavía están calientes, pero hemos puesto otras a enfriar. ¿No te apetece tomar una copa de vino blanco? —añadió Denis.

Berkeley negó con la cabeza.

—¿Qué tal un vaso de agua? —bromeó.

Y eso mismo fue lo que continuó bebiendo a partir de ese día. Solo por las mañanas, cuando le colocaban un sillón de mimbre bajo el gran árbol de la casa, pedía champán, que bebía en una de las más delicadas copas de cristal de su anfitriona.

—No sabía que tu insuficiencia cardíaca había empeorado tanto —admitió Tanne cuando al cuarto día se sentó a su lado sobre la hierba. Denys había salido la víspera a Nairobi, pero volvería pronto—. Berkeley, ¿cuánto hace que estás así y por qué no nos has dicho nada?

Berkeley suspiró.

—¿Qué podríais haber hecho salvo romperos absurdamente la cabeza?

—¿Y tu médico? ¿Se la rompe él lo suficiente?

—Oh, no piensa en nada más. —Berkeley sonrió irónico—. La lista de cosas que no puedo hacer llega de aquí hasta la casa de mis padres en Northwich. En pocas palabras, debería quedarme en cama y no hacer nada en absoluto: no beber alcohol, no fumar y no conducir... ¿Ves cuál es el problema?

Tanne rio, pero estaba inquieta.

—¿Por qué no te quedas un tiempo aquí en la granja y te dejas mimar tal como aconseja tu médico? Retrasaré mi viaje, no hay problema. Dinamarca no se irá a ningún sitio.

Berkeley descansó la mano en el brazo de Tanne. En su pálido rostro había una expresión de ternura.

—Te lo agradezco, de verdad. Y sé que lo dices en serio, pero debes ver a tu familia. Para mí las cosas son lo que son. Podría decirse que estoy en un punto de mi vida en el que solo puedo fumar los cigarros más nobles, beber las mejores cosechas y conducir los vehículos más elegantes.

Tanne sonrió. Sabía que Berkeley no quería causarle tristeza, pero a ella no le resultaba fácil desprenderse de la pena que sentía en su corazón.

—A propósito de coches. Siempre me has hablado con mucho entusiasmo de lo bonito que es ver tu granja desde las colinas de Ngong —prosiguió Berkeley—. Creo que ha llegado el momento adecuado, ¿qué opinas?

—Viajar hasta allí sería lo contrario de lo que te ha prescrito el médico —contestó dubitativa.

—Tampoco debería estar bebiendo champán. —Sostuvo la copa aflautada—. ¿Me sirves un poco más, querida? Solo un sorbito.

AL REGRESAR DE Nairobi, Denys estuvo de acuerdo de inmediato con la idea de hacer la excursión. Tanne había preparado una cesta de comida y emprendieron el camino.

—Hay un lugar allí que quiero enseñarte —dijo Tanne a Berkeley—. Denys ya lo conoce. Está en una pendiente desde la cual se puede ver todo: mi granja, el Kilimanjaro y el monte Kenia.

No había exagerado. A su alrededor, las tierras que los rodeaban se iban volviendo más verdes cuanto más se acercaban a las estribaciones de las colinas de Ngong. Al final abandonaron la planicie. La carretera arenosa, de color granate, describía meandros por la superficie ondulada, y las acacias se alternaban con matorrales espesos que alcanzaban la altura de seres humanos. Hablaban poco, enfrascados en la majestuosidad del extenso paisaje. A sus espaldas se encontraba la vasta pradera y delante, la cadena montañosa. Esta descendía al oeste, fuera del alcance de la vista, a más de mil metros de profundidad, hacia el gran Rift Valley.

Por último, dejaron el coche y recorrieron a pie el último tramo.

—Esto es exactamente lo que yo quería ver —confesó Berkeley ensimismado, cuando llegaron al lugar donde iban a comer.

—¡Ahí detrás! —Tanne señaló un territorio boscoso—. ¿Ves el tejado? Es mi granja.

Berkeley asintió y se giró hacia el monte Kenia.

—Allí está mi granja, aunque no puede verse desde aquí.

—Nos encontramos en lo que podría ser la tumba de Tanne —anunció Denys, que se le había acercado. Ella le lanzó una mirada desconcertada. Dado el estado en que se encontraba Berkeley, no le parecía adecuado aludir a ese tema. Pero Denys siguió hablando despreocupado—. Tanne misma ha elegido el sitio. Y es una elección maravillosa. Creo que a mí también me gustaría que me enterrasen aquí. ¿Tal vez ahí abajo? —Señaló una protuberancia a modo de terraza en la ladera verde.

—La vista es la misma, pero se llega antes en coche. Aunque para ello otros tengan que romperse la crisma —bromeó Berkeley, a quien, por lo visto, el tema no le afectaba en absoluto. Denys rio.

—¡Venga, vamos a comer! —exclamó con alegría Tanne.

Había empaquetado a toda prisa cuanto había encontrado en la despensa. Ahora extendía una manta bajo el amplio ramaje de una acacia. Allí recostados se sirvieron el pollo frío, el pan recién hecho y el pastel de hojaldre que Hassan y Kamante habían preparado. De postre, Denys peló varias naranjas, que eran su debilidad.

Reinaba una atmósfera de indolencia, y Tanne confirmó aliviada que las mejillas de Berkeley tomaban algo de color; pero de repente este dijo:

—Cuando me muera, quiero que me entierren en mi granja. Solo para que lo sepáis. Es el único lugar en el que quiero estar, aunque la tierra le pertenezca a otra persona tras mi muerte. —No había amargura en su voz, sin embargo, se sumieron en un silencio emocionado que él intentó romper al instante—: ¿Sabéis cómo llegó la muerte al mundo? —preguntó despreocupado—. La tribu de los nandi cuenta una leyenda al respecto que yo encuentro convincente en extremo.

—Cuéntanos —lo animó Denys, metiéndose un último trozo de naranja en la boca.

—Después de ser creado, el primer hombre vagó muy inquieto por la selva. ¿Qué le depararía el día siguiente? ¿Habría realmente un día siguiente? Dios lo vio y quiso ayudarlo, así que llamó al camaleón y le encargó que fuera a ver al hombre y le asegurase que nunca existiría algo parecido a la muerte y que sus días nunca acabarían.

—Al camaleón —exclamó divertida Tanne—. ¡Justo a él! Es el animal más perezoso que conozco. ¡Incluso para comer se limita a mover solo la lengua!

—Exacto —convino satisfecho Berkeley—. Y por eso avanzaba despacio. Así que, ¿qué hizo Dios? Mucho después de que el camaleón hubiese partido, envió al hombre otro animal. Aquella vez fue una garza, que debía comunicarle al hombre que existía algo similar a la muerte y que, en efecto, llegaría el momento en que ya no habría para él ningún «mañana». «Según qué mensaje llegue primero, eso será lo que le suceda al ser humano», decidió Dios. Por supuesto, la garza es un animal veloz, pero la ventaja del camaleón era tan grande que los dos alcanzaron al hombre al mismo tiempo. El camaleón intentó de inmediato darle el alegre mensaje de una vida eterna, pero estaba tan excitado que no consiguió pronunciar palabra y se limitó a ir cambiando rápidamente de color. La garza, por el contrario, comunicó sin el menor esfuerzo el mensaje de la muerte… Y el resto ya lo sabéis.

Tanne rio.

Denys se dio un manotazo en la frente.

—Un camaleón a quien la excitación le hace cambiar de color —dijo—, y la muerte llega al mundo. ¿Sabéis?, me gusta. Hay tanto de azar en nuestra muerte… Puede llegar o no, y, cuando llega, es difícil darle un sentido, incluso si se cree en Dios.

—La muerte es tan solo la última de una larga serie de despedidas que se extienden a través de toda nuestra vida —observó Tanne a media voz.

—Solo que todas las despedidas anteriores se relacionan en algún momento con una nueva llegada —intervino Denys.

—¿Quién nos dice que tras la muerte no llegamos a otro lugar? —preguntó Berkeley.

—De hecho, nadie nos lo dice —confirmó Tanne.

Callaron, absorto cada cual en sus pensamientos; y, sin embargo, la atmósfera no era triste. Cruzaban el cielo unas nubes ligeras, inofensivos indicios de una temporada de lluvias que se esperaba no tardase mucho. Su sombra se deslizaba sin ruido por la hierba, más abajo de donde se encontraban. Tanne pensó en sus dos despedidas inminentes: la de Denys y la de África. Pero en Dinamarca su familia aguardaba con impaciencia su llegada, mientras Denys y Berkeley, y también Farah, Kamante y Abdullahi, la esperarían en África.

«BERKELEY… OH, NO», pensó Tanne cuando unas semanas más tarde estaba en el vestíbulo de un hotel parisino en el que se había alojado en el trayecto hacia Dinamarca. En el suelo, a su lado, había una caja de cartón con un bonito envoltorio y un sombrero que se había comprado, dando muestras de una absoluta falta de sensatez. «Aquí en Europa se pueden lucir estas cosas», había pensado complacida, tanto que al pagar no había experimentado el más mínimo sentimiento de culpa. Ahora su adquisición reposaba descuidada junto a ella. Había bajado la mano con el telegrama que el conserje le había dado y miraba la puerta giratoria de vidrio ante la cual se apresuraba gente bien vestida. Nadie sospechaba lo que le sucedía. Denys le había escrito. Tan solo unas pocas palabras. «Berkeley muerto. Entierro en su granja del monte Kenia.»

24

Hargeisa, 1955

—YA SÉ QUE no pueden competir con las colinas de Ngong —dijo Abdullahi Aden cuando detuvo el coche al borde de la pista. A través del polvoriento parabrisas, John Buchholzer contempló Naasa Hablood, dos montañas casi idénticas de arena y granito que se alzaban solitarias sobre el desértico paisaje. Su anfitrión, Abdullahi, había alquilado un coche para mostrar a su invitado las montañas gemelas delante de las puertas de Hargeisa.

—Son preciosas… Y tan uniformes como volcanes —dijo John.

—O como pechos —apuntó Abdullahi—. Naasa Hablood significa en somalí «pechos de virgen».

John estaba inmerso en la admiración del paisaje. Empezaba a anochecer y el horizonte se iba tiñendo de rojo.

—Nuestros áridos paisajes deben de ser muy extraños para un danés —observó Abdullahi.

—Un poco —respondió John—. Pero justo por eso resultan tan fascinantes… ¿Ha estado alguna vez en Dinamarca?

Abdullahi negó con la cabeza.

—Nunca. Aunque me gustaría mucho visitar ese país. Pero es un viaje largo. Incluso missis Blixen, que era de allí, fue tan solo un par de veces a Dinamarca durante toda su estancia en África. Es cierto que a los niños siempre nos habló mucho de su país. Principalmente, de lo verde que es. No solo durante escasos meses al año, sino siempre.

—Ya, ya, la lluvia —contestó John sonriendo—. Tenemos más de lo que la mayoría de nosotros querría.

Abdullahi asintió abatido.

—Para nuestra tierra, por el contrario, la lluvia es una extraña. Un huésped caprichoso al que nos gustaría invitar más veces, pero que raramente se deja ver y que a menudo ni siquiera se presenta a la cita acordada.

—¿Se refiere a la estación de las lluvias?

—Sí. En el altiplano de Kenia, donde missis Blixen tenía la granja, los breves aguaceros se solían producir en octubre y duraban un par de semanas. Las lluvias largas se prolongaban desde finales de marzo hasta junio. Pero en los años en que viví en la granja, las precipitaciones no se producían con frecuencia, lo que tuvo consecuencias desastrosas para las cosechas.

John calló y Abdullahi siguió hablando.

—Creo que nosotros los africanos estamos más acostumbrados que los europeos a encajar con serenidad lo inesperado, aquello que no ha sido invitado. Pero también missis Blixen desarrolló con los años una especie de vigilancia interna. Preveía los acontecimientos cuanto le era posible o intentaba al menos prepararse para ello. Debió de costarle un gran esfuerzo. Me acuerdo de lo que contó en una carta, un par de años después de su regreso a Dinamarca. Describió cómo se había despertado en medio de la noche con la lluvia golpeando los cristales de la ventana, y que se levantó y se dijo: «¡Por fin! ¡Por fin ha llegado la lluvia!».

—¿Podía dejar la granja sola por mucho tiempo? —quiso saber John.

—Eso no era ningún problema. Había un capataz en la plantación y mi hermano Farah era el responsable de la casa. Cuando se marchaba a Dinamarca, se quedaba allí durante varios meses. Los niños la añorábamos mucho, pero recuerdo que Farah me contó que missis Blixen tenía que reponerse. Entonces yo no sabía exactamente de qué, sobre todo porque nunca se marchaba como quien se va de vacaciones. Siempre se iba con el corazón encogido. Pero hoy creo que mi hermano tenía razón. Los grandes problemas financieros de la granja, el miedo a la sequía, a los parásitos, a las malas cosechas... La responsabilidad ante el capital de su familia, ante nosotros, ante todos los kikuyus de sus tierras, todo eso tuvo que ser una enorme carga para ella. Se olvidaba de esa tensión cuando se encontraba en su casa danesa. Es probable que allí se relajase del todo. Recuerdo que cuando estaba enfadada, comparaba a veces la granja con la casa de sus padres en Rungstedlund, donde todo estaba ordenado de maravilla y organizado al milímetro, donde nunca faltaba nada ni salía nada mal.

—Puedo imaginármelo muy bien. —John sonrió—. A nosotros los daneses nos gusta que todo transcurra de forma ordenada.

—¿Quién sabe? —dijo Abdullahi serio—. A lo mejor nosotros seríamos así. Pero África es otro país. Es difícil de dominar, y por mucho que uno se esfuerce por organizarlo todo a la perfección, siempre ocurre un imprevisto que desbarata los planes. Eso es lo que la familia de missis Blixen no quería entender al principio.

—¿Se refiere a que los otros accionistas no estaban satisfechos con los pocos ingresos de la granja y la presionaban para que la vendiera?

—Sí, el conflicto con su familia le resultaba agotador, hasta yo me daba cuenta. Se escribían muchas cartas y estaban muy unidos. Sin embargo, el miedo a no poder conservar la granja colgaba siempre como una espada de Damocles sobre missis Blixen. Se sentía injustamente culpada, bajo presión.

—¿La visitó su familia alguna vez?

—Sí, por supuesto. Su hermano Thomas pasó mucho tiempo allí, pero también su tío Aage y su madre, que al menos vino dos veces. Para missis Blixen eso era muy importante. La granja era su vida. Significaba tanto para ella que su madre decidió realizar un viaje tan largo solo para conocer el país. Me acuerdo de aquella anciana señora, que era muy interesante. Muy distinta de su hija, los niños nos extrañábamos de que nunca tuviera calor con los calcetines de lana que llevaba puestos siempre. Sobre todo, las mujeres kikuyus estaban fascinadas. Era la mujer blanca más anciana que habían visto en su vida, y pese a su edad tenía una larga melena rubia que recogía en un moño alto. Desprendía algo así como una especie de magia, una fuente de energía secreta.

—Ya no vive —dijo John—. Pero murió siendo muy mayor.

—Sí, lo sé —contestó Abdullahi—. Todos la apreciábamos. La madre de missis Blixen era una mujer cariñosa, pero a fin de cuentas estuvo de paso en África. Nunca conoció este país como es, a diferencia de su hija. Missis Blixen conocía la voz de África, y creo que en aquella época se sintió dividida. África era su hogar. Kamante, yo y algunos otros éramos sus hijos. Le costaba muchísimo viajar a Dinamarca. Pero creo que tampoco las despedidas de su familia eran fáciles para ella y, cuando regresaba, tardábamos días, a veces semanas, en tener entre nosotros a la *memsahib* que conocíamos y amábamos. Eso se debía a que en su pecho latían dos corazones.

—Corazones gemelos —dijo John—. Como esa montaña.

—Sí. —Abdullahi sonrió—. Corazones gemelos. Me gusta la imagen. —Puso el motor en marcha—. Está oscureciendo. Tenemos que volver a casa.

25

Ngong, febrero de 1926

El penetrante sonido de la sirena le llegó hasta la médula. La mano de Tanne se hundió en el pelaje de *Heather*, la joven hembra de pastor escocés que estaba a su lado junto a la borda del vapor. Al fondo, en el muelle, la despedía con la mano su hermano Thomas, tras el cual se erigían las bonitas casas de los comerciantes de Amberes. Aquella mañana, cuando el sol aún no había salido del todo, parecían protegerse de la grisácea humedad apretándose unas contra otras.

Una vez más retumbó la sirena y la nueva perra de Tanne gimió inquieta. Luego un suave zarandeo recorrió el cuerpo de la embarcación. Mientras Tanne dirigía la mirada a su hermano, recordó las conversaciones que había mantenido con él en las últimas semanas. Con qué tranquilidad habían transcurrido los meses en Rungstedlund. ¿Era posible vivir así? Sin miedos ni preocupaciones, en diaria armonía con el entorno y consigo misma. Cuando contemplaba a su madre o a su tía, cómo reían, servían el té o untaban el pan con mantequilla; cómo plantaban los bulbos de las flores y charlaban mientras paseaban por el bosque, ansiaba conseguir una vida así, organizada para ser feliz, en la que se hacían cosas que producían alegría sin temor a volver a perderlas. Sí, la vida ordenada de su hogar danés la había llevado a un punto en que temía regresar a su granja.

—¡Odio África! —le había dicho a Thomas hacía dos días—. No vuelvo. ¡Nunca más! —Su hermano la había abrazado. Entendía que lo que agotaba a Tanne era la lucha permanente, la falta de dinero, los continuos reveses. Y África no era un continente que le perdonara a uno sus debilidades.

El golpeteo de las máquinas aumentó de volumen, pero Tanne todavía podía distinguir la esbelta figura de su hermano en el muelle. En ese momento ella también levantó la mano en un último intento de evitar cortar la unión. Luego la niebla se tragó el vapor y el muelle desapareció tras un muro de espesa blancura. Ante la perspectiva de las largas semanas a bordo en las que el vapor iba a seguir alejándola de su familia día y noche, kilómetros y kilómetros, un profundo sentimiento de desolación se apoderó de ella. Palpó de nuevo con la mano el pelaje áspero de la perra. Ante ellas se extendían los desiertos del canal de Suez, el calor húmedo del mar Rojo, peces voladores, las rocas peladas de Aden y al final la Cruz del Sur. En viajes anteriores, esos descubrimientos exóticos habían sido un estímulo; en ese momento le causaban melancolía.

De repente, el casco dio una fuerte sacudida y la cubierta empezó a balancearse bajo sus pies. Tanne buscó un lugar en el que sujetarse. Con la mano libre se agarró a la barandilla de la borda. El movimiento del barco se volvió más intenso, el pánico la invadió, al tiempo que todo estaba en silencio. Ninguno de los viajeros gritaba, al contrario. Las figuras que estaban a su alrededor se desvanecieron en la niebla como espectros hasta que se quedó completamente sola. Buscó a la perra. Solo el animal seguía allí, pero estaba resbalando por las tablas oscilantes.

—¡*Heather!* —gritó con fuerza.

Un hocico húmedo lamió la cara de Tanne. Abrió los ojos y se incorporó. Por un instante permaneció desorientada, luego reconoció el familiar contorno de su dormitorio en la granja. La nueva perrita estaba a su lado, gimiendo de alegría al ser requerida por su ama cuando menos lo esperaba.

—Dios mío. —Tanne suspiró. No era extraño que los días posteriores a tantas semanas de travesía en barco todavía sintiera oscilar el suelo bajo sus pies o soñara con el lugar que había dejado atrás; pero esa vez el sueño había sido demasiado real. En efecto, durante el viaje su perra había resbalado y había estado a punto de caer por la borda. En el último momento, Tanne había conseguido agarrar a *Heather* y la había salvado.

Cogió el despertador: faltaba poco para las cinco y media. Dentro de media hora saldría el sol. No había ninguna razón para quedarse acostada. Se puso las zapatillas, se anudó el cinturón de la bata y siguió el resplandor de una lámpara hasta la sala de estar. La casa estaba en silencio, pero sobre la mesa, junto a la lámpara, había una aromática tetera humeante. A esa hora tan temprana, Farah ya se encontraba en casa. Ella esperaba que supiera lo mucho que él le importaba. No era el té, sino el hecho de que estuviera allí. Esa idea le produjo una pequeña punzada. Cuánto le hubiera gustado pensar lo mismo de Denys, que apenas había dado señales de vida en todo el año que ella había permanecido en Dinamarca. El último verano tampoco supo de él durante su estancia en Inglaterra. Ni siquiera tuvo alguna noticia durante el tiempo en que, estando ella ausente, se había quedado solo en la granja de Tanne. Ella había esperado acostumbrarse en algún momento a los meses de silencio. Pero ¿de veras tenía que hacerlo? ¿De veras era pedirle demasiado que le escribiese dos cartas? Como siempre que pensaba en ello, se enfadó. Denys no tardaría en regresar de un nuevo safari. Por lo visto se había hecho famoso por su buena organización. Así, muchos viajeros adinerados que llegaban desde distintos rincones del mundo a conocer África requerían sus servicios como *guide*, según le había informado Farah. Se desprendió con energía de su enfado y prestó atención. ¿Estaría Farah todavía por allí cerca? No oía nada.

Tanne se sirvió una taza y se sentó en una silla de mimbre del porche. En el horizonte se formó la primea línea gris. Sus perros se tendieron junto a ella y Tanne sopló el té en la taza. Se quedaría ahí sentada, a la espera de que se produjera el milagro del amanecer africano.

Bebió, y mientras la raya del horizonte se iba aclarando, se extendió una agradable liviandad en su cabeza. La suave melancolía de no hallarse en Dinamarca, pero tampoco del todo en África, le resultaba conocida. Era como si flotara entre los dos lugares. De repente notó la presencia de una persona y dirigió la vista a la puerta de la terraza.

—Farah, no te he oído llegar. Ven, tómate un té conmigo.

Farah se sentó, y tras varios minutos de silencio, tomó la palabra.

—Lamento tener que molestarla cuando acaba de regresar de su viaje, pero se trata de una urgencia.

Tanne aguzó el oído. ¿Había más problemas, además de la otra vez mediocre cosecha de diciembre y enero?

Farah prosiguió:

—Dickens, su capataz, ha confirmado que los cafetos tienen cochinilla.

—¡Oh, no! —La taza de té tintineó cuando Tanne la dejó en la mesa—. ¿Es muy grave? En el caso de las cochinillas, los síntomas suelen verse cuando ya están en todas partes.

Farah asintió.

—Así es, en efecto.

Tanne se dejó caer pesadamente en la silla de mimbre. Tal y como había sospechado en el trayecto de vuelta, los problemas de la granja parecían haber esperado su regreso para abalanzarse sobre ella. Sin embargo, para su sorpresa, se sentía menos abatida de lo que había imaginado. En Dinamarca, había sido la distancia la que le había hecho insoportable la perspectiva de sus penurias en África. Ahora que de nuevo estaba en su casa y podía encarar las nuevas dificultades, sintió que despertaba su espíritu combativo.

—¿Qué opciones tenemos? —preguntó.

—Dickens habló de rociar los árboles con el aerosol habitual que se vende en los comercios.

Tanne asintió. Por supuesto, conocía el aerosol, pues lo habían utilizado en varias ocasiones. Pero era caro rociar toda una plantación con aquel producto. «Dinero, dinero, dinero —pensó—. ¿Por qué al final siempre se remite todo a lo mismo?»

—Luego examinaré la plantación con Dickens. Si las plantas no están todavía muy afectadas por la plaga, podríamos intentarlo primero con el método tradicional… Ya sabes, una solución de lejía de tabaco macerado y detergente en polvo. —Suspiró de forma inconsciente y terminó de sorber su taza de té. «A pelear», se dijo, levantándose.

26

Denys echó un último vistazo a su bungaló del Muthaiga Club, amueblado con sencillez. Una de las bolsas que hacía escasos días había llevado del safari estaba todavía sin abrir. Otras partes del equipo yacían diseminadas sobre los muebles, pero carecía del estímulo para poner orden, debido al poco tiempo que pasaba en el bungaló.

Giró la llave en la cerradura, cruzó el jardín del club, pasó junto a otros bungalós idénticos al suyo y se dirigió al vestíbulo por la terraza.

—¡No estaré aquí en los próximos días! —gritó Denys al recepcionista—. Si me llega correo, envíelo, por favor, a la granja de la baronesa Blixen.

—¿De la baronesa Blixen? —preguntó el empleado—. Hace media hora que la he visto aquí, en el club. Estaba conversando con el cocinero.

—¿Con el cocinero? —preguntó Denys, que se había detenido.

—No sé de qué se trataba, pero me dijo que hoy todavía tenía que ir de compras a la ciudad.

Denys asintió.

—Gracias. A lo mejor la encuentro en algún lugar.

Dejó el club, pero en vez de ir hacia su Hudson Touring, emprendió el camino que llevaba al barrio comercial preferido de Tanne y deslizó la mirada por los raros coches que había aparcados en el arcén. ¡En efecto! Ahí estaba el de Tanne, delante de uno de los mayores comercios de comestibles y artículos domésticos.

Tanne había reunido todo lo que necesitaba: té, bizcochos, azúcar, nata y otros alimentos. Ya iba a pagar, cuando su mirada se quedó prendada de una caja. Dejó el cesto con las compras en el suelo y la miró más de cerca. En la caja de cartón estaba representada una batidora, un aparato compuesto de dos varillas y una manivela. «Claras de huevo perfectamente batidas para postres perfectos», anunciaba la caja. Tanne pensó en Kamante y el maravilloso postre que le había preparado la noche de su llegada. Sabía que él le había mostrado a su manera lo mucho que se alegraba de su regreso.

Tanne dio media vuelta a la caja. «Tanto dinero por un poco de metal», pensó. Ya iba a colocar el aparato para batir claras a punto de nieve en su sitio, cuando se detuvo. Cierto, la cosecha de diciembre y enero había sido mediocre, pero ¿no se podría, a pesar de ello…?

Se sobresaltó cuando desde detrás de ella unas manos le taparon los ojos.

—Esto es un atraco —dijo una voz familiar—. Pero no hostil. Tania, ¿cuánto tiempo ha pasado sin que coincidiéramos en el mismo lugar?

Tanne sintió un leve temblor en su interior. Había pasado un año desde la última vez que había olido el aroma de Denys y sentido el roce de sus cálidas manos. Se le aceleró la respiración, pero se obligó a mantener la calma, se colocó la caja con la batidora bajo el brazo y apartó las manos de sus ojos. Después se dio la vuelta.

—¡Hola, Denys! Sí, ha pasado mucho tiempo, pero llegas en el momento justo. Necesito un consejo. —le tendió la caja a su desconcertado interlocutor—. Mira, una batidora, nada más que unas varillas con una manivela. En realidad, no tengo dinero para un trasto así. Pero Kamante se ha convertido en un maestro de la cocina y no siempre se puede ser sensato, ¿no crees?

—Has ido a dar con la persona adecuada para plantear tu pregunta —dijo Denys sonriendo, aunque se notaba que la insospechada reacción de Tanne había obrado efecto—. Yo no voy a darte un consejo sensato. Compra la batidora. Kamante se alegrará.

—Bien. —Tanne cogió la cesta de la compra y se dirigió a la caja.

Cuando salieron a la acera, señaló la bolsa de viaje de Denys. Era la misma que llevaba siempre que iba a su granja.

—¿Y tú? —preguntó despreocupada—. ¿Ibas a mi casa?

—Claro. Pero me han dicho en el Muthaiga Club que estabas en Nairobi y he salido en tu busca.

—Tengo el coche allí. Si quieres, puedes venir conmigo ahora. Aquí ya he acabado todo lo que tenía que hacer.

—Por supuesto, será un placer.

Él le sonrió, pero Tanne no respondió, sino que se dirigió en silencio al coche. Él la siguió algo desorientado.

—¿Qué tal el último safari? ¿Y qué tal la visita a tu familia en Inglaterra el último verano? —preguntó ella cuando arrancó el vehículo.

Denys la miró de un modo extraño.

—¿Qué va primero, Inglaterra o el safari?

—Eso lo decides tú.

Denys se lo contó, luego le preguntó a ella por la granja y por su estancia en Dinamarca.

—¿Por dónde empiezo? Bueno, tal vez lo mejor es que sea por el principio. A ver, mi tía...

—Tanne, ¿qué ocurre? —Denys la interrumpió. De repente ya no soportaba esa conversación superficial.

—¿Qué tiene que ocurrir? —preguntó ella, sonriéndole de refilón.

—¿Es otra vez porque no me he puesto en contacto contigo con más frecuencia?

Tanne calló un momento y luego habló en un tono más duro.

—Tranquilo. ¿Qué problema voy a tener si el hombre a quien pensaba que le importaba no da señales de vida en todo un año?

—Pensaba que nuestra relación no necesitaba de ese tipo de ejercicio obligatorio. ¿No estábamos de acuerdo en eso?

—No estoy hablando de que me escribas cada semana. Pero en el tiempo que viviste en la granja durante mi ausencia podrías haberme escrito una breve carta contándome cómo iban las cosas por aquí.

—Todo seguía su curso normal —respondió Denys obstinado—. Y yo tenía que organizar mi partida a Inglaterra. Más tarde, con mi familia... Sabes por propia experiencia lo que sucede cuando pretenden acorralarte hermanos y amigos que no te ven desde hace tiempo.

Era cierto, Tanne sabía a qué se refería, pero él no iba a salirse con la suya tan fácilmente.

—Por supuesto —dijo mordaz—. Todos quieren un trocito del maravilloso Denys Finch Hatton y, en la cola de los que esperan, yo he quedado demasiado atrás.

—Para. —Denys mostraba irritación en su tono. Al principio, Tanne no reaccionó, pero después se dirigió al desierto y paró al borde de la Ngong Road. Salvo el suyo no se veía ningún otro coche. El paisaje africano se extendía hasta donde alcanzaba la vista a ambos lados de la roja carretera de laterita.

Denys respiraba con dificultad.

—Sabes lo importante que eres para mí, Tania. Pero yo no soy el tipo de hombre de demuestra su amor con cartitas, y no voy a cambiar a causa de tu disgusto.

Tanne calló consternada. Hasta ahora él nunca había pronunciado la palabra «amor».

—Tú también eres importante para mí —dijo—. Pero si crees que por eso voy a correr detrás de ti, estás equivocado. —Lo miró retadora.

—Si lo hicieras, no serías tú, y para mí no serías lo que eres… Tania, no nos enfademos. ¿No nos alegramos los dos de volver a vernos?

El rostro de ella permaneció unos segundos impasible. Pronto sus rasgos se suavizaron y asintió.

—Sí, así es.

Denys se inclinó hacia ella y la besó en la boca. Tanne contestó al beso, pero luego lo apartó de ella y puso en marcha el motor.

—No estamos casados —dijo—. A saber quién nos estará viendo.

—Lo siento, tienes razón —contestó Denys—. Creo que, justo ahí detrás, una jirafa está estirando el cuello.

Tanne rio.

—Tu porche con vistas a las colinas de Ngong es uno de los lugares más bonitos de la tierra —dijo Denys a la mañana siguiente mientras desayunaban, sin apartar la vista de la cordillera azulada.

—Yo también lo creo —respondió Tanne. Se inclinó sobre la mesa y cogió una tostada. En ese momento se oyó el cristalino sonido de una campanilla.

—¡Viene *Lulu*! —exclamó Tanne—. Es nuestro pequeño duende. —El enérgico sonido se hizo más fuerte y al fin apareció la antílope por la esquina de la casa. Los perros de Tanne se levantaron sumisos y se retiraron.

—¿Qué les pasa? —preguntó Denys—. ¿No les gusta *Lulu*?

Tanne se echó a reír.

—«Gustar» puede que no sea la palabra correcta. *Lulu* los tiraniza y los pobres perros se han resignado a su destino. Los ahuyenta cuando beben en su cuenco de agua y, cuando por la noche se ponen cómodos delante de la chimenea encendida, ya puedes estar seguro de que *Lulu* aparecerá a continuación… Y ay de ellos si no le dejan su sitio de inmediato.

—Nunca hubiera imaginado que se convertiría en una princesa caprichosa —opinó Denys—. La última vez que la vi, todavía era una niña buena, que bebía su leche educada y obedientemente y se dejaba rascar detrás de la oreja.

—Oh, todavía nos deja hacerlo —dio Tanne, acariciando a la pequeña antílope.

Denys sonrió.

—Parece una mujer joven que permite con indulgente generosidad que un muchachito le coja la mano.

Como si la comparación hubiese disgustado a la antílope, echó la cabeza hacia atrás, caminó por el porche produciendo un auténtico redoble de tambor, saltó los escalones y a la velocidad del viento llegó al césped que había delante de la casa de Tanne, donde en un arrebato incontenible de energía empezó a girar haciendo salvajes cabriolas.

—Parece más una danza de guerra que unos saltos de alegría —observó Denys con escepticismo.

Tanne suspiró.

—Creo que ya no está contenta aquí. A menudo está fuera durante horas y cuando vuelve ejecuta estas furiosas danzas, como si tuviera que demostrarse a sí misma y a los demás lo joven y fuerte que es, y lo alto que logra saltar.

—¿Crees que está enfadada consigo misma y con nosotros por estar aquí?

Tanne asintió.

—Sí, pero no porque su vida con nosotros sea agotadora o le pongamos obstáculos insuperables en su camino, sino más bien por lo contrario. No tiene desafíos. Le falta la vida de un antílope.

—A lo mejor supera un día sus propios obstáculos interiores y nos deja.

Tanne calló pensativa. Algo en la joven antílope le recordaba a sí misma, a su juventud en Rungstedlun. Había crecido protegida, pero también blindada frente a todos los peligros, obligaciones y exigencias con que habría podido educarse de otro modo. Con frecuencia, todavía tenía la sensación de que le habían impedido agotar su propio potencial. Observó a *Lulu*, que se había detenido fatigada. Tranquila por el momento, a pesar de que su situación no había cambiado en nada.

—¿En qué estás pensando? —interrumpió Denys sus reflexiones.

—En que *Lulu* tiene que romper ella misma su vínculo con nosotros —contestó Tanne—. Y que hay alguien más en esta casa que está en una situación similar.

—¿Hablas de ti misma?

Tanne sonrió irónica.

—Excepcionalmente, no. —Se levantó—. Espera. Enseguida vuelvo.

Entró en la casa por la puerta del porche y atravesó la sala.

—¿Farah? ¿Dónde está Abdullahi?

Farah, que en ese momento estaba elaborando el presupuesto de la semana, señaló una habitación en el extremo del pasillo en la que el joven solía hacer sus deberes. En efecto, Tanne se lo encontró inclinado sobre un libro. Cuando entró, levantó la vista sobresaltado.

—¿Tengo que ayudar a Farah?

—No —respondió Tanne—. Quería pedirte que me dieras otra vez el nombre de la escuela de Mombasa a la que quieres ir. —Sonrió al ver cómo se le iluminaba la cara—. Hoy preguntaré si te aceptan, aunque haya comenzado el curso.

—¿De verdad? —Abdullahi se levantó de un salto. Estaba lleno de entusiasmo—. Lo sabía. Has vendido suficiente café y has ganado mucho dinero. ¡Recé para que pasara!

Tanne dibujó una sonrisa torcida.

—Ay, Abdullahi. Digamos mejor que ya no podemos esperar más.

TANNE ENVOLVIÓ LA batidora que había comprado en Nairobi para Kamante en un papel de regalo verde y le puso un lazo amarillo. ¡Listo! Se encaminó hacia la cocina. Kamante estaba junto a un fogón. La esperaba.

—¿Por qué querías verme aquí, m'sabu? —preguntó.

Tanne dejó el paquetito sobre la mesa, sin que Kamante prestara atención, y le tendió un libro de cocina.

Kamante lo cogió y lo miró con desconfianza, pero cuando lo abrió, su rostro resplandeció.

—¡Recetas! —exclamó satisfecho.

—Es el *Sultan Cook Book* —le explicó Tanne—. Hay unos postres deliciosos.

Kamante lo hojeó.

—Esta… —Señaló una imagen, pero Tanne volvió a cogerle el libro.

—Hoy me toca elegir a mí, ¿vale? Y mañana a ti. Ya me he decidido para esta noche. Algo muy sencillo, no necesitaremos el libro. Me gustaría hacer unas crepes rellenas de clara de huevo a punto de nieve.

La decepción se dibujó en el rostro de Kamante, pero no dijo nada. En lugar de eso, cogió un cuenco y se lo tendió.

—Voy a separar las claras —decidió—. Luego haces las crepes con la yema, harina y leche. Ya sabes cómo. Pero sueles hacerlas demasiado gruesas. Tienen que ser finitas, ¿sabes? Voy a calentar un poco de compota y luego me ocupo de la clara a punto de nieve.

Tanne sonrió. Todo transcurrió según lo planeado. Kamante separó la yema de la clara y observó cómo ella removía la masa.

—Demasiado —fue lo único que dijo cuando ella vertió la primera cantidad en la sartén caliente.

—Es que... —protestó Tanne, pero Kamante ya había retirado una parte de la masa.

—Serán demasiado finas —protestó Tanne.

Kamante la miró pensativo y negó con la cabeza.

—La clara a punto de nieve tiene que sostener la masa —explicó.

Cuando las primeras crepes estuvieron listas, cogió el cuenco con las claras.

—Kamante… —Ese era el momento que Tanne había estado esperando. Le dio el paquetito—. Ábrelo.

—¿Qué es?

—Un regalo.

Kamante dejó el paquetito a un lado.

—Es un regalo muy bonito, gracias.

—¡Pero tienes que abrirlo! —insistió Tanne impaciente.

—Ahora no. —También la voz de Kamante denotaba impaciencia—. Hay que batir las claras. ¡Y ahora mismo!

—Pues este regalo te ayudará.

Kamante la miró titubeante; luego desató con prudencia el lazo, retiró el papel con cuidado y estudió la imagen de la caja.

Tanne ya no pudo aguantar más. Abrió el último envoltorio y sacó la batidora.

—¡Mira! —le dijo—. Con la manivela se mueven las dos varillas muy deprisa y cuesta menos esfuerzo llegar al punto de nieve. —Lo miró llena de expectación.

Kamante palpó con los dedos los finos puntales del aparato. Tanne estaba contenta. Por fin había encontrado un regalo que le satisfacía.

—Gracias —dijo el joven—. Es realmente un regalo muy bonito. Me va a dar muchas alegrías. —Dicho esto, colgó de un gancho la batidora y cogió un cuchillo. Tanne reconoció que era uno de los que ella utilizaba en el jardín para arranar las malas hierbas. Kamante empezó a trabajar la clara del huevo con él.

—Pero… —iba a intervenir, sin embargo, se detuvo. Contempló atónita la rápida mano de Kamante, cuyos movimientos apenas se podían seguir con los ojos. La clara fue tomando firmeza y un poco más tarde había en el cuenco auténticos montones de nieve.

—Ahora vamos a rellenar las crepes —señaló cuando hubo acabado. Tanne lo obedeció. Luego se acordó de que tenía otra novedad para él.

—Por cierto, he visto a los cocineros del Muthaiga Club —mencionó como de paso—. ¿Te acuerdas de que habíamos hablado de este asunto antes de que me fuera de viaje?

Kamante no respondió.

—Les he alabado tu talento y saben que yo misma cocino bien, así que confían en mi valoración. Te aceptarían como estudiante.

Lo que siguió fue una pausa demasiado larga, incluso para Kamante. Tanne temió que no mostrase ninguna reacción, pero al final preguntó:

—¿Son allí los cocineros tan buenos como el chef con quien tú aprendiste en el restaurante de Copenhague?

—Eso no lo sé —respondió Tanne con sinceridad—. Pero son muy, muy buenos, y me gustaría que estudiaras allí. —Le habría gustado añadir: a diferencia de la batidora, esto no es negociable. Pero lo dejó estar y se preparó para otra larga pausa dramática. Sin embargo, en aquella ocasión, Kamante respondió sorprendentemente deprisa.

—Iré —dijo, envolviendo la clara a punto de nieve con la última crepe.

27

QUINCE DÍAS MÁS tarde, Tanne estaba sentada delante del espejo de su dormitorio. La casa se hallaba en silencio y por eso se oía hasta la ligera llovizna que caía tras la ventana. Las primeras gotas de la estación de las grandes lluvias habían llegado con dos semanas de retraso. Aún no llovía con la fuerza necesaria, pero al menos allí estaban las ansiadas nubes.

«Por fortuna, pudimos combatir a tiempo la cochinilla», pensó Tanne mientras se cepillaba el cabello. Su mirada atravesaba la imagen del espejo. Se percató de la presencia de Denys cuando él ya estaba detrás de ella.

—La historia que me has contado esta noche tenía un final bastante triste —dijo.

Tanne sonrió.

—Se me ha ocurrido de forma espontánea.

—Estás preocupada por esa apatía con que llovizna ahí fuera, ¿no es cierto? —Denys le masajeó los hombros con unos ligeros movimientos circulares.

—Sí, también es un motivo de preocupación. Pero, si te soy sincera, estoy triste por una persona muy querida de la granja. Es por Abdullahi. Ya sabes que pasado mañana los llevaré a él y a Farah a la estación. Después, Farah lo acompañará hasta Mombasa, a la nueva escuela. Abdullahi está tan feliz… —Sonrió con pena—. No puede esperar a estar allí, no habla de otra cosa. Pero me cuesta dejarlo marchar.

—A Abdullahi le irá muy bien en la escuela. Y, quién sabe, a lo mejor le enseñan algunos modales y aprende a dejarse ganar de vez en cuando al ajedrez por un anciano como yo. —Denys sonrió.

Tanne le dio un golpecito con el cepillo en la mano.

—Como si tú nunca le ganaras... —Suspiró con pesar—. Pero todavía es muy joven y Mombasa está muy lejos. ¿Se desenvolverá bien sin nosotros? ¿Nos echará de menos? Nosotros somos su familia. ¿Qué ocurrirá si tiene dificultades o no encuentra amigos o no le gusta la comida de la escuela?

—¿La comida? —Denys rio—. ¿No crees que estás exagerando? —Volvió a ponerse serio—. Pero sí, te entiendo. En el fondo, desde hace años es como un hijo para ti.

Tanne asintió en silencio. Era justo eso. Abdullahi y Kamante eran sus hijos, y ahora tenía que apartarse de ellos demasiado pronto.

Denys concluyó su masaje.

—Ven, vamos a sentarnos en la cama. —Tiró de ella. Tanne se apoyó en el cabezal de la cama, estiró las piernas y cogió la mano de Denys.

—¿Por qué tú y Bror no tuvisteis ningún hijo? —preguntó de repente—. ¿No queríais?

Aunque Tanne había oído muchas veces la pregunta, escucharla en boca de Denys la pilló desprevenida. No era un tema del que hubiesen hablado antes.

Negó con la cabeza.

—No. A decir verdad, deseábamos tener hijos. No solo yo, también Bror quería, pero, cómo decirlo... No vinieron. En cambio, llegaron otros: mis hijos africanos.

—Yo tan solo he llegado a imaginarme posibles nombres —dijo Denys de golpe.

—¿Pensaste en nombres para niños? —preguntó Tanne, incrédula—. ¿Cuándo?

—Ah, en muchas ocasiones —contestó con ligereza Denys—. Tenía que ser algo bíblico. Algo antiguo, con significado, con un fondo histórico que me gustara. Pero nunca llegué demasiado lejos.

—También se puede pensar en nombres para niños de una forma menos abstracta —señaló Tanne. Sus dedos jugaban con los de él—. El nombre de tu hijo debería estar relacionado contigo... y con la madre.

Denys parecía reflexionar.

—¿Qué referencia podríamos usar nosotros para elegir el nombre de un bebé? —preguntó.

Tanne se echó a reír.

—Déjame pensar…

En ese momento, Denys se volvió hacia ella. En un gesto de picardía, le cogió la cara con las dos manos y le dio un beso en los labios.

—De hecho, ya tengo una idea —dijo—. ¿Te acuerdas de los leones que vimos?

—Sí.

—Y ahora piensa en la Biblia…

—¡Daniel! —exclamó Tanne—. Lo arrojaron a una cueva con leones, pero ellos no le hicieron nada.

—El nombre también significa «Dios es mi juez» —señaló Denys—. Y, sin importar en qué dios creas, encuentro que sería fabuloso que solo él sea nuestro juez. Los seres humanos no solemos ser ni capaces ni dignos de dictar sentencias sobre los demás.

Tanne le sonrió.

—El nombre me gusta. Daniel, hijo de Denys.

—Pues entonces ya estaría decidido. Y con ello zanjo una cuestión que desde hace años me rondaba por la cabeza.

—Qué crío eres. —Tanne le cerró la boca con un beso. La mano de él buscó la abertura de su bata, la encontró y se coló por dentro. Tanne suspiró levemente cuando le acarició la espalda, el vientre y los pechos. Luego él la estrechó contra sí y juntos se tendieron en la cama.

AL DÍA SIGUIENTE por la tarde, Tanne estaba en la cocina mirando la lista.

—Fruta… Ya la he empaquetado. El chocolate también. Los bocadillos los hago ahora mismo. —Miró a Kamante, que estaba apoyado en la pared y la miraba como si ella hubiese perdido el juicio.

—Dime, Kamante, ¿sabes si a Abdullahi le gustan los huevos duros?

Kamante arrugó la frente.

—No hay nadie a quien no le gusten los huevos duros —respondió—. Pero si sigues empaquetando más comida para el viaje, Abdullahi se mareará en el tren. En la escuela creerán que está enfermo y lo rechazarán.

—La comida no es solo para él, sino también para Farah.

Kamante calló impasible y Tanne acercó el plato con las rebanadas de pan y empezó a poner el tomate y las lonchas de pavo.

La expresión de Kamante lo decía todo. No solo Abdullahi, sino también Farah iba a ponerse enfermo.

—Podría haber preparado una papilla de maíz —dijo—. *Ugali*, a Abdullahi le gusta mucho.

—Es muy rica, pero fría no tanto —contestó Tanne.

Por fin acabó y lo metió todo en una bolsa que, efectivamente, se cerraba con esfuerzo. Inspiró hondo.

—Bien, ahora voy a ver si ya han acabado de hacer las maletas. —Le guiñó el ojo a Kamante y salió.

El sol ya se había puesto. Puso rumbo a la casa de Farah seguida por los perros. Allí las luces estaban encendidas en todas las habitaciones. Tanne saludó a la segunda mujer de Farah.

—Están en la habitación de Abdullahi —dijo. En ese momento se oyó la voz del joven.

—¡Por favor, por favor, deja que me lleve ese caftán!

—Ya es demasiado viejo. No quiero que causes mala impresión…

—Por favor —suplicó Abdullahi.

Tanne entró.

—Tu hermano tiene razón… Oh, la maleta ya está bastante llena.

—Se quiere llevar todo lo que tiene —explicó Farah moviendo la cabeza—. Pero ahora ya estamos listos. Quién sabe si la conseguiremos cerrar.

—Es muy sencillo —dijo Tanne—. ¿Está todo dentro?

Abdullahi asintió, pero en su rostro se reflejó que faltaba su caftán favorito.

Tanne se sentó encima de la maleta.

—Así es como lo hacemos en casa. Ven, siéntate a mi lado. Con algo de peso, conseguiremos cerrarla… ¡Así está bien!

Empujaron y estiraron. Al final, consiguieron cerrar la maleta.

—Y ahora tengo otro regalo más para ti, Abdullahi —dijo solemne Farah—. Uno que podrás llevar mañana mismo en el viaje. —Dejó la habitación y cuando volvió llevaba en la mano un pañuelo largo, similar a un fular. Era de una fina tela verde oscuro entretejida con hilos rojos y amarillos.

—Para un nuevo turbante —dijo.

Los ojos de Abdullahi se abrieron de par en par.

—¡Es precioso, oh, Farah, gracias! —Corrió hacia su hermano y lo abrazó tan fuerte que este casi perdió el equilibrio. Farah carraspeó. Abdullahi lo soltó y se quedó obediente ante él. Su hermano mayor empezó a envolverle la cabeza con la nueva tela, formando un turbante.

Tanne, conmovida, permaneció mirándolos a los dos. Sabía lo mucho que Farah echaría también en falta a su hermano pequeño. Los contempló durante un rato. Luego salió y se dirigió a su casa. Oyó unas voces cantarinas que provenían de la escuela. Cuando llegó al aula, se detuvo. «Vuelven a cantar himnos», pensó disgustada.

—Hay vida a la vista de Cristo crucificado —salió del aula, y Tanne movió resignada la cabeza. ¿Qué utilidad tenían para los niños tales contenidos y cuántas veces más debía hablar con mister Ndungu para que entendiera con qué finalidad lo había contratado? Sí, de acuerdo, por fortuna les enseñaba otras disciplinas. Pero, a pesar de ello, Tanne tenía la sensación de que, en cuanto se descuidaba, los cantos y la traducción de himnos volvían a ocupar un espacio desproporcionado en las horas lectivas.

—Señor Ndungu —dijo cuando los alumnos dejaron el aula un rato después—. ¡Esto no va bien así!

Mister Ndungu, que acababa de guardar el material en la cartera, levantó la vista cuando oyó el tono indignado de la voz.

—¿Baronesa?

De forma extraña, el tratamiento la irritó.

—Baronesa o no baronesa —dijo, consciente de que debía conservar la calma—. ¿Recuerda que cuando lo contraté nos comprometimos a seguir un plan de estudios determinado?

Mister Ndungu evitó su mirada y cerró la cartera.

—Pensaba que entendería qué es lo que me importa —prosiguió Tanne—. Usted no está aquí para convertir al cristianismo a los alumnos de mi granja, sino para enseñarles a leer, escribir, matemáticas y otras asignaturas. De vez en cuando pueden cantar un himno, de acuerdo. Pero, por lo visto, usted se cree que no llega a mis oídos que hace perder el tiempo a sus estudiantes al obligarlos a entonar cada tarde cánticos sobre Jesús crucificado.

—Lo de hacerles perder el tiempo también puede verse de otro modo —dijo reservado mister Ndungu—. Nunca he ocultado que me siento obligado a impartir las enseñanzas de la iglesia católica.

—¿Contra toda sensatez? —preguntó Tanne estupefacta—. ¿Y qué hay de esas habilidades que le resultarían de verdad útiles aquí a la gente?

—La sensatez no es lo único que hace al ser humano —contestó mister Ndungu—. ¿Y qué sería de nosotros si solo nos atuviéramos a la sensatez? ¿Dónde estaríamos sin Dios?

—Pero ese es justamente el tema —indicó con dureza Tanne—. Esa gente ya tiene un dios. ¿No podemos dejárselo y enseñarles solo aquello que aquí y ahora los ayude a progresar?

El maestro calló y Tanne comprendió que había llegado a un punto de inflexión en la conversación.

—Mister Ndungu, lo siento, pero es absurdo que en estas circunstancias siga usted trabajando aquí. Puede darse usted por despedido a finales de este mes.

El hombre la miró compungido, pero por lo visto tampoco estaba dispuesto a asumir un compromiso con ella. La saludó con frialdad y se fue.

—¿Y ahora qué hago? —preguntó Tanne desesperada una semana después a Farah, cuando este regresó de Mombasa—. Mister Ndungu seguirá dando clases hasta finales de mes. Después ya no tendremos maestro. Y, si las clases se interrumpen, volveremos a perder a muchos alumnos. Sin embargo, sabemos que en los últimos meses ha aumentado el interés por la escuela y debo hacer lo imposible por no estropearlo.

—Podría volver a intentarlo en la misión escocesa —propuso Farah—. O pedir otro profesor en la misión católica.

—Ya lo he hecho estos últimos días —dijo Tanne abatida—. Pero la misión escocesa sigue sin tener a nadie, y la católica me guarda rencor por haber despedido a mister Ndungu. ¡Caramba! ¡No puede ser que no haya un profesor para mi escuela en toda la región!

Farah balanceó la cabeza.

—En fin, las exigencias también son altas. Debe hablar suajili con fluidez, con lo que la mayoría de blancos que trabajan en las escuelas de los colonos quedan excluidos. Y debe estar dispuesto a venir cada tarde a la granja.

—Realmente me das muchos ánimos —se quejó Tanne.

—De todos modos, es posible que yo conozca a alguien que le pueda interesar.

—¿De verdad? —preguntó Tanne—. ¿Quién es?

—Su nombre es Mwangi. No obstante, no ha recibido su formación en una misión y tampoco pertenece a una.

—¡Pero eso es todavía mejor! —exclamó complacida Tanne—. ¿Crees que estaría interesado? ¿Cuándo podría conocerlo?

—Mañana hablaré con él —prometió Farah.

Tanne respiró aliviada, se acababa de quitar un peso de encima.

28

Ngong, junio de 1928

Unas semanas más tarde, Tanne estaba sentada en una piedra en medio de un extenso prado, mientras su caballo mordisqueaba satisfecho los jóvenes y verdes brotes que, tras unas lluvias moderadas, habían surgido en la reserva masái. Debajo todavía se distinguía la tierra quemada, pues, como era usual entre ellos, los masáis habían quemado la hierba con el fin de preparar la tierra para el nuevo reverdecer que traerían las lluvias.

Tanne imaginó que todavía podía sentir el rastro del original y fuerte olor a ceniza, y hundió lo dedos en la tierra. Pensó en Kamante y una sonrisa apareció en su rostro. ¿Cuántos años habían pasado? Kamante acababa de instalarse en su casa cuando una noche la luz de una lámpara de tormenta la había despertado y tras ella la imagen oscura del joven con su rostro serio, casi solemne.

—M'sabu —había dicho cuando ella parpadeó desconcertada—, creo que es mejor que te levantes. Ha venido Dios.

—¿Qué le pasa a Dios? —había preguntado ella, sentándose en la cama.

—Ha venido Dios —repitió Kamante—. Es mejor que te levantes.

Tanne recordaba que a la luz de la lámpara de tormenta había recorrido la casa a oscuras hasta llegar a la sala de estar, cuyas ventanas daban a occidente. Y entonces había visto a qué se refería Kamante. Un gran incendio de rastrojos avanzaba hacia el altiplano procedente de las colinas. Era casi un espectáculo inquietante. Ante la capa negra de la noche africana, el fuego parecía flotar verticalmente en el aire. Ambos contemplaron el espectáculo en silencio y luego Tanne le había explicado de qué se trataba en realidad.

—No has de tener miedo —había dicho. Pero Kamante no había tenido miedo. Y, desde entonces, Tanne no podía ver hierbas ardiendo ni tierra quemada sin pensar en la última frase del niño: «A lo mejor es en realidad un incendio de rastrojos. Pero he pensado que era mejor que te levantaras solo por si acaso era Dios».

Tanne se miró las uñas de los dedos, negras debido a los restos de hollín de la tierra quemada. Desplegaba una gran capacidad de trabajo, más intensa si cabe en aquella época del año. Cada día supervisaba los cafetos con el capataz. Muchas cerezas de café ya habían adquirido su tono rojizo, otras todavía estaban amarillas. La cosecha empezaría en unos pocos días. Se le escapó un suspiro. Las lluvias habían sido moderadas y por el momento no parecía que el costoso abono hubiese compensado la falta de agua. Pero no tendrían datos definitivos hasta el mes de julio, con la cosecha principal.

Tanne dirigió la vista a las colinas de Ngong y, como tantas otras veces, pensó en Berkeley y la excursión que Denys y ella habían emprendido con su amigo enfermo solo unas semanas antes de su muerte. Denys había vuelto a partir a Inglaterra y, como siempre, su marcha había desencadenado en ella sentimientos contradictorios. Si había días en que se sentía fuerte e independiente, en otros experimentaba una profunda añoranza. Él no regresaría hasta entrado el otoño. Y en ese intervalo de tiempo ella no se aburriría en la granja. Además, el contrato del nuevo maestro de la escuela la estimulaba. Que Farah le hubiese recomendado a aquel hombre había sido, en efecto, un golpe de suerte.

Tanne sacó un pañuelo de los pantalones caqui, se limpió los dedos sucios y se levantó. Cogió las riendas del caballo y lo montó. El aire todavía era fresco y Tanne disfrutó del fuerte olor que exhalaban los pequeños arbustos de alcanfor. Cuando cruzaron el río se detuvo unos minutos. Sus ojos se dirigieron hacia la linde del bosque, y luego hacia la casa. Hacía días que echaban en falta a *Lulu*. Había pasado más de una semana desde la última vez que había visto a la joven antílope. Hasta ese día nunca había estado fuera tanto tiempo y, a esas alturas, Tanne estaba seriamente preocupada.

—¿La habrán cazado esos leopardos que rondaban hace poco por la granja? —le dijo a Farah cuando volvió a la casa.

—Antes de preocuparnos, es mejor que la busquemos a fondo —respondió Farah con gravedad—. Si todavía vive, a lo mejor oímos la campanita.

Tanne asintió.

—En cuanto acabemos el desayuno, salimos en su busca.

—No creo que sea necesario —resonó la voz de Kamante desde la puerta del porche. Tanne y Farah lo miraron sorprendidos.

—¿Por qué? ¿Sabes algo? —Tanne avanzó un par de pasos hacia él con inquietud—. Venga, dinos —insistió cuando Kamante hizo una de sus usuales pausas dramáticas.

—*Lulu* no está muerta —declaró al final—. Se ha casado.

Tanne se quedó de piedra.

—¿Se ha casado? ¿Cómo lo sabes?

—*Lulu* tiene ahora un *buana* —explicó Kamante—. Un antílope macho. Viven en el bosque, pero no nos ha olvidado del todo. Suele venir por las mañanas muy temprano, antes del amanecer. Estos últimos días le he puesto maíz detrás de la cocina, donde desayuna, pero a ella sola. Su marido la espera bajo el gran árbol que hay al otro lado del césped porque tiene miedo de nosotros.

—¿Sabías todo esto y no me has dicho nada?

Kamante no respondió.

—Mañana por la mañana temprano me despiertas, ¿de acuerdo? —le pidió—. Me gustaría verla a ella y a su marido.

NINGÚN ANIMAL GRITÓ en el bosque cercano cuando Tanne y Kamante ocuparon su sitio en el porche por la mañana, antes de que saliera el sol. Las estrellas fueron palideciendo y olía a hierba húmeda. Todavía refrescaba, pero al cabo de unas pocas horas solo se podría estar a la sombra. De manera paulatina, la nueva luz fue inundando la planicie africana. De repente, el suave sonido de la campanilla de la antílope rompió el silencio. Una bandada de pájaros alzó el vuelo y *Lulu* salió de un matorral. Tanne se sintió feliz. *Lulu* no los había olvidado.

La joven antílope se mantenía inmóvil junto al matorral y miraba hacia ellos.

—¿Se acercará a nosotros? —susurró Tanne.

Kamante hizo una imperceptible negación con la cabeza. *Lulu* se quedó largo rato con la mirada dirigida hacia ellos, como si intentara recordar quiénes habían sido esos humanos para ella un día y por qué siempre iba a ese sitio, ahora que era lo que siempre había sido querido ser. La pequeña y mimada princesa de la granja se había convertido en una joven reina de la selva.

En ese momento, *Lulu* emprendió con delicados movimientos el camino hacia la cocina.

—He esparcido harina de maíz —murmuró Kamante. En efecto, *Lulu* inclinó el cuello y empezó a comer.

Tanne sintió la mano de Kamante en el brazo. Su mirada siguió su dedo. En la linde del bosque había un antílope macho marrón con una elegante y retorcida cornamenta bajo un gran castaño del Cabo.

—*Lulu* ha intentado explicarle que no ha de tener miedo —dijo Kamante—. Y cada mañana él trata de acompañarla hasta aquí, pero siempre se acobarda al llegar al castaño.

Lulu había terminado ya su desayuno de maíz, pero todavía no se decidía a marcharse. Durante un rato mordisqueó las hierbas húmedas del césped en el que tiempo atrás, en su vida anterior, ejecutaba sus danzas de guerra. El joven macho esperaba paciente.

Luego, como si de pronto se hubiese acordado de su nueva existencia, *Lulu* fue a reunirse con él dando elegantes saltos. Ambos desaparecieron juntos en el bosque y el sonido de la campanilla enmudeció.

Con una extraña mezcla de pena y satisfacción, Tanne presenció en los días siguientes las visitas matinales de *Lulu* a la granja. Era bonito no haberla perdido del todo, pero todavía era más hermoso saber que se encontraba bien.

TANNE ESTABA SENTADA a la mesa de la sala de estar, ante la máquina de escribir, donde reposaba una hoja de papel escrita hasta la mitad. Era el comienzo de un nuevo relato que se le había ocurrido la noche anterior. Durante sus semanas en la granja, Denys había insistido en que se tomara en serio la tarea de escribir. No entendía que, sencillamente, no solía tener la mente despejada para hacerlo… No como ahora.

Tanne cogió la taza de té. Estaba mareada. En realidad, ya hacía tiempo que debería haber desayunado, pero le repelía la idea de comer, como era habitual en los últimos días. Estaba sentada intentando relajarse y bebiendo el té a pequeños sorbos, pero no servía de nada. Del mareo pasó a las náuseas. Corrió al baño tan deprisa como pudo.

Un cuarto de hora más tarde volvía a estar pálida y temblorosa delante de la máquina de escribir. Deslizó la mirada sobre el pequeño calendario que colgaba en la pared de enfrente. Los números eran demasiado pequeños para que pudiera leerlos desde la mesa. Pero daba igual, pues había hecho los cálculos y sabía cuántos días llevaba de retraso, a lo que se sumaban las náuseas matinales. No necesitaba de ningún médico para saber que estaba embarazada. Qué extrañamente abstracta se le antojaba esa palabra. Una y otra vez miraba a su interior, pero nada. Ni miedo ni alegría.

«Viene Daniel», pensó con sencillez. Era el nombre que Denys y ella habían elegido entre bromas en su última visita, pero sabía que detrás de aquel juego de palabras no había escondida una intención más seria y profunda. Habían jugueteado con una suposición, sin más. Pero lo que sucedía en ese momento no era ninguna broma.

De repente, el miedo se apoderó de ella. Era cierto que Denys no era un hombre que denotara un instinto paternal. Pero ese no era el único problema. Recordó que ella era una mujer distinta en los primeros años de su matrimonio con Bror. Pese a todas las dificultades, había creído firmemente en el futuro de su relación y se había aferrado a la idea de que siempre permanecerían juntos. Pero no solo eso, sino que también había creído en el futuro de la granja, en que alcanzaría el éxito en sus negocios.

«¿Ya no lo creo? —se preguntó con amargura—. ¿Qué ha cambiado, sin contar con que ahora vivo sola?» En realidad, sabía con exactitud lo que había cambiado: había adquirido experiencia. Todos esos años en Kenia le habían enseñado que las lluvias escasas o incluso inexistentes no eran lamentables excepciones, y que los pequeños cafetos se obstinaban en no soportar la altura de casi dos mil metros sobre el nivel del mar pese a sus entregados cuidados, el laborioso combate contra los parásitos y la fatigosa labor de abonado.

Tanne suspiró para sus adentros. La granja seguía manteniéndose a flote solo gracias a su energía y a las reacias concesiones de sus acreedores. Pero ella había dejado de hacerse ilusiones. La plantación de café era un barco agujereado y por muy deprisa y obstinadamente que lo achicara, el nivel del agua seguía subiendo pertinaz. ¿Quería tener un hijo en tales condiciones? ¿Cómo iba a criarlo sola en medio de jornadas de duro trabajo y de tantas preocupaciones?

En un arrebato, sacó la página escrita a medias y colocó otra nueva. Tenía que escribir a Denys.

«Querido Denys», empezó sin reflexionar, pero no consiguió seguir. Sus dedos permanecieron varios minutos sobre las teclas sin moverse, luego volvió a sacar la hoja de papel. Nada de cartas, no. Le enviaría un telegrama. Una, acaso dos líneas bastarían, sin palabras fastuosas; pero no hoy. Tenía tiempo, podía esperar hasta la próxima ocasión en que fuese a Nairobi. Hasta entonces podría meditar sobre la situación.

DENYS Y SU hermano Toby estaban desayunando cuando entró su hermana mayor, Topsy. Su nombre era en realidad Margaret Gladys, pero nunca la llamaban así. Ella y sus dos hijos, Michael y Anne habían acudido a la residencia familiar en Haverholme especialmente para pasar unos días con su hermano y tío Denys.

—Hace mucho que los tiempos han cambiado, Denys, y tú lo sabes —decía en ese momento su hermano—. Las tierras no son rentables. Nuestro padre ya estuvo a punto de vender Haverholme hace décadas. Hemos conseguido mantener la residencia familiar, pero ¿durante cuánto tiempo más nos será posible conservarla? —Movió unos instantes la cabeza y se volvió a su hermana—. Buenos días, Topsy, ¿has dormido bien?

—Buenos días. —Topsy besó a Toby y a Denys en la mejilla—. Vaya, qué lúgubres conversaciones tenéis ya de buena mañana.

—Denys estaba a punto de contestarle cuando la puerta volvió a abrirse y los hijos de Topsy irrumpieron en la habitación. Anne, de once años, se precipitó de inmediato sobre su tío.

—¿Vendrás con nosotros después a trepar a los árboles del jardín? Por favor, por favor, tío Denys, ven.

—¡Oh, sí, por favor, tío Denys! —se sumó su hermano mayor, Michael.

—¿Por qué no? —Denys rio—. Si vuestra madre no tiene nada en contra, iré.

—Y para eso no tenéis por qué poneros vuestras mejores ropas… —señaló Topsy resignada.

Los dos pequeños se sentaron complacidos en su sitio y cogieron las tostadas y la mermelada.

—Cuéntanos otra vez la historia de cómo una vez estuvo a punto de comerte un cocodrilo.

—Anne —reprochó la madre a su hija—, dejad ahora que vuestro tío desayune con calma.

—¿Qué tal si os cuento después una historia de la Biblia, para variar? —propuso Denys.

Anne hizo una mueca.

—Qué aburrido —gruñó Michael.

—Es porque no habéis escuchado las historias adecuadas. Esperad a que os las cuente. ¡La Biblia es un libro increíble! —exclamó complacido Denys, guiñando un ojo a sus hermanos, que ya conocían la razón. Cada domingo por la tarde, sus padres les leían la Biblia en voz alta y ese era el libro favorito de Denys. Antes de que los pequeños pudiesen protestar, entró uno de los sirvientes. En una pequeña bandeja llevaba un sobre.

—Un telegrama para el honorable mister Finch Hatton —anunció. Denys le dio las gracias, abrió y desplegó la hoja de papel. Contenía una única frase, pero él tuvo que leerla varias veces para entenderla.

Tengo la impresión de que Daniel está en camino.
Tania

—¿De quién es? —oyó que Toby le preguntaba.

—¿Una mala noticia? —quiso saber Topsy.

—¿Qué? —se sobresaltó Denys—. No, no, no es nada malo. Pero… —Se levantó—. Disculpadme un momento, por favor.

Denys salió al jardín. La noticia del embarazo de Tanne le había llegado totalmente de improviso y le resultaba difícil tener la mente clara. Las imágenes se agolpaban en su cabeza mientras caminaba apresurado por los caminos recién rastrillados. Sus hermanos y él habían jugado tiempo atrás allí, habían montado a caballo y habían jugueteado con los cisnes. Pensó en su padre, que le había enseñado a disparar en el jardín, y pensó en su madre, de la que había heredado el amor por la música y la poesía. Recordó su período escolar en Eton, a su tutor, mister Tatham, y las travesuras que le había hecho, pero también en todo lo que había aprendido de él. Había crecido protegido, entre personas que lo habían amado y habían alimentado su curiosidad y sus ansias de saber, ahí, en el paisaje verde de Lincolnshire, un lugar que adoraba y al que regresaba siempre como la aguja de una brújula retorna al norte.

¿Y ahora tenía que ser padre? ¿Dónde? ¿En África? ¿Allí? ¿Qué significaba un hijo para él, en su vida? ¿Y en la vida de Tania?

Denys se detuvo bajo un gran plátano. África era el continente en el que él era todo lo que no podía ser en Inglaterra. Amaba a Tania, no había conocido antes a ninguna otra mujer por la que se hubiese sentido tan fascinado y a la que se hubiera sentido tanto tiempo unido. Pero una relación convencional, una convivencia fija, incluso un casamiento y un hijo… Él nunca había deseado eso.

Todavía cavilaba bajo el plátano. Un tímido rayo de sol salió furtivamente del cielo de verano encapotado e hizo brillar por un instante la hierba cortada con esmero, pero volvió a esconderse enseguida. Sus pensamientos se dirigieron de nuevo a Tania. Era una de las mujeres más independientes que conocía, además de brillante y cultivada. Pero ¿era posible que se hubiese quedado embarazada de manera intencionada para…?

Una ligera ráfaga de viento sopló, las hojas del plátano crujieron suavemente, pero para Denys eso no tenía nada de tranquilizador. En cambio, sentía la propia confusión como un peso enorme sobre los hombros. Le hubiera gustado olvidarse de inmediato del telegrama. No recordaba ninguna otra ocasión en que una noticia lo hubiera afectado tanto.

TANNE LEYÓ SOLO una vez el telegrama de respuesta de Denys y luego lo metió en la caja en la que guardaba todas las cartas y documentos. Pese a ello, el contenido no se le iba de la cabeza.

En lo que respecta a Daniel, tú decides. La daría la bienvenida si pudiera pedirte que te casaras conmigo, pero eso es imposible.

«Tú decides», pensó Tanne con cierta amargura. Criar a un niño en una granja apartada y con un futuro incierto ya era un reto para dos personas. Pero ¿ella sola?

En los días que siguieron, el ánimo de Tanne osciló entre el nerviosismo y un sentimiento de gran soledad. No estaba realmente decepcionada, pues a fin de cuentas no había esperado ninguna otra reacción de Denys. Sin embargo, sentía que la había dejado en la estacada. A eso se añadía el sentimiento de que él le estaba recriminando algo. ¿Acaso creía que se había quedado embarazada adrede, con el fin de atarlo más a ella? Con solo pensarlo se sentía ofendida e indignada.

«¿Qué debo hacer? —pensaba una y otra vez—. ¿Cómo voy a conseguir llevarlo todo a término? El trabajo en la granja, las preocupaciones por la economía, la responsabilidad frente a los kikuyus de mis tierras… Y ahora, además, un hijo.»

Aplazaba el momento de escribir una carta a su madre. No había nada que deseara más que su consejo, pero no acababa de tomar la decisión de comunicárselo.

Y de repente, todo cambió. Una mañana, después de levantarse, sangró, y una posterior visita al médico en Nairobi disipó cualquier duda: ya no estaba embarazada.

«¿Me lo habré inventado todo?», se preguntaba por la noche en la cama. Era posible que no le hubiera bajado la regla por cualquier motivo simple y, sin embargo, había vuelto loco a Denys y se había vuelto loca a sí misma por nada. Se avergonzaba de que en su tristeza se mezclara tanto alivio. Por el contrario, sus sentimientos encontrados hacia Denys no habían cambiado. La distancia objetiva con que había evitado el problema y se lo había impuesto a ella seguía doliéndole. Y tal vez esa era la razón por la que no tenía ningunas ganas de escribirle e informarle del final de su embarazo.

Sería lo justo y lo correcto, pensaba. Pero si tener un hijo solo es decisión mía, me siento también libre para no decirle nada. ¡Que se pregunte cómo nos va a Daniel y a mí! Que espere sentado una carta mía. Ahora tengo otras preocupaciones bien distintas.

—Lo que vamos a ganar con la cosecha actual no está mal y nos mantiene a flote hasta la siguiente cosecha, la de enero; pero, si he de ser sincera, esperaba más —admitió Tanne cuando una tarde de mediados de julio volvía a la granja con sus capataces Dickens y Thaxton, tras inspeccionar la plantación de café.

—A lo mejor son las secuelas de los parásitos con los que tuvieron que combatir los cafetos hace un par de meses —especuló Thaxton.

—Siempre pasa algo —suspiró Tanne—. Abonamos, pero llueve muy poco. Luego llueve bastante, pero los cafetos no se han desprendido aún de los parásitos. —Movió frustrada la cabeza.

Dickens se encogió de hombros.

—No estoy seguro de que se trate de los parásitos. En los últimos años tuvimos muchas sequías. Incluso en el caso de que vuelva a llover, los cafetos necesitan muchos meses para asimilarlo. No es algo que ocurra de la noche a la mañana.

—Necesitan tiempo para recuperarse —dijo Tanne abatida—. ¿Cuánto tiempo? ¿Hasta que tengamos la próxima sequía?

Ambos hombres callaron.

—Quizá entonces cabría la posibilidad de proteger mejor los cafetos y el suelo de temperaturas muy elevadas, justo en la época en que llueve poco —concluyó Dickens—. Sé de algunas plantaciones de café en las que se han plantado árboles más altos a distancias regulares. No se trata tanto de proteger los árboles del sol, sino de impedir que el suelo se seque demasiado deprisa.

—Mmm —musitó Tanne—. En teoría suena bien, pero también suena a mucho esfuerzo. Se precisarían muchos árboles y, como deberían ser más altos para cumplir su función, también habría que cavar agujeros profundos. ¿De dónde voy a sacar las palas… y sobre todo los árboles? Debería comprarlo todo y ya se pueden imaginar que nos faltan los medios.

—En lo que respecta a los árboles, podríamos encontrar los ejemplares adecuados en el terreno mismo de su granja —contestó Thaxton—. Basta con que sean algo más altos que los cafetos. Extraerlos y transportarlos en los carros de bueyes da trabajo, claro, pero sería gratis. Y en cuanto a las palas… ¿Por qué no pregunta a los vecinos de las granjas de alrededor si le pueden prestar un par?

Tanne reflexionó. Sin duda parecía una ingente tarea, pero proteger el suelo para que no se secara rápido era una idea excelente.

—Vamos a intentarlo. Ustedes buscan en mis tierras los árboles adecuados, y yo voy a reunir los aperos necesarios. Lo que no pueda pedir prestado, tendré que comprarlo, y ahora sería el momento adecuado, ya que por fin tendremos una cosecha más o menos pasable.

Se aproximaba a la casa.

—Missis Blixen —la llamó Dickens de repente, después de cruzar la mirada con Thaxton—. Queríamos decirle que hace dos meses que no cobramos.

—Lo sé y les pido disculpas a ambos. Pero en los últimos años se han acumulado muchas deudas, además de las que heredé de mi anterior esposo. Y en cuanto entra una pequeña cantidad de dinero se destina de inmediato al banco o al Land Department o a un nuevo proyecto, como ahora. Yo…

—Somos conscientes de ello —la interrumpió enseguida Dickens—. Y por eso, en los últimos años, Thaxton y yo nunca hemos hecho mucho ruido cuando se ha retrasado en el pago de nuestros salarios. Nosotros mismos apenas resistíamos con nuestras escasas tierras y un par de vacas. Pero ahora que la cosecha va a ser algo mejor… Ya sabe que me he casado, y mi mujer… —Hizo una tímida pausa—. Ahora no solo soy responsable de mí mismo y me gustaría ofrecerle a ella un futuro mejor.

—Por supuesto —respondió al instante Tanne—. No tiene que justificarse. Esta semana tendrá usted el dinero que le debo. Prometido.

Entretanto habían llegado a la casa. Tanne contempló el césped con frustración.

—Y también habría que renovar esto. —Señaló la rala vegetación llena de calvas—. Pero no corre prisa.

—Que lo roturen. Después plante maíz este verano —propuso Thaxton—. Con los ingresos ya sembrará después más césped.

—¡Esa es una idea estupenda! —exclamó Tanne—. Lo pondré todo en marcha de inmediato.

Se despidieron y Tanne entró en la casa. Estar siempre ocupada con los interminables problemas de la granja le costaba un gran esfuerzo, pero estaba agradecida por el trabajo. Gracias a él pensaba solo de vez en cuando en Denys. La estupenda idea de plantar maíz la había puesto de tan buen humor que decidió leer la carta que le había enviado desde Inglaterra y que descansaba sin abrir en una estantería de la sala de estar. El hecho de que la hubiese escrito ya era inusual en él.

Con los dedos todavía sucios tras la inspección, Tanne abrió el sobre y leyó las líneas por encima. Denys parecía abatido. Se quejaba del tiempo y de la estrechez de Inglaterra. «Me gustaría estar de nuevo en la granja con vistas a las colinas de Ngong», escribía. «Espero tus noticias. ¿Qué tal con Daniel? Me hubiera gustado, pero creo que te habría resultado muy difícil.» La carta iba acompañada de fotografías: Denys y sus hermanos en la residencia de Haverholme. Tanne contempló las imágenes. En general, se alegraba del tono cálido, casi melancólico del mensaje, pero no se veía tentada a enviarle una respuesta.

—Típico de hombres —dijo en voz alta, mientras volvía a introducir en el sobre la misiva y las fotos—. Te echan de menos cuando no te dejas ver.

Iba hacia la puerta del porche cuando, en la sala de estar abierta, se escuchó una débil risa procedente del aula de la escuela. Despierta su curiosidad, decidió ir a ver a su nuevo maestro, mister Mwangi, y a los alumnos.

Estos la saludaron alegremente, pero, como ya era costumbre, Tanne les indicó que siguieran con la clase y no le hicieran caso. Buscó una silla libre, pero no había ninguna. De hecho, descubrió que había más alumnos nuevos, entre ellos hombres y mujeres adultos. Tanne no se sorprendió. En un principio solo había asistido a las clases un pequeño grupo de niños, pero era previsible que se unieran pronto muchos adultos. Incluso algunas mujeres y hombres mayores se sentaban a las tambaleantes mesas. En ese momento, había salido a la pizarra una mujer con la espalda encorvada debido al duro trabajo en el campo. Resolvía sin vacilar una división de cifras de tres dígitos. Con rapidez y sin cometer errores, dio con la solución y volvió a su sitio satisfecha. «Abdullahi estaría celoso», pensó Tanne.

Después de la clase, hizo un aparte con mister Mwangi.

—Veo que acuden más alumnos y que ya no hay sillas. Tiene que avisarme cuando ocurra algo así.

—Lo quería hacer hoy mismo, madame. Los nuevos alumnos han venido esta misma semana y me temo que todavía debemos esperar algunos más. Cada vez hay más kikuyus que desean asistir a la escuela. La mayoría viene incluso después de trabajar muchas horas en los campos de maíz, recorriendo kilómetros en la oscuridad, solo para aprender lo que enseñamos.

—Es maravilloso. Y si su número aumenta es gracias a usted. ¿Ha pensado en dividir a los alumnos en grupos diferentes? —preguntó Tanne.

—Sí, lo he planeado ya. Habrá tres grupos en total. De ese modo podré ocuparme mejor del nivel de conocimientos de cada uno de los alumnos.

—Perfecto. ¿Tiene todavía material suficiente?

Mister Mwangi asintió.

—En caso de que necesite algo, se lo comunicaré.

En los días siguientes, Tanne se concentró en recorrer las granjas vecinas con el fin de pedir prestadas herramientas para plantar los árboles que darían sombra a los cafetos.

—Puede llevarse estas. ¿Por cuánto tiempo las necesitará? —preguntó Harold Bugg, un hombre de espaldas anchas de cincuenta y tantos años.

—Al menos durante unas semanas. —Las palas que el vecino le señalaba habían conocido épocas mejores, pero no podía andarse con remilgos. Su vista se detuvo en un par de sillas que alguien había apilado en un rincón y que, por las telarañas que las cubrían, hacía tiempo que no se utilizaban.

—Oh —dijo—. Veo que tiene algunas sillas que es probable que no necesite.

—Están medio rotas —contestó Bugg despectivo—. Habría que restaurarlas… Pero sería una pérdida de tiempo.

—Antes de que se estropeen todavía más, le diré que a mí me serían de utilidad y seguro que no hay problema en repararlas.

En el rostro de Bugg apareció una expresión de alerta y Tanne percibió que cavilaba.

—¿No las necesitará para esa absurda escuela que ha organizado en su casa?

—¿Qué hay de absurdo en una escuela? —preguntó Tanne, cortante. No era la primera vez que oía ese tipo de comentarios de sus vecinos.

—Anima a los nativos a que quieran poseer capacidades que no les corresponden.

—Incluso hay políticos que creen que es importante que las personas desarrollen otras necesidades aquí, y eso es lo que hacen en mi escuela. Quieren leer, escribir, hacer cuentas y aprender sobre temas diversos. ¿Qué hay de malo en eso?

—El tipo de necesidades —replicó Bugg—. Deberían desarrollar deseos que podamos satisfacer vendiéndoles artículos: pantalones, muebles, alcohol, cigarrillos o bicicletas. Sería positivo para nuestra economía.

—Para nuestra economía sería positivo que gestionáramos juntos un futuro común, en lugar de…

—¿Quiere las sillas o no? —preguntó de repente Bugg con aspereza. Por lo visto la discusión había tomado un rumbo que no era de su agrado.

—¿Me las da? —preguntó Tanne, que ya no contaba con ellas.

—Por supuesto. —En el rostro de Bugg apareció una sonrisa ladina—. Pero no gratis. Si hablamos de economía… —Mencionó un precio que era demasiado alto para el lamentable estado en que se encontraban las sillas, pero nuevas serían aún más caras. Tanne accedió suspirando para sus adentros.

— Hoy enviaré un carro para recogerlo todo —advirtió al despedirse y añadió—: A nadie le perjudicará que limpie un poco las sillas. No vaya a ser que se ensucie mi carro.

Bugg, por lo visto, no tuvo respuesta para tal ironía, pues se limitó a ruborizarse desconcertado.

—Sobre eso que dice de su escuela —soltó cuando Tanne ya estaba sentada en el coche—, eso que enseña a los nativos... Le digo que un día se arrepentirá.

Tanne rio regocijada.

—Espere a ver —dijo—. Ya se sabe que la esperanza es lo último que se pierde.

LAS SEMANAS SIGUIENTES pasaron volando con la tarea de plantar los árboles para dar sombra, que resultó ser una labor tan dura como Tanne había previsto. Así, cuando Denys envió otra carta con un libro adjunto, ella tuvo todavía menos ganas de responderle que la vez anterior.

«Que se las apañe él solo, se lo tiene merecido», pensó complacida una noche que se sentó en el porche y leyó a la luz de la lámpara de tormenta de qué trataba el libro. Reflejaba la vida del palacio imperial chino bajo el gobierno de la viuda Cixi, a finales de la dinastía Qing. En donde antes había césped, se encontraba ahora el maíz recién plantado. Se diría que podía verse cómo crecía y, cuando se levantaba un poco de viento, Tanne percibía en la oscuridad sus suaves movimientos. Las cigarras estaban enzarzadas en un concierto polifónico y del aula le llegaban las voces de los alumnos.

De repente, un único disparo desgarró la oscura paz de la noche. Asustada, dejó el libro a un lado y prestó atención. ¿Quién podía ser? ¿A lo mejor Pooran Singh, el indio que vivía en la granja al lado del molino? A veces merodeaban leopardos por los alrededores, pero un solo disparo era algo inusual. Su inquietud se prolongó unos minutos, pero al no ocurrir nada más volvió a coger el libro. Había empezado a leerlo cuando una moto se acercó petardeando. Solo podía ser Thaxton.

Se levantó alarmada y fue hacia el lugar de donde procedía el ruido. El capataz se detuvo a pocos metros delante de ella. No llevaba sombrero, tenía la camisa fuera del pantalón y el cabello revuelto por el viento en contra.

—Missis Blixen —jadeó—. Tiene que venir. Ha pasado algo horrible. Mi cocinero tiene hoy día libre... y los jóvenes que suelen ayudarlo han cogido del porche... la escopeta con la que suelo espantar a los leopardos... Ya sabe... si no, se llevan mis gallinas...

—¡Thaxton! —exclamó Tanne, que intuía una tragedia—. ¡Vaya al grano! ¿Qué ha pasado?

—Los niños se han puesto a jugar con el arma y esta se ha disparado. Hay... no sé... Es malo.

Tanne ya había corrido al interior para coger su maletín con los medicamentos. Farah se había enterado de la última parte de la conversación. Juntos se apresuraron a subir al coche de Tanne con la lámpara de tormenta. Poco después, cuando aparcaron delante de la casa de Thaxton, oyeron el agudo chillido de un niño. La puerta de la cocina estaba abierta de par en par y el olor de la pólvora flotaba en el aire, pero Tanne no estaba preparada para la visión que la esperaba en la cocina. Había sangre por todas partes. Un niño kikuyu, al que reconoció como el pequeño Wamai, yacía inconsciente en el suelo.

—Thaxton, ocúpese de Wamai. ¡Examínelo y llévelo al coche! —gritó Tanne mientras corría hacia el segundo joven que lanzaba esos agudos chillidos. Una parte de la carga le había alcanzado en la mandíbula y le había arrancado un trozo. Sangraba mucho y tenía los brazos extendidos a los lados, como si se hubiesen quedado congelados en esa posición.

—¡Tenemos que detener la hemorragia! —La voz de Tanne se quebró—. Farah, cógelo así para que pueda vendarlo... ¡deprisa!

»Estamos aquí, Wanyangerri, todo irá bien... —susurraba y colocó tranquilizadora las manos sobre la cabeza del niño, que dejó de gritar como por arte de magia. Los brazos se le hundieron sin fuerzas. Colocarle la venda no fue sencillo, pero al final Tanne lo consiguió y metieron al niño en el coche.

—¿Qué pasa con Wamai? —le preguntó Thaxton. Movía desanimado la cabeza. Tanne examinó al pequeño. Gran parte de la carga le había alcanzado el cuello y el tórax. Pese a ello todavía estaba con vida, aunque inconsciente.

Partieron. El viaje por la pista de laterita llena de baches le resultó interminable. Tanne se estremecía con cada salto del coche. Por fin se detuvieron ante la entrada del hospital. Dos cuidadores los ayudaron a poner a los niños en camillas y a conducirlos al interior, donde un médico indio salió apresurado a su encuentro.

—Ese niño está muerto —confirmó impasible después de inclinarse sobre Wamai.

—¡¿Qué?! —gritó Tanne. Cogió la mano del niño y le puso el dedo en el cuello. En efecto. El pequeño tenía que haber fallecido en los últimos minutos sin que nadie se percatara. Los ojos se le anegaron de lágrimas. Conocía bien a Wamai. Él y otros niños cuidaban desde hacía años de las cabras de los padres en los alrededores de su casa, y Wamai asistía por las tardes con el grupo de principiantes de la escuela.

—Mister Mwangi, nuestro profesor, me dijo hace poco que Wamai es un buen alumno... —titubeó torpemente.

El médico no se inmutó.

—El otro vive —se limitó a decir, mientras los sanitarios llevaban al niño al quirófano.

Las siguientes horas transcurrieron para Tanne, Farah y Thaxton en la sala de espera. Unas veces se sentaban, otras se ponían de pie, en ocasiones paseaban por el pasillo. Por un momento, Tanne se percató de que todavía no sabía quién había disparado.

—El pequeño Kabero —respondió Thaxton, quien por fin podía volver a hablar de forma coherente—. Es lo que han contado los otros niños que estaban allí. Han dicho que Kabero ha cogido el arma de la terraza. Quería alardear delante de los demás y ha fingido que era un cazador.

—¿No había ningún adulto cerca? —quiso saber Tanne.

—Mi cocinero tenía la tarde libre. Al parecer, los niños jugaban en la cocina… y después ha pasado esto. Realmente no sé cómo. El arma nunca está cargada en casa. Kabero debe de haber encontrado la munición y haberla cargado él mismo. —Parecía desesperado y Tanne sospechaba por qué. Era muy poco probable que el pequeño Kabero hubiese cargado el arma. Thaxton debía de haberse olvidado en un momento de negligencia de descargar la munición antes de dejar colgada el arma en su sitio en la terraza.

—¿Dónde está Kabero? —preguntó ella.

—Cuando entré en la cocina después del disparo, todavía estaba allí, en estado de *shock*. Después se marchó corriendo.

—Esperemos que no se haga ningún daño —dijo Farah en voz baja. Tanne sabía a qué se refería. El suicidio no era inusual entre los kikuyus, ni siquiera entre los niños.

Por fin el médico salió a su encuentro en el pasillo. Wanyangerri sobreviviría, pero necesitaría algunas complicadas operaciones para reconstruir la mandíbula lo mejor posible.

—Debemos ir a la policía y notificar lo sucedido —dijo Tanne cuando poco después estaban delante del hospital. Thaxton asintió.

Tuvieron que esperar mucho tiempo en la comisaría hasta que apareció un policía que registrara el suceso. Ya era más de medianoche cuando emprendieron el regreso a la granja.

Nadie habló durante el trayecto. Tan solo de vez en cuando Tanne creía oír un breve sollozo desde el asiento trasero, donde se encontraba Thaxton.

A escasos kilómetros de la granja, Farah dijo:

—Los kikuyus convocarán al consejo de ancianos para determinar a cuánto ascienden los pagos.

—¿A cuánto ascienden los pagos? —repitió Tanne a media voz, aunque sabía a qué se refería Farah. El padre de Kabero, Kaninu, debería indemnizar a las dos familias, tanto a la del fallecido como a la del herido.

—Kabero no tenía intención de matar a Wamai ni de herir a Wanyangerri —objetó Tanne—. Fue un accidente. Seguro que no sabía que la escopeta estaba cargada.

—El móvil y la intención no son atenuantes para los kikuyus —advirtió Farah con objetividad—. Para ellos lo único significativo es el resultado de las acciones. Además, Kaninu, el padre de Kabero, es un hombre adinerado. Intentarán sacarle lo máximo.

Tanne calló y Farah prosiguió.

—Tenga en cuenta que los kikuyus la declararán cabeza del consejo. Esperan que sea usted quien dicte sentencia.

A Tanne se le encogió el corazón. Ya la habían convocado varias veces para presidir el consejo de ancianos y nunca había sido fácil. Los conceptos europeos de justicia y ley diferían mucho de los de los kikuyus.

Totalmente exhausta giró el coche hacia el acceso a la granja. Como si hubiesen oído las últimas palabras de Farah, de la oscuridad emergieron las siluetas de varios ancianos kikuyus. Permanecían inmóviles junto al nuevo maizal y Tanne supo que por la mañana seguirían allí, pues su mera presencia hacía las veces de monumento conmemorativo que proyectaba ante sí una sombra singular: la de los acontecimientos que se sucederían en los próximos días.

A LA MAÑANA siguiente, cuando Tanne entró en la habitación de Wanyangerri en el hospital, halló un panorama terrorífico. Durante la noche, los médicos solo habían logrado parar la hemorragia y desinfectar la herida. Las intervenciones quirúrgicas se prolongarían durante semanas. Wanyangerri estaba consciente, aunque en estado de *shock*. Cuando vio a Tanne empezó a llorar amargamente y a dar alaridos. Le temblaba todo el cuerpo. Tanne estrechó entre sus brazos al asustado muchacho y le habló para tranquilizarlo.

—A la granja… —oyó que decía entre gemidos—. A casa.

—Pronto volverás a casa, ten paciencia. Ahora los médicos tienen que ayudarte un poco —intentó consolarlo.

Al cabo de una hora, cuando Wanyangerri se durmió agotado, Tanne salió deprimida de la habitación. Consiguió hablar con el médico que iba a realizar las intervenciones necesarias tras solicitarlo con insistencia en recepción.

—Por favor —pidió Tanne emocionada—, dígame que puede hacer algo por este niño.

—No es un caso fácil —respondió—. Pero, dentro de la desgracia, el niño ha tenido suerte. Hace diez años trabajé en Francia durante la guerra y tuve que reconstruir demasiados rostros. Será un proceso largo, pero haré lo que pueda… ¿Se encargará usted de los costes?

—¡Por supuesto! El dinero no es un problema —contestó ella al instante. Todavía no sabía de dónde, pero iba a sacarlo de algún sitio.

ESE MISMO DÍA el consejo de ancianos de la comunidad kikuyu se reunió junto a la casa de la granja. Tanne había pedido a Farah que la acompañase, pues apreciaba su agudo entendimiento y su amplitud de miras.

—Harán todo lo posible por recibir la máxima suma de dinero del padre del acusado —susurró mientras los ancianos se sentaban en el suelo.

—Y yo intentaré evitarlo —musitó ella a su vez. Miró a Kaninu, que ocultaba la cabeza bajo una capa de piel. Lo conocía bien. Kaninu era uno de los más ricos entre las muchas familias kikuyus que vivían en sus tierras. Sin embargo, no se distinguía de los más pobres, y sus numerosas esposas, hijos, hijas, nietos y nietas habitaban en el mismo tipo de chozas de barro que los menos favorecidos en la aldea. Entre los kikuyus, la riqueza no se ostentaba en forma de casas más grandes, vestidos u otros artículos de lujo, sino en la posesión de un mayor número de cabezas de ganado y también de esposas. Eso se debía a la condición de retribuir a la familia de la novia con bienes y riquezas, lo que muchos solo se podían permitir hacer una vez en su vida y otros, algunas veces más.

A unos metros de Kaninu estaba sentado Jogona, el padre del fallecido Wamai, un hombre flaco que apenas poseía nada. Pero su suerte, por una amarga ironía del destino, iba a cambiar muy pronto. Tanne también conocía mucho a Jogona. Era un hombre profundamente amable y, pese a su pobreza, carecía de capacidad para el rencor o la codicia. Era visible lo mucho que le había afectado la pérdida del niño.

La mayoría de los ancianos esperaban tensos, y algunos ya discutían.

—¡Empecemos! —anunció Tanne. De inmediato reinó el silencio—. Empecemos para que tomemos sabiamente nuestras decisiones y en el más breve tiempo posible —añadió, ya que sabía que las negociaciones del consejo de ancianos solían prolongarse semanas.

—Empecemos con el niño herido, con Wanyangerri —propuso un hombre llamado Awaru.

—¡Sí! —dijo otro enseguida—. ¿A cuánto ascenderían los daños si Wanyangerri estuviera muerto? ¿A cuánto ascienden ahora que el niño está desfigurado y que quizá no pueda volver a hablar jamás? Tendrá que bajar sus pretensiones al casarse y aceptar a una esposa por debajo de su propio nivel. Nosotros...

—¡Alto! —lo interrumpió Tanne alzando a su vez la mano—. Wanyangerri todavía está en el hospital. No sabemos exactamente cómo se encontrará después del proceso de recuperación. Por eso no tiene ningún sentido llegar a un acuerdo sobre la indemnización en este momento. —Miró fijamente a los hombres—. Retrasaremos la negociación sobre Wanyangerri hasta entonces y hablaremos primero de Wamai, que ha perdido la vida en este horrible accidente.

Un murmullo se extendió a través de los reunidos, pero todos acabaron aceptando su sugerencia. Aun así, sus palabras también levantaron protestas.

—*M'sabu* —dijo un hombre mayor, cuyo nombre no conocía Tanne—. No sabemos mucho, pero vemos que usted tampoco sabe mucho. Aunque es seguro que fue Kabero, el hijo de Kaninu, quien disparó. Mauge lo sabe todo al respecto.

Mauge, un hombre alto, se levantó y habló.

—*M'sabu*, mi hijo estaba allí y me lo ha contado todo. Kabero les dio el arma a todos los niños, pero no les explicó cómo disparar. Ninguno de ellos lo hizo. La escopeta se disparó cuando volvió a estar en manos de Kabero.

—Sí, claro —dijo Tanne —. Pero eso no dice nada sobre el hecho de que se trata de una desgracia… ¡un accidente! Kabero no tenía siquiera la intención de disparar. Mucho menos de malherir a uno de los otros niños. No digamos ya de dar muerte a un compañero de juegos. Le podría haber pasado a cualquiera con un arma.

Las espontáneas y encendidas controversias que surgieron entre los presentes daban muestra de que las palabras de Tanne chocaban con la falta de comprensión general.

Volvió a tomar la palabra.

—Está bien. Todos sabemos que Kabero ha disparado una escopeta. Kaninu, su padre, indemnizará a Jogona, el padre de Wamai, con ovejas, cabras y vacas; pero con menos animales que si Kabero hubiese disparado adrede a Wamai. Kabero no es mal chico. Acudía a la escuela como hacía Wamai y cuidaba responsablemente de las cabras de su padre. ¿Y ahora? Pensad que no solo Jogona perdió a un hijo ayer, sino que también lo ha perdido Kaninu. Kabero ha desaparecido en la selva y, por desgracia, nos tememos lo peor.

Kaninu, que todavía tenía cubierta la cabeza con la capa de piel, gimió al oír las últimas palabras de Tanne.

—*Memsahib* —susurró Farah a Tanne—. Pídales ahora a los kikuyus que digan una cantidad. ¿Cuántas ovejas en concreto debe pagar Kaninu? —Tanne planteó la pregunta. Los hombres se inquietaron e iniciaron de nuevo una acalorada discusión.

—Déjeme intentarlo, *memsahib* —volvió a dirigirse Farah a Tanne—. A lo mejor no solo podemos abreviar el tiempo para la toma de una decisión, sino evitar lo peor para Kaninu.

—¿Qué es lo que te propones? —quiso saber Tanne.

Farah sonrió.

—Espere. —Entonces se volvió hacia los reunidos y gritó—: ¡Cien…! ¡Yo propongo cien ovejas!

Los ancianos enmudecieron en el acto. Cien ovejas era un número tan increíble que hasta los más osados se quedaron sin palabras. Se los veía sopesar la propuesta. ¿Estaba bromeando el somalí? ¿O solo se metía en asuntos que no le interesaban y quería indicarles un número de partida subrepticiamente?

—¡Cincuenta! —gritó uno de los kikuyus presentes, pero nadie reaccionó.

—Digamos cuarenta y cerremos así este asunto —dijo Farah con voz firme—. Los ancianos tienen que deliberar en los próximos días y comunicarnos su decisión.

La mayoría de los hombres musitaron que estaban de acuerdo.

UNA SEMANA MÁS tarde, el consejo de ancianos declaró su sentencia. En efecto, Kaninu pagaría cuarenta ovejas a Jogona.

Tras la tensión de aquellos días, Tanne experimentó un vago alivio cuando una mañana decidió ir a caballo a la reserva masái, que hacía tiempo que no visitaba. La pradera se extendía sin límites ante sus ojos, salpicada por árboles achaparrados con espinas; por lo demás, nada salvo el vacío ante un vasto cielo. Tanne atravesó un caudal seco. Según el lugar que recorría, encontraba aldeas masáis aisladas, pero el horizonte seguía estando vacío. A cierta distancia distinguió una manada de antílopes eland que estaba pastando. Los reconoció por sus cuernos retorcidos y la piel colgante del torso. Se acercó al paso, porque, a diferencia de los otros antílopes, los eland no temían a los seres humanos; así fue, comenzaron a moverse al apreciar su cercanía, pero sin apresurarse demasiado. Tanne tiró de las riendas del caballo y observó a los animales. Había llegado el momento de volver a la granja.

Todavía no había retrocedido mucho cuando descubrió en el horizonte cuatro puntos que fueron aumentando lentamente de tamaño y tomando forma definida. Eran los hermanos del desaparecido Kabero. Los cuatro portaban sus lanzas.

—*Iambo, m'sabu* —la saludó uno de ellos.

Tanne contestó al saludo.

—¿Hay noticias de Kabero? —preguntó.

Los cuatro bajaron la vista.

—No —dijo con la voz apagada el mismo que la había saludado antes—. Nadie lo ha visto desde entonces. Lo buscamos cada día, pero las posibilidades de que lo encontremos con vida son muy limitadas. Hace semanas que rondan leopardos por aquí.

Tanne asintió. También a ella le pesaba la incertidumbre. No habían podido ayudar al pequeño Wamai y de Wanyangerri se ocupaban los médicos en el hospital. Pero el pequeño Kabero había huido en estado de *shock* y ahora estaba completamente solo, abandonado por quienes lo conocían. Se había convertido en un repudiado. O al menos así debía de sentirse él... en caso de que todavía viviese.

Se despidió de los chicos y los siguió con la mirada mientras caminaban a paso regular a través de la hierba, que les llegaba hasta la parte superior del muslo.

CUANDO TANNE LLEGÓ a casa la aguardaba una visita inesperada. Jogona, el padre del fallecido Wamai, estaba en el porche y conversaba haciendo grandes gestos con Farah.

«Oh, no», pensó Tanne. ¿No aceptará la sentencia? Pero eso no parecía propio de ese hombre modesto.

Farah parecía aliviado cuando vio aproximarse a Tanne. También Jogona se dio media vuelta enseguida. Su rostro reflejaba una angustiosa consternación.

—¡Qué desgracia, *m'sabu*! —exclamó Jogona—. Una gran desgracia se ha abatido sobre mí. Primero Wamai... y ahora me quitan las ovejas.

—¿Las ovejas que ha obtenido como indemnización?

Jogona asintió vehemente.

—¿Quién se las ha quitado?

Jogona le detalló cuanto sabía. Se remontó al pasado y adornó sus explicaciones con muchas historias al margen, pero al final Tanne consiguió llegar al fondo de la cuestión: Wamai no había sido el hijo biológico de Jogona, sino de un amigo fallecido que vivió en los alrededores de Nyeri, donde el propio Jogona también tuvo su residencia hacía algunos años. Ese amigo había pedido a Jogona que cuando él muriese se ocupara de su esposa y de su hijo. Él se lo había prometido y pagó dos cabras que aún le debía por su mujer al suegro de su amigo muerto. Tras esto, se había mudado con su nueva esposa y el pequeño Wamai a las tierras de la granja de Tanne. El minucioso Jogona había confeccionado una lista de todas las tareas que había realizado desde entonces por el niño. Entre otras, la complicada búsqueda de un medicamento, la pequeña plantación de arroz junto a su choza o una indemnización para el dueño del pavo que Wamai había empujado a un estanque. Había criado al niño y lo había tratado como a su propio hijo, y ahora los hermanos del amigo fallecido en Nyeri se habían plantado delante de su cabaña y le exigían las cuarenta ovejas con que Kaninu le había pagado por la desgraciada muerte de Wamai, con el pretexto de que el niño no era hijo de Jogona, sino su sobrino.

Tanne estaba fuera de sí.

—Redactaremos una carta al oficial de distrito —dijo con determinación—. No podemos aceptar que los tíos de Wamai, que nunca en su vida se han interesado por el niño, quieran ahora cobrar por su muerte.

Pidió a Jogona que entrara y se sentó ante la máquina de escribir. Media hora más tarde, el escrito estaba concluido.

DESDE ENTONCES HABÍA regresado la calma. El oficial de distrito había dado la razón a Jogona, y Tanne había vuelto a dedicarse a su propia labor en la plantación, había sembrado flores delante de la casa y cocinado con Kamante cuando el muchacho volvía del aprendizaje en el Muthaiga Club. Que pensaba más a menudo en

Denys a medida que se aproximaba su regreso de Inglaterra era un hecho, pero en su interior se sentía tranquila. El breve embarazo y las cuestiones existenciales que se había planteado con ello también habían tenido su lado positivo. Tanne sabía ahora que no deseaba tener un hijo con nadie. Su vida pertenecía a la granja y a los kikuyus que vivían en sus tierras, especialmente a Abdullahi y Kamante, sobre quienes había asumido una responsabilidad. Tampoco quería volver a depender de un hombre. En los últimos meses había aprendido a valorar su independencia y se sentía feliz sabiéndose autosuficiente. Sabía que una parte de ella se alegraba de que volviera Denys, pero podía encarar su inminente regreso con serenidad.

Estaba de muy buen humor cuando aparcó delante del hospital de Nairobi una mañana de septiembre. Ese día, Wanyangerri por fin se marchaba a casa. El médico había realizado, ciertamente, un pequeño milagro. Con ayuda de una férula de hierro y de piel, que había tomado de otras partes del cuerpo, había conseguido reconstruir la mandíbula de Wanyangerri. El niño podía hablar y pronto volvería a comer con normalidad.

De regreso a la granja de Tanne, cuando Wanyangerri vio a su padre Wainaina y a su abuela delante de la casa, abrió la puerta del coche sin pensárselo, aceleradamente. Desde el accidente no había visto a su familia, pues los kikuyus evitaban el hospital a toda costa. El recibimiento fue efusivo, pero luego el padre, un hombre bajito y excepcionalmente grueso para ser un kikuyu, se aproximó a Tanne.

—Entonces, ¿qué va a comer el niño? —se lamentó después de que ella le contara que su hijo todavía no podía masticar el maíz—. Somos gente pobre y no tenemos vacas de leche.

Tanne le prometió una botella de leche al día. Se fijó en la abuela que, apoyada en su bastón, observaba la escena a cierta distancia. Aunque parecía una anciana, emitía una energía que le pareció inquietante. Tanne no podía sostenerle la mirada. Y de esa mirada se acordó cuando el padre del autor del catastrófico disparo se presentó en su casa varios días después. De forma inesperada, una tarde apareció en la sala de estar de Tanne y cerró enseguida la puerta del porche tras de sí. Tanne, que estaba sentada delante de la chimenea leyendo, se sobresaltó, pues por lo general los kikuyus preferían hablar de sus asuntos al aire libre. Que Kaninu buscara la protección de su casa no era una buena señal.

Se dirigió enseguida hacia él y se asustó. Había adelgazado, tenía los ojos hundidos en las cuencas y parecía agotado, casi ausente, como si llevara mucho tiempo sin dormir. Su cuerpo se apoyaba pesadamente sobre un largo bastón.

—Kaninu —dijo sorprendida—. ¿Qué ha pasado? —Kabero fue lo primero en lo que pensó. ¿Lo habrían encontrado?

Kaninu parecía tener dificultad para contestar. Al final le comunicó lentamente y con la voz quebrada que estaba en las últimas. Ya había pagado con diez ovejas a la familia del herido Wanyangerri y ahora también querían una vaca y un ternero.

—¡Kaninu! —exclamó Tanne, su voz resonó estridente en el silencio de la casa—. No debería de haberlo hecho. Justo ahora que Wanyangerri vuelve a estar aquí y que se encuentra mejor, un nuevo consejo decidirá cuánto debe a su familia. —Reflexionó qué podía recomendarle a continuación, pero Kaninu no había ido para pedirle consejo. Solo pretendía informar a la *memsahib*. Tanne siguió consternada con la mirada cómo Kaninu abría la puerta y desaparecía lentamente en la oscuridad.

Cuando en el umbral del porche se dio media vuelta, vio a Farah en la entrada de la sala de estar.

—¿Has oído lo que ha sucedido? —preguntó Tanne.

Farah asintió vacilante y luego habló con desgana.

—Ya lo sabía.

—¿Por qué no ha esperado Kaninu la decisión del consejo? —empezó a preguntar Tanne. Sin embargo, no pudo continuar, pues Farah levantó la mano a modo de interrupción.

—Es la abuela de Wanyangerri —respondió—. Es una bruja. Ha hechizado a Kaninu.

Tanne movió la cabeza malhumorada.

—Pero Kaninu tiene demasiada experiencia en la vida como para dejarse llevar por esas supersticiones.

Farah hizo un gesto con la cabeza.

—Normalmente, le daría la razón, *memsahib* —contestó—. Pero esa anciana tiene, en efecto, ciertas facultades. Usted misma lo ha visto. Y ahora ha hechizado a las vacas de Kaninu. Unas tras otras se vuelven ciegas. Kaninu está arruinado.

Tanne, perpleja, escuchaba a Farah. Cuando este salió de la sala, volvió a sentarse delante de la chimenea. El fuego ya casi se había apagado y puso otro leño. Reflexionó. «Este caso me supera», pensó. Por ello, tenía que recurrir al jefe de la tribu de los kikuyus lo antes posible. Solo Kinanjui tenía la autoridad para poner orden en una situación tan complicada y tratar de calmar los ánimos.

29

Londres, septiembre de 1926

Denys recorría la calle. Habían caído breves chaparrones por la mañana y la capa de nubes que cubría Londres se había disipado. Los charcos y el asfalto mojado brillaban a la suave luz del atardecer. Denys llevaba en la ciudad más de una semana. La noche anterior había ido a la ópera y había almorzado con un viejo compañero de escuela. Pese a sus largas ausencias, nunca había perdido el contacto con los amigos que conocía desde su período escolar y universitario en Eton y Oxford. En Londres disfrutaba fisgando en los estantes de las librerías y acudía a cuantos conciertos y representaciones teatrales le ofrecía la ciudad. Sin embargo, en aquella ocasión no gozaba igual de su estancia en casa. Le era conocida la inquietud interna que provenía de la sensación de estrechez y el desasosiego que solían acuciarle transcurridos un par de meses en Inglaterra, además de la añoranza de la vastedad virgen de África, de la singularidad de sus paisajes. Pero no era solo eso, sino que no había recibido ninguna noticia de Tania en todo el verano. ¿Por qué no le escribía? No sabía nada en absoluto. Nada de lo que hacía, nada de cómo le iba. ¿Y qué ocurría con su embarazo, con el niño?

«No te escribe porque te has comportado como un condenado idiota», pensó. Ya hacía tiempo que sabía que la había herido profundamente y su terco silencio le había dejado claro que por muy poco capacitado que estuviera para mantener una relación convencional, no quería perder a Tania. Era una mujer muy especial y una parte fundamental de su vida en África.

Caminaba tan concentrado en sus propios pensamientos que tardó en percatarse de un cubo lleno de flores cortadas colocado en la acera, delante de una tienda. Se detuvo cuando, al fin, advirtió los colores sobre el asfalto gris. Tania amaba las flores y espontáneamente surgió en él el deseo de regalarle un ramo. «Como si las flores fueran a ayudarla», pensó entristecido. Sabía que ella era una mujer independiente, que se enfrentaba a los altibajos de su granja africana con una energía que él admiraba. Y justo por eso merecía que él no se comportase como un imbécil.

Denys seguía delante de la floristería. En ese momento sonó la campanilla que había encima de la puerta y una mujer salió de la tienda. Antes de que volviera a cerrarse, Denys la mantuvo abierta y entró en el comercio.

—¿Desea unas flores? ¿Para una señora, tal vez? —preguntó sonriente la mujer mayor que estaba detrás del mostrador.

—Bueno, sí… Esto…

La señora interpretó mal la indecisión de Denys.

—¿Una ocasión para unas rosas rojas? —Sonrió con complicidad.

—Oh, no… Yo más bien había pensado en bulbos. ¿Los vende también?

La sonrisa en el rostro de la mujer desapareció.

—¿Bulbos? ¿Para plantarlos? —repitió.

—Sí, a ser posible crocos y narcisos. —Denys recordaba que Tania le había hablado de esas plantas del norte en primavera, de lo mucho que añoraba en su jardín ambos presagios del fin del invierno.

—Tengo que ir a comprobarlo —respondió la vendedora—. No estamos en la estación de siembra. —Desapareció en la trastienda. A continuación, volvió a aparecer con dos saquitos—. Todavía nos quedan estos dos. Cada uno con diez unidades.

—Estupendo. —Denys le dirigió una cálida sonrisa, pagó y salió de la tienda. De repente tenía prisa. Quería escribir una carta y llevar el paquete ese mismo día a correos. Aunque su barco de regreso a Kenia partía al cabo de unas semanas, quería que Tania recibiera la carta y los bulbos lo antes posible. De todos modos, también tenía otro regalo para ella.

30

Ngong, septiembre de 1926

TAL COMO HABÍA planeado, Tanne le contó al jefe tribal la complicada situación y los continuos conflictos entre los kikuyus de su granja tras el trágico accidente. Kinanjui prometió encargarse de aquel asunto.

Decidieron juntos que el padre del herido Wanyangerri, que acababa de obtener diez ovejas de Kaninu, debía recibir también la vaca y el ternero que reclamaba, y con ello la deuda sería al fin pagada. También debían darse por concluidas las supuestas maldiciones de la abuela.

En la mañana acordada, Tanne aguardaba a Kinanjui con impaciencia, pues sabía que era un hombre de acción y estaba deseando que volviera a reinar la paz entre los kikuyus. De ahí que se asombrara al oír a la hora convenida un motor en el acceso a su casa. Reconoció enseguida el coche granate con numerosos cromados: pertenecía al cónsul estadounidense en Nairobi. Se apresuró a salir de la casa mientras se decía a sí misma que no era un buen momento para una visita. Pero todavía se sorprendió más al ver que no era el cónsul quien estaba sentado en el coche, sino Kinanjui, con uno de sus hijos mayores al volante. El jefe tribal permaneció más rato del necesario en el vehículo, disfrutando de la perplejidad de Tanne.

—Justo ayer se lo compré al cónsul de Estados Unidos —explicó con orgullo al bajar. Tanne lo felicitó y lo condujo al interior de la casa, donde le ofreció una bebida. Kinanjui ya no era un hombre joven, aun así, su figura delgada y alta y los rasgos marcados de su rostro debido a su expresiva nariz causaban impresión. Llevaba una gorra de piel y una capa de pelo de mono azulado. Por lo que ella sabía, Kinanjui era el jefe de más de cien mil kikuyus. El pueblo de su familia, con sus muchas esposas y docenas de hijos y nietos, se encontraba en las cercanías de la misión católica.

Una vez que Kinanjui se hubo refrescado, Tanne lo llevó al exterior y le pidió que se sentara en el banco, detrás de la mesa de la muela de molino, donde iba a celebrarse el encuentro. El número de kikuyus que llegaban a la reunión presidida por su mandatario aumentaba a cada instante. Los ancianos estaban allí también y habían formado un círculo en el suelo. Cuando Kinanjui se sentó, algunos de ellos se levantaron para saludarlo con respeto e intercambiar unas palabras. También Farah, que estaba de pie a su derecha, habló en voz baja con él. Tanne se fijó en que se había vestido elegantemente para la ocasión. Brillaba su turbante de seda, de un azul rojizo, y unos bordados árabes adornaban el chaleco sin mangas que llevaba sobre el caftán. Cuando los ancianos volvieron a su sitio, se hizo el silencio.

Kinanjui abrió la sesión con un silencioso gesto de saludo, pero para sorpresa de Tanne no fue él quien comenzó a describirles la situación a los kikuyus, sino que le pidió a ella que tomara la palabra primero.

Tanne se levantó.

—Como todos saben, estamos aquí para poner punto final al conflicto entre Kaninu y Wainaina —anunció en un tono que se hizo cada vez más firme—. Ambos ya han sido informados sobre el importe final de la indemnización. Wainaina puede quedarse con las diez ovejas que Kaninu le ha dado, y además hoy obtendrá una vaca y un ternero. De este modo, la pelea se dará por terminada. No se puede exigir nada más. Todo esto ha ocurrido en presencia del jefe tribal Kinanjui y según sus deseos. Romper este pacto equivaldría a una ofensa personal.

Miró a Kinanjui. Él revalidó sus palabras con un enérgico gesto de la mano. Dos jóvenes del grupo se levantaron al instante y desaparecieron. Eran los hijos de Kaninu. Volvieron con rapidez y dejaron una vaca y un ternero en el centro del círculo.

Tanne se disponía a declarar que con aquel gesto quedaba sellado el pacto cuando la anciana, a la que el mismo Farah atribuía

197

las cualidades de una bruja, se acercó amenazadora a la vaca. A continuación, soltó una dura sarta de insultos ante el animal. Tanne miró a Farah desconcertada, quien se inclinó hacia ella y susurró:

—Dice que la vaca es vieja y que este ternero tal vez sea el último que tenga. —Tanne observó la vaca con atención y tuvo que darle la razón a la anciana.

En el intervalo, otros presentes se habían levantado y tomado partido. Los simpatizantes de Wainaina y Kaninu se peleaban a gritos. Cada vez eran más los hombres y mujeres de todas las edades que se entrometían en la discusión. El vocerío se hizo insoportable. Tanne se temía lo peor. Miró amedrentada a Kinanjui. Él era el jefe tribal. ¿Acaso no podía hacerlos entrar en razón? ¿Por qué no intervenía? La cabeza de Kinanjui se orientaba inmóvil hacia la escena. Su perfil era imperioso, pero al observar su rostro resultaba imposible deducir qué pensaba o cuáles eran sus planes.

En busca de ayuda, Tanne se volvió a Farah.

—¿Por qué no hace nada? —susurró.

—Hace lo único razonable —musitó él como respuesta—. Cualquier palabra o gesto suyo avivaría aún más el fuego. Así que lo sofoca con la fuerza de su silencio. De esta forma también muestra que en este pacto ya no hay nada negociable.

Tanne asintió preocupada, aunque era ya consciente de que Kinanjui sabía lo que se hacía. Así fue como las voces fueron apaciguándose, los hombres y mujeres se sentaron de nuevo y la calma volvió a imperar, pero Kinanjui se tomó todavía su tiempo. Durante varios minutos reinó un completo silencio, y una vez más Tanne admiró la habilidad de los kikuyus para esas «pausas dramáticas», como ella las denominaba.

«Los hace esperar intencionadamente y les muestra así que él habla cuando quiere», pensó Tanne. Nuestros oídos europeos no están preparados para este silencio. Tenemos miedo a callar. Tal vez, justo porque el poder del silencio es mucho mayor que el de las palabras.

Kinanjui habló por fin y pidió a Tanne que leyera el documento en el que estaba escrito el pacto. Luego indicó a las partes litigantes que se aproximaran y firmaran el documento con los pulgares teñidos de negro. Para terminar, tanto Tanne como Kinanjui firmaron del mismo modo para ratificar que el pacto se había cerrado en su presencia.

—Hecho —dijo aliviada a Farah y Kinanjui tras disolverse la asamblea. También en el rostro del jefe tribal se dibujaba una sonrisa de satisfacción. Solo Farah permanecía serio.

31

Hargeisa, 1955

JOHN BUCHHOLZER SE había atrevido a ir al bazar de la ciudad en compañía de Abdullahi Aden, aunque todavía recordaba bien las hostilidades del día de su llegada. Ese día nadie le hizo caso, y al cabo de un rato empezó a relajarse y a disfrutar de las negociaciones que los vendedores hacían a gritos, de las coloridas vestimentas y de la abundancia de frutas, verduras y otras mercancías. Acababan de llegar a un puesto donde se ofrecían golosinas.

—Mi esposa ya no me compra más —dijo Abdullahi con cara de pícaro—. Quiere que adelgace de una vez por todas, pero me temo que no lo conseguiré. Soy así desde que asistí a la escuela de Mombasa. —Se acarició con mimo la curva de la barriga—. Missis Blixen es algo culpable de mi amor por los postres. Todavía hoy sueño en los *éclairs* de chocolate que nos preparaba Kamante. Han pasado ya más de veinte años desde que los comí por última vez, pero todavía tengo su sabor en la boca, como si hubiera sido ayer.

John se echó a reír.

—No debía de ser fácil conseguir todos los ingredientes en Nairobi.

—No, no lo era; se lo debíamos a los esfuerzos de missis Blixen. Y de hecho ella era también célebre por su buena cocina. Incluso quienes solían evitarla tenían que reconocerlo.

—¿Evitaban a missis Blixen? ¿Quiénes? —preguntó asombrado John.

Abdullahi se encogió de hombros con cierta molestia, como si ya se hubiese arrepentido del comentario. Su mirada recorría las golosinas en venta.

—Muchos blancos de la colonia… —acabó confesando—. Por no hablar de la mayoría… Sí, desconfiaban de los nativos. Su posición oscilaba entre la superioridad despreciativa, el miedo y la incomprensión. Muchos colonos blancos sospechaban de la estrecha relación que missis Blixen mantenía con los nativos. Farah me contó lo que decían de ella a sus espaldas en Nairobi. La encontraban rara y creían que era una esnob porque no se juntaba con los de su misma condición.

—¿Eso la hizo sufrir? —quiso saber John.

—¿Le gusta el coco y el cardamomo? —le interrogó Abdullahi en lugar de responder a la pregunta.

John contestó afirmativamente.

—Entonces cogeremos estos. Se llaman *gashatoo* y están hechos de coco rallado, aceite, agua, azúcar y cardamomo. —Pidió que le llenaran una gran bolsa y le pagó al tendero.

—No sé si sufría por ello —contestó, retomando el hilo de la conversación cuando se pusieron en marcha—. Pero es de suponer que sí. Es posible que también por ese motivo su relación con los nativos se hiciera cada vez más estrecha con el paso de los años. En sus tierras vivían cientos de kikuyus en sus *shambas*. Missis Blixen los conocía a todos o al menos eso me parecía a mí entonces. Los visitaba en sus aldeas, supervisaba si todo estaba en orden y ayudaba a la comunidad cuanto podía. Cuando los trabajadores de otras granjas padecían malos tratos, se venían con nosotros y missis Blixen los acogía.

—Pero también debía de haber otras personas en la colonia que pensaran como ella —señaló John—. Por lo que yo sé, también su amigo Denys Finch Hatton tenía una estrecha relación con los nativos.

—Oh, sí que la tenía. Y claro que alguno más había. Recuerdo también a un gobernador, se llamaba Coryndon. Sustituyó a un hueso duro de roer…, al gobernador Northey. Coryndon venía a la granja de cuando en cuando y ambos tenían largas discusiones sobre la política de la colonia. A diferencia de su antecesor, Coryndon estaba convencido de que se debían compartir responsabilidades con los africanos. Él y missis Blixen creían firmemente que un día tendría que devolverse el poder a los habitantes originarios del país.

—Lo que hasta ahora, sin embargo, no ha ocurrido —observó John lacónico—. Incluso a pesar de que la lucha del movimiento independentista ha deteriorado de forma considerable el sistema en los últimos años.

Abdullahi asintió.

—Sí. El Gobierno británico se ha vuelto vulnerable. Si quiere saber mi opinión, la independencia de Kenia es cuestión de tiempo. —Mientras pronunciaba aquellas últimas palabras se detuvo y miró a John. Por un momento pareció que fuera a decir algo más, pero luego lo cogió del brazo—. Venga, tenemos que ir a casa. Es indispensable que pruebe un *gashatoo*.

32

Ngong, noviembre de 1926

DURANTE LOS MESES de verano, Tanne había tenido mucho tiempo para pensar en sus circunstancias, en Denys y en su relación. Aquella primera y amarga decepción se había transformado rápidamente en rabia, pero al final también esta se había debilitado. En cambio, tenía la sensación de haberse encontrado a sí misma. Se sentía fuerte y estable, y tal vez justo eso le permitía alegrarse del regreso de Denys de Inglaterra. Aun así, cuando una mañana oyó el ruido de un motor acercarse y vio minutos después el coche de Denys en el acceso a la casa, sintió de pronto que no estaba preparada. Los últimos meses habían pasado volando. Se había ocupado solo de sus asuntos y no había respondido a ninguna de las cartas de Denys, ni siquiera a la última, que había sido especialmente cariñosa y vehemente, y a la que él había adjuntado los bulbos. ¿Cómo iba a transcurrir su reencuentro tras todo lo sucedido?

En ese momento, Denys bajó del coche y corrió hacia el porche. Ella no envidiaba su situación. Se estaba metiendo en la boca del lobo sin saber de qué humor la encontraría. De repente la invadió una gran ternura. Seguía amándolo, incluso aunque no tuviera la intención de ponérselo demasiado fácil.

De hecho, la primera media hora del reencuentro transcurrió con una horrorosa lentitud, y Tanne se percató de que nunca antes había visto a Denys tan inseguro. La había abrazado con fuerza, pero con rigidez. Después se habían sentado juntos aferrados a sus vasos de whisky. Ella propuso dar un paseo hasta el estanque.

Andar les sentó bien y Tanne se alegró de caminar a su lado y no tener que mirarlo. Denys le rozaba de vez en cuando el brazo, pero sus manos no coincidían. Las nubes se iban acumulando en lo alto.

—Lleva toda la semana así —comentó ella—. Se forman unas nubes negras y piensas, ¡por fin ha llegado el momento! ¡Hoy lloverá! Pero más tarde vuelven a disiparse.

—Ya ha pasado la primera semana de noviembre. La estación breve de lluvias se retrasa —observó Denys.

Ante ellos apareció el estanque y se sentaron sobre el dique gracias al cual Thomas, el hermano de Tanne, había embalsado el agua. En la orilla de enfrente, deambulaban erguidas y con paso majestuoso unas grullas grises. Tanne amaba a aquellos elegantes animales con la cabeza negra, las mejillas blancas, el cuello rojo y una fina cofia de plumas amarillas en la cresta.

—Ahí están ellas, las malhechoras —advirtió—. Últimamente han vuelto a molestar mucho a los kikuyus. Cada vez que plantan maíz en los *shambas*, llegan las grullas y se lo llevan. —Se rio—. Pero los kikuyus se lo toman con tranquilidad porque las grullas representan un buen augurio. Anuncian la lluvia.

Como si hubiesen entendido sus palabras, un par de aves empezaron a saltar con las alas extendidas y otras las imitaron. Era como si no pesaran nada.

—Tania…, lo lamento —dijo Denys de repente.

Tanne calló unos minutos.

—¿Qué es exactamente lo que lamentas? —preguntó.

—Mi telegrama, mis palabras, mi comportamiento… Te debes de haber sentido muy abandonada.

—Pues sí. ¿Acaso te creías que me había quedado embarazada para que no te separases de mí? Yo estaba tan sorprendida como tú, créeme.

—Lo sé —dijo Denys—. Y merecía tu largo silencio. —Hizo una breve pausa. Luego planteó la pregunta que tenía en la punta de la lengua desde su llegada—. Ya no estás embarazada. ¿Qué ha pasado? ¿Estás bien?

—Tuve una hemorragia… Y fue muy pronto.

—¿Estás triste?

Tanne reflexionó y luego negó con la cabeza.

—No… Y a ti no vale la pena preguntártelo.

Denys calló avergonzado. Sabía que se había ganado el comentario, pero no podía actuar de otro modo. Esperó nervioso que Tanne añadiera alguna otra observación más en esa línea, pero ella solo dijo:

—Hay muchas personas en mi familia que solo florecen cuando viven para otros, como un marido o un hijo. Yo tuve mucho tiempo para reflexionar tras mi divorcio y, por muy sola que me sienta a veces en la granja, también me siento en armonía conmigo misma. Y solo cuando uno se pertenece a sí mismo, puede dar algo de sí a los demás. Ya no aspiro a nada más… tampoco en mi relación contigo.

Denys asintió con cautela.

—Me he preguntado con frecuencia qué es lo que nos une —dijo—. Percibo un gran entendimiento mutuo, somos dos almas en sintonía que se alegran de las mismas cosas.

—¿Conoces la expresión del escritor Aldous Huxley por el amor que sienten dos líneas paralelas la una por la otra? —preguntó Tanne.

Denys negó con la cabeza.

—Yo lo interpreto de esta manera: en una relación sentimental de este tipo uno no se convierte en parte del otro, no se deja absorber. La pareja no es la meta más elevada por la que se vive y en la que uno se diluye. A menudo pienso que nosotros somos esas líneas paralelas. Y la mayoría de las veces eso me hace feliz. Sin embargo… —rio un instante—, sin embargo, a veces siento el ardiente deseo de que esas líneas paralelas se crucen de vez en cuando.

Se interrumpió cuando una ráfaga de viento le llegó a la cara. En los últimos minutos su mirada había estado fija en el estanque. No se había dado cuenta del cambio en las nubes, que se habían oscurecido. Las grullas del otro lado de la superficie rizada de agua habían desaparecido y el paisaje parecía transformado, con perfiles más afilados, como si la tierra estuviese conteniendo la respiración, a la espera de que cayeran las gotas de la nueva lluvia.

Tanne se levantó de un salto.

—Tenemos que irnos.

En efecto, el aire se hacía cada vez más pesado. Apenas habían llegado al porche, cuando un murmullo se extendió por el bosque cercano y el viento cantó entre las hierbas y los matorrales. Se sentaron en las sillas de mimbre y contemplaron el remolino de polvo que se había levantado. Tanne lanzó una oración al cielo. ¿Llovería por fin? ¿Aquí y ahora?

Las primeras y pesadas gotas cayeron, y ella respiró hondo. Fue un alivio tal que apenas podía expresarse con palabras. Pocos minutos después retumbaba la cubierta del porche. Una auténtica tromba de agua caía ante sus ojos. Por un rato se quedaron como hechizados, sentados uno junto al otro.

—¿No crees que esas líneas de las que hablas se cruzan en momentos como este? —preguntó Denys.

Buscó en el bolsillo de su chaqueta y sacó un paquetito.

—El lema de mi familia siempre te ha gustado mucho —dijo con un atisbo de timidez—. He encargado un sello con esa frase.

Sin decir palabra, Tanne desprendió la cajita del envoltorio de papel de seda y la abrió. En medio del sello se leía con una delicada caligrafía: *Je responderay*. Era en francés antiguo y significaba: «Yo responderé». Miró a Denys. Era cierto que siempre había admirado el lema de su familia, pero sabía que esa no era la única razón del regalo. Lo que él quería decir con eso estaba claro. Nunca sería un esposo o un padre… Y ella tampoco lo quería. Pero él respondería cuando ella lo reclamara. Acudiría a su llamada.

Por encima de la pequeña mesa, él le tomó la mano y se la apretó. Ella contestó de igual modo.

33

Ngong,
finales de verano de 1927

KAMANTE ESPARCIÓ UN poco de perejil sobre la sopa y se la dio al camarero, que la llevó al comedor del Muthaiga Club. Se limpió las manos en un trapo. Ese día se había mantenido estrictamente fiel a la receta para que el chef no se enfadara.

Como ya era frecuente, Kamante había experimentado un poco el día anterior, pero ¡con toda la intención! Aunque el chef no se lo creía, ya que Kamante seguía viéndose obligado a hacer un esfuerzo para leer las recetas. Sin embargo, ya debería haber entendido que el joven no necesitaba recetas. Se sabía de memoria los ingredientes y el modo de preparación de todos los platos que había elaborado hasta entonces. Tras haber disfrutado del resultado de la receta modificada, el chef había permanecido en silencio. A Kamante le había molestado tal gesto. Ni siquiera había preguntado cuál era la variante que había introducido en la receta original, sino que había probado varias veces la sopa, sin olvidar fruncir el ceño, como siempre que intentaba distinguir los ingredientes por su sabor. Kamante opinaba que los blancos se complicaban la vida. Si bien tenían muchas cosas que simplificaban su existencia, como por ejemplo las cerillas, hacían más difíciles otras cosas que podían ser muy sencillas.

Miró a su alrededor en la cocina. El chef acababa de salir y su asistente le comunicó con una señal que iba a tomarse un pequeño descanso. Salvo por un cliente, esa tarde no había mucho trabajo en el comedor. Era probable que por la noche acudieran más comensales, pero Kamante tenía el resto de la jornada libre y también el día siguiente. Consultó el gran reloj situado encima de la puerta. Un cuarto de hora más y podría salir él también. Cogió un bloc y un lápiz de debajo del aparador. Mientras estuviera a solas podía practicar de nuevo. La noche anterior había escrito en el cuaderno en letras mayúsculas: «EXPERIMENTO».

Poco a poco repasó cada letra con el lápiz mientras las pronunciaba. Como eso ya lo había hecho varias veces, las letras eran gruesas y negras.

Kamante sabía que había desaprovechado un aprendizaje en la escuela que tal vez no habría sido tan inútil como él había supuesto en un principio. Pero en aquel entonces se aburría y se quedaba dormido en gran parte de las clases.

Pasó la página del cuaderno y escribió en mayúsculas: «WAMBOI». A esas alturas conocía bien las letras y no le costaba recordarlas. Kamante iba a repasar la W cuando oyó pasos en el pasillo. Escondió a toda prisa el cuaderno y el lápiz bajo el mostrador. Instantes después, el camarero empujó la puerta y se acercó sonriente a él. Kamante sospechó lo que venía a continuación y se tensó. No le gustaba que George le diera unos golpecitos en la espalda. Y eso fue justo lo que hizo.

—Como siempre, te felicitan, Kamante. El cliente quería saber quién ha preparado la sopa. Dice que nunca ha probado otra mejor.

—Hum —musitó Kamante desabrido. No obstante, el joven camarero sonrió antes de salir de nuevo. En ese mismo momento, entró el chef.

Kamante miró el reloj.

—Mister Fuller, ya es la hora.

—¿La hora de qué?

Kamante no respondió.

—Correcto, se ha acabado tu turno. —El chef miró inquisitivo a Kamante—. ¿Estás bien, chico? Antes no tenías tanta prisa por marcharte. Más bien al contrario.

El joven guardó silencio de nuevo.

—Está bien —suspiró el chef—. Vete. Y mañana tienes el día libre.

Kamante se quitó la gorra y la chaqueta blanca.

—Gracias, *buana* Fuller —dijo mientras se dirigía a la puerta.

—Espera.

Kamante se volvió nervioso.

—Has cocinado de maravilla, y ayer, por cierto, también. Cuando tengas menos prisa, me gustaría saber qué ingredientes especiales utilizaste.

Kamante lo miró sorprendido, asintió y salió. El cocinero lo siguió con la mirada sonriendo.

W-A-M-B-O-I... W-A-M-B-O-I. Kamante repitió varias veces la serie de letras mientras corría hacia su bicicleta. Si se daba prisa, podría estar en casa antes de la puesta de sol. No, no en casa, sino en su puesto cerca del *shamba* de Wamboi. La familia de ella no vivía lejos del lugar en el que él mismo se había albergado antes de mudarse a la granja de la *m'sabu* Blixen. Conocía a Wamboi desde la infancia, pero entonces él tenía las piernas enfermas y se mantenía apartado de los otros niños. Tampoco la había visto demasiado en los últimos años. Así fue hasta hacía un mes, y desde entonces todo había cambiado porque había reconocido que Wamboi era la mujer con quien iba a casarse. Lo había sabido enseguida, al verla por azar con sus hermanos pequeños junto al fuego. Y por su forma de mirarlo, había interpretado que a ella le sucedía algo similar.

Kamante presionó los pedales con fuerza. Ante él había diez kilómetros de carretera. Sin embargo, sudaba más debido a la concentración que al esfuerzo, pues tenía que encontrar una solución y no sabía cómo. El problema consistía en que el padre de Wamboi exigía para la boda de su hija un número de vacas y de cabras del que Kamante no disponía. Su familia le daría varios animales, pero no eran suficientes.

Como casi a diario, Kamante sopesó la posibilidad de pedir al padre de Wamboi una rebaja en la dote. Él había dejado de ser el joven de aspecto desagradable con las piernas enfermas. Ahora era un hombre, un hombre con experiencia en la vida, y con la profesión de cocinero. A lo mejor el padre de Wamboi accedía de buen grado a bajar el precio para tenerlo de yerno. Pero, como en cada ocasión en que se la planteaba, abandonó esa idea. No, no quería negociar ni regatear. Wamboi valía su precio. De algún modo conseguiría los animales que necesitaba. Tenía la aprobación de la muchacha y eso era lo más importante. Los dos estaban de acuerdo, el resto ya se solucionaría. ¿Le ayudaría la *m'sabu*?

—¿Tú TAMBIÉN? —PREGUNTÓ sorprendida Tanne.

Farah la miró sin entender.

—¿Quién más? —preguntó—. ¿Hay alguien más que quiere casarse?

—En efecto. Kamante me lo comunicó ayer. Su amada se llama Wamboi. —Tanne sonrió con picardía, pero Farah se puso serio.

—¿Puede pagar el precio de la mujer? —preguntó.

Tanne hizo una mueca.

—Todavía no, pero…

—Le ha pedido ayuda y usted ha dicho que sí, ¿verdad?

—Sí, claro que voy a ayudar a Kamante. Él y esa chica están de acuerdo y yo me alegro por ellos. —Arqueó sorprendida las cejas cuando miró dudosa a Farah—. ¿No tendrás ningún problema con respecto a este tema? —bromeó, pero Farah parecía hallarse extraordinariamente consternado.

—No, claro que puedo pagar el precio de mi novia —admitió al final, aunque era evidente que el problema no quedaba resuelto con ello.

—Farah —insistió Tanne impaciente—, dime qué ocurre, por favor.

Farah hizo un esfuerzo.

—Mi nueva esposa vive en Somalilandia, como la primera… La diferencia es que la primera quería quedarse allí después de nuestra boda. A la tercera, por el contrario, le gustaría venir aquí, a la granja. Igual que Fatima, mi segunda esposa.

—Pues claro —dijo Tanne—. ¿Por qué no iba a venir? ¿O tiene su segunda esposa algo en contra?

—No, no —contestó Farah—. Es algo distinto. Normalmente, el marido se muda después de la boda para convivir como mínimo seis meses con la familia de la nueva esposa. Así ambos habitan un hogar en pareja durante los primeros meses. Y así el esposo puede estar cerca de su esposa. —Hizo una significativa pausa.

—Oh —dijo Tanne cuando se percató del problema—. Es sin duda una costumbre bonita. Entiendo que quieras marcharte seis meses a Somalilandia y…

—No, no es necesario que sea así —la interrumpió Farah de nuevo—. Pero traer enseguida a mi esposa aquí, significaría que su

madre y sus hermanas la acompañarán y tendrán que vivir con nosotros al menos durante el primer semestre. El problema es que no
sé dónde alojarlas.

Tanne asintió. Por fin había entendido el problema. Y Farah tenía razón. El alojamiento era un obstáculo insalvable. Farah y su
segunda esposa, Fatima, no podían acoger a la nueva esposa y a su
familia. Reflexionó con cierta calma. ¿Qué otras posibilidades había? ¿Dejar que Farah se marchase seis meses a Somalilandia? Por
otra parte, ¿por qué no iban a venir los parientes de la nueva esposa a la granja?

—¿Sería de ayuda que construyéramos cerca de tu vivienda actual otra casa? —preguntó, sabiendo que los gastos serían importantes, pero quiso deshacerse por el momento de esa idea.

—Participaré en los costes —dijo Farah aliviado.

Tanne rio. Por lo visto la decisión ya se había tomado. Kamante
se casaba, Farah también y por tercera vez, y todo eso en la granja.
Sintió que la nueva situación de ambos la hacía feliz. Su familia crecía cada día.

34

Ngong, enero de 1928

Tanne había tomado una cena ligera y después se había sentado en un sillón junto a la chimenea con un libro en las manos. Le encantaba contemplar las llamas serpenteantes. Una y otra vez dejaba descansar la lectura sobre su regazo y disfrutaba de las chispas del fuego crepitante. De repente tuvo la inspiración para escribir un nuevo relato, y, sin embargo, se retuvo.

«Este es mi dilema —pensó—. Me gusta contar historias. Y si Denys o mi hermano Thomas estuvieran conmigo aquí, me pondría manos a la obra de inmediato. Pero levantarme, sentarme a la mesa y empezar a escribir sin un lector cercano no es suficiente estímulo para mí, en realidad.»

Pensó en que Farah, que se había casado en Somalilandia hacía unos días. Pronto se instalaría con su nueva esposa en la casa recién construida en las tierras de la granja. Esperaba que Denys consiguiera regresar de su safari antes de la fiesta de bienvenida.

Gran parte de los leños que ardían en la chimenea se habían consumido y Tanne dudó si añadir más o no, pero aquel calor tan agradable la había adormecido en el sillón. Los ojos se le cerraron sin que pudiese evitarlo y pronto empezó a soñar. Kamante y ella se encontraban en la cocina, pero también estaban presentes la madre y las hermanas de la nueva esposa de Farah. No había espacio suficiente para todos y, para más desgracia, estalló una acalorada discusión entre Kamante y la suegra somalí de Farah acerca de la comida del banquete, que se celebraría por la noche con motivo de la inauguración de la casa de Farah. Kamante propuso papilla de maíz y boniatos asados, lo que ofendió profundamente a la madre de la novia. Tanne intentó mediar en el conflicto, pero la situación se agravaba por momentos. De pronto, oyó una música que parecía proceder del exterior. Como presa de un hechizo, Tanne dejó el terreno a los gallos de pelea y salió de la cocina. El volumen de la música aumentaba, pero no se veía nada. Tanne fue de un lado a otro orientándose por las subidas y bajadas del tono de la melodía.

Cuando se preguntaba si llegaría a descubrir el origen de la canción, se despertó y… no pudo creer lo que veían sus ojos. El rostro de Denys estaba muy cerca, rozando el suyo. Acababa de darle un beso en la frente. En la chimenea ardía más leña y en el gramófono sonaba bajito un blues.

—Buenas noches, bella dama. Ya pensaba que no lograría despertarte. —Denys sonrió satisfecho.

—¿Tú? —Tanne se enderezó ligeramente y luego sonrió—. Te esperaba dentro de unos días como muy temprano.

—Hemos puesto fin al safari dos días antes de lo previsto y me he dado prisa en volver. Te echaba de menos. —Su rostro todavía estaba muy cerca y ella acarició con las dos manos sus mejillas sin afeitar.

—Pobrecito —se burló de él—. Ni siquiera has tenido tiempo de afeitarte.

—Lo ves… —Denys la besó. Después se irguió con rapidez y le tendió la mano—. ¿Está la dama lo bastante despierta como para bailar?

Tanne rio. Denys la cogió por la cintura. No bailaban siguiendo un patrón establecido. Se dejaban llevar por la música estrechamente enlazados y Tanne sintió el mismo hechizo que había experimentado en el sueño. Era como si la casa fuese una isla cálida y llena de música en medio del mar oscuro de la noche africana, y se sentía feliz de poder compartir esos gratos momentos con Denys. Cuando la canción se terminó, él se detuvo.

—¿Otra más? —preguntó, pero Tanne negó con la cabeza y se subió a los pies de él—. Me temo que estoy cansada —dijo.

Denys se sorprendió un momento, pero cuando advirtió la sonrisa maliciosa de ella, rio con dulzura.

—Entonces tendré que llevarte a la cama —susurró, besándola. Sin soltarla, se encaminó poco a poco hacia el dormitorio.

Abdullahi no había podido viajar a Somalilandia para acudir a la boda de su hermano, ya que el trayecto desde Mombasa era muy largo y tenía que hacer un examen importante en la escuela. Pero ahora había vuelto a la granja. El día anterior, su hermano lo había recogido en la estación de Nairobi. Farah quería celebrar con una cena generosa la inauguración de la casa recién construida de su tercera esposa, que también se llamaba Fatima. Kamante no era el único que había estado cocinando todo el día, también la madre y las hermanas de la nueva novia llevaban días ocupadas en la cocina. Los olores de los platos somalíes, durante mucho tiempo relegados al olvido, le habían recordado a Abdullahi su infancia, antes de que se mudara a Kenia con su hermano.

Cuando anocheció, ayudó a Farah a encender las antorchas, que formaban un gran círculo ante la nueva casa y que rodeaban también la mesa del banquete. *Buana* Finch Hatton ya había probado los platos mientras ayudaba a las mujeres a colocar las viandas sobre la larga mesa, pero, salvo Abdullahi, nadie parecía haberse percatado de su curiosidad gastronómica. *Buana* Finch Hatton se había limitado a lanzarle un guiño de complicidad cuando reparó en que el chico lo había pillado en su travesura.

La comida había sido espléndida. Abdullahi se había servido sin medida, aunque se avergonzaba un poco. Era el único en toda la mesa a quien se le notaba lo mucho que disfrutaba comiendo. Los platos de la escuela eran buenos y con el dinero para sus gastos se compraba golosinas, además de libros; aunque no estaban ni de lejos tan ricas como los postres que preparaba Kamante, de los que había varias muestras esa noche.

Ninguno de los adultos se había levantado después del banquete para recoger, ni una sola vez. Todos reían y hablaban, y el mismo Abdullahi ignoraba por qué no participaba en las conversaciones.

Al final cogió un *éclair* de chocolate y se levantó. Se fue hacia la casa de la granja y enseguida supo en dónde quería estar. Se sentó ante la muela de molino de la *memsahib* Blixen y contempló de lejos el círculo de las antorchas desde cuyo centro salían las voces y risas que se oían. Dejó el *éclair* de chocolate en la mesa, delante de él.

—¿Qué haces aquí tan solo? —resonó una voz detrás de él. Abdullahi se dio media vuelta. Era Kamante, que en los últimos años por fin había crecido, aunque su cuerpo seguía siendo tan delgado y larguirucho como siempre.

—Buscaba un poco de tranquilidad —respondió Abdullahi, volviendo la vista hacia delante de nuevo. Sabía que parecía antipático, a pesar de que, en realidad, no pretendía serlo en absoluto.

—Yo también —dijo Kamante, sentándose a su lado, indiferente a las lacónicas palabras de Abdullahi.

—¿Te gustan? —preguntó señalando con la cabeza el *éclair* tras permanecer en silencio un minuto.

—¡Mucho! —contestó Abdullahi con un entusiasmo inusitado. Los dos se rieron y Abdullahi se sintió mejor.

—¿Por qué has dormido en la casa de la *m'sabu* Blixen? —preguntó Kamante.

Abdullahi se encogió de hombros.

—Nuestras tradiciones no permiten que los hermanos menores convivan bajo un mismo techo con las esposas del hermano mayor.

Kamante no comentó nada y Abdullahi añadió:

—En el caso de que Farah muriese joven, podría casarme con una de ellas… Por eso se impide el contacto de los hermanos menores con las esposas de los mayores.

—Hum. —Kamante se limitó a asentir.

—Yo también voy a casarme pronto —anunció a continuación.

—¿Tú? —Abdullahi volvió hacia él la cabeza.

—Sí, yo. —En la frente de Kamante se formó la bien conocida arruga—. ¿Por qué? ¿Tan improbable lo ves?

—No, no —replicó Abdullahi—. Te felicito.

—Se llama Wamboi —dijo Kamante contento—. La *m'sabu* Blixen me ayudará a pagar el precio de la novia.

Ambos contemplaron de nuevo en silencio las antorchas ardientes.

—¿Vendrás? —preguntó Kamante de golpe.

Abdullahi lo miró sorprendido.

—A mi casamiento —añadió Kamante—. Me gustaría.

Abdullahi sonrió.

—Con mucho gusto. Será un placer.

Los ojos de Kamante brillaron.

—¡Será una fiesta maravillosa! —exclamó.

Abdullahi rio.

—Seguro que sí.

35

Ngong, abril de 1928

—*How lovely!*

La esposa de lord Islington se quedó junto a los arriates de flores que rodeaban la casa de Tanne. Había empezado la estación de las grandes lluvias y, aunque de nuevo habían sido menos abundantes de lo esperado, el césped estaba verde y las flores brillaban con todo su colorido junto a la casa.

—*My dear*, vayamos al porche. Tengo calor —dijo su marido, cogiéndola del brazo. Detrás de ellos iba su hija Joan, la esposa del actual gobernador de Kenia, Edward Grigg.

Tanne saludó a sus invitados. Distribuidos en varias mesitas había té y pastas.

—*How lovely!* —exclamó de nuevo la esposa de lord Islington, dando un beso a Tanne en cada mejilla.

—Mi madre insiste en ver después sus maravillosas flores —dijo sonriendo lady Grigg—. Algo así pocas veces se encuentra en Nairobi.

Lord Islington ya se había acomodado, se había quitado el sombrero y se había peinado hacia atrás su cabello blanco. Tanne lo conocía como un hombre de buen corazón que sabía apreciar la belleza, pero que, por otra parte, era el representante de una opinión política clara, con peso en Inglaterra. Unos años antes había sido gobernador de la colonia inglesa en Nueva Zelanda y también había desempeñado una función importante en la administración colonial de la India. Estaba considerado como una persona que abogaba por los derechos de los nativos, y Tanne estaba contenta de que lady Grigg hubiese aprovechado la visita que le hacían sus padres como una ocasión para ir a visitarla a su casa.

—¿Qué tal va la granja? —preguntó interesado lord Islington. Tanne rio.

—Siempre igual. Avanzo haciendo acrobacias de una cosecha mediocre a otra, y así me mantengo a flote. A veces me despierto por las mañanas y no me puedo creer que todavía no me hayan embargado la colcha de la cama.

—¡Por el amor de Dios, no nos haga hablar de problemas cotidianos! —exclamó lady Grigg—. Tengo una noticia con que distraerla. ¿Ya lo ha oído? En otoño nos visitará el príncipe de la Corona. También se hospedará en nuestra casa en Nairobi. Será solo durante unas semanas… Sin embargo, no tengo ni idea de cómo organizarlo todo. ¡Se celebrarán comidas y cenas oficiales, y no sé cuántas reuniones más!

—Ya lo conseguirás, *my dear* —dijo lord Islington con sequedad antes de que Tanne tuviera oportunidad de comentar la noticia—. Ahora estamos de visita. No distraigas a nuestra anfitriona de lo esencial.

—Eres incorregible, papá —se lamentó lady Grigg y se volvió de nuevo hacia Tanne—. Por supuesto, está usted invitada.

—¿No quiere enseñarnos su jardín de flores? —pidió a Tanne una vez hubieron almorzado.

—Por supuesto —respondió Tanne, pero lord Islington la interrumpió.

—Mi hija puede acompañar a mi estimada esposa, ¿qué opina? —Colocó la mano sobre el brazo de Tanne—. Me gustaría conversar unos minutos con nuestra baronesa —anunció, volviéndose a su hija.

Cuando lady Grigg y su madre se fueron, lord Islington se arrellanó en el sillón de mimbre.

—Ayer comí con mi yerno en el Muthaiga Club y conocí allí a lord Delamere, una persona realmente intransigente en lo que se refiere a los derechos de los indios y africanos de Kenia. Para él,

Kenia es simplemente un «país blanco». Incluso mi propio yerno opina que los africanos no están capacitados para formar parte del Gobierno.

—Es lo que piensa aquí la mayoría —admitió Tanne—. Y lord Delamere es su indiscutido mascarón de proa.

—No el suyo, creo entender.

Tanne rio divertida.

—No, seguro que no, y no es ningún secreto. ¿Sabe?, lord Delamere es una personalidad compleja, con muchas partes buenas, y yo me aferro a las que me gustan. Pretender que cambie sus convicciones políticas es inútil.

—Hum —musitó lord Islington—. Los indios y africanos de Kenia no tienen derecho todavía a adquirir tierras. Yo pienso que ese es el eje alrededor del cual girará la lucha decisiva entre los distintos partidos en el futuro. Nuestra oficina de Origen Policy en Londres está del lado de los africanos.

—Sí. —Tanne asintió despacio—. Aunque aquí en Kenia la buena voluntad de la Foreign Office es puramente teórica. El panorama final es el siguiente: los blancos llegaron un día y se apropiaron de las tierras, así de simple. Han dictado leyes que son incomprensibles para los africanos; limitan sus tradiciones o las prohíben por completo, y además los obligan a pagar impuestos. Se mire por donde se mire, los blancos llevan las riendas en este país.

—Parece entonces una situación definitiva. —Lord Islington esbozó una sonrisa triste.

—No hago más que describirle las circunstancias actuales —contestó Tanne—. Y si todo va como quieren Delamere y la mayoría, así seguirá en el futuro. Yo, por el contrario, veo la situación presente como una especie de instantánea, pues no me cabe la menor duda de que el país pertenece, en realidad, a los nativos. Y precisamente esto es lo que pone tan nerviosos y agresivos a la mayoría de los colonos.

—¿A qué se refiere? —preguntó con interés lord Islington.

—En fin, por una parte está, por descontado, el hecho puramente legal de que nosotros somos aquí unos auténticos intrusos… y no me excluyo. Por desgracia, desde que resido aquí he advertido hasta qué punto lo somos.

—¿Y por otra parte? —quiso saber lord Islington.

Tanne juntó pensativa las puntas de los dedos de ambas manos.

—Es difícil describirlo con palabras —dijo—. Pero se da aquí una unión perfecta de las personas con la tierra, con los paisajes. Con todo, ¿entiende a qué me refiero? Son similares en su naturaleza. La amplitud, la apertura de los paisajes se encuentra también en los seres humanos, al igual que su disciplina, su silencio.

—Es bien posible que esto suceda con todas las personas —siguió lord Islington los razonamientos de Tanne—. Las personas se adaptan a su entorno, se vuelven uno con él, al igual que el entorno se adapta a ellos.

—Es cierto —admitió Tanne—. Aunque este país no ofrece facilidades para adaptarse. Lo exige todo de los individuos, pero sobre todo pide aceptación. Eso es lo que nosotros, los europeos y estadounidenses, no queremos comprender. Queremos la lluvia tal como explica el fenómeno el libro de geografía, y si no llega o no llueve lo suficiente, nos enfadamos como niños que no han conseguido su piruleta. —Se complació con su propia ironía—. Créame, sé de lo que estoy hablando.

Lord Islington rio.

—¿Y los nativos son distintos en eso?

—Sí —contestó Tanne con determinación—. Creo que los divertimos con nuestra necesidad de control y con nuestras continuas quejas. Pero sobre todo con nuestro ruido y nuestro ajetreo. Ellos son gente tranquila, que viven en íntegra armonía con su entorno, y que se adaptan a todas las circunstancias. Nada puede agotarlos, nada los aparta de su certeza interior. Nosotros los blancos, por el contrario, no podemos andar ni diez metros sin hablar alto, quejarnos y aplastar cuanto sea posible a nuestro paso.

Lord Islington volvió a reír, pero en ese momento regresaron su hija y su esposa. El rostro de lady Grigg se veía enrojecido por el sol, mientras el pequeño sombrero de su madre no se había movido un ápice.

—Lady Grigg —dijo Tanne complacida—, he mantenido una maravillosa conversación con su padre y, ¿sabe qué? Me ha dado una idea. Estoy impaciente por conocer al príncipe de la Corona Británica. Hay tantas cosas que quiero explicarle…

—¿Explicarle? —preguntó asombrada lady Grigg.

—Oh, sí, nuestra baronesa se explica muy bien —intervino lord Islington—. Estoy seguro de que el príncipe de Gales sacará buen provecho de ello. Y espero que no solo él.

—*My dear* —terció su esposa—. Y ahora ya basta de hablar de política, ¿de acuerdo?

—Por supuesto, cariño. —Lord Islington le tendió la mano y ella la tomó y la presionó.

Tanne les sirvió té, pero su mente ya estaba ocupada con la visita del sucesor al trono inglés. ¿Encontraría la oportunidad de hablar tranquilamente con él en medio de las celebraciones? Frente a lord Islington solo lo había mencionado de broma, pero era cierto que había en la colonia varios problemas no resueltos sobre los que le gustaría advertir al príncipe.

36

Ngong, verano de 1928

Los meses de verano entre junio y septiembre fueron los más secos de Kenia. Y también los más fríos, a juicio de los kikuyus, aunque se alcanzaran los treinta grados de temperatura. Tanne sabía que la ceremonia de casamiento de Kamante sería agotadora. Lástima que Denys no pudiera participar en ella. Como cada año, pasaba el verano en Inglaterra.

Se oían voces en el porche. Debían de ser Kamante y sus hermanos mayores. Entre los kikuyus era costumbre que el día de la boda los padres y otros parientes varones cercanos visitaran con el novio el *shamba* de la novia para pagar el precio de esta y así celebrar a continuación el casamiento. Que Kamante hubiese invitado a Tanne y Abdullahi era todo un honor.

Delante de su dormitorio sonaron unos pasos. Se arregló un par de mechones rebeldes de cabello frente al espejo y se levantó de la silla frente al tocador. El bonito vestido que había comprado en su última visita a Copenhague y que había lucido en escasas ocasiones desde entonces estaría sin duda polvoriento, pero no podía presentarse a la ceremonia con sus pantalones caqui.

Llamaron a la puerta.

—¡Ya voy! —gritó Tanne. Salió con Abdullahi al porche. También él se había arreglado con esmero. Llevaba el turbante de seda que su hermano le había regalado antes de partir a Mombasa.

En el porche se encontraba Kamante con dos hermanos mayores que él, y otros dos ya esperaban con los animales en pago por la novia cerca de la aldea de Wamboi. Kamante llevaba una túnica de tela marrón que había sido confeccionada especialmente para que hiciera juego con el traje también marrón que llevaría la futura esposa.

Puesto que la familia del joven debía llegar a la casa de la novia al mediodía, Tanne se alegró de que el camino al *shamba* de Wamboi transcurriera por el bosque. Allí, aunque debía de tener cuidado con no rasgarse el vestido, al menos había sombra.

En el rostro tenso de Kamante se advertía que estaba muy nervioso. Por fin apareció el *shamba*. Constaba de unas veinte chozas redondas, construidas con palos de madera y cubiertas con hierba y hojas de palma. El pequeño asentamiento estaba rodeado de una barrera baja de arbustos espinosos. En el otro extremo se veía una superficie de hierba cercada en donde los kikuyus dejaban sus animales por las noches. Unos maizales flanqueaban el *shamba* y de varios lugares entre las chozas ascendían columnas de humo. Olía a carne.

Kamante se detuvo delante de una puerta baja de ramas trenzadas. Miró en ese momento a Tanne y Abdullahi.

—Esta puerta está cerrada —explicó—. Es señal de que tenemos que pedir cantando que nos dejen entrar.

Tanne asintió sonriente. En los últimos días, Kamante le había explicado al menos diez veces el proceso. Que lo hiciera otra vez allí era a causa de los nervios. Kamante dudó un momento más, como si tuviera que insuflarse ánimos, y luego empezó a cantar. Sus hermanos unieron sus voces a la suya. Muy pronto, sonaron entre las chozas otras voces femeninas que acompañaban la melodía y Tanne distinguió a Wamboi, a quien había visto varias veces en los últimos meses, rodeada de otras muchachas que debían de pertenecer a su familia. Cantando y bailando se acercaron a la puerta, sus collares de abalorios, los brazaletes y las ajorcas brillaban al sol. Wamboi, una joven que era bastante más fuerte que su futuro marido, sonreía de oreja a oreja. Los jóvenes varones siguieron cantando hasta que las muchachas se detuvieron justo delante de la puerta. Aunque Tanne no conocía la melodía, se percató de que Kamante se equivocaba de vez en cuando mientras cantaba. En ocasiones, sus hermanos se miraban entre sí.

Finalmente, las muchachas abrieron la puerta y condujeron a Kamante y a su familia, a la cual también pertenecían en ese momento Tanne y Abdullahi, a una de las chozas. Unos niños más pequeños caminaban a los lados de la pequeña comitiva. Algunos señalaban a Abdullahi y reían complacidos. Al parecer, nunca habían visto un turbante. Abdullahi caminaba muy tieso y fingía no percatarse de nada. Un par de muchachas espantaron por fin a los pequeños, que se alejaron con desgana.

Delante de la choza de los padres de la novia se había construido un pabellón. Kamante caminaba cada vez más lento, hasta que uno de los hermanos le dio un suave empujoncito en la espalda.

El saludo de las dos familias fue serio y ceremonioso. Luego la madre, las hermanas y las primas de Wamboi la rodearon y se la llevaron. No debía estar presente durante los pasos que iban a seguir. Cuando la novia quedó fuera del alcance de la vista, Kamante se volvió hacia el padre de Wamboi. Se expresaba en kikyu, un idioma que Tanne no entendía, pero nunca lo había oído hablar tanto tiempo seguido. Al principio, las palabras surgían con demasiada rapidez, pero, cuanto más hablaba, más seguro se sentía. Tanne sabía que Kamante reafirmaba su deseo de tomar a Wamboi como esposa. A continuación, le contestó el padre de la novia, y Tanne supuso que se trataba del asunto de los animales. Cuando terminó, Kamante se dirigió a uno de sus hermanos y le tendió la mano. Este le acercó una larga rama que había portado. Kamante fue a la choza de su futura mujer y la clavó en la apelmazada tierra roja. «La señal de que Wamboi ya no es soltera», pensó Tanne.

Kamante volvió con sus hermanos y sostuvo una breve conversación con ellos. Luego los tres condujeron a los padres de la novia fuera de la aldea, donde los otros dos hermanos esperaban con las vacas y las ovejas. Una anciana kikuyu, que también debía de ser pariente del novio, llevó a Tanne y Abdullahi al pabellón y les pidió que se sentaran. El olor a comida y carne asada se iba haciendo más intenso. Los kikuyus solían alimentarse de forma muy austera y en sus comidas el maíz desempeñaba la función más importante, pero Kamante le había explicado a Tanne que ese día habría un gran banquete. No, no habría ningún plato occidental, y él no iba a cocinar. Lo harían las parientes femeninas de Wamboi, mientras sus hermanos y primos asaban la carne.

Pasado un tiempo que a Tanne le pareció larguísimo, Kamante y los otros regresaron. El padre de la novia parecía satisfecho y Kamante aliviado. De nuevo los padres de Wamboi saludaron a Tanne en el pabellón. Entonces la madre de la novia lanzó un grito. Era una doble señal. Las chicas sabían ahora que podían traer de vuelta a Wamboi. Y al mismo tiempo significaba que empezaba la parte festiva.

Wamboi apareció radiante rodeada de las parientes de su misma edad. En el rostro de Kamante apareció una sonrisa, pero no consiguió sostener la mirada de su novia delante de todos los espectadores. Intimidado, apartó la vista.

En ese momento, la madre de Wamboi invitó a todos a ir a la mesa donde estaba preparada la comida. Tres jóvenes asaban una cabra girándola sobre una hoguera. Era el último paso de la ceremonia. Tanne, Abdullahi, los hermanos de Kamante, así como los numerosos parientes de la futura esposa, contemplaron a la pareja, que se acercaba junta a la cabra. Uno de los hombres le tendió un cuchillo a Kamante y un plato a Wamboi. Los dos se miraron y Tanne confirmó complacida que su introvertido Kamante parecía todo lo enamorado que podía estar un hombre joven.

Kamante cortó un trozo de carne de la cabra asada, que depositó en el plato de Wamboi. De ese modo, su pacto quedaba sellado. Ambos volvieron a mirarse. Ahora también Wamboi estaba seria. Despacio, uno al lado del otro, se dirigieron a una mesa cercana. Entre los presentes se alzó un fuerte grito de júbilo que duró hasta que Kamante colocó el plato sobre la mesa y se volvió con Wamboi hacia los presentes. De nuevo apareció una sonrisa en su rostro, que en esa ocasión no se disolvió.

Tanne notó que los ojos se le llenaban de lágrimas. Sin querer, volvió a ver ante sus ojos a aquel niño tan delgado y pequeño que casi parecía raquítico, sentado entre sus cabras en el pastizal, inmóvil e introvertido, con las piernas llenas de úlceras sanguinolentas que él parecía haber aceptado como una lacra personal y ni siquiera cuestionaba. A pesar de esa infeliz convicción, había aparecido puntualmente en su casa al día siguiente para que lo examinase.

Desde entonces se habían sucedido muchos acontecimientos. Tanne estaba orgullosa de él. Se secó los ojos rápidamente, mientras el padre de la novia se adelantaba y hablaba a los invitados. Los miembros de la familia de Wamboi lo respaldaban alegres. Tanne sintió que le tocaban el brazo. Era la madre de Wamboi. No hablaba suajili, pero su gesto era inequívoco. Había llegado el momento de la comida. La fiesta podía empezar.

37

—Puede estar usted tranquilo, su hijo está bien. Los latidos son fuertes y regulares —dijo el doctor Sorabjee al futuro padre. El médico indio, que había llegado a la granja procedente del hospital de Nairobi, era de tan baja estatura que apenas le llegaba a Farah al hombro.

—¿Y mi esposa? Vuelve a tener dolores.

—Mister Aden, su esposa está embarazada. —El doctor Sorabjee se permitió una sonrisa, pero Farah no se percató de la leve ironía. Dirigió la vista a su tercera mujer, que yacía bocarriba respirando pesadamente, luego miró a Tanne.

—Farah, ya has oído lo que ha dicho el doctor Sorabjee —intentó tranquilizarlo Tanne—. Fatima necesita tranquilidad. Tu nerviosismo le provoca miedo. —El doctor Sorabjee confirmó sus palabras y luego se despidió.

—Ven conmigo afuera. Bebamos juntos un té —propuso Tanne a Farah. Entretanto, la madre de Fatima, su hermana y la segunda esposa de Farah habían entrado en la habitación y se habían instalado a los pies de la cama.

Farah asintió, pero al llegar a la puerta se volvió, se arrodilló junto a la cama de Fatima y le cogió la mano. Le habló con voz suave y tranquilizadora, hasta que una sonrisa apareció en el rostro de la mujer, que se relajó.

A continuación, se levantó y salió con Tanne del cuarto.

Los DÍAS QUE siguieron transcurrieron de igual forma. Fatima sufría contracciones, pero el niño todavía no quería salir. Los nervios de Farah pendían de un hilo de seda. Incluso los niños kikuyus imitaban sus absurdas idas y venidas sin que él se diese cuenta. Entonces llegaron las contracciones en intervalos cada vez más cortos.

—Hemos de tener agua caliente preparada —indicó Tanne a Farah cuando fue a echar otro vistazo a Fatima ya entrada la tarde—. ¿Cómo estás? —preguntó a Fatima mientras le pasaba un paño frío por la cara cubierta de sudor, pero la mujer solo movió la cabeza. «Está agotada», pensó Tanne inquieta. Ojalá el niño nazca pronto… y ojalá vaya todo bien. Acarició el brazo de la joven y se levantó.

—Voy a dormir un par de horas —comunicó a Farah—. Despiértame ante la menor incidencia, ¿de acuerdo?

Farah se limitó a asentir. Tenía los ojos desorbitados de preocupación.

Tanne dejó la casa cuya inauguración habían celebrado en enero. Ahora iba a nacer allí un niño. Pensó en Fatima, que era delicada, de miembros finos. Esperaba que su delgadez no le impidiera dar a luz sin dificultades. Aunque se lo ocultaba a Farah, también ella estaba intranquila. Mientras se dirigía a su casa de vuelta, oyó voces a su espalda. La madre y las hermanas de Fatima habían echado de la casa al inquieto marido.

LA NOCHE DE Tanne fue tan corta como se había temido. El sol todavía no había salido cuando Farah la despertó.

—*Memsahib*… —susurró angustiado y la sacudió un poco por el hombro. Tanne se sobresaltó.

—¿Fatima? —preguntó de inmediato.

Farah asintió con vehemencia.

—Voy. —Se puso a toda prisa los pantalones y un jersey y lo siguió a paso ligero.

—La madre de Fatima ha asistido a muchos nacimientos —dijo jadeante Farah—. Pero esta vez está preocupada, lo veo con claridad, aunque siempre me echa.

Cuando Tanne entró en la habitación de Fatima, la joven gemía fuerte e intensamente. Farah tenía razón, la madre de Fatima estaba preocupada. Era evidente que la joven tenía muchos dolores, pero el niño se hacía esperar.

Tanne se acercó a la cama y presionó la mano de Fatima.

—Todo irá bien. Voy al hospital de Nairobi a buscar al doctor Sorabjee —anunció.

—Doctor Sorabjee —repitió Fatima en un susurro. No se distinguía si eso significaba que estaba de acuerdo o no. Tanne se marchó apresurada.

Unas nubes de polvo se iban formando por la apisonada tierra roja de laterita cuando Tanne emprendió el trayecto a Nairobi en su coche. Tenía sus pensamientos puestos en el inminente nacimiento. Su viejo automóvil cayó varias veces en baches y surcos profundos y endurecidos causados por la última estación de lluvias. Cubierta de polvo y con el cabello revuelto, entró en el hospital y preguntó por el doctor Sorabjee.

—Estaba aquí —le comunicó una joven enfermera—. Pero ha tenido que salir para atender una urgencia. Por desgracia no puedo decirle a dónde ha ido.

—¿Cómo? —preguntó espantada Tanne. Le contó cuál era su problema.

—Lo siento, no podemos prescindir de ningún otro médico —señaló la enfermera afligida—. Pero seguro que el doctor Sorabjee vuelve enseguida. —Dicho esto, dejo sola a Tanne en el pasillo. Los minutos iban pasando. Tanne se sentaba, se levantaba, volvía a sentarse como si fuera conducida por un mecanismo. «Si el otro caso es de veras una urgencia, se demorará», pensó desesperada.

Después de haber pasado una hora en el pasillo del hospital, decidió volver a casa. Si el doctor no volvía, quería al menos ayudar en lo posible. Indicó a la joven que informara al doctor Sorabjee cuando este regresara y se fue.

«No he conseguido nada», pensó frustrada cuando bajó del coche al llegar a la granja y salió corriendo hacia la casa de Fatima. Al llegar a la entrada escuchó un largo chillido de la joven.

—¡Por el amor de Dios! —Tanne se quedó petrificada, pero un instante después reinó el silencio y de repente se alzó el llanto gutural de un recién nacido.

Tanne abrió la puerta y entró. Por los pelos no chocó con Farah, quien se precipitaba también dentro del dormitorio de su esposa. Ya en el interior, vieron a la madre de Fatima, que sostenía al bebé en brazos.. Lo secaba con cuidado mientras no cesaba de gritar.

Farah se arrodilló ante la cama. Su esposa lo miró. Estaba agotada, pero esbozaba una sonrisa. Él le besó la mano.

De repente se oyó una voz masculina desde el umbral.

—Vaya, por lo visto me he perdido algo.

Era el doctor Sorabjee.

—Cuando volví al hospital, acababa usted de irse —le dijo a Tanne—. Enseguida me he subido al coche. —Se acercó a la madre de Fatima y al bebé—. ¿Me permite? —Examinó al niñito y asintió satisfecho. La madre de Fatima colocó al pequeño en brazos de su hija.

—Un hijo —susurró Farah. Sin decir palabra, miraba de manera alternativa a su esposa y a su hijo. El niño había dejado de llorar.

—Un hijito sano y, en mi opinión, con mucho peso —observó sonriente el doctor Sorabjee—. ¿Cómo piensa llamarlo?

—¿Cómo dice? —Farah necesitó unos minutos para comprender la pregunta. Luego se puso en pie con solemnidad—. Llevará por nombre Ahamed Farah Aden. —Sus ojos brillaban de felicidad.

—Pero lo llamaremos Saufe —añadió Fatima sin apartar la vista de su bebé.

Tanne se había sentado a su lado y miraba la cara del niño.

—Bienvenido a la vida —dijo sonriendo—. Estamos muy contentos de tenerte entre nosotros.

Pese a que el suajili de Fatima todavía no era muy bueno, pareció haber entendido a Tanne. Felices y ya tranquilas, las dos mujeres se miraron. Entonces, Fatima dijo algo en somalí. Tanne movió la cabeza sin comprender.

Fatima rio complacida. Parecía haber superado bien el esfuerzo. Levantó al pequeño Saufe y se lo dio a Tanne. Esta no dudó ni un segundo. Cogió con cuidado al bebé en brazos.

—Gracias —dijo—. Gracias a todos.

HABÍAN PASADO QUINCE días desde el nacimiento del pequeño Saufe, pero en ese tiempo habían ocurrido muchas cosas. Denys había vuelto de Inglaterra y enseguida se había volcado en los preparativos del safari. Esa vez su cliente no sería otro que el sucesor al trono de Inglaterra, cuya visita había alterado a toda Kenia. En Nairobi, el gobernador Grigg y su esposa habían planeado una serie de actividades y celebraciones, y esa noche el príncipe en persona había invitado a cenar en el restaurante de su tren privado a Tanne, Denys y muchas personalidades más.

No volvieron a la granja hasta primera hora de la mañana. Sin embargo, no estaban cansados. Tanne se dirigió nerviosa a la sala de estar, abrió la puerta del porche, la volvió a cerrar y se sentó a la mesa. Denys entró tras ella en la habitación, lanzó el sombrero a un extremo del sofá y se sentó en el otro.

—¿Y ahora qué hago? —planteó Tanne enojada—. El príncipe se autoinvita a cenar en mi casa y… quiere ver una *ngoma*… ¡Y todo esto el viernes! ¡Dentro de solo dos días!

—Es solo una cena —le señaló Denys por enésima vez—. Y estoy seguro de que tú y Kamante serviréis al sucesor al trono una comida mucho mejor que la que nos han ofrecido hoy.

Tanne hizo caso omiso del cumplido.

—La cena no me preocupa en absoluto, pero ¿qué pasa con la *ngoma*? Los kikuyus no ejecutan sus danzas a la ligera. No de cualquier modo ni cualquier día. Son danzas rituales que se realizan después de la cosecha del maíz, con la luna llena. Me temo que tendré que decirle al príncipe que no va a ser posible disfrutar de la *ngoma*.

—Ejem, ejem. —Alguien carraspeó a la espalda de Tanne. Después de dudar un momento supo que no se trataba de Denys. Se dio la vuelta.

—¡Oh, Farah! ¿Todavía estás aquí? Pero si ya te había dicho que no nos esperases.

—Por lo visto, es mejor así —respondió Farah lacónico—. No puede negarle un deseo a su jefe.

—Pero…

—Mañana mismo saldré y hablaré con los jefes kikuyus… con Kinanjui y Kioi. Les pediré que envíen aquí a sus muchachos y muchachas para bailar. A fin de cuentas, se trata de su honor.

—Oh, Farah —suspiró Tanne—. ¿De verdad quieres intentarlo? No sé cómo agradecértelo.

—Pero no le puedo prometer nada —contestó Farah, atenuando un poco sus ilusiones.

—Si no funciona, solo necesitaremos más vino y cigarros —bromeó Denys desde el sofá—. Y en eso, yo soy un especialista.

Tanne asintió agradecida.

—Entonces, solo me queda preparar una comida excelente —dijo—. Bien, y ahora vayamos a la cama. Mañana nos espera mucho trabajo.

En realidad, no era fácil reunir en un plazo tan breve todo lo que necesitaban para atender a su invitado. En Nairobi, Tanne tuvo que ir de tienda en tienda hasta dar con los productos que buscaba. A Denys le ocurrió lo mismo respecto al safari especial.

—Quiero que el príncipe pase aquí una velada maravillosa y espero que también pueda ver una fantástica danza ritual —le dijo a Denys cuando regresaron a la granja después de hacer las compras—. Porque tengo un plan. Si todo va bien, no dudaré en invitar al príncipe Eduardo otra vez después de la comida. Pero en esa ocasión, con la excusa de que conozca a las personas que han bailado la noche antes para él.

—¿Cuál es tu plan? —preguntó Denys sorprendido.

—Lo llevaré a las aldeas kikuyus y le enseñaré cómo viven sus llamados súbditos africanos. Me gustaría conversar con él sobre un buen número de asuntos importantes.

—No te hagas demasiadas ilusiones —dijo Denys—. Solo es el príncipe de la Corona, y la política real se hace en el Parlamento inglés.

—Lo sé —respondió Tanne irritada—. Pero un día, y quizá pronto, será el rey inglés. Y no puedo creer que su palabra y su opinión no tengan ningún peso entre los políticos de su país.

—Vale la pena intentarlo —admitió Denys—. Además, el príncipe Eduardo parece un hombre abierto. Por lo que yo sé, ha visitado los barrios pobres de Inglaterra para hacerse una idea propia de la situación en que se hallan los desfavorecidos.

—Exacto —dijo Tanne con determinación—. Esta es la oportunidad.

LAS DOS JORNADAS restantes se pasaron volando entre las adquisi- ciones y la elaboración de un menú. Habría caldo y después roda- ballo, jamón cocido, perdices rellenas, pasta, pasteles y frutas. Se trataba de un auténtico ágape, cuya preparación apenas dejaba tiempo a Tanne para enumerar las injusticias que pretendía descri- birle al príncipe. Por eso, incluso mientras cocinaba con Kamante, iba tomando notas.

—¿Estás cambiando mis recetas? —preguntó Kamante molesto cuando la vio escribir otra vez más.

—Mira quién pregunta —contestó ella divertida. Pero, como siempre, Kamante, no advirtió su broma.

—El caldo con médula ya está listo —fue todo lo que dijo—. Lo he preparado justo como le gusta al *buana* Denys.

—Yo ahora me ocupo del rodaballo que Denys ha hecho enviar especialmente de Mombasa —dijo Tanne mientras cortaba la cebo- lla que iba a glasear—. Tú te ocupas de la crostada con setas, ¿ver- dad? No hay nadie que la haga mejor.

Kamante amasaba el relleno para las perdices.

—Todavía no me has dicho qué salsa quieres para el jamón cocido. La del rayo que parte el árbol, o la del poni gris que muere.

—Ay, Kamante. —Tanne dejó descansar el cuchillo—. Ya sabes que no recuerdo los nombres que te inventas para los platos.

—Yo no me invento nada —respondió Kamante sulfurado—. Yo pongo nombre a los platos según los acontecimientos que han ocurrido durante el día en que los he preparado por prime- ra vez, así de simple. Y, a fin de cuentas, yo no pude evitar aque- llos accidentes. ¿No te acuerdas del día en que murió el poni gris?

—¡Claro que me acuerdo! Y muy bien, diría yo —protestó Tanne—. Pero no lo vinculo a una receta que aprendiste justo ese día. Para mí es más sencillo recordar el nombre de la salsa: salsa Cumberland. Esa es la que quiero para el jamón cocido... Con oporto, vino tinto...

—Arándanos y mostaza... Sí, ya sé, es decir, la salsa del poni gris que muere. Podrías acordarte. Querías al poni.

Tanne asintió.

—Tienes razón. Incluso me encantaría hacerla. —De nuevo dejó reposar el cuchillo y dirigió la vista al exterior. Faltaban pocas horas para la llegada del príncipe y Farah todavía no había vuelto del viaje de visita a los jefes kikuyus. Aumentaba la probabilidad de que no hubiese conseguido su objetivo. No habría ninguna *ngoma* por la noche.

Transcurrió una hora más y Tanne estaba cada vez más nerviosa; pero no solo ella. Era como si una maldición de silencio se hubiese instalado en la casa. Incluso los kikuyus de la granja parecían extrañamente tensos. Si la *ngoma* no se ejecutaba, lo considerarían una vergüenza. Sabían solo un poco acerca de las estructuras sociales de Inglaterra, pero si un jefe tribal extraño iba a visitarlos, había que obsequiarle con un valioso presente.

Por fin, de repente, Tanne oyó el motor de su coche. Farah iba al volante. El coche estaba muy sucio y era evidente que Farah regresaba agotado. Sin embargo, tenía un gesto triunfal.

—¡Vienen, *memsahib*! —exclamó orgulloso—. Todos los jefes tribales vendrán y traerán a los hombres y mujeres jóvenes con ellos.

Tanne, que ya se había resignado y no contaba con la *ngoma*, se tapó la boca con las manos.

De hecho, las primeras voces aisladas no tardaron mucho en dejarse oír desde el acceso a la casa.

Tanne corrió hacia el exterior y apenas pudo dar crédito a lo que veían sus ojos. Grandes grupos de hombres y mujeres jóvenes, maravillosamente maquillados, se acercaban a la granja. A la distancia debida los seguían distintos jefes tribales con sus consejos de ancianos vestidos con espléndidas capas de piel. La comitiva se extendía hasta donde alcanzaba la vista. ¡Tenía que haber cientos de individuos, y muchos de ellos habían caminado más de veinte kilómetros para llegar hasta allí!

MIENTRAS DESCENDÍA EL crepúsculo y el príncipe Eduardo y sus dos acompañantes no se cansaban de las exquisiteces de Kamante, los kikuyus encendieron hogueras en la planicie cercana a la casa y se prepararon para la danza.

Después de comer, se desplegó una imagen imponente ante los ojos de Tanne, Denys y sus huéspedes. Pese a que todavía no había luna llena, la noche era tan clara que se podía ver su propia sombra deslizándose por el suelo. En la planicie, las hogueras estaban distribuidas en amplios círculos, puntos luminosos humanos en la estrellada noche africana.

—¡Deben de ser más de dos mil personas! —exclamó el príncipe de la Corona cuando se acercaron a la planicie. Junto al borde del círculo exterior se habían dispuesto unas sillas para ellos. Kamante, a quien el propio príncipe había pedido que se uniera a ellos, estaba a la izquierda de Tanne, pero no se atrevía a sentarse. La energía que emanaba de los jóvenes bailarines y de los espectadores también lo había emocionado. Inquietos, sus ojos se deslizaban de un lugar a otro.

Las muchachas llevaban las cabezas rapadas, los chicos se habían trenzado el cabello y lo habían adornado con plumas. Se habían atado matracas en las piernas y muchos lucían pieles de gato serval.

En ese momento se formaron los primeros círculos. Las muchachas se colocaron sobre los pies de los hombres, a quienes volvieron su rostro, y se sujetaron con firmeza a su cintura. Los hombres extendieron los brazos hacia delante, más allá de la cabeza de las muchachas, y sostuvieron su lanza con las dos manos y los puños cerrados. Los primeros empezaron a levantar su lanza y a golpear rítmicamente el suelo con los pies. Los otros se unieron a ellos hasta que el duro suelo resonaba a causa del fuerte, casi tenebroso golpeteo. La vibración de la tierra se percibía como si corrientes de energía subterráneas procedentes de los bailarines irradiaran de forma estrellada en todas direcciones. De repente se impuso de nuevo el silencio. Las muchachas se separaron de los hombres y en medio de cada círculo se erigió un cantante.

—Son los cantantes —le susurró Tanne al príncipe—. Ellos establecen el tema y el compás. Los demás, que están en los círculos exteriores, deben responderles.

El príncipe Eduardo asintió fascinado. Los muchachos y muchachas bailarines estiraron los brazos y se colocaron las manos en los hombros. Entonces se alzó la voz de un cantante que ejecutó un recitado rítmico, hasta que le tocó el turno a los jóvenes de los círculos, que le respondieron. El cantante se mecía de un lado a otro y sus palabras se propagaban a los círculos exteriores como el fuego de la hierba seca ardiendo en la estepa. Los bailarines empezaron a golpear con los pies a un ritmo cada vez más firme y rápido. Las voces de los cantantes se fundieron con la noche, la estepa y la selva, formando una unidad. Para Tanne, era como si la tierra misma les hablase.

—¿Qué es lo que cantan? —preguntó en voz baja a Kamante.

—Hablan del amor de un hombre joven —contestó este de forma breve.

El ritmo de la melodía iba adquiriendo más y más velocidad. El suelo vibraba bajo los pies de cientos de hombres y mujeres, los pechos de las jóvenes se agitaban al compás.

Extenuado el primer cantante, otro ocupó su sitio. Las letras a veces versaban sobre la guerra, otras eran un elogio a las mujeres ancianas, a su valor y a su fuerza.

Cuando las hogueras amenazaban con apagarse, los kikuyus que miraban la danza añadían leña.

—Me pregunto si en un mundo así es posible gobernar según nuestras costumbres —musitó el príncipe a Tanne en un momento dado.

Ella respondió de inmediato. Había estado esperando toda la noche que se le presentase una oportunidad como aquella.

—Su alteza, no podría estar más de acuerdo con usted —contestó—. Pero esta danza solo es un pequeño y más bien exótico aspecto de este mundo. ¿No desearía conocer en persona a los individuos y su vida cotidiana? ¿Mañana, quizá? ¿Otra vez conmigo, aquí, en la granja?

En un principio el príncipe de la Corona miró a Tanne desconcertado, pero luego asintió satisfecho.

—Será un placer. Vendré.

A LA MAÑANA siguiente, el príncipe Eduardo apareció puntual en la granja de Tanne. Esa vez ella lo recibió solo con té y pastas, pues aquel día su objetivo era explicarle al futuro rey de Inglaterra cómo vivían sus súbditos africanos y cuál era el auténtico perfil de la política colonial inglesa. Después del té, cuando se dirigían a pie a una de las aldeas kikuyu cercanas, llevando a remolque a los dos acompañantes del rey que ya habían estado presentes la noche anterior durante la cena, Tanne le expuso sin rodeos el tema de su interés.

—Me hubiera gustado enseñarle mi escuela —dijo—. Pero las clases se dan por las tardes para que los trabajadores adultos de la granja también puedan asistir.

—¿Lo hacen voluntariamente? —preguntó el príncipe.

—¡Y tanto! Los mayores desconfiaban un poco al principio, pero a estas alturas la asistencia es muy elevada. Sobre todo, están muy interesados en las matemáticas y la geografía, y ahí es justo donde empiezan los problemas. Es dificilísimo encontrar material de enseñanza en suajili y también buenos profesores, y fuera de las misiones religiosas se podría decir que esto último es imposible. He tenido una suerte inmensa con mi profesor actual, que no pertenece a ninguna misión.

—¿Por qué quiere a alguien que no tenga relación con las misiones religiosas?

—En las misiones la educación se focaliza en cantar himnos y en memorizar rezos. Sí, claro, los alumnos también aprenden a leer y escribir, pero se pierde mucho tiempo en aspectos que no prestan una auténtica utilidad a los alumnos.

El príncipe parecía esperar más explicaciones y Tanne continuó:

—Por ejemplo, recuerdo un himno que llevaba por título: *Hay vida a la vista de Cristo crucificado*.

Al oírlo, el príncipe soltó una carcajada y Tanne se unió a ella.

—¿Ve a qué me refiero? Ni siquiera nosotros sabemos interpretar con exactitud esa frase, ni qué decir de mis alumnos, que provienen de una cultura totalmente distinta.

El príncipe de la Corona seguía moviendo la cabeza, divertido, pero luego adoptó un semblante serio.

—Buena parte de los colonos está en contra de la formación escolar de los nativos y teme unas terribles consecuencias ante la creación de proyectos educativos como el suyo.

Tanne movió la mano en un gesto de rechazo.

—Seamos sinceros. Nuestra denominada «civilización» afecta de un modo determinante a la gente de aquí. Ya nos hemos ocupado desde hace tiempo de dejar nuestro rastro en este país. Justo por eso tenemos la obligación de cuidarnos de que nuestro paso por esta tierra sea lo más beneficioso posible, y que todas las novedades con que confrontamos a los nativos tengan una utilidad para ellos y no les ocasionen solo perjuicios.

—Perjuicios… —repitió el príncipe Eduardo arrastrando las sílabas—. ¿Acaso no estamos intentando reducirlos en todo lo posible? Hace un par de años aprobamos el llamado White Paper, que indica que, en caso de conflicto de intereses, los nativos tienen prioridad. También se han abolido los trabajos forzados.

—Pero ahí es justo donde está el problema —contestó con un suspiro Tanne—. Todas esas resoluciones se convierten al cabo de un tiempo en papel mojado. Al final, los colonos blancos siempre obtienen lo que buscan. Es cierto que se abolieron los trabajos forzados de manera oficial, pero con ayuda de los llamados «impuestos de las chozas» los nativos se ven obligados a trabajar para los blancos tanto si quieren como si no.

El príncipe de la Corona parecía no entender la situación. Tanne pasó a darle los detalles precisos.

—Además del impuesto de capitación hay otro por choza, según el cual un kikuyu debe pagar un impuesto por cada choza que construya. Pero puesto que un hombre está obligado a poner a disposición de cada una de sus esposas una vivienda propia, muchos no pueden casarse. A no ser que trabajen más y más. Y cuanto más rico es un kikuyu, es decir, más animales o chozas posee, más altos son los impuestos que debe pagar. En el fondo es un medio nuevo para alcanzar la misma finalidad: obligar a los kikuyus a que trabajen para los blancos. —Tanne se había ido encendiendo mientras hablaba. Las primeras chozas de la aldea fueron emergiendo ante sus ojos, pero ella todavía no había terminado—. No estamos hablando aquí de una ocupación cualquiera, sino de trabajos duros y mal pagados. Los colonos ingleses son de sobra conocidos por enviar a sus trabajadores a realizar las labores que les ordenan sean cuales sean las circunstancias, aunque caiga un aguacero, por no hablar de los castigos corporales que raras veces se sancionan. En sus propios países, los extranjeros se atienen a la ley, pero aquí, donde no tienen que rendir cuentas, se relajan.

El príncipe se detuvo.

—Esas son acusaciones graves —dijo circunspecto—. En casa, cuando leo los documentos que me presentan o atiendo a lo que se negocia en el Parlamento y en la Foreign Office, todo suena muy distinto.

—La realidad raras veces coincide con la teoría —respondió con sequedad Tanne—. Venga, su alteza, reunámonos con los habitantes.

Un hombre los recibió en la puerta del pequeño *shamba*. Detrás de él se encontraban varias mujeres y hombres de edades diferentes.

—Este es Kargo —lo saludó Tanne. Kargo dijo una frase en suajili y señaló al grupo que tenía detrás.

—Cuatro de las mujeres son sus esposas y los otros son sus hijos e hijas.

El hombre volvió a decir algo y les pidió con un gesto que lo acompañaran.

—Quiere invitarnos a un plato de *posho*, es una especie de puré de maíz —explicó Tanne—. Kargo no es un hombre pobre. Posee un buen número de vacas, cabras y ovejas. Pero en la sociedad de los kikuyus, los ricos no viven de una forma distinta a los pobres. El deseo occidental de tener una casa más grande y muebles más bonitos no existe; ellos no tienen en su vocabulario la palabra «coche». Por eso también es falso el argumento que sostienen los colonos respecto a que les hacemos un favor mostrándoles nuestra civilización. La mayor parte de las cosas que les traemos no les interesan para nada, sin contar con que, de todos modos, ellos tampoco pueden permitírselas. —Rio—. Por supuesto, hay excepciones. Conozco a un jefe tribal que hace poco se ha comprado un coche deportivo.

El príncipe Eduardo asintió pensativo.

—¿Puedo preguntar a mister Kargo cuántas esposas tiene y cuánto paga en impuestos?

Tanne tradujo y el hombre respondió solícito.

—Tiene cuatro esposas y paga por cada una doce chelines de impuesto de choza, y además otros doce chelines de impuesto de capitación. Sus ingresos anuales alcanzan los ciento cincuenta chelines, que, dicho sea de paso, es el importe máximo que puede ganar un africano al año. ¿Ve dónde reside el problema?

El príncipe sacó un pequeño bloc del bolsillo del pantalón y anotó las cifras. Luego se sentaron delante de las chozas, junto al fuego, y comieron un cremoso puré de maíz. El aire olía a polvo y a hierba reseca. Kargo habló de sus esposas, hijos y animales, del maíz que cultivaba y del trabajo en la plantación de café. Tanne estaba muy ocupada con la traducción. Al final se despidieron, pues Tanne quería enseñar dos *shambas* más al príncipe.

—Espero que las visitas hayan sido de su agrado, alteza —dijo Tanne cuando horas más tarde, al mediodía, se dirigieron hacia la casa de la granja.

—Ha sido el día más instructivo que he vivido desde mi llegada a Kenia —respondió el príncipe Eduardo—. Y si algo me ha quedado claro es que resulta absurda la consideración de que aquí la gente necesita de nuestra civilización. El problema reside en que estamos aquí. Y que somos nosotros quienes los necesitamos a ellos. —Se detuvo un instante y miró a dos niños que conducían un par de cabras hacia un *shamba* a cierta distancia.

—Sí —dijo Tanne—. Los necesitamos, pero eso no nos da derecho a explotarlos.

El príncipe Eduardo asintió.

—Algún día será usted rey —siguió ella—. Y espero de corazón que recuerde este día. Que recuerde a Kargo y a los demás.

—Seguro que lo haré —contestó el príncipe de la Corona.

38

Hargeisa, 1955

—Tiene usted suerte —dijo Abdullahi cuando entró en el pequeño patio de su casa, donde John Buchholzer lo estaba esperando.
Colocó una bandeja con dos vasos de té sobre la mesa. John lo miró
expectante.

—En efecto, un camión lo llevará a su destino. Yo mismo he hablado con el conductor. Mañana tienen que cargar arroz, azúcar y
té, y pretende salir a las dos. Todavía tienen sitio para un pasajero
más en la rampa de carga.

—Es estupendo. ¡Muchas gracias! —John sonrió—. Espero no
haber abusado de su hospitalidad.

—¡Al contrario! —Abdullahi miró desconcertado a John—. Me
ha dado usted la oportunidad de traer a la memoria recuerdos en
los que hacía mucho tiempo no pensaba. Y por eso quiero enseñarle algo más antes de que se vaya. Por desgracia, no lo tengo aquí.
Está en mi despacho, en el juzgado.

John le lanzó una mirada inquisitiva, pero su anfitrión no tenía
intención de desvelarle la sorpresa, así que preguntó:

—¿Cuánto hace en realidad que missis Blixen abandonó África?

Abdullahi no tuvo que pensárselo.

—Fue en el verano de 1931. Los meses anteriores a su partida
se me han quedado grabados. Había hecho el examen de la escuela
de Mombasa y estaba de nuevo en la granja, aunque a menudo trabajaba en la *dhuka* de mi hermano Farah.

—¿*Dhuka*?

241

—Así se llaman los pequeños negocios que se encuentran por doquier en los lugares más apartados. Son locales donde se vende de todo; alimentos, ropa, productos de higiene o sencillos aparatos eléctricos. Para quienes viven muy aislados, suelen ser el único lugar al que pueden ir a comprar. Por aquel entonces, mi hermano contaba con toda una cadena de *dhukas*. En cualquier caso, recuerdo muy bien los últimos meses de missis Blixen en la granja. Se podría decir que en los años anteriores había vivido en África en el silencioso ojo del huracán, pero, llegado el momento, un violento torbellino la cogió y la arrastró consigo.

—¿Se refiere a sus problemas financieros con la plantación de café? —inquirió John.

Abdullahi asintió.

—Ese año me enteré de lo mal que le habían ido siempre sus finanzas. Aunque era pequeño, supe del esfuerzo que le había supuesto reunir el dinero para que yo acudiera a la escuela de Mombasa, pero ya sabe usted cómo piensan los niños… Pocas veces se toman en serio los conflictos de los mayores. El hecho es que cada año la granja estaba a punto de colapsar y más de una vez se había tomado en consideración su venta forzosa.

—¿La misma missis Blixen? —insistió John.

—¡Oh, no! La granja era su vida. Pero sus parientes, los que tenían participaciones en la plantación de café, habían perdido todas sus esperanzas. Ya habían invertido mucho dinero y sospechaban que nunca más volverían a verlo. Y si no la hubiesen ayudado cada año, la granja seguramente habría quebrado mucho antes. También los bancos eran sorprendentemente benignos. Farah me contó que missis Blixen era experta en conseguir que le aplazaran los pagos.

—Así que se vio forzada a vender la granja… Pero ¿qué ocurrió con los kikuyus de sus tierras? ¿Pudieron quedarse? —John frunció el ceño.

Abdullahi le sonrió.

—Ese fue precisamente el problema. Había cientos de familias kikuyus viviendo en sus *shambas* en las tierras que el exmarido de missis Blixen había adquirido. Muchos de ellos no eran conscientes de que la tierra que pisaban tenía un propietario y que, según las leyes, ellos carecían de derechos. Los ingleses usaban para cada uno de estos residentes el término *squatter*, que viene a significar «colono tolerado por el propietario de las tierras».

—¿Qué pasó entonces? —preguntó con curiosidad John.

Abdullahi volvió a sonreír.

—Antes de que se lo cuente, voy a buscar algo dulce.

39

Ngong, febrero de 1929

—Yo AYUDÉ A plantarlos —dijo Tanne cuando Denys y ella llegaron a los altos árboles que estaban esparcidos entre los cafetos de la plantación. Se sentó y Denys se acomodó a su lado.

—Lo sé, tus llamados árboles de la sombra. —Se quitó el sombrero abollado y se abanicó con él—. Con este calor, descansar bajo las copas es un auténtico placer.

Tanne asintió afligida.

—Sí, proyectan sombra, y también sobre los cafetos, como planeamos. Desenterrar los árboles, traerlos aquí y volverlos a plantar, fue un trabajo muy duro y al final no sirvió para nada… Como todos los demás esfuerzos, el abono y el continuo combate contra las plagas. ¡La cantidad de experimentos que llevamos a cabo para aumentar las cosechas! Si me hubieran dicho que podía conseguir que la granja fuera un éxito subiendo al Kilimanjaro y rezando allí a un dios desconocido, lo habría hecho.

Denys calló durante unos segundos. Luego habló con prudencia.

—Tendrías que haber dejado el café y probado otra cosa.

—Sí, claro —replicó Tanne con amargura—. Una granja mixta con cría de ganado y cultivo de maíz. Me lo han dicho infinidad de veces. Y solo habría tenido que expulsar a cientos de personas de la tierra en que viven desde tiempos inmemoriales. En serio, Denys, ¿lo hubieras hecho tú en mi lugar?

—Espero que no y estoy contento de no haber tenido que tomar semejante decisión. En cualquier caso, la mayoría de los colonos no habrían tenido el más mínimo problema a la hora de hacerlo. Y si hubiera tenido que renunciar a la granja, supongo que también habría expulsado a los kikuyus.

—Sí, pero trabajamos juntos para que eso no suceda. Lo que he construido aquí en la granja con los kikuyus, nuestra vida aquí, el café que cosechamos, el consultorio, la escuela… Todo eso vale más que el dinero.

Se le quebró la voz y Denys la miró.

—¿Estás llorando?

—Qué va. —Se pasó el índice por el ojo—. Es solo una mota de polvo. Y si fuese a llorar sería solo de rabia y decepción. Trabajamos muy duro, con denuedo. Y, a pesar de todo, la cosecha del pasado mes de julio fue mediocre y la de enero resultó pésima. Y con cada mala cosecha dependemos más del resultado de la próxima. A veces simplemente no sé cómo puedo soportar todavía esta presión. Y ahora mi madre está enferma y tengo que viajar a toda prisa a Dinamarca.

Denys calló y deslizó las puntas de los dedos por la tierra polvorienta.

—A lo mejor pasar unos meses en Dinamarca no es lo peor —opinó—. Así sales de este círculo vicioso en el que estás metida.

Tanne asintió.

—Justo eso es lo que hago. Dar vueltas en círculo y pensar en la siguiente floración de los cafetos, en las siguientes lluvias, en las siguientes reparaciones y en los salarios que se han retrasado. Tienes razón, a lo mejor necesito tomar un poco de distancia. Y, quién sabe, si hablo con mi madre y con el tío Aage cara a cara sobre cuál es la situación aquí, a lo mejor estarían dispuestos a aguantar unos meses y darme una última oportunidad.

—¿Darte una oportunidad? —preguntó Denys—. Suena como si hubieses hecho algo mal. Sin embargo, las cosechas no dependen de ti.

—Sí, lo sé, y pese a ello tengo la sensación de haber fracasado. Y no te imaginas lo deprimente que resulta enviar a casa una carta quejumbrosa tras otra y toparse con un muro de dudas. Últimamente siento que puedo comprender a mi tío y a los demás.

—Sabes que estaría encantado de ayudarte —dijo Denys de repente. Tanne lo miró sorprendida y él continuó—. Yo también he estado reflexionando de qué modo podría. Pero me temo que la suma con la que me sería posible intervenir no resolverá la complicada situación. Si quieres, luego hacemos los cálculos.

Tanne asintió aliviada. Estaba dispuesta a agarrarse a un clavo ardiendo.

—Además, tengo una sorpresa con la que puedo levantarte la moral cuando vuelvas de Dinamarca. —Denys se volvió hacia ella sonriendo—. He tomado una decisión. Mientras tú estás en Dinamarca, voy a acabar de sacarme la licencia de piloto que empecé a estudiar durante la guerra. Desde entonces, la idea de volar nunca me ha abandonado, y ahora me he decidido y compraré en Inglaterra un pequeño avión.

Tanne se lo quedó mirando. El resplandor de sus ojos era contagioso.

—¿Vamos a volar juntos?

Él asintió.

—Y a contemplar desde lo alto este paraíso. A lo mejor así puedes volver por fin a acompañarme a mi casa en la costa. Ya hace un par de años que está construida y solo me has visitado una vez.

—Porque el trayecto hasta allí es demasiado largo…

—Y ya no lo será. Con el avión estaremos allí en un abrir y cerrar de ojos.

Tanne echó la cabeza hacia atrás y rio, luego lo besó.

—Esto es una locura, pero me muero de impaciencia.

Denys pensó en esas palabras cuando, unos meses más tarde, en Inglaterra, se detenía ante un pequeño biplano amarillo. Ya había visto varios modelos después de aprobar el examen, pero ninguno lo había convencido.

—Un Gipsy Moth —explicó el vendedor—. Derivado del modelo original del Havilland DH.60 Moth. Todos los modelos reciben el nombre de distintos tipos de polilla, *Moth*. A diferencia del original, aquí se empleó en su construcción un motor Gipsy, muy estimado para vuelos privados, pues se disculpan pequeños errores de pilotaje. A pesar de todo es maniobrable.

Denys deslizó la mano por la pintura de un amarillo chillón. En las alas superiores había dos grandes círculos blancos y negros pintados. Echó un vistazo a la cabina. Era un aparato de dos plazas y el pasajero se sentaba en un área propia y separada, delante del piloto.

«Tania se sentará delante —pensó Denys—. Ante ella la corta nariz del avión con su hélice y luego solo el aire, la vastedad, el sol y, bajo nosotros, África.» Ya no podía esperar más.

—Las alas superiores tienen también la función de cubierta. El piloto se protege de este modo del sol —señaló el vendedor—. Es un punto positivo. O de la lluvia —añadió sin sospechar que Denys iba a pilotar el Gipsy Moth en África.

Denys rio.

—Sepa que raramente llueve allí adonde llevaré este Gipsy Moth. ¿Podría hacer un vuelo de prueba?

40

Rungstedlund, diciembre de 1929

LA MADRE DE Tanne se había recuperado bien de su enfermedad. Ya en primavera, cuando llegó a Rungstedlund, había superado lo peor. Desde entonces, para Tanne los meses habían transcurrido como fluye un río ancho y sereno. Sin embargo, esa vez no había conseguido sumergirse en la calma de su antiguo hogar y relajarse como en visitas anteriores. La situación de la granja era demasiado precaria y no era una buena señal que, por el momento, hubiesen eludido hablar del tema en las conversaciones familiares.

Tal vez esa fuera la razón de que Tanne no disfrutara realmente de la cena a la que también había asistido el tío Aage. La presencia de su hermano Thomas, quien entretanto no solo se había casado, sino que tenía una hija de dos años, tampoco mejoraba la situación. Entrado el invierno, celebrarían la Navidad en pocas semanas. Y el veinticinco de diciembre ella debería volver a África.

Tanne desconfiaba. La conversación sobre la plantación de café flotaba en el aire, pero fue su madre quien tocó el tema cuando todos se sentaron junto a la chimenea. Tras el almuerzo, se había levantado por el estrecho un fuerte viento que bramaba alrededor de la casa y sacudía los vidrios de las ventanas.

—Aage, celebrarás la Navidad con nosotros, ¿verdad? —empezó la madre ingenuamente a tratar el asunto—. Verás a Tanne por última vez antes de su partida. Se marcha el veinticinco de diciembre, como la vez anterior.

El tío Aage asintió y tomó un sorbo de té caliente. Luego miró a Tanne.

—¿Así que estarás de nuevo allí cuando acabe la cosecha de enero?

—Sí —fue lo único que respondió Tanne. Nunca eludía los conflictos, pero en los últimos años habían discutido a menudo sobre sus negocios y desvelos por carta. Y ese día se sentía agotada solo de pensar en la obligación de sostener una nueva conversación. El tío Aage enmudeció y la madre tampoco quiso añadir nada más. Quién sabe, tal vez se equivocaba y no tenían la intención de volver a discutir sobre la rentabilidad de la plantación.

Se había hecho ilusiones demasiado pronto.

—¿Hay alguna estimación realista en lo que respecta al rendimiento de enero? —preguntó el tío Aage. La palabra «realista» irritó a Tanne. Aunque ella misma la utilizaba a menudo, en los labios de su pariente sonaba a amonestación y a reproche. ¡Cuántas veces en los últimos años había alimentado en su familia las esperanzas de que la producción aumentara, tanto que ella misma se lo había creído! Pero en los últimos tiempos, desilusionados, cada cual se había venido abajo como si fuesen cartas caídas de un castillo de naipes.

—Farah me envió un telegrama. Ha llovido bastante en el mes de noviembre. Tenemos la esperanza justificada de una extraordinaria buena cosecha —respondió.

—Estaría muy bien, pues, de hecho, solo una extraordinaria buena cosecha podría obrar algún efecto.

—¿A qué te refieres? —preguntó alarmada Tanne, aunque lo sabía perfectamente. Con ese breve comentario el final de la granja volvía a entrar en consideración.

El tío Aage contrajo el rostro. Se notaba que estaba buscando las palabras adecuadas de manera infructuosa.

—Ay, Tanne —dijo al final—. Creo que hablo en representación de todos los socios de la plantación de café cuando digo que estamos en un momento decisivo.

—¿No lo estamos con frecuencia? —lo interrumpió Tanne—. Y siempre hemos seguido adelante.

—Pero ¿cómo? —El tío Aage miró a su hermana buscando ayuda, pero ella lo evitó. Suspiró—. Siempre has seguido adelante porque nosotros hemos ido invirtiendo más y más dinero. Pero hemos llegado a un punto en que esto ya no funciona.

—Admito que las condiciones para el cultivo del café en la granja no son las ideales —repitió Tanne el ya raído argumento. Su espíritu combativo también se iba apoderando de ella con rabia—. Todos nosotros sabemos ahora que al comprar el terreno, ignorábamos que la granja se halla en una zona demasiado alta. Pero también tuvimos que luchar con todos los problemas habidos y por haber: heladas que acabaron con las cerezas de café, demasiado viento y demasiada poca lluvia. Hemos pasado varias veces por períodos de sequía y, por supuesto, fueron catastróficos, pero un granjero debe vivir con eso, al igual que con los oscilantes precios del café en el mercado mundial, donde no podemos intervenir. No obstante, en esta ocasión la temporada corta de lluvias ha cundido y no descarto que lleguemos a las ochenta toneladas de café, incluso es posible que noventa. A finales de enero sabremos más y…

—Ochenta o noventa toneladas… Tanne, incluso las llamadas buenas cosechas están muy por debajo de lo que debería rendir desde un punto de vista realista una granja como la tuya, con seiscientas hectáreas; es decir, unas trescientas toneladas por cosecha. Después de tantos años, tú misma debes entender que esa plantación, situada en un nivel tan alto, nunca llegará ni a acercarse a esas cifras. Cualquier apoyo financiero no es más que una breve prórroga de lo inevitable, sin la menor esperanza de una mejora a largo plazo o de su salvación.

Tanne calló y recordó su conversación con Denys. Les había parecido que a corto plazo también él podría contribuir con cierta suma y aliviar un poco la situación, pero los dos habían reconocido al final que su apoyo no cambiaría sustancialmente nada en el estado sin solución de la granja. Y eso mismo es lo que estaba explicándole en ese momento el tío Aage. Una parte de Tanne sabía que tenía razón. La invadió la amargura.

—A lo mejor sería posible alcanzar una auténtica rentabilidad si se pudiera invertir la cantidad de dinero suficiente e introducir de este modo mejoras radicales que cambiasen de veras el estado de la granja —se rebeló una vez más—. Tal y como están las cosas, apenas he podido llegar a pagar todos los costes de la producción mensual. Disponía para ello de doscientas libras por vuestra parte, aunque habríamos necesitado quinientas. Y, pese a la contrariedad, hice lo que pude: abonar, plantar árboles que dieran sombra y combatir las plagas. Incluso cultivé maíz para ganar una pequeña suma adicional.

—Y, sin embargo, no fue suficiente.

Aunque Tanne comprendió que a su tío le resultaba difícil emitir aquel juicio terminante, replicó furiosa:

—Para vosotros la granja es solo cuestión de dinero. Sin embargo, para mí es toda mi vida. ¿Os habéis preguntado alguna vez qué voy a hacer si decidís venderla? ¿He aprendido algo útil con nuestras profesoras particulares? ¿Algo con lo que pueda ejercer una profesión?

Su madre la miró afligida. No era la primera vez que Tanne aludía a ese tema y en cada ocasión las acusaciones de su hija la afectaban profundamente. Pero Tanne todavía no había acabado.

—Pensasteis que como éramos niñas bastaría con unas clases de Literatura, Historia y Dibujo, ¿no? A fin de cuentas, todas las hermanas acabaríamos casándonos y nos las apañaríamos muy bien con ciertos conocimientos y un formado juicio estético. Pero, sin contar con que yo estoy divorciada —miró a su madre peleona—, no soy el tipo de mujer que se contenta instalando arriates de flores en su jardín. Quiero ser independiente, también en el aspecto económico. Quiero trabajar, hacer algo que tenga sentido. Pero ¿qué? ¿Se os ocurre algo? Dirigir la plantación de café es todo lo que sé. Es todo lo que soy.

—Eso no es cierto —intervino su hermano Thomas, que se había mantenido totalmente aparte—. Tienes un gran talento como escritora. Llevo años diciéndotelo. Creo que tu futuro reside en ese ámbito.

—Mi futuro reside en África —respondió Tanne pasando por alto su elogio, pero la frase parecía más desesperada que convincente. La familia calló. No había nada que añadir y Tanne lo sabía: ya podía patalear y pelear con lo que la rodeaba; esa vez era la definitiva. La existencia de la granja dependía de la próxima cosecha.

41

Ngong,
finales de enero de 1930

FARAH ESTABA DELANTE de la casa mirando los bueyes que descendían y tiraban de los carros con su pesada carga por el acceso de la granja en dirección Ngong Road.

La cosecha del café había terminado. Doce sacos por una tonelada de café, dieciséis bueyes de cuernos largos por carro. Las ruedas crujían, mientras los conductores apremiaban a los animales y los largos látigos de piel de rinoceronte chascaban sobre sus cabezas. Junto a los carros caminaban dando gritos unos muchachos kikuyus que los acompañaban un rato más por la Ngong Road para volver luego alegres y animados. Por la noche también habrían regresado los carros tirados por bueyes. La *memsahib* Blixen siempre había asistido a su partida. Siempre le había alegrado imaginarse en qué lugar del mundo se bebería su café. ¿En Nueva York? ¿Niza? ¿Nepal? Y siempre había dicho lo mismo: «Qué bien para los animales que nos encontremos mucho más arriba de Nairobi y solo les espere una única pendiente».

No obstante, tras el fatigoso camino a la estación de Nairobi, siempre daba tres días libres a los bueyes, y Farah se proponía hacer exactamente lo mismo. La *memsahib* volvería en un par de días y la granja se encontraba en buen estado. ¿Cuántas toneladas habían obtenido ese año? Las lluvias habían sido abundantes y deseaba que la *memsahib* tuviera una buena cosecha. En los últimos años, la había visto meditabunda con demasiada frecuencia, haciendo cálculos o escribiendo cartas hasta bien entrada la noche, y en muchas ocasiones había dado a entender que la economía de la granja no andaba bien.

Unos pasos rápidos interrumpieron sus reflexiones. Dickens, el capataz, apareció por la esquina de la casa. Llevaba el sombrero calado en la frente y no parecía haber dormido.

—Lo hemos conseguido, Farah…, otra vez. ¿Regresa la baronesa dentro de poco?

Farah asintió.

—Voy a recogerla a Mombasa, tan pronto como llegue en barco.

—Hum. —Dickens se quitó el sombrero y se rascó la cabeza sudorosa. Luego extrajo una hoja de papel doblada del bolsillo del pectoral de la camisa y se la tendió a Farah—. Esto es la relación exacta del rendimiento. Ahora me voy a casa a acostarme un rato.

Cuando Dickens se hubo marchado, Farah desplegó la hoja. Su mirada se deslizó por las ordenadas hileras de números elaboradas por el capataz y encontró lo que buscaba. ¿Podía ser cierto? Una vez más revisó las filas y se detuvo en la misma cifra.

AZUL COMO EL aciano, esa era la única comparación que se le ocurría a Tanne cuando el barco se aproximaba a Mombasa. En ningún otro lugar había visto un mar de un azul brillante tan intenso. La espuma blanca del rompiente y las altas temperaturas casi la dejaron sin respiración en la borda. El aire increíblemente cargado de humedad de la costa era una de las razones por la que solo había acompañado una vez a Denys a su casita de Takaungu. Pero ahora que iban a desplazarse en avión, eso cambiaría. Todavía no daba crédito a tal novedad.

Tanne se pasó un pañuelo por la cara. No tardaría en volver a ver a Farah. El rostro de Farah entre la muchedumbre significaba lo mismo que sentirse en casa. Lástima que en esa ocasión su alegría anticipada se viera enturbiada por una tensión interna que no la había abandonado en todo el viaje. No había dejado de pensar en que, si la cosecha era buena, se obtendrían setenta y cinco u ochenta toneladas de café. En el peor de los casos, solo sesenta, pero seguro que podía contar, como mínimo, con ese número. Muy pronto se hallaría frente a Farah, y seguro que él ya conocía las cifras desde hacía tiempo.

—¡Farah! —gritó alegremente cuando lo descubrió en el muelle horas después. También Farah resplandeció, y se cogieron de las manos como saludo.

—¿Cómo ha ido el viaje? —preguntó, pero la respuesta de Tanne fue inaudible debido a los cantos ensordecedores de los muchos porteadores que balanceaban maletas y paquetes sobre sus turbantes. Se abrían camino entre los viajeros, marinos y comerciantes que bajaban de la embarcación. Solo cuando se introdujeron en el laberinto de callejuelas, se calmó el ambiente.

—El viaje ha sido agotador —volvió a responder Tanne a la pregunta de Farah—. ¿Has podido reservar una habitación para nosotros en el hotel de lady Colville? Tengo unas maletas que no pasarán por la aduana antes de mañana.

—Sí, lady Colville nos está esperando.

—¿Cómo están Abdullahi, Kamante y el resto?

—Están bien, y se alegran de su llegada. Abdullahi ha aprobado los exámenes con matrícula de honor y trabaja provisionalmente en uno de mis *dhukas* hasta que encontremos un puesto apropiado para él.

—¡Es estupendo! —exclamó Tanne—. Estoy muy orgullosa de él.

—Yo también —dijo Farah—. ¿Cómo está su familia?

—Todos están bien, le envían saludos, en especial mi hermano Thomas. Su hija cumplirá tres años dentro de un par de meses.

Farah sonrió.

—Espero conocer a la pequeña Anne algún día.

—Y a mi otra sobrina, Mitten. Ahora cumplirá trece años. Se ha convertido en una auténtica mujercita. Es muy curiosa y cuando nos vemos siempre me abruma con sus preguntas sobre África, la granja, los animales…

—Tenemos otra novedad —dijo Farah de repente, y a Tanne el corazón el dio un vuelco. Debía de haber sido una cosecha realmente buena si Farah quería hablar de ello sin que se lo preguntara, pero no había contado con una sorpresa distinta.

—¿Se acuerda todavía de Kabero? ¿El hijo de Kaninu, el que disparó a un niño y mató a otro sin querer en la casa de Thaxton? El chico ha vuelto a aparecer.

—¿Qué? —preguntó atónita Tanne. Se quedó parada ante la sorpresa en medio del callejón.

—Sí. Un buen día se plantó delante de su casa en la granja. Apenas lo reconocerá, y no solo porque, como es natural, ha crecido. Tiene el aspecto de un masái, porque después del accidente ha convivido durante estos años con la familia de una hermana que está casada con un guerrero masái. Los masáis lo acogieron después de que huyera.

Tanne se quedó sin habla. Había pensado muchas veces con tristeza en el chico desaparecido. La desesperación lo llevó a apartarse de su propia familia y de su comunidad. Nadie había contado con volver a verlo vivo, por lo que se alegraba aún más de la buena noticia.

Antes de que pudiese seguir meditando sobre la historia de Kabero, llegaron al hotel. Tanne tenía muchas ganas de descansar, aunque no tenía intención de dormir una siesta en aquel ambiente de calor extremo.

Unas horas más tarde, cuando Tanne y Farah acabaron de comer, seguía haciendo un calor obstinado. Al igual que al mediodía, habían estado hablando de todos los acontecimientos posibles que se habían sucedido en los últimos meses en la granja y en Rungstedlund. Los nervios de Tanne estaban a punto de desgarrarse por la tensión y ni ella misma podía creerse que todavía no húbiese planteado la única pregunta que de verdad le importaba.

Pero ya no aguantó más.

—¿Cómo ha ido la cosecha, Farah? ¿Cuántas toneladas tenemos? —preguntó cuando estaba delante de la puerta de la habitación del hotel, girando la llave en la cerradura. La luz de la lámpara de petróleo de Farah alumbraba débilmente el sencillo suelo de cemento y la cama de hierro con el mosquitero.

Farah la miró un instante, hubiera deseado que no hiciera la pregunta. Luego echó la cabeza hacia atrás y tragó saliva.

—Cuarenta toneladas, *memsahib* —respondió.

Tanne se quedó helada un instante. A continuación, entró a la habitación sin pronunciar palabra.

POR LA NOCHE, Tanne apenas logró pegar ojo, y el largo viaje de Mombasa a Nairobi se encargó del resto. Solo se sintió con fuerzas renovadas al distinguir la silueta de las colinas de Ngong desde la ventana del tren. Cuarenta toneladas eran insuficientes. Una catástrofe, diría el tío Aage. ¡Pero eso era mejor que nada!

Pese a que ya había pasado la noche elaborando contenidos que oscilaban entre ruegos desesperados e indignada obstinación para una carta a la familia, decidió no escribir nada al final. En pocas horas llegaría a la granja. Farah estaría con ella y volvería a ver a Kamante y a Saufe, el hijo pequeño de Farah, y pronto también a Abdullahi cuando acudiera de visita. ¡Estaba en casa!

Dejó a un lado las cartas de los bancos y acreedores. Denys, que ya había llegado a África unos meses antes, la ayudó a instalarse y evitó que ella estuviera dándole vueltas a los problemas. Junto con algunos trabajadores, enderezaron unas ramas fuertes y las hundieron a distancias regulares en una parcela grande y plana de tierra, no lejos de su casa. El avión que Denys había comprado en Inglaterra llegaría pronto y se le notaba ansioso por enseñar a Tanne la plantación y la granja desde las alturas.

—¿Y? ¿Qué tal nuestra pista de aterrizaje? —preguntó después de haber estado trabajando varios días. Tanne comprobó la colocación de un saco de tela que ascendía y descendía gracias a una ligera brisa e indicaba la dirección del viento.

—Nunca has tenido una pista más libre que esta —opinó riéndose, y se secó el sudor de la frene.

Él la ciñó contra sí.

—Ya verás, es maravilloso estar ahí arriba. No hay nada comparable a lo que sientes cuando ves el mundo desde las alturas… Verás que flotas sobre la tierra. Y que eres totalmente libre. —Estaba serio. Solo sus ojos brillaban de entusiasmo.

—Gracias —dijo Tanne y esperó que él supiera el porqué. Pese a sus apuros y preocupaciones, Denys siempre conseguía despertar su ilusión y alegría de vivir. Dejándose llevar por un impulso, le cogió la cara con las dos manos y lo besó.

Cuando Denys se hubo cambiado de ropa y salió al porche, Tanne había puesto un disco en el gramófono.

—¡Ah, Schubert! «El valle más profundo y lejano florece. Olvida ahora, pobre corazón, tu tormento. Pues todo, todo tiene que cambiar» —citó Denys, sentándose junto a ella—. Parece un propósito personal. —Se arrepintió de haberlo dicho cuando vio que el rostro de Tanne se ensombrecía.

—La canción me recuerda a mi hermana Ea, que cantaba de maravilla. Amaba esta canción. Y sí, tal vez tenga algo de proyecto. Justo hoy, que hemos acabado tu pista. Seguimos adelante… No hay nada peor que rendirse o caer en un ciego fatalismo. —Reflexionó—. ¿Te sucede a ti lo mismo cuando estás en Inglaterra? —preguntó—. En Dinamarca, si de repente no tengo nada que hacer ni nada en lo que ocuparme, me asalta una especie de letargo que me paraliza en cierto modo. Si estuviese en situación de aceptar una vida así, tal vez me brindaría una especie de felicidad pragmática; pero no puedo. Siempre tengo que esforzarme por un objetivo. Ya sabes, por algo más grande o más especial que dé sentido a mi existencia. Ya de niña me imaginaba una vida extraordinaria. Quiero sentir la vida en cada momento y este país… este país me llena de pura energía.

Denys la miró pensativo.

—A veces también es peligroso trabajar demasiado para ser feliz porque se pierde así la ligereza. ¿No dijiste tú misma en una ocasión que deberíamos confiar simplemente en lo que Dios se imaginó al crearnos?

—Oíste bien —contestó Tanne sonriendo—. Pero también dije que hay que esforzarse por hacer realidad lo que Dios imaginó. —Se reclinó en el respaldo del sillón de mimbre y suspiró—. Y justo ese es mi problema aquí en la granja. ¿Cómo debo llevar algo a la práctica, tomar decisiones y crear mi propio destino si no soy independiente?

—¿Tú? ¿De veras afirmas que no eres independiente? —bromeó Denys, pero Tanne permaneció circunspecta.

—No, no lo soy. Desearía no tener que valerme de la ayuda ajena. Pero tal y como está la situación, cualquier plaga de mis cafetos y toda escasez de lluvias influyen en la vida de mi familia en Dinamarca. Y eso me pone enferma. —El rostro de Tanne se contrajo levemente—. Es simple. No puedo imaginarme abandonando este país, la granja y los seres que la habitan. Ellos me han convertido en lo que soy y me dan más sostén que cualquier otra cosa en el mundo. Pero muchas personas dependen también de mí. No puedo concebir lo que sucedería con los residentes de las tierras si tuviese que vender la granja. ¿Has pensado alguna vez en esta responsabilidad? No puedo abandonarlos y escurrir el bulto sin más.

—Tania, todavía no es tan preocupante —intentó tranquilizarla Denys. Se puso detrás de ella y le masajeó los hombros. Guardaron silencio durante un minuto y Tanne notó que se relajaba poco a poco.

—¿No me contaste una vez la historia de la cigüeña? —preguntó de repente Denys—. ¿Del hombre que pasa toda la noche yendo de un lugar a otro, agotado e invadido por el pánico, para salvar su casa de una inundación? Mientras va aturdido y sin premeditación de un lugar a otro, ese caótico ir y venir de sus pasos no parece tener el menor sentido. Pero a la mañana siguiente, cuando sale de su casa, descubre que su recorrido desordenado ha trazado en el suelo el dibujo de una hermosa cigüeña.

Tanne asintió sin fuerzas.

—Sí. No sabes cuántas veces he pensado en esa historia últimamente. No dejo de intentar encontrarle un sentido más elevado a todas estas preocupaciones y esfuerzos, y a veces, en determinados momentos, creo ver el contorno de una cigüeña. Pero entonces se me vuelve a escapar.

—Volverá —dijo Denys, rodeándole los hombros con los brazos—. Volverá cuando menos te lo esperes.

42

EMPEZÓ COMO UN zumbido casi imperceptible y fue aumentado paulatinamente el volumen. Tanne echó un vistazo al acceso, pero estaba vacío. Entonces reconoció el sonido del motor.

«¡Un avión! ¡Denys viene en su Gipsy Moth!»

Salió corriendo hacia la pista de aterrizaje que Denys y ella habían preparado juntos. Mientras tanto, el zumbido se hizo más fuerte y, de repente, apareció en el cielo el biplano de un amarillo chillón. El puntito fue creciendo y perdiendo altura. Cuando Denys llegó al altiplano trazó dos grandes círculos y la saludó desde arriba.

—¡Yuju! —gritó ella entusiasmada mientras se protegía los ojos del sol del mediodía utilizando las manos de visera. En ese instante, la máquina giró y fue a su encuentro recorriendo la pista. Tanne corrió hacia el avión cuando este se detuvo. Denys bajó raudo de la cabina, la alzó y trazó con ella tres círculos en el aire.

—¿Te apetece dar una vuelta? —preguntó cuando volvió a dejarla sin aliento en el suelo.

—¿Cómo? ¿Ahora mismo?

En lugar de contestar, Denis se volvió, subió a la cabina y cogió un objeto de piel marrón.

—Toma, póntelo. Lo he comprado para ti. —Era un casco de vuelo con gafas. Tanne se lo probó. ¡Le quedaba perfecto! Denys ya estaba subiéndose de nuevo a la cabina—. ¡Vente! —la animó impaciente.

El corazón de Tanne latía veloz cuando se ató el cinturón; ante su asiento solo veía la nariz ligeramente curvada del aparato y las puntas de la hélice. La máquina despertó a la vida con un zumbido.

—¡Ponte los auriculares! —gritó desde atrás. En ese mismo momento, el biplano empezó a rodar. Llegaron dando sacudidas al extremo de la pista y dieron media vuelta para tomar impulso. Enseguida ganaron velocidad. Tanne aguantaba la respiración. La superficie ondulante de hierba fue despegándose debajo de ellos y luego la tierra los dejó ir. Tanne soltó un pequeño chillido, de sorpresa más que de miedo, ante esa desconocida sensación de levantarse del suelo, de desprenderse.

El Gipsy Moth fue ganando altura y pronto solo pudo contemplar el suelo mirando hacia abajo por encima del borde de la cabina. La hierba alta del altiplano seguía inclinándose a causa de la onda expansiva de la hélice. Tanne se sentía presionada contra el asiento mientras el avión, con la nariz dirigida hacia arriba, iba ascendiendo más y más. Una sensación de ligereza que nunca antes había experimentado se apoderó de ella. Al final llegaron a la altura de vuelo. Tanne vio su casa, pequeña e insignificante junto al bosquecillo, cuando miró por encima del borde de la cabina hacia atrás. Ahora Denys giraba hacia la izquierda, el biplano se inclinaba hacia un lado y Tanne profirió otro breve grito de asombro.

Sobrevolaron la reserva de caza. Un rebaño de cebras estaba a la vista. Cuando oyeron el ruido del motor, cientos de cuerpos blanquinegros se pusieron en movimiento. Como una alfombra interminable, galopaban por la estepa dejando una serpenteante nube de polvo. La sombra abombada del aparato se deslizó sobre los animales. A Tanne se le inundaron los ojos de lágrimas.

«Si hay un dios, tiene que ver la tierra justo así», pensó. Tal como está pensada. De golpe tuvo la sensación de haber comprendido con toda claridad algo cuya existencia solo había sospechado vagamente. Aunque estaba en contacto con Denys a través de los auriculares, las palabras solo habrían molestado.

Denys giró el aparato varias veces. Volaron sobre las cabezas de jirafas y sobre una elegante pareja de leones que correteaban y que hicieron caso omiso al ruido del motor. Después emprendieron el regreso. A un lado se erigían las pendientes verdes de las colinas de

Ngong con sus pliegues y quebradas. «¿Cuánta gente ha visto estas montañas así?», se preguntó Tanne. Esa geometría, en su origen secreta, de líneas y contornos que solo se entiende cuando uno mismo no ha nacido en esa tierra. Todo lo que había bajo sus pies parecía hablar un lenguaje nuevo, nunca oído, del que no podía saciarse.

Después de aterrizar, bajó de la cabina agotada y sin resuello a causa de su euforia.

—¿Y...? —preguntó Denys con los ojos brillantes.

Tanne movió la cabeza.

—Oh, Denys —murmuró, y lo estrechó entre sus brazos.

En las semanas posteriores, Tanne vivía al día, se entregaba al trabajo, ayudaba en la plantación de café, sembraba flores delante de la casa y cocinaba con Kamante. Se ocultaba que, después de la mala cosecha, la granja estaba prácticamente en bancarrota, y mientras no escribía a su familia ni recibía misiva alguna de Dinamarca, las cosas iban mejor de lo que había imaginado. Por las tardes, salía a volar con Denys por encima de las colinas de Ngong. Cada vuelo era una experiencia tan nueva y emocionante como lo fue el primero. Más adelante, cuando Denys tuvo que volver a organizar un safari con un cliente estadounidense, a ella le resultó más difícil no pensar en su precaria situación.

En el horizonte emergió otra amenaza totalmente desconocida hasta el momento. Kamante fue el primero en mencionarla. Una mañana se presentó en casa de Tanne.

—Van a llegar langostas, *m'sabu*. Muchas langostas —informó con semblante muy serio.

—¿Langostas? —repitió sorprendida Tanne—. ¿Por qué? ¿De dónde?

La expresión de Kamante le dio a entender que sus preguntas resultaban infantiles, como si eso necesitara de alguna razón o la procedencia de las langostas fuese un dato del más mínimo interés. Pese a ello, se obligó a contestar a las preguntas.

—Vienen de Abisinia —dijo—. Ha habido allí una sequía de dos años y eso ha provocado que las langostas se pusieran en marcha. Avanzan hacia el sur y se comen todo lo que encuentran en su camino. —Tanne intentó asimilar la información, pero Kamante preguntó—: *M'sabu*, ¿qué piensas hacer?

—¿Que qué pienso hacer? ¿Hay algo que pueda hacer?

—No —respondió lacónico Kamante—. Contra las langostas no se puede hacer nada. Pero sí podríamos tranquilizarnos a nosotros mismos y sentirnos mejor ante la invasión. Podemos construir unas torres altas de leña que encenderemos cuando lleguen, porque no les gusta el fuego ni el humo. Además, todos los trabajadores de la granja tendrán que estar preparados con ollas, latas y cucharas y hacer el mayor ruido posible cuando se acerquen, para que tengan miedo y no se posen.

—Aunque en algún sitio tendrán que posarse —señaló Tanne.

—Sí, pero esperamos que no sea entre nosotros.

En efecto, Tanne y sus trabajadores construyeron en los días que siguieron altas torres de leña. Ella fue a Nairobi para pedir en los restaurantes latas y cazos vacíos. Fuera a donde fuese, las langostas eran el tema de conversación. Corría el rumor de que en el norte la plaga había devastado campos de maíz y de trigo, así como plantaciones de árboles frutales. A la granja iban llegando mensajes de habitantes de zonas vecinas que informaban de la llegada de las langostas. Sin embargo, transcurrieron varias semanas y no pasó nada.

Tampoco cuando Tanne fue a caballo al cercano almacén general de Farah para hacer la compra. Abdullahi seguía trabajando en la *dhuka* y Tanne se alegró de verlo.

—No quiero que trabajes mucho tiempo aquí —le dijo—. Has estado en una buena escuela y has hecho un examen final sobresaliente. ¿No irás a pasar tu precioso tiempo en una tienda, vendiendo a los granjeros y a los kikuyus de los alrededores carne en lata, azúcar y cerillas?

—Por el momento, Farah me necesita aquí —respondió Abdullahi con una evasiva. Tanne se percató de que no le gustaba tocar aquel tema—. Pero me informaré de otros empleos, prometido.

Tanne se disponía a contestarle cuando entró un anciano indio. Caminaba encorvado, tenía el rostro surcado de arrugas y el cabello cano. Cuando vio a Tanne y Abdullahi, hizo un gesto amplio con la mano y dijo:

—La conozco, madame, y me temo que las langostas se dirigen ahora a sus tierras.

Tanne se sobresaltó al principio e intentó recordar de qué podía conocer a aquel hombre.

—Reconozco que se está hablando mucho de esos insectos en estos días —dijo ella—. Pero hasta ahora no ha ocurrido nada y estoy empezando a no creerme la historia. ¿Se habrán movido quizá en otra dirección?

El anciano, preocupado, negó moviendo la cabeza.

—Vienen, vienen, usted misma puede verlo. —Salió. Tanne y Abdullahi se miraron, luego lo siguieron y otearon hacia donde les señalaba el hombre. Allí, al norte, se veía algo que parecía una nube de hollín que de vez en cuando cambiaba de forma.

—¿Qué es eso? —preguntó Tanne absurdamente.

El anciano contrajo el rostro.

—Eso, madame, son las langostas. Y van hacia sus tierras.

TANNE LLENÓ A toda prisa las alforjas con lo que había comprado y emprendió el camino de vuelta. Mientras cabalgaba, las primeras langostas aisladas fueron cayendo al suelo delante y al lado de ella. Al llegar a casa, reunió a todos sus trabajadores.

—Encended las hogueras, rápido, y coged también las ollas, latas y sartenes. Ya sabéis lo que tenéis que hacer. Distribuíos por todas partes en los alrededores y haced todo el ruido que podáis. A lo mejor conseguimos que no se posen en la tierra y, si tenemos suerte, se marcharán.

Todos se dispersaron con premura. En intervalos cada vez más breves pasaban zumbando langostas solitarias. La nube oscura del norte había aumentado de tamaño considerablemente.

Hasta altas horas de la noche estuvieron luchando contra la plaga. Al borde del agotamiento, siguieron martilleando, tamborileando, gritando y renovando el fuego. Pero fue en vano. Cada vez eran más las langostas que caían al suelo con un chasquido y proseguían su camino por la tierra. Y no eran selectivas. Aterrizaban en la cabeza y en los pies de la gente, sobre el pecho, el vientre y las piernas. En un momento dado, Tanne ya no pudo más. Envió a los hombres y mujeres a sus casas y se arrojó en la cama sin desvestirse. Se durmió al instante.

A la mañana siguiente, cuando salió al porche, sucia y despeinada, se topó con una extraña imagen: todo el paisaje estaba cubierto de una gruesa capa de color terracota. Hasta donde alcanzaba la vista, no parecía haber ni un centímetro de tierra o matorral libre. De vez en cuando, algunas langostas zumbaban en el aire, pero enseguida se dejaban caer en el suelo; otras actuaban del mismo modo. La capa de un rojo pálido temblaba y vibraba, despertaba a la vida y volvía a sosegarse. Debía de haber cientos de miles. Tantas, que varios árboles grandes de la entrada habían cedido bajo el peso de un grupo y se habían quebrado.

Ese día, las langostas no se quedaron mucho tiempo, pero en el transcurso de los siguientes meses volvieron nuevos enjambres. A veces eran más pequeños, a veces tan grandes que toda la bandada tardaba días en marcharse formando una nube interminable. Entonces el aire vibraba a causa de su estridente e histérica canción y a Tanne se le antojaba el sonido de un cristal frotándose contra otro. En esos días oscuros no se podía salir de la casa sin sentir en la piel sus duros y pegajosos cuerpos. Caían en el escote de la blusa, se arrastraban por las perneras del pantalón y se extraviaban por los cabellos que asomaban por debajo de las alas del sombrero.

Tanne contemplaba impotente, presa de la cólera y la desesperación, cómo las langostas se comían todo lo que encontraban. Cuando la última plaga se fue, los insectos habían destruido los campos de maíz de los kikuyus y los cafetos. Las plantas de los parterres de verduras y las flores de los arriates, la hierba y los matorrales. Todo colgaba en jirones, devastado, repelado.

TRAS LA PLAGA de langostas, Tanne pasó semanas sin fuerzas para levantarse por las mañanas. Se había abierto paso la verdad que durante días pretendió ocultarse: era el final de la granja.

Luego regresó Denys de su último safari y consintió de buen grado en volar hasta su casa de Takaungu, en la costa. Había decidido que ella no podía enterrarse viva en la granja, preocupada sin remedio por el futuro ahora que reconocía que no lograría salvarla.

Denys había construido su vivienda, que contaba con solo dos habitaciones, en una meseta de coral similar a una terraza, al final de un bosquecillo de manglares. Los árboles, con sus hojas afiligranadas y las raíces con su peculiar sinuosidad, creaban una atmósfera mística. También los bloques con que se construyó el edificio se habían sacado de un viejísimo arrecife de coral que se extendía a lo largo de la costa. En la parte anterior se encontraba una galería cubierta y entre las delicadas columnas se habían colocado unos muretes que constituían unos maravillosos asientos. Desde aquel lugar de la casa se gozaba de una vista impresionante sobre el azul oscuro del océano Índico.

Tanne se sentó en uno de los muros la mañana de su llegada y saludó al sol naciente. Se había levantado temprano y había salido de la habitación, en la que Denys todavía dormía, para disfrutar de la leve brisa matinal que soplaba a esa hora desde el océano. La visión de la superficie centelleante del agua ahogó por unos minutos sus preocupaciones. Un poco más lejos, unos vetustos baobabs extendían como columnas sus troncos y sus ramas desnudas hacia el cielo. A la luz del sol de la mañana su brillo todavía era blanco, pero Tanne sabía que en el transcurso del día adquirirían un matiz casi violeta.

—¿Sabes lo que dice la leyenda sobre los baobabs? —preguntó Denys en ese momento, tras seguir la mirada de Tanne. Había salido de la casa con dos tazas de té.

Ella negó con la cabeza. Denys le tendió una taza y se sentó frente a ella en el muro bajo.

—La leyenda cuenta que el demonio, en un arrebato de cólera, arrancó los baobabs de la tierra y los volvió a colocar con las raíces hacia arriba, dejándolos de este modo sin el sustento del suelo y exponiéndolos al sol abrasador para que tuvieran que luchar por su supervivencia. De ahí su forma petrificada, casi grotesca.

—Parecen más seres vivos que árboles —opinó Tanne. La vista de esas quejumbrosas siluetas antropomorfas la puso triste—. ¿Qué hacemos hoy? —preguntó para pensar en otra cosa.

—Podríamos ir a dar un largo paseo cuando baje la marea —propuso Denys. Tanne estuvo de acuerdo.

Recorrieron un extenso trayecto bajo un sol matinal cada vez más intenso, pasando junto a islitas de coral que se elevaban como lomos de pequeñas ballenas desde el fondo del mar. De regreso, caminaron un rato por la playa.

—Allí delante hay pescadores —advirtió de repente Denys—. Ven, vamos hacia donde están.

Dieron alcance a los dos hombres, que estaban trabajando en una barca de madera. Donde la playa se transformaba en un manglar, habían construido con tablas un puestecillo en el que se exhibía el pescado al amanecer. Tanne admiró los peces con espinas y de colores llamativos, cuyo aspecto era tan diferente a los que ella conocía desde su infancia en el mar Báltico.

Denys compró pescado de varias especies y emprendieron el camino de regreso.

—¿Tienes hambre? —preguntó cuando llegaron a la casa.

—Todavía no —respondió Tanne—. Hace demasiado calor.

Denys le dio la razón. En el interior de la casa sombría se estaba más fresco gracias a los techos altos y las ventanas diminutas que dejaban entrar muy poca luz.

Se refrescaron y se acostaron. Denys se apoyó en un codo y se volvió hacia ella. Le acarició suavemente el brazo con las yemas de los dedos. Su mano encontró la apertura de su ligera blusa y le acarició el vientre y los pechos. Tanne suspiró complacida. Por unos minutos se quedó quieta, disfrutando de las suaves caricias, luego colocó la mano en el cuello de Denys y acercó su cabeza hacia la de ella. Sus labios se encontraron. Lentamente su beso fue haciéndose más apasionado, hasta que Denys colocó todo su cuerpo sobre el de ella.

UNAS HORAS MÁS tarde, cuando Tanne se despertó, el sol ya había bajado y del exterior llegaba el olor a pescado asado. Aturdida, se puso en pie y se vistió. Denys sonrió al verla con el cabello revuelto.

—¿Has dormido bien?

Tanne rio.

—Con este bochorno no se puede hacer otra cosa.

—¿No? —preguntó él con fingida sorpresa—. Creo recordar que pasó algo más.

—Ah, ¿sí? —Con un aire pícaro, Tanne le plantó un beso en la cabeza y se sentó a su lado—. Hum, huele bien. —De repente sintió un hambre voraz.

—¿Me cuentas una historia? —le pidió Denys después de comer, y se sentó expectante con las piernas cruzadas al estilo indio, como siempre que la escuchaba.

Era la primera vez desde hacía mucho tiempo que ella tenía ganas de narrar un cuento. Su mirada se deslizó por el mar azul con su cinta blanca de olas que rompían en los arrecifes de coral. Por detrás pasó una *dhau* con las velas hinchadas por el viento. Espontáneamente empezó:

—Hace mucho, mucho tiempo, una *dhau* se encaminaba hacia Zanzíbar. Era una noche estrellada y las velas de la embarcación estaban muy tensas, a punto de rasgarse. Ninguno de quienes la veían surcar las aguas en esa noche iluminada por la luna sabía de su carga secreta…

Denys se entusiasmó al instante. Nadie disfrutaba tanto como él de los relatos que ella contaba. Cuando Tanne hubo acabado, aplaudió sin hacer mucho ruido.

—Deberías tomarte más en serio tu talento y trabajar tus relatos de forma sistemática —señaló—. Sé que te lo he dicho con frecuencia, pero estoy convencido. Tendrías que enviarlos a una editorial. Son demasiado buenos para que los escuchemos solo yo y un par de elegidos más.

Ella no respondió. Denys observó sorprendido que la mirada de Tanne se ensombrecía. Antes de que pudiera preguntarle la razón, se lo explicó.

—Ahora hablas como mi hermano. —Hizo una mueca despectiva—. Opina que debo plantearme seriamente el oficio de escribir.

Denys la miró inquisitivo.

—¿Y qué hay de malo en ello?

—¿Te lo imaginas?

—Sí.

Tanne suspiró.

—Si reflexiono ahora acerca de lo que podría hacer en el futuro estaré reconociendo que he fracasado en mi empresa con la granja. Que no he alcanzado lo que debería haber conseguido. Pero ¿por qué razón? ¿No he invertido todas mis fuerzas y habilidades en ese proyecto? ¿En qué lugar he dado el primer paso en la dirección equivocada? —Hizo una breve pausa y añadió—: ¿Comprendes? No puedo pasar a una ocupación nueva como si nada. En momentos como el presente es importante hacer primero un inventario. ¿Crees que es tan sencillo renunciar a toda mi vida aquí y empezar de nuevo?

—Nadie lo cree —se atrevió a indicar Denys, pero ella ignoró su comentario y no dejó que volviera a tomar la palabra.

—Pienso que nadie quiere comprender lo que la granja y sus habitantes representan para mí. Esas personas dependen por completo de mis decisiones porque viven en mis territorios. A muchos, además, les pago un sueldo mensual. Pero al final, lo que me enriquece es nuestra convivencia en la granja. Lo que hemos logrado hacer juntos es una parte de mí… Soy yo.

—La vida es un cambio constante —la interrumpió Denys, pero enseguida se percató del nulo consuelo que contenía esa perogrullada.

—¿Por qué tiene que cambiar constantemente? —replicó enseguida Tanne—. De niños, mi hermano Thomas y yo nos imaginábamos situaciones y pensábamos que durarían para la eternidad. Luego reflexionábamos sobre cómo nos sentiríamos entonces. El resultado solía ser sorprendente. Momentos que a primera vista no parecían en absoluto tan malos se revelaban como infiernos, y otros, por el contrario, eran felices.

—¿Podrías imaginarte luchando eternamente por la granja? ¿Enfrentándote cada día a nuevos problemas y sin dinero? ¿Toda tu vida? ¿Eso sería para ti la felicidad? —Denys arqueó las cejas.

—¿Tan desacertado te parece? Todos nosotros necesitamos respirar otros aires. Yo ahora necesito tareas con las que crecer. No soy como tú, que eres un poco de aquí y un poco de allá, que hoy estás aquí y mañana estarás allí.

—¿Así es como tú me ves? ¿De verdad? —preguntó Denys molesto.

—Bueno… —respondió Tanne con terquedad—. En tu equilibrio hay mucho del denominado elemento aire. Estás en todas partes y en ninguna, rozas las superficies y los corazones como una brisa. Circulas como una corriente por los sentimientos de los demás, lo haces de continuo. Todos los que te conocen te aman como quieren al aire, pero raras veces te comprometes con un plan o con una persona. Creo que esa es la diferencia fundamental que hay entre nosotros.

Denys calló ofendido, y Tanne sospechó que sus palabras le habían afectado. Por una parte, sentía exactamente lo que había dicho; por otra, Denys no merecía ese ataque gratuito. Le encantaban sus relatos y hacía tiempo que la animaba a que los escribiese. Y ella había tomado su elogio como excusa para descargar su tensión interior y denigrarlo. Contempló las últimas ascuas del fuego de la chimenea. Entretanto había oscurecido y apenas distinguía los rasgos de Denys. De repente, su energía negativa la abandonó como el aire que sale de un globo. Se aproximó a él con cuidado y lo rodeó con un brazo.

—Lo siento —susurró.

—Yo no tengo la culpa de tu situación —dijo Denys todavía herido—. Me duele muchísimo verte así.

—Lo sé —respondió suspirando Tanne—. Nadie tiene la culpa. Y sin embargo hay veces que me gustaría descargar en alguien los sentimientos acumulados… No te enfades conmigo, por favor.

Él se volvió hacia ella y la abrazó. Permanecieron así largo tiempo. Tanne tenía el rostro contra el hombro de él. Denys le acariciaba con ternura el cabello castaño. Al fondo solo se oía el bramido del embate de las olas, y lo que más ansiaba Tanne era que ese momento durara eternamente.

43

Ngong, otoño de 1930

EN LOS MESES que siguieron a su excursión a la costa, Tanne se sintió como si fuera dos personas distintas que se escudriñaran mutuamente, como si fuesen extrañas. Todo había empezado cuando fue al banco para poner la granja a la venta. Al mismo tiempo le resultaba imposible tomarse en serio ese hecho. No lograba creerse que hubiese llegado a un punto de no retorno. Mientras que una Tanne se preparaba para la venta, la otra llevaba la vida en la granja como de costumbre y evitaba enfrentarse a los cambios que se le avecinaban.

De ahí que esa mañana tuviera que leer varias veces el escrito que sostenía en la mano. Era una carta del banco. Abrió el sobre y leyó primero por encima:

«… deseamos comunicarle que hemos encontrado un comprador para su granja… Por favor, póngase en contacto para concertar una cita… Nairobi…»

Tanne leyó la carta con detenimiento y entonces fue cuando el contenido la impactó. Se quedó sin aire. ¿Un comprador? ¿Para su hogar? ¿Tan deprisa? En quien primero pensó fue en Denys, que ya llevaba un par de meses en Inglaterra de nuevo, con su familia. Sintió la urgente necesidad de aferrarse a su persona, como si solo él pudiera protegerla de una caída libre, pero sabía que era absurdo. No podía contar con nadie más que consigo misma ante los acontecimientos venideros.

Mientras una Tanne concertaba una cita con la persona a quien le interesaba su granja, la otra sembraba plantones de un tipo de verdura silvestre que le había conseguido Kamante, y reparaba a continuación el postigo de una ventana. Entonces llegó el momento. Conoció al posible comprador en Nairobi.

—Baronesa Blixen, encantado de conocerla. Soy Remy Martin —se presentó el comprador en el despacho del banco.

Tanne le tendió la mano en un gesto maquinal.

Se sentaron y el señor Taylor, el empleado del banco, se ocupó de exponer las condiciones precisas de la venta. Remy Martin no tenía intenciones de regatear. Estaba dispuesto a pagar el precio exigido.

—¿Qué va hacer con el terreno de la granja? —preguntó Tanne cuando mister Taylor hubo acabado.

—Trabajo para una compañía inmobiliaria —explicó Remy Martin—. No estamos interesados en su granja por razones agrícolas. Como usted misma sabe, su localización es demasiado elevada para cultivar café. La cría de ganado y el cultivo de maíz seguro que serían rentables, pero nosotros no nos dedicamos a esas tareas. Mi compañía dividirá el terreno en parcelas y trazará calles para construir una infraestructura. En los próximos años Nairobi crecerá y en algún momento absorberá sus tierras.

A Tanne se le agolpaban las preguntas en la cabeza. La plantación, el bosque, la planicie, los *shambas* de los kikuyus…. ¿Todo eso iba a convertirse en terreno urbanizable, pensado para futuras edificaciones?

Se enderezó de repente.

—En mis tierras viven cientos de kikuyus con sus animales —dijo—. ¿Qué será de ellos? Podrán quedarse, ¿no?

Remy Martin contrajo el rostro, pero el empleado del banco se adelantó a su respuesta.

—Por desgracia, no pueden quedarse donde están, baronesa Blixen. ¿Cómo iban a hacerlo? Según los documentos de que dispongo sobre la granja, los kikuyus poseen unas tres mil cabezas de ganado que viven y pacen en sus tierras. En los últimos años, usted misma ha rechazado mi propuesta de abandonar el cultivo del café y pasarse al del maíz y a la cría de ganado porque de esa manera habría tenido que utilizar en su propio provecho el terreno que emplean los kikuyus. Naturalmente, la compañía inmobiliaria no podría permitir que los nativos permanezcan en esas tierras. Pues, de ser así, esas hectáreas no valdrían nada, tan poco como últimamente han valido para usted.

¿Que no valdrían nada? Tanne se sintió como si le hubiesen insultado a la cara.

«No valer nada» era el último concepto con que vincularía su granja, a los kikuyus y a su ganado.

—Por favor, no crea que va a solucionar el problema evitando que Remy Martin realice la compra —se apresuró a indicar mister Taylor cuando vio la expresión de su rostro—. Cualquier comprador potencial de su granja hará lo mismo porque, ¿quién querría comprar y explotar un terreno habitado por cientos de kikuyus y sus animales? —Hizo una seña a Remy Martin.

—Naturalmente, todavía tardaremos un tiempo hasta que se ordene todo de forma contractual y pase por el notario —indicó—. Suponemos que todavía puede recolectar la próxima cosecha de enero. A lo mejor, incluso la siguiente, en verano. Esas cosechas son de su propiedad. Además, una vez firmado el contrato de compra, estamos dispuestos a dejarle vivir en la granja hasta que la última de esas cosechas se haya recogido. Digamos que por un alquiler nominal de… ¿qué le parece un chelín al día?

Tanne estaba meditabunda. Había evitado durante tanto tiempo enfrentarse con una posible venta y sus consecuencias prácticas que las reflexiones de ambos hombres la pillaron desprevenida. Les arrebatarían las tierras a los kikuyus, se recogerían las próximas una o dos cosechas de café y, hasta entonces, ella misma sería solo una inquilina a la que toleraban que permaneciera en su propia granja.

Después de eso no había nada.

UNAS HORAS MÁS tarde, cuando bajó del coche delante de la casa, estaba mareada. Subió al porche con marcada lentitud. En la sala de estar estaban Kamante y Farah con rostros impasibles.

—*Memsahib*, ¿ha firmado el contrato? —preguntó Farah.

Tanne asintió, pasó de largo sin decir palabra hacia su dormitorio y se tendió en la cama sin desvestirse. Contempló cómo con las horas decrecía lentamente la luz de la habitación. Del exterior llegaban pasos y voces aisladas, cada vez más. Sin acercarse a la ventana, Tanne ya sabía lo que pasaba. La noticia de la venta se estaba propagando y los kikuyus de la granja llegaban para sellar con su presencia lo acontecido.

Tanne se quedó dormida. Al día siguiente, cuando salió al porche, se sobresaltó. Los kikuyus que habían llegado el día anterior seguían allí y su número había crecido durante la noche. Por lo que Tanne podía ver, estaban apostados junto a su casa como una guardia silenciosa. Y de pronto supo que tenía una batalla más que librar y que, en esa ocasión, no podía permitirse perderla. Tenía que encontrar otra nueva parcela de tierra en la que los kikuyus de su granja pudieran instalarse junto con su ganado.

PERO LO QUE Tanne había imaginado como una única batalla, se reveló en los meses que siguieron como una auténtica guerra. Tras la Navidad y la celebración del Año Nuevo habían transcurrido semanas, y aún seguía sin dar con una solución ante la pregunta acerca de dónde y en qué condiciones iban a vivir las numerosas personas que en los meses siguientes se verían obligadas a abandonar la granja y sus tierras.

—Todo lo que he pensado hasta ahora es imposible o nada deseable —confesaba acalorada cuando hablaba con Denys, recién llegado de Inglaterra, cuando ambos se sentaban junto a la muela de molino, delante de la casa.

Denys callaba. A esas alturas sabía que cualquier intento de tranquilizarla empeoraba todavía más las cosas.

—No puedes ni imaginarte en cuántos sitios he estado por causa de la mudanza de los kikuyus: he ido a ver quince veces al oficial de distrito de Nairobi, cuatro al de Kiambu, he estado un montón de días en el llamado Natives Department y en la Land Office, y hoy incluso me he atrevido a visitar al cónsul danés en Nairobi.

—¿Al cónsul danés? —preguntó asombrado Denys.

—Sí, no quería pasar nada por alto, y como soy danesa pensé que podría ayudarme con este asunto.

—¿Y cómo ha respondido?

Tanne resopló desdeñosa.

—¡Si supieras…! Me hubiera encantado pegarle un bofetón. ¡Cómo se puede ser tan desgraciado!

—¿Qué ha pasado? —interrogó Denys frunciendo el ceño.

Tanne inspiró un instante para tranquilizarse y luego contestó con un tono irónico:

—Andersen, que así se llama ese buen hombre, no tenía nada que decir en favor de la precaria situación de los kikuyus. Al contrario. Me ha dado a entender de forma agresiva que no debería haberlo molestado con este asunto y que, tal como se ha acordado, los kikuyus tienen que marcharse de mis tierras en el plazo de seis meses según contrato. Y ha dicho que no permitirá ninguna prórroga. ¡Como si él fuera el nuevo propietario de la granja o como mínimo el gobernador de la colonia! Cuando me he ido le he llamado canalla y sinvergüenza.

—¿Que has hecho qué? —Denys rio incrédulo—. ¿Y él se ha quedado de brazos cruzados, sin reaccionar?

—No. Pero me ha amenazado con denunciarme por incitar supuestamente a los kikuyus a hacer *tembu*, su cerveza local.

—¡Vaya! —exclamó Denys.

—¡Bah! —respondió desdeñosa Tanne—. Ya me he informado. No nos puede hacer nada. Y mañana vuelvo otra vez a la Land Office y en los días siguientes me reuniré con el gobernador inglés, Joseph Byrne.

—Hace muy poco que ocupa el cargo, ¿ya lo conoces? —se sorprendió Denys.

Tanne negó con la cabeza.

—Por desgracia, no, pero ¿qué otra cosa puedo hacer?

—Ya he oído hablar de este asunto, baronesa Blixen —dijo el nuevo gobernador inglés unos días más tarde, mientras sonreía afable a Tanne—. Está levantando usted una gran polvareda con esta cuestión. En todo despacho de la Administración de Nairobi se habla de su petición.

—Sí, y no voy a quejarme en absoluto. Todos los funcionarios con los que he hablado hasta ahora han sido muy solícitos y comprensivos, pero no parece que haya nadie que pueda remediar la situación de esa gente.

—Yo también he estado estudiando su petición —anunció Byrne—. Pero, ciertamente, no es algo sencillo. Varios cientos de personas y unas tres mil cabezas de ganado… —Movió la cabeza—. Es mucho. Si los kikuyus pudieran desprenderse al menos de una parte de sus animales…

—No lo harán. Los animales conforman la única riqueza que poseen.

Byrne asintió.

—Lo sé. Pero para que los llevaran consigo necesitaríamos proporcionales un área enorme. Si resulta demasiado pequeña, los recién llegados tendrán conflictos con los vecinos y las peleas serán interminables. La única posibilidad es dividirlos en grupos más reducidos y resituarlos separados los unos de los otros. Me pregunto por qué se opone tanto a esta solución.

Tanne no respondió de inmediato. Pensó en cómo precisamente Kaninu y Wainaina, que tras el trágico accidente del disparo habían estado tan enemistados, habían ido a hablar con ella y le habían pedido que no los separasen, pues pertenecían a una comunidad formada por muchos miembros.

—Señor gobernador —dijo con vehemencia—, esas personas nacieron en este país, como ya lo hicieron generaciones antes que ellas. Naturalmente, dan por hecho que es suyo. Tienen todo el derecho del mundo. Y si se lo quitamos, también les quitamos su pasado, su identidad. ¿Sabe lo que hicieron los masáis cuando hace años los sacaron de sus tierras heredadas y los instalaron en las actuales reservas? Dieron a las nuevas montañas, ríos y altiplanos los nombres de los accidentes geográficos de su hogar. Y por la misma razón quieren permanecer juntos los kikuyus de mi granja. Si tienen que mudarse a otro lugar, quieren al menos no perder esos rostros conocidos de su comunidad a los que los unen un pasado común y recuerdos también comunes. ¿Tan difícil es de entender?

—Baronesa, es posible que tenga usted razón, pero también debe comprender que la solución del problema no reside en la falta de voluntad, sino en obstáculos prácticos. Por mucho que quiera ayudar a los kikuyus de sus tierras, me temo que en ninguna de las reservas encontraremos libre un terreno que resulte lo bastante extenso para acoger a tantas personas con sus animales.

—¡Prométame que lo intentará! —dijo Tanne con desesperación—. ¡Por favor, busque la solución! Hemos invadido las tierras de estas personas y ellas lo han aceptado. Así como han soportado nuestras luchas de poder y el hecho de que hace quince años los implicáramos en nuestra guerra mundial. Viven con nuestras leyes y todas las limitaciones a las que los sometemos. Nosotros los blancos estamos en este país desde hace un par de décadas y nos creemos los dioses de este mundo. Hacemos y deshacemos según nuestra conveniencia, mientras que a los africanos ni siquiera les está permitido comprar tierras u ocuparlas. Todo esto, gobernador, lo han tolerado suponiendo que, al menos, se les permitirá vivir en su propio país. Y ahora ni siquiera eso es posible. Se lo ruego encarecidamente, busque… No, no se trata de que lo busque. Le pido que encuentre un territorio apropiado para esas personas.

Tanne miró suplicante al gobernador.

Este asintió lentamente.

—Lo buscaré, baronesa. Tiene usted mi palabra.

44

Ngong,
finales de marzo de 1931

—DA UN POCO menos de gas… No, demasiado. Así está bien. Y ahora aparcas el coche ahí delante, en su sitio habitual. Cuidado…, despacio…, ¡muy bien!

El joven kikuyu miró resplandeciente a Tanne.

—Hoy sí que ha ido bien, *m'sabu*, ¿qué opina usted?

—Ha sido estupendo. Vas a ser un conductor extraordinario. —Bajaron del coche y el muchacho se despidió.

—¡Hasta mañana! —le gritó Tanne.

Denys estaba en el porche y sonreía.

—Así que ahora también eres profesora de conducción. ¿Cuántos alumnos tienes ya?

Tanne se encogió de hombros.

—Muchos, ¿y por qué no? Si aprueban el examen de conducir, podrán encontrar después un trabajo de chófer.

—No dejas pasar ni una.

Tanne no respondió, sino que se sirvió un vaso de té helado de una gran garrafa que estaba sobre la mesa del porche.

—¿Hay novedades de la Land Office? —preguntó Denys.

Ella negó con la cabeza.

—Lo único nuevo son las facturas que siguen apareciendo en la casa, pero siempre ha sido así.

—¿Vamos a volar juntos? —preguntó él con espontaneidad.

—A lo mejor más tarde.

Denys la tomó del brazo.

—Tania, no me evites. Para mí también es difícil esta situación. Y por eso había pensado en algo especial. ¿Has estado alguna vez en el lago Natron?

—No, pero sé que está a unos ciento cuarenta kilómetros de aquí. —En Tanne, sin embargo, ya se había despertado la curiosidad.

—En el avión, eso no es un problema. Venga, vamos. Tus preocupaciones no se irán porque no les prestes atención durante unas horas.

Tanne hizo una mueca. Pero, cuando más tarde el aire frío de las alturas le hizo cosquillas en la cara, reconoció que Denys llevaba razón. Solo allí arriba, despegada de la tierra, podía abandonar su tensión por unas horas.

El paisaje que se extendía a sus pies era quebradizo y seco, y parecía descolorido. Cuando Denys iniciaba el vuelo de aproximación, Tanne descubrió el lago a cierta distancia. Era una imagen extraña. Su alto contenido alcalino teñía el agua al borde del fondo plano, encostrado y como selénico, de un rojo sangre. A su alrededor no crecía la más mínima vegetación. En el centro más profundo, el agua tenía un tono azul cielo debido al fondo blanco de sal. Miles de flamencos de color rosa alzaron el vuelo cuando Denys pasó con el Gipsy Moth por encima del agua. Era una fiesta de colores en medio de un yermo paisaje de un gris amarronado. Tanne contuvo el aliento cuando la sombra azul oscuro del biplano se unió a la sombra en forma de nube de los flamencos y ambas se deslizaron unidas por el lago.

Tras el aterrizaje, Tanne se sentía mareada de felicidad.

—Gracias —dijo cuando, a la sombra del ala del avión abrieron la cesta con la merienda y Denys le tendió una botella fría de cerveza.

Durante un rato estuvieron comiendo en silencio los bocadillos que habían preparado para la excursión. La cerveza se recalentaba a causa del calor abrasador como si la hubiesen colocado encima de un hornillo encendido, y Tanne se apresuró a vaciar su botella.

—Dentro de poco he de viajar por trabajo, pero luego iré en avión a mi casa en la costa. Tengo que hacer algunas reparaciones —anunció Denys—. ¿Me acompañarás?

Tanne contempló el lago.

—Quizá, pero todavía no puedo asegurártelo. Estoy muy atareada en la granja. Planeo organizar una pequeña fiesta de despedida para los alumnos de mi escuela y también tengo que ir pensando en vender una parte de mis enseres. Es imposible que me los lleve todos a Dinamarca. Anunciaré en Nairobi que hay una venta de muebles en mi casa, solo en días determinados. Quien esté interesado podrá venir y echar un vistazo. Ya verás, dentro de poco comeremos sobre las cajas de la mudanza.

—Una aventura nueva cada día —bromeó Denys.

Pero de repente Tanne su puso seria.

—¿Te has preguntado ya dónde vas a vivir cuando la granja…? Ya sabes.

Denys se quitó el sombrero y se rascó la cabeza. Entonces dio él también un último trago a la cerveza recalentada.

—La casa de la costa sería una posibilidad —dijo, dirigiendo la vista al esplendoroso lago en el que se apiñaban los flamencos—. Pero en lo que respecta a la gestión de los safaris, la costa, por desgracia, está demasiado lejos. Claro que podría alquilar un bungaló en el Muthaiga Club o instalarme en casa de nuestro amigo Hugh Martin. Desde que su esposa lo dejó, está bastante solo y se ha ofrecido a darme alojamiento.

—Eso estaría bien. —Siguió una larga pausa.

—¿Estás segura de que quieres volver a Dinamarca? —preguntó de súbito—. También podrías vivir en mi casa, en Takaungu.

Tanne suspiró.

—¿Y qué haría yo allí? Además, el clima de la costa es demasiado cálido y húmedo para mí.

Volvieron a sumirse en el silencio. Ni Tanne ni Denys se atrevían a tocar el tema que desde hacía semanas se traslucía en la totalidad de sus diálogos, tanto si conversaban sobre el final de la escuela, la migración de los kikuyus o las clases de conducción. Ese tema era su inminente separación. Tanne sabía por qué recurría tan obcecadamente a pensar y describir los problemas prácticos de su inminente traslado: la ayudaban a combatir el dolor que le dispensaría su pronta separación de Denys. No podía imaginarse construyendo una nueva vida sin él, sin su voz, sin su sonrisa, sin su optimismo inquebrantable y su ternura. La idea era tan amedrentadora que parecía borrar cualquier otra inquietud en su interior. ¿Qué quedaría de él, de África, de la mujer en que se había convertido... justo con él?

—¡UNA CARTA DE la Land Office!

Tanne rasgó el sobre. Desde hacía meses, cada día esperaba una respuesta y, cuanto más se acercaba el verano y con él el final del plazo en la granja, más se desesperaba. Rápidamente, leyó las líneas por encima.

—¿Qué? —musitó, volviendo a leer, esta vez con calma, la misiva. Había contado con que aceptaran o rechazaran sus solicitudes, pero no con aquel mensaje. Farah se había acercado hasta ella y la miraba inquisitivo.

—Tengo que registrar a todos los kikuyus que viven en mis tierras —dijo—. Y hacer una lista informando sobre el número de sus cabañas y animales. Por todos los santos, ¿cómo voy a hacer algo así? ¡Son cientos de personas!

—Pero es una buena señal, *memsahib* —opinó Farah—. Significa que la Administración está trabajando en el tema.

Tanne asintió.

—Tienes razón. Es una buena señal. —Dejó a un lado la carta—. ¿Puedes ayudarme a informar a los kikuyus? Todos tienen que estar al corriente y venir aquí. Lo mejor es que sea poco a poco y siempre por las mañanas.

—Por supuesto —dijo Farah y se dispuso a marcharse.

—¿Farah?

Este volvió a darse media vuelta.

—¡Gracias!

Farah sonrió y salió.

ESA MISMA TARDE, a última hora, Tanne estaba sentada junto a la mesa de la muela de molino, en la oscuridad, mirando las estrellas. Hacía poco que había empezado la gran temporada de las lluvias, pero esa tarde no había llovido y Tanne se alegraba de poder sentarse en su banco favorito. Días después de su excursión al lago Natron, Denys se había marchado para ocuparse de sus negocios y, si tenía que ser sincera, ella disfrutaba también de ese tiempo en soledad. En los últimos meses había tenido que encargarse de demasiados asuntos de gravedad y tenía la necesidad de ordenar la mente.

«¡Qué profundo es el cielo aquí y cuánto brillan las estrellas! —pensó—. ¿Será a partir de ahora mi vida así? ¿Compararé continuamente todo lo que haga o vea con lo que hecho y visto en África?»

En ese momento, escuchó unos pasos. Alguien corría por el otro lado de la casa, en el porche. Tanne se levantó. Cuando dobló la esquina vio a un joven. También Farah había salido ya al porche alertado.

—Soy el hijo del jefe tribal Kinanjui —dijo el muchacho—. Mi padre me ha enviado aquí. Se está muriendo.

—¿Cómo? —exclamo Tanne sobresaltada. Claro que Kinanjui era un anciano, pero nunca le había dado la impresión de que estuviera débil.

—Mi padre pasó unos días en la reserva masái —explicó el hijo de Kinanjui—. Tenía que arreglar una cuestión acerca del ganado que tenían los masáis y que él debía llevar a casa. Durante la estancia, una vaca le dio una patada y sufrió unos dolores horribles. Permanecimos un tiempo en la reserva con la esperanza de que se recuperaría pronto, pero fue empeorando. Llegó un momento en que decidimos trasladarlo. Mi hermano y yo lo hemos traído a casa. Su vida se está terminando.

—Voy a verlo —dijo enseguida Tanne.

—Yo también —añadió Farah. Se internaron callados en la oscuridad. Recorrieron los últimos kilómetros lentamente, por senderos estrechos que se habían reblandecido con las recientes lluvias.

Tanne ya había visitado varias veces la aldea de Kinanjui y siempre la encontró llena de vida, pero esa noche todo era distinto. Mujeres, niños y muchachos formaban pequeños grupos. Nadie hablaba, sin embargo, en el aire flotaba una tensión provocada por la incertidumbre que acarrearía la cercana muerte del jefe tribal. Mientras Tanne se dirigía con Farah a la choza de Kinanjui, vio de soslayo el coche deportivo rojo en el que Kinanjui se había presentado en su casa, cuando ocurrió el incidente con el infeliz tirador. Se había abollado un guardabarros y faltaban las ruedas. Unas plantas trepadoras cubrían por completo el oxidado capó.

El hijo de Kinanjui los condujo a la choza. En una cama construida con ramas secas yacía Kinanjui. Más de una docena de mujeres y hombres estaban en silencio repartidos por la habitación, por lo demás prácticamente vacía. Debían de ser las esposas, hijas e hijos de Kinanjui. En varios sitios ardían hogueras y Tanne sintió en los ojos la mordedura de su humo caliente cuando se acercó a Kinanjui. Se estremeció al verlo. El rostro y el cuerpo de aquel hombre tan bien formado se habían venido abajo; la piel se tensaba sobre los huesos afilados y las pupilas flotaban en los ojos acuosos. Sin embargo, la peor imagen era la que ofrecía la pierna supurante, de un color amarillo negruzco y tan hinchada que no se distinguía la rodilla del muslo. La gangrena había avanzado tanto que era imposible abrigar esperanza alguna.

Kinanjui ya no podía hablar, pero dirigió la vista hacia ella y consiguió tocarle la mano.

—Hace un par de horas hemos ido a buscar a un médico de la misión escocesa —dijo un hombre que se había acercado a ella—. Enviará una ambulancia que transportará a mi padre al hospital, pero él no quiere ir allí. Le pide que lo lleve a su casa.

Tanne se volvió hacia él consternada. Conocía la aversión de los kikuyus hacia los hospitales, motivo por el que hasta ese día no hubiesen avisado a un médico. Volvió a mirar a Kinanjui, cuyos ojos estaban fijos en ella, como si intentase comunicarse de ese modo. Trataba de analizar la situación con rapidez. Suponía lo importante que era para Kinanjui lo que le pedía. Sabía que tenía que morir y quería hacerlo en su casa, en paz.

Tanne se mordió tan fuerte el labio que notó el sabor de la sangre. Pocos meses atrás no hubiera dudado ni un segundo en cumplir el último deseo de Kinanjui, a pesar de todas las consecuencias con las autoridades, pues, por supuesto, el hospital la denunciaría si impedía que se tratara a un enfermo terminal. Que el caso de Kinanjui no tuviera solución no significaba contar con una autorización legal. Y si se moría en su coche por el camino, los reproches serían aún más graves. Pensó en los kikuyus de su granja, la batalla que libraba con las autoridades a causa de su mudanza. ¿Podía en esa situación pelearse con ellas ahora que la vida de tanta gente dependía de su buena voluntad? La respuesta era no. Tanne sudaba. Reflexionó una y otra vez por si cabía alguna posibilidad, pero no veía otra salida.

—No puede ser —dijo con determinación—. Lo siento.

Vio con el rabillo del ojo que Farah la miraba sorprendido. El joven que estaba a su lado se retiró un par de pasos y Tanne luchó contra las lágrimas de rabia y de impotencia.

—*Goodbye* —musitó. Luego se dio la vuelta y se marchó.

Camino del coche, las lágrimas le rodaban por las mejillas. No se las secó. Oyó a Farah a sus espaldas. «Para no traicionar a la gente de mi granja he traicionado a Kinanjui», pensó con amargura, pero a Farah, cuyo rostro todavía expresaba sorpresa, le dijo:

—Por favor, regresemos. Tan rápido como sea posible.

La idea de cruzarse con la ambulancia le resultaba insoportable.

45

Ngong,
finales de abril de 1931

Pese al tiempo lluvioso, Ingrid Lindström, la amiga de Tanne, había recorrido el largo camino desde su granja en Rift Valley para ayudarla en ausencia de Denys. Tanne todavía no había recibido ninguna notica de la Land Office y el destino de las personas que vivían en sus tierras seguía siendo incierto. Apenas dormía por las noches y durante el día buscaba las soluciones más peculiares, pero al final la conclusión era que dependía de la ayuda de la Administración colonial británica. Pocas veces se había sentido tan a merced de los demás.

—Estamos empaquetando los muebles y la compañía de transportes quiere saber en qué embarcación voy a viajar, y mientras tanto los kikuyus ni siquiera conocen dónde y en qué condiciones van a vivir en un futuro próximo. —Tanne cerró una caja y se apoyó agotada en ella.

Ingrid también se sentó.

—¿Cómo te fue con el registro que te pidieron?

—No me preguntes. Estuvieron haciendo unas colas interminables durante días, y bajo la lluvia, que este año ha sido abundante… Ya ves, ironías del destino. —Dibujó una sonrisa torcida—. Naturalmente, la mayoría de ellos estaban esperanzados porque por fin apreciaban un cambio, en apariencia beneficioso, pero acabaron decepcionados después de responder a todas las cuestiones absurdas que tuve que hacerles. Por supuesto, todos me preguntaron por qué me voy y me sugirieron distintas maneras de quedarme.

—Tanne se apartó un mechón de la frente—. También los niños de mi escuela... Hace un par de días celebramos la fiesta de despedida y prepararon un mensaje para mí. —Se levantó y se fue a su escritorio—. Al final, todos juntos me entregaron esto —dijo, tendiendo a Ingrid una gran hoja de papel llena de nombres y con los más diversos animales pintados.

Ingrid leyó en el dorso:

—«No nos creemos que te vayas para siempre, porque no podrás estar mucho tiempo sin nosotros.» —Ingrid asintió con tristeza y le devolvió la hoja de papel.

Tanne alisó con las manos los extremos ligeramente arrugados.

—¡Si al menos pudiera hacer algo! Para los kikuyus, encontrar una solución es una simple cuestión de voluntad, y yo desearía ser más como ellos. Nuestro dinero y nuestras reglas, todas las presiones y leyes con las que regulamos cada uno de los aspectos de nuestra vida lo hacen todo imposible. Mientras las cosas nos vayan bien, no vemos los barrotes de la jaula de cristal que nos rodean, pero en cuanto algo sale mal y tendemos la mano porque hemos fracasado, tropezamos con las primeras paredes invisibles. Te lo digo: si Saufe, el hijo menor de Farah, no se deslizara a menudo en mi cama para acurrucarse contra mí, no dormiría más.

—¿Qué edad tiene ahora? —preguntó Ingrid a sabiendas de lo mucho que Tanne quería al niño pequeño de Farah.

—Va a cumplir tres años. —Tanne volvió a sentarse y cogió un objeto decorativo.

—¿Qué quieres hacer con esto? —quiso saber Ingrid, y señaló la figurilla de un arlequín—. ¿Llevártelo o venderlo?

—¡Oh, no! —exclamó Tanne—. Mi hermana Elle me la regaló hace un par de años para Navidad, como recuerdo de las obras de marionetas y teatro que yo había escrito de niña para la familia.

—Cuánta creatividad tenías ya de pequeña —se sorprendió Ingrid, y envolvió la figura de barro. Siguieron trabajando en silencio. Al cabo de un rato, Ingrid preguntó—: ¿Y qué harás con los perros y el caballo?

Tanne no respondió enseguida.

—Los dos perros han encontrado su nuevo hogar en una de las granjas vecinas y también mi caballo ha encontrado un cuidador, en el norte —contestó—. Dentro de poco llevaré a *Rouge* a la estación de Nairobi, desde donde lo transportarán en una caravana a su nueva casa.

Dejó otra vez de empaquetar. Varias lágrimas silenciosas le resbalaron por las mejillas.

—Ojalá no hubiese abierto el pico —dijo Ingrid afligida, pasándole un brazo por los hombros—. Por favor, perdona, he pecado de insensible.

Tanne negó con la cabeza.

—Al contrario. Debo hablar de ello. A menudo deseo tener a alguien cerca, alguien a quien detallarle cada una de mis pérdidas, porque prefiero dar cuenta de ello. Como si escribiera una especie de libro de lamentaciones.

—Quizá te ayudaría a despedirte de forma totalmente consciente de todo lo que consideras que vas a perder.

Tanne asintió, se sorbió la nariz y se secó los ojos enrojecidos.

—Pero ¿por qué no lo hacemos? —preguntó de repente Ingrid—. Ya no llueve, y los muebles y cajas se quedarán donde están. De todos modos, la venta no se hará hasta la próxima semana. Ven, vamos a escribir un libro de lamentaciones. ¿Tienes algún cuaderno?

En lugar de responder, Tanne se levantó de un salto y rebuscó en un cajón.

—Aquí —pasó las hojas—, y está en blanco. —Cogió un lápiz y escribió en la cubierta: *Libro de lamentaciones*. Ngong, 1931.

Empezaron en la cocina, que a esas horas estaba desierta. Tanne observó a su alrededor y su mirada se posó en la cara batidora que había regalado a Kamante hacía unos años, y que él nunca había utilizado. El metal había perdido brillo y la manivela chirriaba al darle vueltas.

—Este aparato para batir claras a punto de nieve —dijo sonriendo—. Fue y es una muestra de que un auténtico genio no necesita recursos. Insistiré en que Kamante se lo lleve consigo para que lo recuerde. Todavía no tiene un empleo, y lo busca rechazando toda ayuda. Estoy segura de que encontrará un puesto de su interés. Es demasiado bueno, sencillamente. En Europa se habría convertido ya en un afamado chef. —Colgó la batidora en su sitio.

Ingrid abrió la libreta y escribió: «Este aparato para batir claras a punto de nieve». Dieron una vuelta para examinar la casa.

—Cuántas veces me he sentado con Denys o Farah junto a esta muela de molino hasta altas horas de la noche, hablando y admirando el cielo africano lleno de estrellas —dijo volviéndose a Ingrid.

«Esta muela de molino», escribió Ingrid.

De ese modo, siguieron deambulando y el cuaderno empezó a llenarse de menciones. Tanne no cesaba de hacer memoria mientras señalaba con el dedo: «Esta menta… Esta salvia… Este césped en el que tanto le gustaba sentarse a mi amigo Berkeley Cole y beber una copa de champán…».

Cuando llegaron al establo, *Rouge* se acercó contento. Tanne buscó en el bolsillo del pantalón y sacó un terrón de azúcar que llevaba siempre consigo. Los labios suaves y fuertes de *Rouge* buscaron la sustancia dulce y le acariciaron la palma de la mano, dejando una húmeda calidez. Y las lágrimas acudieron de nuevo a los ojos de Tanne.

—Este caballo, *Rouge*… —dijo con amargura, inhalando el olor del cuerpo del animal. Ingrid tomó nota.

Al final, se sentaron en la valla del corral. Ya era entrada la tarde y podían escuchar los silbidos de algunos kikuyus que regresaban con las vacas y bueyes de Tanne, una vez cumplida la tarea de apacentarlos.

—Esa vaca de ahí atrás —dijo Tanne mientras los animales iban pasando uno tras otro a través de la puerta del cercado—. Esa con la mancha marrón en el ojo. Tiene seis años. Yo ayudé a traerla al mundo, siempre ha comido más que todas las demás y es la que menos leche ha dado. Pese a todo, la quiero mucho… Y ese ternero de allí… —Fue enumerando los animales uno a uno. Los conocía a todos por su nombre, sabía su edad y qué carácter tenían. Ingrid apuntaba en silencio.

Llegó un momento en que ya no hubo nada más que aportar. Tanne sentía una calma transitoria, mezclada con un grave sentimiento de tristeza. Cogió el cuaderno de las manos de Ingrid, pero no miró el contenido. Ignoraba cuándo reuniría fuerzas para hacerlo. Sin embargo, era bueno tener aquel libro de lamentaciones.

Nada de lo que durante ese día se había despedido, ni nadie, sería olvidado jamás.

Tanne estaba inmensamente agradecida a su amiga. No necesitaban palabras para definir su profunda unión. Eran dos mujeres en un mundo extraño y complejo para el cual ninguna de las dos había sido preparada. Aunque debido a la gran distancia que separaba sus hogares no se habían visto con regularidad, la certeza de saber que la otra estaba allí siempre las había tranquilizado. Las dos llevaban años luchando con denuedo. Tanne había perdido la batalla y, sin embargo, no hubiera podido imaginar a nadie más a quien querer tener junto a ella que a su amiga Ingrid.

46

Ngong, mayo de 1931

Denys estaba de vuelta al fin, y aunque ya había trasladado sus pertenencias a casa de Hugh Martin, con quien viviría en el futuro, cada noche iba a ver a Tanne portando una cena rica y una botella de vino en el equipaje. Si no llovía, salían a volar en el Gipsy Moth por las colinas de Ngong. Eran los únicos momentos en que para Tanne la vida recuperaba su sentido, como si al flotar en el aire, ante la inusual imagen desde la altura, se colocara en su sitio todo cuanto le pesaba como confuso y equivocado, o al menos le diera una nueva perspectiva.

Por desgracia, esa sensación de ligereza se disolvía en el instante en que entraba en su casa casi vacía, con las cajas para la mudanza esparcidas por doquier.

Para crear un ambiente agradable, Denys encendía velas en el porche. Luego los dos se sentaban en el suelo y escuchaban música en el gramófono de Tanne. La mayoría de las veces, Denys le pedía que contara una historia, pero esa noche lo hizo en vano.

—Hoy, no —respondió Tanne. Tenía la mirada fija en la copa de vino tinto que sostenía en la mano, y que balanceaba con suavidad de un lado a otro.

—Hoy ha sido el último día de tu venta de muebles —adivinó Denys el motivo de su negativa.

Tanne asintió.

—Se pasarán a recoger los últimos muebles que dejo aquí en un par de días. Algunas estanterías se usarán en la biblioteca que lady MacMillan abrirá este verano en Nairobi.

—Es bonito —opinó Denys.

Ella volvió a asentir.

—Sí, lo es. Pero los últimos días han sido horribles. No solo por tener que vender mis propios muebles, con los que he vivido tanto tiempo como en un cuadro. Ha sido también una liquidación anímica. No te imaginas la cantidad de buitres que han venido para aprovecharse de mi bancarrota y hacer una buena compra. Si hasta regateaban por cada chelín que costaban las tazas y los platos. Otros no querían comprar nada, solo sentían curiosidad y querían presenciar la disolución de la granja. Por supuesto, los había que sentían una pena auténtica, pero incluso eso era difícil de soportar. Aunque lo peor ha sido un comentario que ha llegado a mis oídos esta mañana. —Movió la cabeza—. Había dos brujas emperifolladas charlando a las que no había visto nunca. La una le decía a la otra que esa granja *no podía* tener ningún éxito con todos esos *nativos* que andaban *vagabundeando* conmigo allá donde voy. Justo esas eran las palabras que ella acentuaba y estoy segura de que quería que yo la oyese.

Denys movió la cabeza, perplejo.

—¿Y tú? ¿Qué has hecho?

—Las he echado de aquí de inmediato, ¿qué otra cosa iba a hacer? A ambas. —En el rostro de Tanne apareció una sonrisa complacida—. Se han quedado atónitas. Mientras salían de la casa refunfuñaban, creo que dijeron alguna tontería sobre los malos modales. Pero solo por la satisfacción de verlas marchar con la cara roja como un tomate ha valido la pena.

—El ser humano es una mala bestia. —Denys la tomó de la mano y se la apretó—. ¿Has decidido ya qué pasaje vas a reservar en el barco?

Tanne lo fulminó con la mirada. ¿Cómo podía hablar tan despreocupadamente de su partida y, con ello, de su separación definitiva, como si se tratase de una escapada de vacaciones? ¿O era el hecho de que contemplaba desde fuera, como un mero espectador, sus esfuerzos por reconducir el destino de los kikuyus y parecía olvidarse una y otra vez de lo que sucedía en realidad?

Pero era probable que estuviera siendo injusta. Mientras su amiga Ingrid había llamado a las cosas por su nombre como solo podía hacerlo una mujer y buena amiga, los hombres solían esquivar los problemas.

—¿Cómo puedo irme sin saber qué va a sucederles a los kikuyus de mis tierras? —dijo—. No me marcharé a ningún sitio hasta
que gane a su favor en esta batalla, aunque tenga que dormir entre
cajas por toda la eternidad. Que el nuevo dueño me arrastre atada
por los pies fuera de la casa cuando se haya terminado el plazo. Por
el momento, la Land Office no ha decidido nada. Estuve otra vez
allí hace tres días y mañana volveré de nuevo.

—Te deseo de corazón que tus esfuerzos tengan recompensa
—dijo Denys—. Y todavía se lo deseo más a la gente que vive aquí.

—Tal vez será mejor que en el futuro vayas a dormir a casa de
Hugh Martin… —advirtió Tanne tras un silencio más largo.

Denys se quedó boquiabierto.

—¿No quieres volver a verme? ¿Nunca más?

Tanne hizo un gesto negativo y tomó un sorbo de vino.

—No, no lo decía en ese sentido. Puedes seguir viniendo, para
comer, para dar un paseo en el avión o sencillamente para hacerme
compañía. Pero todo lo demás, ya sabes… que tú y yo… No sé por
cuánto tiempo voy a soportar que todo esto se esté acabando.

Denys calló.

—Siento no haber estado más para ti —acabó diciendo.

—¿A qué te refieres?

Se encogió de hombros.

—Por ejemplo, convertirme en un marido, en alguien que te
proteja de todo lo que sucede aquí.

Tanne negó con la cabeza y apartó la mirada de su rostro para
dirigirla al césped que crecía ante la casa, y que ella no había tenido
tiempo de cuidar durante meses.

—Por nada del mundo hubiese querido que me protegieran
aquí de algo —contestó—. Está todo bien, por temible que sea
esta pesadilla. Y quién sabe, a lo mejor me despierto un día y veo
mi cigüeña en el suelo. Es difícil, es imposible en realidad, imaginarme mi vida sin la granja y la gente de aquí… Y también sin ti.
Pero justo eso es lo que va a suceder. Y todavía no estoy preparada para abandonar la esperanza de que esta pérdida tenga un
sentido más elevado.

—¿Así que este es el final? —insistió Denys mirándola a los
ojos—. ¿Así de sencillo?

—Nadie ha dicho que fuera sencillo. Pero sí, creo que lo es.

Denys bebió un sorbo de vino.

—Ya te había comentado que tengo que volver a la casa de la costa para supervisar varias reparaciones. No serán muchos días. ¿Qué opinas? ¿Una última vez? ¿A modo de despedida?

Tanne negó con la cabeza.

—No sería una buena idea. Además, tengo aquí muchísimo trabajo pendiente.

Se levantó, se sentó entre las piernas que él tenía dobladas y apoyó la espalda contra su pecho.

—Abrázame fuerte… muy fuerte.

Él dejó el vaso y la rodeó con los brazos. Tanne le cogió las manos y apoyó la cabeza contra la de él. Cerró los ojos. Inspiró profundamente su olor y sintió la calidez de su cuerpo. Quería impregnarse de la honda belleza de ese preciso instante, hacerlo eterno, que le perteneciera a ella para siempre, sin importar dónde estuviese.

DENYS SE DESPIDIÓ de ella algunos días después, tras haber comido juntos. A la mañana siguiente volaría de madrugada a su casa de Takaungu.

—Volveré pronto. El jueves, para ser más exactos. Hacia el mediodía podrás buscarme con la vista.

—No lo necesito —bromeó Tanne—. Es imposible no oír el motor de tu Gipsy Moth.

Denys le dio un beso fugaz en la frente.

—Hasta el jueves entonces.

Se sentó en el coche, puso el motor en marcha y recorrió unos metros. De pronto, frenó, salió de un salto y corrió hacia la casa dejando atrás a una desconcertada Tanne, que permanecía de pie tras despedirle. Regresó con el libro de poemas que le había estado leyendo en voz alta los últimos días en la mano. Eran de Iris Tree, una autora inglesa a la que Denys conocía personalmente.

—¡Quería llevarme este! —gritó mientras corría de nuevo hacia el coche. Abrió la puerta, pero no se subió de inmediato. Sobre el estribo del coche, hojeó el libro—. Aquí está —dijo al final—. Un poema sobre las ansias de volar. Escucha:

Vi gansos grises volando sobre las llanuras.
Gansos salvajes vibrantes en el aire...

Cuando concluyó, Tanne había cambiado de opinión e iba a pedirle que la llevara con él, pero se reprimió y lo despidió con la mano mientras su vehículo descendía por el acceso a la granja. Con el brazo extendido fuera de la ventanilla, él le devolvió el saludo. Después el coche tomó una curva y desapareció de la vista.

De repente, Tanne sintió un raro vacío. «Basta —pensó—. Solo es un ensayo general de nuestra despedida. ¡Por lo demás, será una de muchas!» Pero, naturalmente, esos pensamientos no mejoraron la situación. Llevada por una inexplicable inquietud, volvió a la casa.

AL DÍA SIGUIENTE, por la mañana temprano, Denys estaba en el hangar abierto del aeródromo de Nairobi. Había cesado la lluvia nocturna y el sol se había colado entre las nubes. El aire era de un frescor excitante que invitaba a sentirse capaz de todo. A su espalda apareció Kamau, un joven kikuyu al que Denys había contratado de ayudante hacía años y que viajaría con él a la costa.

—Un cielo hecho para volar. ¡En marcha! —El biplano amarillo chillón estaba preparado.

—LLEGANDO A MOMBASA... —comunicó Denys a Kamau horas más tarde a través de los auriculares. Llevó a tierra hábilmente el Gipsy Moth, que rebotó una, dos veces, antes de rodar por el aeródromo. De repente se oyó un estallido y algo pasó junto al avión. Por lo demás, no hubo ningún otro imprevisto, y el Gipsy avanzó sin esfuerzo hacia su posición de estacionamiento.

—Tengo curiosidad por ver qué ha sucedido —murmuró furioso Denys. En cuanto se detuvieron, saltó de la cabina y corrió hacia el lugar de donde había salido el objeto desconocido.

Kamau lo siguió.

—Creo que era una piedra... A lo mejor era una lasca de piedra de coral, como las que abundan aquí.

—Y en realidad no debería de haber tantas —replicó enfadado Denys, que examinaba el aparato con los ojos entornados.

—¡Mierda!

Kamau siguió la mano de Denys, que revisaba un ala de la hélice. Había saltado y un trozo se había desprendido.

—Fuera lo que fuese, debe de haber salido de la pista disparado. Ha golpeado el ala con toda su fuerza. —Denys suspiró y se quitó el casco de piel de la cabeza—. Qué más da. De todos modos, pasaremos los próximos días en mi casa de Takaungu. Si envío enseguida un telegrama a Wilson Airways, seguro que recibiré la pieza de repuesto a tiempo para el despegue. —Moviendo la cabeza, pasó un par de veces la mano por la hélice rota y luego se dispusieron a bajar las bolsas del Gipsy Moth.

Denys había acertado. Wilson Airways no solo envió con prontitud un repuesto desde Nairobi, sino también a un mecánico profesional que reparó la hélice. Cuando terminaron las reparaciones en casa de Denys, pudieron volar sin dilación. Aun así, no volvieron enseguida a Nairobi, sino que hicieron una parada en Voi, donde Denys quería localizar elefantes desde el aire, tal como le había pedido un amigo de la región. En efecto, cerca del río descubrieron una manada.

De ese modo se había cumplido la última misión de Denys. Pasó la noche con Kamau en casa de la familia del oficial del distrito y de su esposa, que organizaron una cena en honor de su invitado.

No obstante, Denys se levantó muy temprano. Si todo iba según lo planeado, sobre el mediodía aterrizaría en la granja de Tanne.

—Espero que no haya usted madrugado por mi causa —se disculpó al entrar en la cocina.

La esposa del oficial sonrió afectuosa.

—Por el amor de Dios, no. Tengo la costumbre de levantarme muy temprano. ¿Quiere una taza de té?

Antes de que Denys le hubiese contestado, ella ya le había servido.

—Mi marido está en el jardín. Ayer mencionó lo mucho que le gustan las naranjas. Le he pedido que le llenara un cesto de fruta de nuestros árboles.

—Qué detalle por su parte, ¡muchas gracias! —Denys resplandecía. En ese momento, entró el oficial en la cocina.

—Finch Hatton, mi esposa lo está malacostumbrando —gritó, sosteniendo el cesto sobre su cabeza. A diferencia de los demás tipos de naranjas, las keniatas brillaban con un verde intenso. Denys agarró el asa dando de nuevo las gracias.

—¿De verdad no quiere quedarse a desayunar? —preguntó su anfitrión para confirmarlo.

Denys rechazó la invitación.

—Me gusta volar por la mañana temprano y quiero estar al mediodía en Nairobi. Su conocida, missis Layzell, pasará a recogerme enseguida con sus hijitas y me llevará al aeródromo.

—Sí, por supuesto, las niñas no quieren perdérselo. Ayer por la noche los pequeños estaban totalmente fascinados con sus historias de piloto.

Denys asintió. Desde el exterior les llegó el sonido de un motor.

—Hablando del rey de Roma…

El oficial del distrito acompañó a su esposa y a Denys hasta la puerta. Cuando salieron, Kamau ya lo esperaba sentado en el coche.

Durante el viaje al cercano aeródromo, las dos niñas estuvieron charlando alegremente con Denys.

—Tiene que ser maravilloso estar ahí arriba —dijo la madre cuando se encontraron en la pista. El Gipsy Moth amarillo resplandecía ante la piedra de granito ondulada. Tras una noche lluviosa, el cielo estaba raso, de un azul cristalino.

—No parece una polilla —opinó Anne, la niña de diez años.

Denys se echó a reír.

—Cierto, no tiene el aspecto de una polilla. Los kikuyus de la granja a donde voy ahora lo llamaban *nzige*, que significa «grillo».

—Pero tampoco se parece a un grillo —contestó la preguntona Anne.

Otros dos hombres que habían cenado con ellos la noche anterior se acercaron al grupo.

—Somos del comité de despedida —se presentó risueño J. A. Hunter. Ese mismo día partía con unos clientes a hacer un safari.

Denys los saludó.

—¿Pueden ocuparse un momento de las niñas? —preguntó espontáneamente—. Tengo la sensación de que a missis Layzell le gustaría dar una vuelta.

—Oh, ¿de verdad? —exclamó—. Pero sí, ¿por qué no?

—¡Mamá! —chilló Katherine, la hermana menor de Anne, que en los últimos minutos había guardado silencio de la mano de su madre—. ¡Por favor, no vueles, no vueles! —La niña se tapó el rostro con fuerza con las dos manos.

—Pero, hijita, serán solo unos minutos. No me pasará nada. —Missis Layzell se arrodilló delante de su hija e intentó apartarle las manos de la cara.

—¡No, no, no, no! —gritó Katharine, golpeando el suelo con los dos pies.

—No te preocupes, Katharine, tu madre se queda contigo. —Denys guiñó el ojo a missis Layzell—. Ya tendremos otra oportunidad. Es una buena excusa para volver a visitarlas pronto.

Dicho esto, él y Kamau se despidieron del grupo y subieron al avión. Denys depositó el equipaje y el cesto con naranjas en la cabina, se colocó la gorra de piloto de piel y se despidió con la mano. El motor arrancó con un zumbido, la hélice empezó a dar vueltas y el Gipsy Moth recorrió deprisa, cada vez más deprisa, la pista. Por fin levantó el morro del suelo. Denys volvió a saludar, pero esa vez con la mirada fija hacia delante.

El biplano ya estaba en el aire. El Gipsy ganó altura aumentando su zumbido. Cuando alcanzó la altura de vuelo necesaria, Denys trazó un círculo sobre el aeródromo para despedirse.

—¡*Goodbye*, mister Denys! —exclamaron las niñas repetidas veces a voz en grito.

Denys lanzó un último vistazo al grupo y sonrió al ver a las niñas, que movían con desenfreno los brazos. Luego puso el avión en dirección a Nairobi y presionó hacia abajo la palanca de mando. El Gipsy Moth volvió a ganar altura.

De repente, notó una sacudida inesperada. El motor tosió y murió. Y el morro del Gipsy se inclinó hacia abajo.

—¿*Buana* Denys? —gritó alarmado Kamau a través de los auriculares, pero Denys no le prestó ninguna atención. Intentaba desesperadamente poner en marcha el motor y conseguir que el Gipsy planeara. En vano.

—Mamá, ¿qué es eso? —chilló asustada Anne, pero su madre se había quedado como hipnotizada, viendo cómo se caía el avión de la línea ascendente que había descrito pocos segundos antes en el cielo. Apenas notó el dolor que le producía su hija pequeña apretándole con fuerza la mano.

—No sé —murmuró, más para sí misma que para la pequeña, y miró a J. A. Hunter buscando ayuda. Él contestó a su mirada horrorizada y volvió a observar el avión que, como un pájaro alcanzado por un rayo, se precipitaba hacia el suelo.

—¡Vamos! —gritó Hunter y corrió al coche con sus clientes americanos. Recorrieron unos cientos de metros a una velocidad vertiginosa sobre un suelo irregular. Los ojos de Hunter estaban fijos en el avión que caía, tenía la absurda esperanza de que de repente volviera a elevarse. Cuando el biplano colisionó en la tierra a cierta distancia y desapareció tras una nube negra de hollín, la sangre se le heló en las venas.

—Dios todopoderoso... —susurró. Apretaba con las manos el volante. Se detuvo después y corrieron hacia el avión destrozado, pero enseguida la colosal ola de calor los detuvo. Hunter observó incrédulo cómo rodaban por el suelo un par de naranjas ennegrecidas. Luego se produjo una explosión ensordecedora y unas altas llamas se alzaron hasta el cielo.

Cualquier intento de rescate llegaría demasiado tarde.

Tanne consultó su reloj de pulsera. Era mediodía. Claro que Denys no había precisado la hora de regreso, pero a partir de esa hora seguro que ya podía contar con él. Miró el cielo a través de la ventana. En el césped, delante de su casa, estaban sentados varios kikuyus a la espera de noticias. En algún momento se irían, pero otros ocuparían su puesto. Su presencia la deprimía. Sabía que esa no era ni una amonestación ni una acusación. Era solo un signo de su confianza en que Tanne podría resolver el problema que los acuciaba. «Si supieran del escaso poder que tengo», pensaba Tanne afligida. Lo único que estaba en su mano era no darse por vencida, sin importar qué noticia llegara de la Land Office.

Volvió a mirar el reloj. No había mucho que hacer en su casa vacía, donde conservaba lo mínimo para resistir la espera en busca de una solución para los kukiyus. Unos días antes había llevado a su caballo a la estación de Nairobi. En el viaje de regreso se había detenido varias veces en la carreta vacía para llorar desconsoladamente. Tanto que, más tarde, al despedirse de sus perros, casi no le quedaban más lágrimas. Cuánto le hubiera gustado que se quedaran junto a ella, pero su nuevo propietario había acudido a recogerlos.

Farah no estaba en la granja, sino en el barrio somalí de Nairobi, donde había alquilado una casa. Hacía unos días que estaba ayudando a su familia a equiparla para instalarse en ella.

Tanne volvió la vista al reloj. Ya era la una. Salió de la casa y miró en la dirección por la que Denys llegaría, con la esperanza de ver un puntito en el horizonte antes de que el sonido del motor le penetrara en los oídos. Pero el cielo seguía estando vacío. Se inquietó igual que durante la despedida de Denys. Nerviosa, clavó las uñas de los dedos en las palmas de la mano.

«¿Qué te sucede? —se preguntó—. Si no viene ahora, ya vendrá más tarde. Incluso podría llegar a casa mañana… Ya sabes cómo es.»

Pero el desasosiego persistía. Tanne lo atribuyó a sus nervios agotados y decidió no quedarse encerrada dándole vueltas a la cabeza. En cambio, decidió visitar a lady Macmillan, una conocida que la había invitado a su casa junto a varios amigos más para tomar un almuerzo tardío. Aunque había rechazado la invitación porque esperaba a Denys, si se daba prisa llegaría más o menos a tiempo y podría pasar las próximas horas en amable compañía.

—¿Baronesa Blixen? —A lady MacMillan casi se le desencajó el rostro.

—Sé que le había dicho que no vendría. Pero espero ser bien recibida de todos modos. —Tanne sonrió a su anfitriona; sin embargo, esta no cambió su extraña expresión. La sonrisa de Tanne también se desvaneció y, en ese momento, lady MacMillan salió de su inmovilismo.

—Oh, por favor, entre. —Condujo a Tanne al comedor, en el que otros invitados estaban ya tomando el postre.

—Nuestra baronesa Blixen ha podido venir, ¡qué estupendo! —la presentó lady MacMillan, y de nuevo Tanne creyó oír un tono en su voz que no era el habitual; pero no tenía tiempo para reflexionar al respecto porque otros invitados a los que conocía muy bien parecían más inquietos que sorprendidos ante su presencia. Algunos la saludaron brevemente y otros se sumergieron de repente en la conversación o se concentraron en el postre.

Algo confusa, Tanne se sentó a la mesa. Lady MacMillan le llevó un cuenco con pudin y frutas glaseadas, pero el ambiente enrarecido de la habitación le quitó el apetito. Nadie le dirigía la palabra y tenía la sensación de que incluso las personas a quienes mejor conocía rehuían su mirada. «Es porque estoy acabada y me iré pronto —pensó desconcertada—. Les resulta lamentable tratarme tras mi derrota. Aunque todavía me siento entre ellos, ya no pertenezco a su grupo.»

Tras el postre, Tanne aprovechó la primera oportunidad que vio para seguir a lady MacMillan a otra habitación. Había decidido darle un pretexto para marcharse antes.

—Lady MacMillan… —empezó a decir, pero para su sorpresa la anfitriona la cogió del brazo.

—Querida, siéntese. —La anfitriona señaló dos sillas que estaban al lado. Tanne la miró perpleja, pero obedeció. Lady MacMillan también tomó asiento. Sus mejillas se sonrojaron al mirar a los ojos, por primera vez desde su llegada, a Tanne. Luego emitió un leve suspiro.

—Baronesa Blixen, siento muchísimo lo que tengo que decirle ahora. Acabamos de enterarnos a través de otro invitado de Nairobi, poco antes de que usted llegara. —Hizo una pausa. Todavía sin comprender qué ocurría, pero cada vez más intranquila, Tanne la miraba, y de repente lo entendió.

—¿Denys? —preguntó con voz quebrada—. ¿Le ha pasado algo? ¿En… el avión?

Lady MacMillan se llevó la mano a la boca. Luego asintió con vehemencia.

—Acababa de despegar de Voi. Lo siento muchísimo. Sé lo unida que estaba a él. Todos lo sabemos…

Tanne asintió mecánicamente, pero no sentía nada. El desasosiego de las horas pasadas se había convertido en un profundo y silencioso vacío. Los labios de lady MacMillan volvieron a moverse, pero Tanne no oía lo que decía, solo miraba, casi asombrada, el rostro que tenía ante sí.

—Creo que tengo que irme —dijo, poniéndose en pie.

TANNE PIDIÓ QUE la condujesen a la nueva casa de la familia de Farah, en el barrio somalí. Tras conocer la infausta noticia, Farah la había llevado en su propio coche a la granja. Como siempre, su sosegada presencia había ayudado a que ella se repusiera un poco.

—Hace unas horas todavía lo buscaba con la vista y creía que comeríamos juntos, y ahora espero que transporten su cadáver y que mañana podamos enterrarlo.

—¿En las colinas de Ngong? —preguntó Farah.

Tanne asintió.

—En el lugar que nosotros mismos elegimos para nuestras tumbas. Lo dijimos de broma, pero tal vez no lo era. Nunca hubiese imaginado que sucedería tan deprisa…

Sus ojos volvieron a llenarse de lágrimas y Farah le tendió una tisana de hierbas caliente que la calmaría.

—Beba, *memsahib*. Ahora tiene que ser fuerte.

Tanne bebió.

AQUELLA NOCHE TANNE escuchó la lluvia, que caía persistente tras la ventana. Por la mañana, cuando salió al porche, todavía lloviznaba. Miró hacia las colinas de Ngong, que se habían ocultado tras unas nubes bajas. Cuando se marcharon, las calles estaban llenas de barro. Tanne y Farah iban delante, seguidos por los hombres que iban a ayudarlos a cavar la tumba. Luego llegó la subida a las colinas de Ngong. Se sumergieron en las nubes que Tanne ya había visto desde la casa. La hierba y los matorrales que crecían al borde del camino parecían rezumar agua de lluvia.

«Cuántas veces, en estos últimos años, he esperado inútilmente que lloviera como ahora», pensó Tanne. Esa primavera por fin llovía de manera abundante y, de golpe, ese hecho ya no tenía ninguna importancia.

Al final se detuvieron.

—Farah y yo buscaremos el sitio correcto —explicó a los hombres del segundo vehículo—. Por favor, aguarden aquí mientras tanto.

Luego se dirigió a Farah.

—En realidad, debemos de estar muy cerca.

—Podríamos buscarlo cada uno por separado —propuso Farah, a quien en los últimos días Tanne había llevado varias veces al lugar favorito de ella y Denys.

Asintió y ambos se separaron, perdiéndose de vista en el silencio blanco y algodonoso. La llovizna había cesado, pero las hierbas altas estaban mojadas. Pensó en su primera salida con Denys a las colinas de Ngong. Esa mañana había empezado a llover de repente y regresaron empapados en su coche abierto.

Qué breve había sido el tiempo que habían pasado juntos, qué largas las fases de separación; pero qué bonito, que intenso había sido siempre el reencuentro.

Tanne se detuvo e inspiró el aire húmedo y especiado. Delante de ella había un olivo silvestre. Cientos de gotas temblorosas brillaban en sus pequeñas hojas grises. Era su amor común a esa tierra, a sus paisajes, lo que los había unido, y ahora Denys la había precedido en la separación.

Miró a su alrededor. Se estaba haciendo tarde. La tumba tenía que estar lista en unas horas, pero ¿cómo encontrar el lugar correcto si les faltaba la vista que le prestaba su magia? Como si las nubes le hubiesen leído el pensamiento, abrieron entonces un surco en medio de la blancura y un rayo de sol cayó sobre el altiplano, que se hizo visible durante un instante para volver a quedar tapado después.

—¿*Memsahib*? —oyó la voz de Farah.

—¡Aquí! ¡Estoy aquí!

Farah apareció de la nada.

—No puedo encontrarlo —confesó preocupado.

Entonces las nubes volvieron a abrirse y contemplaron los contornos duros y mojados del paisaje montañoso. A sus pies apareció la larga y sinuosa carretera por la que habían llegado y al sur podían distinguir la sombra azul del Kilimanjaro, mientras que al norte se elevaba el monte Kenia a la luz todavía pálida del sol. A lo lejos, su granja se reconocía por la cubierta roja.

—Ya no tenemos que seguir buscando, hemos llegado al punto exacto —dijo asombrada Tanne.

Los hombres se pusieron manos a la obra donde les indicaron. Los golpes de las palas resonaban en las paredes de la montaña.

—La montaña nos contesta —le dijo Tanne a Farah, quien también parecía escuchar con atención.

Él asintió.

—Sí, habla. Sabe lo que está sucediendo y está de acuerdo.

Más tarde, descubrieron los primeros coches que salían de la planicie hacia las colinas de Ngong. Otros llegaban a caballo o en carros tirados por mulos. Aquellos hombres que habían trabajado con Denys en los safaris llenaron el aire con sus lamentos tradicionales, mientras subían despacio por el sendero. Pero también acudieron amigos y conocidos de Denys desde lugares apartados, como Naivasha, Gilgil y Elmenteita.

Al final, llegó el vehículo con los restos mortales. Varios hombres subieron con el ataúd.

Tanne saludó a Bilea Isa, el somalí que había sido la mano derecha de Denys durante años. Señaló con la barbilla al sacerdote.

—Este no es mi primer entierro cristiano —advirtió él—. Ese sacerdote hablará sobre *buana* Denys. Pero ¿lo conoció realmente?

Tanne hizo un gesto negativo.

—Me temo que no.

—¿Cree que me escuchará si le cuento algo sobre él?

—Seguro que lo hace.

Se dirigieron juntos al joven religioso.

—Respondía al título inglés de Honorable Denys George Finch Hatton —empezó a decir el sacerdote, después de que depositaran el ataúd en la tierra mojada y que los presentes se hubiesen agrupado a su alrededor—. Y aunque yo mismo no lo conocía, ha llegado a mis oídos en el día de hoy que el calificativo de «honorable» encajaba a la perfección con el carácter de Denys Finch Hatton. Pero gracias a las personas que le eran próximas he averiguado algo más. Por ejemplo, que conocía los paisajes de Kenia como ningún otro hombre blanco. Conocía el clima, el viento, el olor de la tierra. Conocía a las personas, los animales, las plantas y la lluvia. A través de lo que la tierra le dio, se convirtió en otro hombre. Ahora ha llegado la hora de que la tierra lo acoja en su seno y que se transforme...

TANNE IBA CON frecuencia a la tumba de Denys. Farah la había ayudado a marcarla con las grandes piedras blancas del acceso a su granja. Así era más visible y no quedaría cubierta por la hierba que crecía con vigor tras las lluvias. Cuando se sentaba allí, deslizaba la vista por la lejana planicie y sus tierras, que pronto dejarían de ser su hogar. Jamás hubiera creído posible que a todas las despedidas de aquella semana se hubiese sumado justo aquella, que era para siempre.

47

TANNE PALPÓ CON los dedos el interior del bolso de mano, buscando la carta de la Land Office de Nairobi en la que se la invitaba a acudir a una cita. Oía la voz del hombre que había entrado antes que ella al interior del despacho. No parecía acabar nunca y Tanne estaba cada vez más nerviosa. Comprobó su aspecto. Tenía tanta prisa por saber qué decisión había tomado la Land Office que estuvo a punto de conducir hasta Nairobi vestida con su atuendo diario: los manchados pantalones caqui y la blusa de lino. Por suerte, Farah la había detenido a tiempo. Él siempre había dado mucha importancia a conservar un aspecto elegante, pero desde la pérdida de la granja, trataba de acicalarse aún mejor, con sus túnicas más finas y los mejores turbantes. Podemos perder la guerra, había dicho, pero nunca nuestra dignidad.

La voz del despacho se despidió en ese momento, la puerta se abrió y Tanne entró por fin.

—Baronesa Blixen, siéntese, por favor. Ha recibido nuestra carta. Se trata de los kikuyus de sus tierras.

Tanne observó al desconocido, que sacó eficiente un archivo de un cajón. Era la primera vez que lo veía. ¿Dónde estaba el encargado que había antes? ¿Quería eludir la desagradable tarea de comunicarle una respuesta negativa? La rabia se estaba apoderando de ella. «Si al menos pudiera ser optimista», pensó. Pero la venta de la granja y el fallecimiento de Denys le habían enseñado lo contrario, por eso la siguiente frase del encargado la pilló por sorpresa.

—No quiero tenerla más en vilo, estimada baronesa. Pero nos alegramos de poder comunicarle que su solicitud de trasladar juntos a los kikuyus le ha sido concedida.

—¿Pueden mudarse todos juntos? ¿Es cierto? ¿Y a dónde?

Había preparado mentalmente una larga serie de discursos combativos que pensaba pronunciar ante el responsable en el caso, que daba por seguro, de una negativa. No estaba preparada para una contestación afirmativa.

—Hemos encontrado un área lo bastante grande, en la reserva de Dagoretti, que consideramos que se ajusta a las necesidades agrícolas de los kikuyus, si…

—¿Lo bastante grande para el cultivo del maíz y la cría de ganado? Ya sabe que los kikuyus de mis tierras tienen varios miles de cabezas de ganado. ¿Pueden llevárselas todas?

—En efecto, pueden hacerlo. Eso era lo que pedía usted, si no he entendido mal. —El hombre resplandecía.

—Sí, eso era lo que pedía. —Una primera y vacilante sonrisa apareció en el rostro de Tanne—. Le agradezco de todo corazón que lo haya hecho posible.

CON LA CARTA en el bolsillo, que enumeraba con precisión todos los detalles, Tanne volvió a la granja. Desde la muerte de Denys, acaecida hacía pocas semanas, esa era la primera ocasión en que sentía una pequeña chispa de esperanza. Por lo visto, también podían pasar cosas hermosas y buenas y, quién sabe, a lo mejor la negrura que desde hacía un tiempo se había apoderado de ella, podría disiparse pronto. Aun así, añoraba mucho a Denys, sobre todo en ese momento. Cuánto le hubiera gustado compartir con él ese éxito.

Su mirada se deslizó por las colinas de Ngong. Su amor había comenzado a sus pies y Tanne percibió más que nunca que el fuerte vínculo que los había unido a Denys y a ella, y que siempre los uniría, era uno con el paisaje africano que ambos tanto habían amado. Pero mientras Denys había encontrado ahí su última morada, a ella la esperaba un futuro incierto. ¿Tendría fuerzas para afrontarlo? ¿Sin Denys, sin su granja y sin las personas que lo habían sido todo para ella durante aquellos años? Pensó en los kikuyus que ahora hallarían juntos un nuevo hogar y esa idea le infundió valor.

CUANDO LLEGÓ A la granja, ya se había divulgado la noticia de la carta de la Land Office y el viaje de Tanne a Nairobi. Cientos y cientos de kikuyus estaban sentados en el césped delante de su casa. Cuando subió con Farah al porche y sostuvo la carta en lo alto, las conversaciones enmudecieron.

—¡Lo hemos conseguido! —gritó Tanne llevada por un súbito arrebato de alegría desbordante. Por unos instantes se hizo el silencio. Pero, tras el estupor, estallaron los gritos de júbilo. Todos conversaban animados y algunos se pusieron a bailar espontáneamente.

Al cabo de más de una hora, el gentío empezó a dispersarse. Los que habían llegado querían volver a casa para explicárselo todo a los demás. Algunos que la conocían personalmente acudieron, unos tras otros, para despedirse de ella. Tanne sabía que aquella sería la última vez que los vería. En ese momento, su período en África había llegado, en efecto, a su fin.

—¿Me reconoce todavía, *m'sabu*? —preguntó una mujer ya no tan joven con un niño tímido a su lado.

Junto a ella había una anciana. Tanne dudó unos segundos, pero entonces surgió el recuerdo. Cierto, solo había visto a la mujer una vez, pero su hijo había trabajado en la granja y a él le debía ella la vida, pues el joven había reaccionado rápidamente y había pedido ayuda a Tanne aquella noche, cuando su madre había estado a punto de morir al dar a luz a un hijo tardío.

—Pues claro que me acuerdo. —Tanne miró al niño—. ¿Es este?

La mujer asintió, luego levantó al ya crecido bebé y se lo tendió a Tanne.

—El último. Sin usted él no existiría, y yo tampoco.

Tanne pensó en el médico inglés que había salvado a la mujer y que luego había pedido que nunca más lo llamaran para atender a una «indígena». Pero ahora eso no tenía ninguna importancia. El niño estaba allí y tenía una madre a la que le tendía los brazos. Tanne lo abrazó un instante y se lo devolvió a la mujer, que le sonrió al despedirse.

—*Kuaheri* —dijo en suajili, que significa «hasta la vista».

En ese momento se acercó también la anciana madre de la mujer, colocó ambas manos a los lados de su cabeza y dijo:

—*Ierie.* —Ambas se dieron media vuelta, dispuestas a marcharse.

—¡Un momento! —gritó Tanne en suajili.

La mujer con el niño en brazos se volvió hacia ella de nuevo.

—«Ierie» es una palabra que me han dicho a menudo. ¿Qué significa?

La mujer sonrió.

—Significa «aquella que se entrega». —Se rio y corrió detrás de su madre, que había seguido andando.

CUANDO LA EXTENSIÓN de hierba se hubo vaciado por completo, Tanne se sintió agotada. Las sillas de mimbre del porche se habían vendido, como todo lo demás, así que se sentó en el suelo de madera y se apoyó en la pared de la casa. En el crepúsculo, las cumbres de las colinas de Ngong se difuminaban en el horizonte en una incierta sombra azul. En algún lugar, ahí arriba, estaba ahora Denys, y seguiría estándolo mucho después de que los nuevos propietarios hubiesen apisonado su granja para componer una cuadrícula de parcelas. ¿Qué es lo que contemplaría desde ahí arriba dentro de diez años? ¿Y de veinte o de treinta? ¿Y dónde estaría ella entonces?

No tuvo tiempo para meditar sobre esa cuestión, pues Farah salió al poche con una bandeja donde había cuatro platos y cuatro vasos. Detrás de él aparecieron Abdullahi con té frío y Kamante con un cuenco lleno de *éclairs* de chocolate.

Tanne se llevó las manos a la cabeza.

—¿De dónde ha salido de repente todo esto?

—Los ha hecho Kamante mientras tú estabas en la Land Office. Para celebrar el día —respondió Abdullahi.

Tanne movió la cabeza.

—Excepto yo misma, ¿alguien ha dudado de que fuéramos a conseguirlo?

Los otros rieron. Luego se sentaron y comieron y bebieron.

También vieron juntos anochecer. La clara luz de la luna caía delante de la terraza sobre el césped, ahora desierto. Como la casa detrás de ellos, como las cuadras de los caballos y los bueyes, el aula de las clases y los cobertizos. Los kikuyus seguramente estaban preparándose en sus chozas para el traslado. La mirada de Tanne se dirigió hacia las colinas de Ngong, cuyos picos negros se reconocían con nitidez en el cielo nocturno. No hacía mucho que había contado con dejar a Denys. En el presente solo dejaba su tumba. De repente se sintió extrañamente ligera, como si estuviera flotando. «Si ahora soplase el viento —pensó—, ¿qué me retendría?»

—Mañana iré a Nairobi para reservar el pasaje en el *S. S. Mantola* a Marsella —anunció.

—¿Cuándo sale el barco? —preguntó Farah.

—A finales de julio. —Tanne miró los rostros compungidos de los tres.

—No falta mucho —se limitó a decir Farah.

—No —respondió Tanne—. Pero ¿he de esperar a que los nuevos propietarios me saquen de la casa arrastrándome por los pies? —Se rio, disculpándose al notar las expresiones de susto, pues habían entendido sus palabras literalmente.

—Vamos… Ya ha llegado el momento. Incluso la luna se pregunta cada noche qué estoy haciendo todavía aquí.

—La luna querría que te quedarás, *m'sabu* —le reprochó Kamante—. Ella no piensa en cambiar su curso. Incluso si le rogásemos que apareciera media hora más tarde, no sabría a dónde ir en ese intervalo de tiempo.

A Tanne le hubiera gustado recordarle que tampoco ella cambiaba voluntariamente su curso, pero lo dejó estar.

—La acompaño a Mombasa en el tren —dijo Farah interrumpiendo sus pensamientos.

—Eres muy amable, muchas gracias. La primera vez que vine aquí, hace dieciocho años, fuiste a recogerme al puerto y ahora vuelven a separarse allí nuestros caminos. El círculo se cierra.

—¿Qué harás cuando regreses a Dinamarca? —preguntó de repente Abdullahi.

—Yo sé lo que vas a hacer, *m'sabu* —dijo Kamante—. Ahora que ya no estarás preocupada por el café y por nosotros, por fin podrás escribir un libro que será tan duro como la *Odisea* de Homero.

Tanne lo miró sorprendida. Por lo visto no había olvidado su conversación sobre los libros.

—Tan duro como la *Odisea* —repitió él—. Y, si es posible, igual de azul.

Luego se echó a reír y los demás se unieron a él.

48

Hargeisa, 1955

John Buchholzer había hecho la maleta. El camión en el que iba a marcharse de Hargeisa salía al cabo de una hora, pero su anfitrión, Abdullahi Aden, todavía quería mostrarle algo más por el camino. El calor era abrumador cuando se acercaron por la calle sin sombra al edificio de los juzgados donde trabajaba Abdullahi.

—¿Tiene noticias de Kamante con asiduidad? —preguntó John a su anfitrión.

Abdullahi abrió la pesada puerta de los juzgados. En el interior sombrío la temperatura era más soportable. Recorrieron un largo pasillo lateral.

—No he vuelto a ver a Kamante Gatura desde que volví a Somalilandia, pero sé que vive con su esposa en el Rengute Village, en la reserva de kikuyus, y que tiene recursos. —Se detuvo y abrió una puerta tras la cual había un despacho austeramente amueblado, pero pulcro.

—Aquí está. —Señaló sonriendo una máquina de escribir en cuya cara anterior había grabado su nombre con letras elegantes.

John lo miró inquisitivo.

—Hace más de quince años, la *memsahib* Blixen me escribió anunciando que iba a publicar un libro sobre la granja, sobre Farah, Kamante, *buana* Finch Hatton, sobre mí y todos los demás, y me pidió que rezara para que tuviera buena aceptación. Dijo que, si la tenía, entonces conseguiría venir a visitarnos a África. Yo le contesté que seguro, que rezaría por lo que me pedía, pero que si era un éxito, me tendría que regalar su máquina de escribir. —Rio—. Por supuesto que yo no lo decía en serio, pero después de algún tiempo, el libro se publicó, y yo volví a recibir una carta. Missis Blixen me comunicaba que su obra había tenido muy buena acogida y que había pedido en Londres una máquina de escribir para mí que ya estaba en camino. —Volvió a reír, esa vez más fuerte que la anterior—. Pese a todo, el fabricante no podía garantizar el último tramo del viaje, pues tan solo podía realizarse en camello. Me ocupé personalmente de esa etapa y así fue como me llegó esta joya —acarició con ternura la preciosa máquina de escribir—, sobre el lomo de un camello… que no causó ningún estropicio.

John también rio.

Abdullahi abrió un cajón de su escritorio.

—Y esto me lo envió junto con la máquina de escribir. —Le tendió a John un libro bellamente confeccionado en cuya cubierta se veían unas montañas verdes y un bosque estilizado del que asomaban unos animalitos.

—*Memorias de África* —dijo John—. Debe de ser la primera edición.

—Sí, un libro duro y grueso, y… —Abdullahi le quitó la sobrecubierta verde—, dentro las tapas son azules. —Sonrió y John lo miró sin comprender, pero le guiñó un ojo—. Esto se remonta a tiempos demasiado lejanos. ¿Es cierto que hay mucha gente que conoce nuestra historia?

—Sí, la conocen en todo el planeta —confirmó John.

Abdullahi recuperó el libro y miró pensativo la sobrecubierta del mismo.

—Parece mentira —dijo meditabundo—. Pero en medio de estas dos tapas hay todo un mundo, nuestro mundo, tal y como era entonces. —Volvió a colocar con cuidado el ejemplar en el cajón y abrazó sonriente a John—. Le doy las gracias por haberme acompañado estos últimos días a mi viaje por el pasado.

—Soy yo quien debe darle las gracias —contestó John—. Nuestra vida se compone de muchas historias, pero no todas son, ni mucho menos, tan fascinantes como la suya.

Epílogo

KAREN BLIXEN ERA una personalidad compleja que tenía casi tantos rostros como nombres. Nació en Dinamarca en 1885 y se llamó Karen Dinesen, aunque sus padres y amigos la llamaban Tanne desde niña. Posteriormente, cuando se casó con el aristócrata sueco Bror von Blixen-Finecke, se convirtió en la baronesa Blixen. El que durante años fue su amigo íntimo, Denys Finch Hatton, la llamaba Tania, y ella publicó sus célebres memorias *Memorias de África* —*Out of Africa* en el original inglés y *Den Afrikanske Farm* en la versión danesa— con el seudónimo de Isak Dinesen.

En 1914, cuando los recién casados Karen y Bror Blixen empezaron su nueva vida en la actual Kenia, el país se hallaba desde hacía dos decenios bajo el control británico y se llamaba África Oriental Británica.

El matrimonio había comprado una plantación de café, y uno puede imaginarse vivamente sus ansias de aventura y su espíritu emprendedor. Que también había mucha incertidumbre, no tardaron en descubrirlo los Blixen. El sueño de independencia financiera se evaporó cuando vieron que el terreno adquirido no era del todo apropiado para el cultivo del café, y al cabo de pocos años también el matrimonio se deshizo. A partir de la primera década de los años veinte, toda la carga de responsabilidad sobre la granja recayó sobre los hombros de Karen Blixen.

Pero había algo más para lo cual la joven no estaba preparada: las grandes y aparentemente infranqueables diferencias entre negros y blancos en un país al que le habían arrebatado a sus habitantes originales. La mayoría de los colonos compartían la opinión del historiador Basil Davidson acerca de que los africanos eran salvajes que no habían superado todavía la Edad de Piedra. En el mejor de los casos se los trataba con esa indulgencia con que se trata a los niños menores de edad. Como Basil Davidson escribió, «los negros deberían dar gracias a los blancos por haberles llevado por fin la civilización y por tener la oportunidad de trabajar».

De hecho, debían trabajar porque donde hay civilización, hay impuestos, y los africanos no estaban exentos de ellos, de modo que al final se veían forzados a ejecutar distintas labores. Y no todos los colonos trataban con respeto a sus trabajadores. Los castigos corporales y las humillaciones estaban a la orden del día.

En ese mundo, Karen Blixen enseguida se posicionó. Es cierto que con la compra de la granja se convirtió, de hecho, en parte de aquella suerte de sistema feudal. Pero desde un principio rechazó la postura de los colonos que entendían la África Oriental Británica como un lugar sobre el que se podía hacer tabla rasa, desterrando sus costumbres y su historia; era una tierra virgen en la que los blancos podían hacer y deshacer cuanto desearan con absoluta libertad.

Errol Trzebinski, la biógrafa de Denys Finch Hatton, cuenta que en la Colonia Kenia —así llamada a partir de 1929— había dos clases de colonos: unos llegaban a un país para prestar sus servicios, conocimientos y bienes; y otros lo hacían para apropiarse de tanto y tan rápidamente como fuese posible.

Karen Blixen pertenecía al primer grupo, que era el más pequeño. Se involucró en la vida del país y se mezcló con sus gentes; aprendió su idioma y buscó vías para una convivencia auténtica. La construcción de una escuela en su granja, la búsqueda de profesores que enseñaran a los niños algo más que a cantar himnos cristianos, la consulta médica diaria en la granja, así como su lucha durante meses por el traslado de toda la comunidad kikuyu que habitaba en sus tierras tras la venta forzosa de la propiedad no fueron acciones de una revolucionaria política, sino de una mujer que tenía otra visión, propia, de la comunidad. Una visión que al final incluso colocaba en un segundo término las necesidades financieras de la granja. Como el posterior comprador de sus tierras expuso, Blixen habría podido evitar la ruina financiera si hubiese estado dispuesta a hacer de la plantación de café una granja mixta en la que se cultivara maíz y se criara ganado. Para lograr ese objetivo habría tenido que explotar toda la superficie de sus tierras, pero ¿qué habría pasado entonces con los cientos de kikuyus que desde hacía generaciones vivían en ellas? Para la mayoría de los colonos de esos años, tales reflexiones eran superfluas; pero no para Karen Blixen.

En un entorno moral en el que muchos blancos eran incapaces de coger en brazos a un niño negro, Karen Blixen hizo de su granja un ejemplo vivo de que en África no se podía hacer tabula rasa de su idiosincrasia para hacer lo que a cada cual le apeteciera, sino un lugar en el que la convivencia solo era posible con una voluntad de intercambio continuo por ambas partes. Si tras la venta de la plantación las lenguas cínicas dedujeron que Karen Blixen había sacrificado su granja por esa idea, ella lo habría aceptado como algo inevitable.

La Karen Blixen que en 1931, tras la pérdida de la granja y de toda su vida, según ella misma dijo, subió al barco rumbo a Europa ya no era la joven que en una ocasión —quizá con cierta ingenuidad— se marchó a un país de cuyas gentes y relaciones políticas sabía bastante poco. No es de suponer que la joven Karen Blixen hubiese reflexionado antes de su llegada sobre lo que significaba adquirir una granja en cuyas tierras vivían personas que perdían sus derechos con la compra. La mujer que años más tarde volvió a Dinamarca tras haber madurado con los reveses y experiencias de la vida en otro continente había cambiado a través de aquella convivencia tan especial. Al final solo eran los vínculos con las personas que ocupaban un espacio en su vida los que daban «valor» a su granja, independientemente de los escasos beneficios obtenidos por medio de las cosechas, que no servían para saldar deudas abrumadoras.

Karen Blixen estaba convencida de que era necesario que llegara a Kenia una responsabilidad política asumida conjuntamente por negros y blancos. Su intento de convencer al príncipe de la Corona inglesa Eduardo de las condiciones insostenibles de la colonia habla en su favor. Por desgracia, Eduardo rechazó el trono unos pocos meses después por motivos personales. Kenia alcanzó la independencia política en 1963, tras años de sangrientos enfrentamientos.

Las que antes eran las tierras de la granja de Blixen son hoy un barrio de la muy extensa metrópolis de Nairobi; lleva el nombre de Karen y su antigua casa alberga el museo Karen Blixen.

Karen Blixen ofreció una poética declaración de amor al país y sus gentes en el libro *Memorias de África*, publicado por primera vez en 1937, pero ella no regresó jamás. Seguro que no se debe al azar que una de las primeras ediciones se encuadernara en azul. También Kamante, que estuvo tan unido a Karen Blixen durante su estancia en África, tomó la palabra años después. Durante un largo espacio de tiempo, los compañeros de camino de Blixen, Kamante, Abdullahi Aden y el hijo de Farah, Saufe, se reunieron con el fotógrafo y escritor estadounidense Peter Beard en el New Stanley Hotel de Nairobi y grabaron cientos de horas de recuerdos que en el año 1975 encontraron su condensada expresión en el libro *Longing for Darkness. Kamante's Tales for Out of Africa*.

En este libro me sirvo tanto de *Longing for Darkness* como de las obras de Blixen *Memorias de África* y *Sombras en la hierba*. A partir de ahí también me resultaron de una ayuda incalculable las consolidadas biografías de Judith Thurman, *Isak Dinesen, Vida de un escritora*, y de Linda Donelson, *Out of Isak Dinesen in Africa*, así como la biografía que Errol Trzebinski escribió sobre Denys Finch Hatton, *Silence will Speak*. Un auténtico tesoro de información y comprensión en torno a la personalidad de Blixen lo constituye también la compilación de *Cartas de África*.

A diferencia de las biografías, este libro no es una obra histórica, sino una novela que tiene como objetivo escenificar los recuerdos que Blixen menciona brevemente. He tenido que modificar un poco la cronología de algunos de los sucesos que describo, aunque en general he intentado mantenerme fiel a la cronología de los acontecimientos críticos de la vida de Blixen que establecen las biografías. Fundamentalmente, me he esforzado por evaluar de forma objetiva a todas las personalidades históricas que aparecen en la novela y darles el espacio, los matices y el lenguaje que han adquirido en mi imaginación. Espero haberlo conseguido y que algo de lo que unía a esas personas entonces haya vuelto a cobrar vida en esta novela.

Términos en suajili

Boma: Corral.

Buana: Tratamiento cortés dirigido a un hombre.

Iambo: Hola.

Ierie: Alguien que se preocupa por los demás, que se entrega.

Kuaheri: Hasta la vista.

Memsahib: Tratamiento procedente en su origen de la India británica y que se da a una mujer blanca casada.

M'sabu: Tratamiento que dan los kikuyus a una mujer casada, derivado de *memsahib*.

Niko hapa: Estoy aquí.

Shamba: Granja kikuyu compuesta por las chozas de los miembros de una familia con sus campos de maíz y dehesas para el ganado.

Toto: Niño.

Agradecimientos

Mi más sincero agradecimiento va dirigido a las personas que con su apoyo, sus conocimientos y su experiencia me han ayudado a dar forma a este libro.

Doy las gracias a Uwe Neumahr, de la Agencia Hoffman, por los nuevos proyectos que no dejamos de crear juntos.

También estoy profundamente agradecida a mi editora, Anne Scharf, de la editorial Piper, quien con su visión ha convertido este libro en lo que ahora sostenemos en las manos. Mi especial reconocimiento a Annika Drummacher, por haber trabajado con tanta implicación en el manuscrito, y por la buena y amistosa comunicación que ha convertido la revisión del texto en un placer.

Pero también agradezco de corazón a mi madre, Gabriele Kurasch-Macharzina, y a mi esposo, Giancarlo Abbamonte, que me hayan escuchado, animado y apoyado con su cariño cada día.

MUJERES ICONO
QUE DEJARON
ENTRE EL ARTE Y EL AMOR
HUELLA

Michelle Marly

MADEMOISELLE
COCO
Y LA PASIÓN POR EL NÚMERO 5

Lea Kampe

LA LEONA DE KENIA

Karen Blixen y
su pasión por África

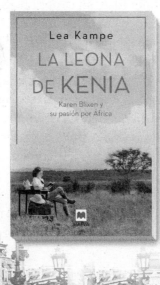

Michelle Marly

LA
DIVA
MARIA CALLAS
La voz de la pasión

Leah Hayden

MISS
GUGGENHEIM
Peggy Guggenheim, la galerista
que cambió el mundo del arte

Beate Rygiert

GEORGE
SAND
y el lenguaje del amor

REFERENTES FEMENINOS
QUE HAN PASADO A LA HISTORIA